Ethan Bayce

Mount Maroon

Ethan Bayce

Mount Maroon

braumüller

Bibliografische Information der Deutschen Nationalbibliothek
Die Deutsche Nationalbibliothek verzeichnet diese Publikation in der Deutschen Nationalbibliografie; detaillierte bibliografische Daten sind im Internet über http://dnb.d-nb.de abrufbar.

1. Auflage 2012

Servitengasse 5, A-1090 Wien
http://www.braumueller.at

Coverfoto: Andreas Vitting / istockphoto
Druck: Ferdinand Berger & Söhne Ges.m.b.H., A-3580 Horn
ISBN 978-3-99200-057-9

Die Figuren dieses Romans sind frei erfunden.
Alle darüber hinaus genannten Personen gibt oder gab es wirklich, ebenso sämtliche der beschriebenen wissenschaftlichen Theorien.

Ethan Bayce

PROLOG

Endlich war der Wagen gegen einen Baum geprallt und auf dem Dach liegen geblieben. Der Junge konnte nicht sagen, wie oft er sich zuvor überschlagen hatte. Das Letzte, was er bewusst erlebt hatte, war der Aufprall des anderen Autos gegen die linke Frontpartie des Pontiacs seiner Eltern. Diese lagen jetzt leblos und in unnatürlich verrenkter Haltung vor ihm. Er weinte, schrie nach seinem Vater und rüttelte am Arm seiner Mutter, bis ihm der Atem stockte. Irgendetwas strömte ins Innere, heiß und stickig. Er stemmte sich gegen die Scheibe, auf der dem Baum abgewandten Seite. Hier erkannte er seine einzige Fluchtmöglichkeit. Er versuchte das Fenster mit der Handkurbel zu öffnen. Es ruckte kurz, ließ sich aber nicht aufdrehen. Offenbar hatte sich das Zugseil verhakt. Die kleinen, heißen Hände griffen immer wieder zu dem Hebel, der jedoch keinen Millimeter nachgab. Die Glasscheibe war fest wie ein Fallgitter. Dann durchzuckte den Wagen ein heller Blitz, eine Explosion. Flammen loderten auf. Eine unerträgliche Hitze erfasste den Körper des Jungen. Panik kam in ihm hoch. Mit bloßen Fäusten schlug er gegen das Glas, nahm schließlich die Ellenbogen, ohne dabei Schmerzen zu spüren. Qualm drang aus den kleinen Ritzen neben dem Rücksitz in den Innenraum. Mit letzter Kraft wandte er sich um, legte sich auf den Rücken und versuchte das Fenster durch verzweifelte Tritte zu zerschmettern. Aber auch diese Bemühungen blieben erfolglos. Wieder drehte er sich herum, wand sich wie ein in die

Falle geratenes Tier, stieß verzweifelte Schreie aus. Hoffnungslosigkeit, Todesangst. Nach Leibeskräften trommelte der Junge gegen die Scheibe. Auf dem Bauch liegend, sah er ins Freie. Hinter einem Busch erspähte er eine Bewegung. War da ein Mann oder hatte er es sich nur eingebildet? Er klopfte gegen das Glas, doch niemand schien ihn zu hören, niemand kam, um ihn zu retten. Dunkler, bläulicher Rauch erfüllte das Innere des Wagens. Er war verloren, würde sterben, zusammen mit seinen Eltern; heute, an seinem sechsten Geburtstag.

1. GEWITTERSTURM

Peter bemerkte die leichte Vibration an der Oberfläche seines Kaffees. Sie zeigte sich im orangeroten Widerschein des Lagerfeuers durch eng aufeinanderfolgende konzentrische Kreise, die langsam vom Mittelpunkt der Blechtasse nach außen drangen. Seine Hand hingegen war vollkommen ruhig, ebenso der Unterarm, der auf seinem rechten Oberschenkel auflag. Er selbst saß mit lang ausgestreckten Beinen auf dem weichen bemoosten Waldboden, den Rücken an einen dicken Baum gelehnt. Weder in seinen Armen noch in den Beinen war ein Pulsieren zu spüren. Das Zittern schien ganz und gar die Sache der Flüssigkeit zu sein. Heißer Kaffee, der in seiner Tasse fröstelte? Peter sah zu seinem Freund hinüber. Luther hockte auf dem geraden Stamm einer gefällten Kastanie. Der neben seinen groben Wanderstiefeln stehende Becher war bereits zur Hälfte geleert, sodass die Oberfläche seines Getränks im Schatten lag.

Sie hatten sich diese Stelle für ihr Nachtquartier ausgesucht, weil der Platz nach ihren Berechnungen morgens in der Sonne liegen musste. Das ist nach einer Nacht, die man in den Bergen unter freiem Himmel verbringt, nicht unwesentlich, da es auch im Sommer morgens noch empfindlich kalt sein kann und man vor dem Aufbruch die vom Tau der Nacht klammen Sachen trocknen möchte. Peter und Luther waren passionierte Wanderer, die es sich seit ihrer Studienzeit herausnahmen, mindestens zweimal pro Jahr mehrtägige Touren zu unternehmen. Sie hatten

es sich zum Ziel gesetzt, in allen amerikanischen Nationalparks zu wandern, sofern diese nicht hauptsächlich aus Wüsten oder Sümpfen bestanden. Diesmal führte sie ihre Abenteuerlust in die Great Smoky Mountains, einem etwa 210.000 Hektar großen Naturschutzgebiet in den Appalachen, das zu den Blue Ridge Mountains gehört und abseits des Blue Ridge Parkway von der Zivilisation noch weitgehend unberührt war.

Luther van Eyck, der Arzt aus Atlanta, und Peter Saunders, der Verlagsredakteur aus Annapolis, verwandelten sich für einige Tage in jene wagemutigen Männer, die einstmals mit glühendem Herzen in einen noch unentdeckten Kontinent vorstießen. Freilich war die Situation heutzutage eine andere. Es gab Karten, Wege, Handys und die ständige Möglichkeit, das Abenteuer abzubrechen, aber mit etwas Fantasie und dem richtigen Blick für die Urwüchsigkeit einer immer noch vorhandenen Wildnis konnte man zumindest den Geist eines Meriwether Lewis, eines William Clark, aber auch eines George Catlin oder Henry David Thoreau spüren. Die beiden waren am frühen Morgen des 11. Juli, ihres dritten Wandertages, in der Nähe der Palmer Chapel im Cataloochee Valley aufgebrochen und über den Heintooga Loop sowie einen alten Indianerpfad zum Raven Fork River gelangt, von wo aus sie sich nach Westen zum Mount Maroon wandten, ihrem heutigen Etappenziel.

Der Mount Maroon ist eigentlich gar kein richtiger Berg, vielmehr handelt es sich um ein lang gezogenes, zerklüftetes Hochplateau. Die Freunde hatten sich gewundert, ihn auf der Karte als Berg bezeichnet zu finden, und

waren daher eher zufällig auf diese Laune der Natur gestoßen, die sich jetzt als höchst imposante Formation entpuppte. Gewohnheitsmäßig hatten sie nach einem Wandergebiet Ausschau gehalten, das möglichst weit abseits von Ortschaften und größeren Straßen lag. Es war nicht ihre Art, sich auf die in der einschlägigen Literatur ausgewiesenen touristischen Highlights zu stürzen. Sie suchten die intensive Verbundenheit mit der Landschaft, was ihrer Meinung nach auch eine gewisse Abgeschiedenheit beinhaltete. So mieden sie Gasthöfe und Restaurants ebenso wie Hotels und Campingplätze. Was sie für die Zeit ihrer Wanderung benötigten, hatten sie dabei und biwakierten in aller Bescheidenheit an den exklusivsten Logenplätzen der Natur. Der Mount Maroon war so ein Logenplatz; neben Tausenden der namensgebenden Kastanien befanden sich hier viele weit über mannshohe Felsen, die vor Urzeiten, als die Erde noch unruhig war, vermutlich Hunderte Meter hoch in die Luft geschleudert worden waren, um bei ihrem Aufprall tief in den Boden einzuschlagen. Eine andere Erklärung für die eigentümliche Form der Steinkolosse war, dass das sie umgebende Erdreich mit der Zeit ausgespült worden war und sie den Beweis für eine ursprünglich viel größere Höhe des Geländes gewissermaßen aufrechterhielten. Jedenfalls steckten sie in derart bizarren Ausrichtungen in der Erde, dass man ständig das Gefühl hatte, sie müssten zur Seite kippen. Hier und da war die Szenerie in der Weise auf die Spitze getrieben, dass ein riesiger Steinbrocken auf einem anderen wesentlich kleineren auflag. Es sah so aus, als wäre ein gigantischer steinerner Pilz aus dem Boden geschossen. An einer

anderen Stelle entdeckten die Freunde gar eine Steinplatte, die, um einem müden Riesen eine Sitzgelegenheit zu verschaffen, auf zwei länglichen Felsen ruhte. Vom Rande des Plateaus hatte man eine hervorragende Aussicht auf das umliegende Gelände, welches zum größten Teil aus bewaldeten Hügeln bestand, ein unruhiges, wild aufgepeitschtes, dunkelgrünes Meer, das in seiner Bewegung innehielt, als wolle es ein Zeichen setzen gegen die permanente Rastlosigkeit des Zeitstroms. Andere Fantasten sahen von diesem Punkt aus vielleicht eine flauschige Decke, die eine quirlig nervöse Welt wohlig und warm einhüllte und die alltägliche Hektik erstickte. Einzig eine kleine Rangerstation mit einem gedrungenen hölzernen Dach und einem Feuerturm wagte sich, im rechtschaffenen Bewusstsein, das sie Umgebende zu bewahren statt zu stören, an die ansonsten makellose Oberfläche. Vögel waren zu hören, die Geräusche des Waldes, die die Stille eher betonten, als deren völlige Entfaltung zu hemmen. Peter und Luther mussten sich erst darauf einlassen, denn weder in der Hauptstadt Marylands noch in der Südstaaten-Metropole gab es echte Stille.

Das Wetter war so prächtig, wie es der Bericht vorhergesagt hatte, und auch der Abend war wie gemalt für große Jungs mit einem Sinn für Lagerfeuerromantik. Wie immer blieben die Alltagssorgen und aktuellen Probleme auf dem Weg der ersten beiden Wandertage zurück, und wie immer schwelgten sie danach in Jugenderinnerungen. Peter und Luther kannten sich nicht erst seit dem Studium, als sie regelmäßig zu wandern begannen. Sie waren zusammen aufgewachsen. Sie wohnten in derselben

Straße, gingen auf dieselbe Schule und eine Zeit lang schliefen sie sogar, ohne es zu wissen, mit demselben Mädchen. Eine Geschichte, die auch an diesem Abend wieder erzählt wurde. Bei allen galt das Gespann als Tom Sawyer und Huckleberry Finn, spätestens, nachdem Peters Eltern tödlich verunglückt waren und er bei seiner Tante Mary aufwuchs, die von den Jungen fortan Polly genannt wurde. Sie bauten Hütten, angelten und trieben sich nächtelang herum. Einmal waren sie sogar für mehrere Tage verschwunden, wollten per Anhalter nach Nevada fahren, um auf der Ponderosa Ranch reiten zu lernen. Aber schon kurz hinter Kansas City wurde das Abenteuer abgebrochen, weil Luthers Katze Junge erwartete und sich die Sache mit dem Reiten vermutlich doch länger hingezogen hätte. Da waren sie dreizehn. Nun waren sie Anfang 40 und beruflich und familiär dort, wo sie hinwollten. Peter war Leiter des Fachbereichs Geschichte bei einem kleinen Verlag an der Ostküste, glücklich verheiratet und Vater einer Tochter. Luther war Oberarzt am Atlanta Medical Center, geschieden und hatte gleichzeitig jeweils ein halbes Dutzend loser, zumeist kurzlebiger, Affären.

- „Sag mal, sprudelt dein Kaffee auch so?"

Luther starrte in die Flammen des knisternden Feuers.

- „Vielleicht ist die Milch sauer."

- „Wir haben keine Milch dabei, falls du dich erinnerst."

- „Ah, stimmt ja, dann eben der Zucker …"

Er war ganz offensichtlich gar nicht bei der Sache.

- „Der Zucker? Sauer?“, Peter zog die Brauen hoch. „Da hätte ich auch den Hirsch fragen können, den wir heute Morgen gesehen haben.“

Luther van Eyck und Peter Saunders waren sportlich und intelligent. Clevere Jungs, die das Leben lässig in ihre Bahn zu lenken wussten. Peter war der Coolere von beiden; wenngleich er mit seinen fast schwarzen Haaren und dunkelbraunen Augen eher an einen Südländer erinnerte, wirkte er immer ruhig und besonnen. Obwohl sich um die Augen einige Lachfältchen gebildet hatten, war sein Gesicht noch ebenmäßig und glatt. Er genehmigte sich trotz des unablässigen Spottes seines Freundes auch auf ihren Wanderungen den Luxus einer täglichen Nassrasur. Sein Haar trug er in mittlerer Länge mit einem linksseitig angedeuteten Scheitel. Der Pony war strähnig aus der Stirn zur Seite gekämmt. Auch Luther war gut aussehend, was er vor allem seinen kobaltblauen Augen und den blonden Locken verdankte, die, seiner ursprünglich irischen Abstammung Tribut zollend, einen Stich ins Rötliche aufwiesen. Sein Gesicht war kraftvoll mit ausgeprägten Wangenknochen und einer markanten Nase ausgestattet. Dennoch war es ein entspanntes Gesicht, auf dem der Betrachter ständig den Anflug eines Lächelns zu erkennen glaubte. Luther war extrovertiert, er war es gewohnt, den Laden zu schmeißen. Wenn Luther da war, redete Luther oder er sang, spielte Gitarre oder lachte einfach nur. Und alle schlossen sich ihm an. Aber auf den Wanderungen war es anders. Hier musste niemand für Stimmung sorgen. Hier waren die Freunde unter sich und jeder wusste, was er vom anderen erwarten konnte. Vieles

hatte sich seit ihrer Kindheit in Raleigh, im ländlich beschaulichen Illinois, und ihrer Studienzeit im urban lebhaften Madison geändert, vieles war aber auch gleich geblieben. Sie hatten ihre gemeinsame Geschichte, waren wie Brüder, und Blutsbrüder waren sie seit ihrem achten Lebensjahr ohnehin. Es wäre ihnen gar nicht in den Sinn gekommen, über ihre Freundschaft zu sprechen, sie zu analysieren oder als etwas Besonderes hervorzuheben, sie war einfach da, unendlich, wie die Luft, die sie atmeten oder das Wasser, das sie tranken. Keiner von ihnen glaubte daran, dass diese Freundschaft jemals enden könnte, denn es gab nichts, was an Bedeutung größer hätte sein können. Sicher hatte Peters Familie in seinem Leben einen ähnlichen Rang eingenommen, aber er wusste, dass das eine das andere niemals gefährden würde. Beide Bereiche existierten völlig unabhängig voneinander, auch wenn sie sich zuweilen überlagern konnten. Und auch wenn man sich seit einigen Jahren viel seltener sah als früher, so haftete doch die alte Vertrautheit an ihnen wie eine zweite Haut. Es gab einfach zu vieles, das sie verband. Peter war beispielsweise daran beteiligt gewesen, als Luther seinen Adelstitel erworben hatte. Nicht, dass der gute Luther etwas besonders Adelungswürdiges getan hätte, denn er hatte einfach nur die einzige Frau geheiratet, die er in seinem Leben wirklich mit dem Herzen liebte. Er war nie der Mann für die eheliche oder auch außereheliche Treue, vielmehr war er mit einem natürlichen Interesse an nahezu allen weiblichen Personen ausgestattet, die sich in seiner Umgebung zeigten. Bei vielen Frauen fiel diese offensive Einstellung auf fruchtbaren Bo-

den, zumal der Mann ungemein charmant sein konnte. So kam es eher selten vor, dass Luther Partys, auf denen er allein auftauchte, auch allein verließ. Sprach man ihn später auf seine neue Eroberung an, zwinkerte er nur und gab vor, dass es nichts Ernstes sei. Gerade so, als habe man sich, nachdem man ein leichtes Hüsteln vernommen hatte, nach seinem Gesundheitszustand erkundigt. Als Peter ihm jedoch Melanie van Eyck vorstellte, war es um ihn geschehen. Peter hatte die junge Historikerin während einer Konferenz in New York kennengelernt und wenn er damals nicht schon mit Ellen zusammen gewesen wäre, hätte auch er sich zweifellos mehr erhofft. Melanies Familie war vor mehreren Generationen aus den Niederlanden in die USA eingewandert. Als Luther die attraktive Blondine auf einer Party bei Peter in Augenschein nahm, wandte er sich von allem ab, was seine Aufmerksamkeit zuvor so oft an sich gezogen hatte. Es war nicht nur Liebe auf den ersten Blick, ein Gefühl, das Luther durchaus kannte, sondern auch auf den zweiten und dritten und so weiter. Melanie und er erlebten über fast zwei Jahre eine Zeit permanenter Hochgefühle. Und schließlich heirateten sie, wodurch aus Luther Bannister Luther van Eyck und aus einem Bürgerlichen ein Adliger wurde. Drei Jahre später wurde die Ehe geschieden. Sie lebten da schon längst nicht mehr zusammen. Melanie hatte eine Stelle an der Universität von Leiden in Europa angenommen, und Luther ging in Atlanta seiner Tätigkeit als Arzt nach und in Bezug auf Frauen jeder sich bietenden Gelegenheit.

Peter führte ein anderes Leben. Er genoss es, ein richtiges Zuhause zu haben, eine Atmosphäre von Geborgen-

heit und Vertrauen, von Harmonie und Gemeinsamkeit, die in seinen Augen nur eine Familie bieten konnte. Ellen war genau die richtige Partnerin für ihn. Sie hatten sich während des Studiums an der University of Wisconsin in Madison kennengelernt, wo Peter amerikanische und europäische Geschichte studierte und Ellen Pädagogik. Nach zwei Monaten zogen sie zusammen und fanden heraus, dass sie wie für einander geschaffen waren. In Madison wurde ihnen auch klar, dass sie immer am Wasser leben wollten. Immer wieder zog es sie an den Lake Mendota, wo sie endlose Spaziergänge unternahmen, Sonnenunter- und -aufgänge beobachteten, gemeinsam ruderten und in den Sommermonaten regelmäßig schwammen. Als Ellen schließlich die Zusage für eine Stelle als Lehrerin in Annapolis bekam, zogen sie an die Ostküste. Auch Peter hatte dort zunächst als Lehrer gearbeitet, heuerte dann aber bei einem neu gegründeten Verlag für Geschichte und Soziologie an. Hier konnte er all seine Fähigkeiten gezielt einsetzen. Die Suche nach geeigneten Manuskripten, die Arbeit am Verlagsprogramm, die redaktionelle Aufbereitung einzelner Werke und die Layoutgestaltung lagen ihm. Zudem hatte diese Tätigkeit eine wissenschaftliche Komponente und bot die Gelegenheit, interessante Autoren persönlich kennenzulernen. Ellens und Peters privates Glück wurde vollkommen, als vor neun Jahren Irene das Licht der Welt erblickte.

Mit einem gewaltigen Krachen schwappte der Kaffee aus der Tasse über Peters Beine. Auch Luther war hochgeschreckt. Es gab keinerlei Anzeichen für ein Gewitter, aber was hätte es sonst sein sollen? Wieder erschütterte

eine Detonation die Lichtung. Die Erde unter ihren Füssen bebte. Danach war ein heller Lichtblitz zu sehen, jedoch war nicht auszumachen, aus welcher Richtung er kam. Die Freunde schauten sich an. Keiner traute sich zu sprechen, aber beiden war klar, dass die umgekehrte Reihenfolge von Blitz und Donner zu tiefster Besorgnis Anlass gab. Indes blieb ihnen keine Zeit, länger darüber nachzudenken, denn wieder grollte es ohrenbetäubend über ihren Köpfen. Spürbar wurde Adrenalin freigesetzt, Muskeln spannten sich, der Körper bereitete sich auf die notwendige Flucht vor. Dann brach das Unwetter mit seiner ganzen Kraft über sie herein. Wind peitschte durch die Klüfte zwischen den Felsen, überall zuckten Blitze, Donnerschläge knallten und gewaltige Entladungen erstarben in ächzenden Geräuschen berstenden Holzes. Die Flammen ihres Lagerfeuers flackerten wild, schlugen meterhoch in die Luft. Doch es war nicht nur ihr Feuer, das die Szenerie erhellte, hinter ihnen hatte eine riesige Kastanie zu brennen begonnen. Die beiden Männer wussten, dass der Gipfel eines Berges, auch wenn er sich eher flach als spitz darbot, kein besonders günstiger Aufenthaltsort bei einem Gewitter war. Auch Bäume waren alles andere als ideale Zeitgenossen, sie boten keinen Schutz, sondern erhöhten durch ihre exponierte Stellung die Gefahr eines Blitzeinschlags. Sie mussten möglichst schnell zu einem Geländeeinschnitt gelangen oder die Nähe einer überhängenden Felsformation suchen. Aber in welche Richtung sollten sie fliehen? Peter griff zu seinem Rucksack, wuchtete ihn hektisch auf seine Schultern. Blitze und Donnerschläge kamen jetzt gleichzeitig, Hagel setzte ein. Ange-

spannt standen sie da, als ihre Lagerstätte schlagartig in ein gleißend helles Licht getaucht wurde. Es wirkte, als sei ein Blitz für einige Sekunden im Erdreich stecken geblieben. Die Freunde kniffen die Augen zusammen, doch auch durch die winzigen, noch geöffneten Schlitze sahen sie nichts als diesen unnatürlich grellen Schein. Dann folgte ein harter Schlag, ein überdimensionaler Peitschenhieb. Luther schrie auf, Peter wurde zu Boden geschleudert. Der Vorhang war gefallen.

2. EIN MANN ZU VIEL

Die Welt schien aus den Fugen geraten. Furchtsam blickten Menschen, Tiere und Engel zum Firmament, wohl wissend, dass eine gewaltige Kraft sich gegen sie gestellt hatte. Der Zorn der Götter entlud sich schlagartig wie ein Blitz und schleuderte den Helden, der noch eben so stolz den sechsspännigen Streitwagen fuhr, in die Tiefe. Eine Szene voller Entsetzen und gleichsam barocker Üppigkeit, ein Spiel von Licht und Farbe, von Kühnheit und Übermut. Eine dramatische Komposition des Untergangs, eine Dynamik der Apokalypse, in der Anmut und Grazie sowie heiter-festliche Leichtigkeit noch zu erahnen sind, aber bereits von Schwere und Pathos überstrahlt werden. „Der Sturz des Phaeton", eine Momentaufnahme des Verfalles menschlicher Eitelkeiten, gemalt zu Beginn des 17. Jahrhunderts von Peter Paul Rubens.

Robert Shane bedeutete dieses Bild sehr viel und er musste es in seiner Nähe haben, auch wenn es lediglich eine Kopie war und sich nicht so recht in die aristokratische Unterkühltheit des übrigen Raumes einfügen mochte. Shane hatte sich längere Zeit um das Original bemüht, aber die National Gallery of Art in Washington DC blieb hart.

Wenn man Robert Shane in seinem Arbeitszimmer besuchte, hätte man meinen können, auf einem englischen Adelssitz zu sein. Doch war dieses Vergnügen nur wenigen vorbehalten, und für diese wenigen wiederum war es dann selten ein Vergnügen. Wer hierher Zugang bekam,

der kam entweder mit einem Problem oder er nahm bei seinem Abschied eines mit. Durch die großen Scheiben hinter Mr. Shanes massivem Mahagonischreibtisch sah man auf eine weitläufige Parklandschaft mit altem Baumbestand. Die großen Flügeltüren führten auf eine breite Terrasse hinaus, die stufenlos in einen englischen Rasen überging. Nach exakt 50 Metern wurde dieser durch Büsche und einzelne Baumgruppen aufgelockert, wobei nach Shanes Vorgaben in der Mitte ein 30 Meter breiter Streifen unbewachsen blieb. Er ermöglichte einen weiten Blick über die angrenzenden, bewaldeten Hügel. Robert Shane war ein Mann, der es bevorzugte, den direkten Weg zu nehmen, und sei es, wie in diesem Fall, auch nur mit den Augen.

Von diesem Blickwinkel aus deutete rein gar nichts darauf hin, dass man sich am Rand eines nicht weniger als sechs Quadratkilometer umfassenden Gebiets befand, das höchsten Sicherheitsansprüchen genügte und von einer breiten Sperrzone umgeben war. In diesem Sicherheitsgürtel, den ein fünf Meter hoher, doppelter Elektrozaun umfasste, patrouillierten paramilitärische Spezialeinheiten in Kompaniestärke. Sie schützten eine der modernsten Forschungseinrichtungen weltweit. Das Areal vor Robert Shanes Arbeitszimmer durften sie allerdings nicht betreten, um den Eindruck der vollkommenen Idylle nicht zu stören, die Mr. Shane für seine innere Ausgeglichenheit so sehr benötigte wie ein Polarbär die Weiten der Arktis. Der schlossartige Anbau mit seinem vorgelagerten Park war der einzige Ort, der Robert Shane nicht das Gefühl gab, eingesperrt zu sein. Während der Gärtner für diesen

Bereich über eine eingeschränkte Zugangsberechtigung verfügte, genoss Bruce als Einziger eine uneingeschränkte. Der zweieinhalbjährige Schäferhundmischling war von ängstlicher Natur und verließ die sichere Umgebung, die aus Mr. Shanes Arbeitszimmer und dem Garten bestand, nur äußerst ungern. Shane erfüllte sich einen Jugendtraum, als er das Tier zu sich nahm, das eigentlich zu einem Wachhund für das Sicherheitspersonal ausgebildet werden sollte. Bruce erwies sich jedoch für diese Aufgabe in jeder Hinsicht als untauglich. Neben seiner Furchtsamkeit wurde ihm dabei seine uneingeschränkte Menschenfreundlichkeit zum Verhängnis. Egal wer sich ihm näherte, immer schaute er denjenigen mit treuen braunen Augen an und wedelte. Die etwas zu weich geratenen Ohren taten ihr Übriges.

Mr. Shanes Ohren waren unbeugsam, sie standen im krassen Gegensatz zu seinen wirren, flusigen, weißen Haaren. Er war schon mit Mitte 30 vollständig ergraut. Nun war er 73 und seit fast 24 Jahren an den Rollstuhl gefesselt. Er hasste es daher, auch nur kurze Strecken außerhalb des Laboratory zurückzulegen. Das war der eigentliche Grund für seine Entscheidung, sich an seinem Arbeitsort häuslich einzurichten, wenn man es bescheiden ausdrücken wollte. Immerhin hatte der Anbau des Herrenhauses, der die Errichtung einer Kläranlage und der Generatorenhalle erforderlich machte, insgesamt über zehn Millionen US-Dollar gekostet.

Als Raymond Myers eintrat, saß Robert Shane hinter seinem mächtigen Schreibtisch. Obwohl Shane, wenn er noch aufrecht hätte stehen können, die Marke von

1,63 Meter nicht übertroffen hätte, wirkte es, als säße ein viel größerer Mann im Gegenlicht der Fensterfront. Myers wusste, dass das an dem Rollstuhl lag. Shane hat sich extragroße Räder montieren lassen, weil er es nicht verkraftete, für den jeweils kleinsten Teilnehmer einer Gesprächsrunde gehalten zu werden, egal ob sitzend oder stehend und egal ob zu Recht oder zu Unrecht.

Dr. Raymond Myers war in vielerlei Hinsicht das absolute Gegenteil von Robert Shane. Während Shane alt, steif und unnahbar wirkte, bestach Myers durch jugendliche Frische, Dynamik und Offenheit. Er war fast 1,90 Meter groß und mit seinen 48 Jahren überaus sportlich. Dass Shane offiziell Myers Vorgesetzter war, störte ihn nicht. Niemals hätte er mit dem Alten tauschen wollen. Er hätte es keine zwei Tage in der Einsamkeit des Refugiums ausgehalten. Myers stand mitten im Leben, brauchte Menschen um sich herum, seine Mitarbeiter, die Ministerien, die Presse und seine Familie. Er lebte auf einer kleinen Farm, die circa 20 Kilometer vom Laboratory entfernt lag. Für die Distanz nahm er den Hubschrauber, den er selbst flog. Shane, der selbst nie einen akademischen Abschluss erlangt hatte, hatte ihn vor acht Jahren mit einem hoch dotierten Angebot aus Harvard loseisen können, wo Myers als Professor für Physik arbeitete. Er erhoffte sich davon, die entscheidenden Impulse für seine Forschung und lag damit richtig. Das Projekt hatte große Fortschritte erzielt und man wähnte sich dicht vor dem folgenschweren Durchbruch. In ihrer Arbeit ergänzten sich Shane und Myers optimal, während Shane den administrativen Teil der Institutsleitung übernahm, sorgte Myers für den ope-

rativen Ablauf. Die beiden Männer waren darüber hinaus die Hauptverantwortlichen für die Versuchsreihe C26.

Diese Testreihe lief nun seit fast 30 Jahren, auch wenn sich Programm und Name mit der Zeit mehrfach änderten. Sie war topsecret, und es war den Leitern tatsächlich gelungen, sie über einen so langen Zeitraum vor der Öffentlichkeit geheim zu halten. Robert Shane war von Anfang an mit von der Partie, zunächst als Projektassistent, dann als Techniker und schließlich als Chefingenieur, bevor er Ende der 1980er-Jahre die Institutsleitung übernahm. Auf dem zeitweiligen Höhepunkt geschah schließlich der Unfall, von dem er sich nur langsam erholte und dessen Folgen ihn zeitlebens in den Rollstuhl verbannten. An jenem Abend glaubten sie am Ziel zu sein, und Shane bestieg zusammen mit seinem Freund und Kollegen Forma Townsend die Kapsel. Doch statt des erwarteten Ablaufs kam es zu dieser Explosion. Während Shane schwere Verbrennungen an den Beinen erlitt, blieb von Townsend nur ein Häufchen Asche übrig. Und gestern Abend kam es zu einem ähnlichen Ereignis, bei dem zwei Männer ihr Leben verloren.

- „Robert, ich komme gerade aus dem Labor. Der eigentliche Brand war lokal begrenzt, im Bereich des Zentrifugalfilters. Was mich überrascht, ist aber die Hitzeentwicklung im gesamten Zylinder."

Robert Shane blickte auf, seine Gedanken wurden schlagartig um ein Vierteljahrhundert in die Gegenwart katapultiert. Sah er eben noch sich selbst auf dieser harten Pritsche im längst nicht mehr existierenden alten Sanitätsraum liegen, war es jetzt Alan Mason, der sein inneres

Bild beherrschte, Mason und die beiden Toten Perkins und Tomczak, die, von Tüchern verhüllt, neben den großen Schaltpulten aufgebahrt waren. Shane wirkte angegriffen, doch sein Verstand war klar und wach.

- „Wie geht es Alan?“

- „Immer noch im Koma. Er wird aber durchkommen“, beruhigte Myers.

- „Ich verstehe das nicht, wir hatten doch alles durchgerechnet. Auch die Vortests verliefen absolut störungsfrei. Und jetzt so eine Katastrophe. Glaubst du, es lag an einer Überspannung?“

Robert Shane sah an Myers Mimik, dass seine Gedanken sich in einer ganz anderen Richtung bewegten.

- „Es gibt noch eine andere Möglichkeit. Im hinteren Bereich des Tunnels wurde ein Mann gefunden. Wir wissen nicht, wer er ist, und vor allem nicht, wie er da hingekommen ist. Er ist wie Alan ins Koma gefallen. Seine feste Kleidung hat ihm vermutlich das Leben gerettet, sie ist völlig verkohlt, aber er selbst hat nur leichte Verbrennungen. Sieht eher nach einem starken Sonnenbrand aus. Na ja, und er hatte einen Rucksack dabei. Seine Ausrüstung deutet auf …“

- „Ein Umweltschützer?“, Shane war ungehalten.

- „Oder ein Terrorist.“

- „Du meinst, es war ein Anschlag?“

- „Ich weiß es nicht. Aber ein Umweltaktivist ist noch nie bis in den inneren Kreis vorgedrungen. Aber seit sie sich Green Force nennen, wer weiß?“

Beide brachten ein gequältes Lachen hervor, das schnell verebbte.

- „Wo ist er jetzt?“, fragte Shane ernst.

- „Jenkins kümmert sich um ihn. Ich bin gespannt, was er uns zu sagen hat.“

Dass die Fakten intern zu behandeln waren, musste nicht explizit betont werden. Man würde die Sache in der Kategorie eines technischen Zwischenfalls abhandeln. Unfälle in Forschungsanlagen gab es allerorten, und allerorten bekamen die Witwen Blumen und eine entsprechende Abfindung. Myers und Shane würden sich an die Analyse der Ursache machen und zusammen mit der Securityabteilung nach dem Sicherheitsleck suchen, durch das der Fremde in die Anlage gelangt war.

3. PETER ERWACHT

Als Erstes sah er ihre Beine. Sie waren schön, gebräunt und schlank. An den Waden konnte man geschmeidige Muskeln erkennen, die im entspannten Zustand sanfte Wogen formten. Sie saß aufreizend lässig auf einem schlichten Stuhl aus poliertem Buchenholz. Das linke Bein wippte durch das rechte Knie gestützt sachte in der Luft, wodurch sich die Sandale von der Fußsohle gelockert hatte und nur von den schmalen Riemchen über Zehen und Spann gehalten wurde. Ihr weißes, offenbar leicht geschlitztes Kleid hatte sich durch diese Sitzhaltung geteilt, wodurch auch Teile ihres Oberschenkels sichtbar wurden. Der Oberkörper war durch eine Zeitschrift verdeckt, aber wenn Peter seine Augen drehte, konnte er, ohne sich sonst zu bewegen, ihren Kopf sehen. Sie hatte schulterlanges braunes Haar, große, blassblaue Augen und eine entzückende Stupsnase. Ein hübsches Gesicht, wenngleich ihr Kinn für seinen Geschmack eine Nuance zu spitz war.

Peter versuchte sich an sie zu erinnern, aber es gelang ihm nicht. In seinem Kopf war ein Blitz. Die Situation war pikant. Er war verheiratet und er liebte seine Frau und nun lag er auf dem Bett dieser schönen Fremden, die offenbar darauf wartete, dass er erwachte. Peter Saunders bewegte sich nicht, wollte Zeit gewinnen und ließ seinen Blick langsam durch den Abschnitt des Raumes wandern, der ihm in dieser Lage visuell zugänglich war. Das Zimmer war spärlich möbliert, ein schmaler Wandschrank,

eine Kommode, ein Waschbecken, darüber eine Ablage und ein Spiegel. Durch das Fenster an der gegenüberliegenden Seite fiel helles Licht ein. Er sah einzelne Strahlen, woraus er schloss, dass der Tag noch nicht weit fortgeschritten war. Wo war er bloß und wer war diese Frau? Sie blätterte in der Zeitschrift ohne zu ihm herüberzusehen. Wie lang mochte sie da schon sitzen? Der Gedanke, Ellen betrogen zu haben, war ihm unerträglich. Seitdem sie zusammen waren, war Peter ihr treu, er war glücklich mit ihr, er liebte sie. Auf der anderen Seite wäre es ihm aber auch gegenüber dieser Frau unangenehm, sich nicht an ihr Liebessabenteuer zu erinnern. Er versuchte, sich den gestrigen Tag ins Gedächtnis zu rufen, aber es war als stünde er auf einem Schnee bedeckten, nebligen Feld. Keinerlei Konturen waren auszumachen, nichts als eine grenzenlose Leere umgab ihn auf der Reise in diese doch so nahe Vergangenheit. Alles, an das er sich erinnern konnte, waren die gewohnten Lebensumstände, seine Frau, seine Tochter Irene, die Wohnung in Annapolis, das Büro. Aber irgendetwas stimmte nicht. Diesem Rahmen fehlte jeglicher Bezug, konkrete Erlebnisse, die der Vorstellung eine individuelle Note verliehen, sie abhoben von den spärlichen biographischen Daten flüchtiger Bekannter. Seinen Erinnerungen fehlte das Persönliche, vor allem deshalb, weil er selbst darin fehlte.

Von irgendwoher klopfte es. Die junge Frau sah auf, über ihn hinweg zu der Wand in seinem Rücken. Ein Klacken war zu hören, dann eine Stimme.

- „Ann, könnten sie mir kurz helfen.“

Die Frau erhob sich und ging um das Bett herum. Eine Tür wurde geschlossen. Er war allein. Ein schwaches Signal durchquerte seinen Kopf, mehr ein Anflug. Es war das unbestimmte Gefühl, von der Welt vernachlässigt zu werden. Die Schöne hatte ihn keines Blickes gewürdigt, als sie das Zimmer verließ und wo immer er auch war, mit ihr allein war er jedenfalls nicht. Sie beide, sie und er, waren Bestandteile eines größeren Systems, das offenbar weitere Personen umfasste, eine reglementierte Ordnung hatte und funktionale Abläufe aufwies. Sicher bildeten auch kurze und längere Liebesbeziehungen gewisse Regeln aus, aber das hier war etwas anderes.

Es war nicht leicht sich aufzurichten. Er fühlte sich steif. Außerdem bemerkte er jetzt, dass er an einige Schläuche angeschlossen war. Er war zweifellos in einem Krankenhaus. Aber warum? Die flüchtige Inspektion seines Körpers ergab keine unangenehmen Überraschungen: Arme, Beine, Finger und Zehen waren vollständig und schmerzten nicht, Narben waren – zumindest an der Vorderseite – nicht auszumachen. Rechts neben dem Bett stand ein fahrbarer Nachttisch, auf dem hinter einem Fläschchen mit einer undefinierbaren Flüssigkeit und einer Puderdose ein Handspiegel lag. Peter griff danach. Als Erstes sieht man sich immer in die Augen, dachte er. Sie waren groß und dunkel, melancholisch, umrandet von dichten schwarzen Wimpern. Das Gesicht hob sich vom Weiß des Kopfkissens ab, war sonnengebräunt, vielleicht ein bisschen gerötet. Hatte er einen Sonnenbrand? Dann sah er etwas Seltenes. Er trug einen Dreitagebart. Dennoch, der erste Eindruck war zufriedenstellend, er sah bes-

ser aus als befürchtet, jedenfalls nicht ernsthaft krank. Dann folgte ein anderer Gedanke, eine Ebene darunter angesiedelt, tiefgründiger, besorgniserregend. Hoffentlich hatte er keine schlimme Krankheit, die den Körper von innen heraus aufzehrte. Wieso konnte er sich an rein gar nichts erinnern?

Die Tür öffnete sich. Über Anns Gesicht fuhr ein kurzer Schreck, dann ein Lächeln. Es war ein mütterliches Lächeln, was Peter enttäuschte. Diese Frau war einfach zu schön, um in einem Mann nicht den Wunsch aufsteigen zu lassen, auch nur einen Moment lang von ihr so angesehen zu werden, wie eine Geliebte einen ansah. Zumindest gab die erotisch-emotionale Distanz zwischen ihnen Peter die Gewissheit, Ellen nicht betrogen zu haben.

Nur wenig später standen schätzungsweise ein Dutzend Ärzte an seinem Bett, wovon nur zwei Frauen waren. Es fiel Peter in diesem Moment nicht weiter auf, aber wenn in so kurzer Zeit das komplette Ärzteteam zusammengetrommelt wird, kann es sich kaum um einen harmlosen Routinefall handeln. Ein graumelierter, groß gewachsener, schätzungsweise 55-jähriger Mann mit gepflegtem Gesicht und stark ausgeprägten schwarzen Brauen stand genau in der Mitte. Er stellte sich als Dr. Jenkins vor, während die anderen namenlos blieben. Deren Blicke wechselten in schnellem Rhythmus zwischen ihm und dem im Bett liegenden Patienten. Die Rollen waren verteilt.

- „Wie geht es Ihnen?"

Der Chefarzt lächelte eine Spur zu sanftmütig.

- „Sagen Sie es mir", forderte ihn Peter auf.

Das Alphatier zögerte kurz, nachdem sein Gegenüber den Ball ansatzlos zurückgespielt hatte.

- „Nun, Sie haben drei Tage im Koma verbracht. Dafür geht es Ihnen erstaunlich gut. Ihre Werte sind stabil und Ihre Wunden sind gut verheilt."

- „Meine Wunden?"

- „Ja, Ihre Brandwunden, leichte Verbrennungen …"

Peters Unverständnis spiegelte sich in seiner Mimik.

- „… nach dem Unfall. Sie hatten einen Autounfall. Erinnern Sie sich nicht?"

Jenkins wusste, dass er einen Fehler gemacht hatte. Er zeigte die Zähne, strahlend weiß, makellos, als habe er niemals harte, scharfkantige oder zuckerhaltige Nahrung zu sich genommen.

- „Nein, Sie haben recht. Ich erinnere mich in der Tat nicht daran. Haben Sie meine Frau informiert? Ist sie hier?"

- „Wir wissen bisher nicht einmal, wie Sie heißen. Ihre Sachen sind verbrannt. Sie hatten einen Wanderrucksack bei sich, erzählte der Mann, der Sie in seinem Auto mitgenommen hat. Sie sind getrampt."

Der Arzt fragte nicht nach seinem Namen. Offenbar interessierte er sich nicht dafür, sondern reduzierte Peter einzig und allein auf das Krankheitsbild.

- „Und dann hatten wir einen Unfall?"

- „Ja, aber machen Sie sich jetzt keine Sorgen, Sie sind soweit wieder hergestellt."

- „Könnte ich telefonieren? Ich muss meine Frau anrufen."

Dr. Jenkins zögerte einen Augenblick.

- „Ich kann Ihnen das auf dieser Station nicht erlauben. Aber Schwester Ann wird gleich ihre Daten aufnehmen und Ihre Frau verständigen. Sie kann dann auch herkommen und in ein paar Tagen können Sie wieder nach Hause."

Es entstand ein dezentes Gemurmel. Zwischen den Weißkitteln wurden medizinische Details verhandelt. Peter verstand nur, dass die Magensonde entfernt werden sollte.

- „Wo bin ich hier überhaupt?"

Eine einfache Frage, auf die es eine eindeutige Antwort gab. Das Lächeln des Graumelierten kehrte zurück und blieb standhaft.

- „St. George Hospital, Cincinnati, eine der besten Privatkliniken des Landes", sagte einer der Ärzte, die das Bett auf der rechten Seite flankierten, nicht ohne Stolz. Während Peter noch verwundert darüber nachdachte, wie eine Privatklinik einen Tramper aufzunehmen bereit war, von dem man nicht einmal wissen konnte, ob er überhaupt krankenversichert war, wandte sich die Gruppe ballettartig zum Gehen. Sollte das wirklich schon alles gewesen sein? Peter hatte noch jede Menge Fragen.

- „Ach Doc, wie geht es dem Mann?"

- „Welchem Mann?"

Wieder so ein Fauxpas. Wurde er alt? Noch konnte er derartige Fehlleistungen durch Amt, Würden und eine gehörige Portion Jovialität überspielen, aber irgendwann würde es sich rächen. Noch bevor er die Sache gerade rücken konnte, formulierte Peter die Nachfrage.

- „Dem, der mich mitgenommen hat."

- „Ja, schon klar. Dem geht es gut“, antwortete Jenkins knapp, zögerte kurz und ergänzte: „Er hat Ihnen übrigens das Leben gerettet, Sie aus dem brennenden Wagen gezogen.“ Dann machte er auf dem Absatz kehrt. Offenbar hatte er es eilig.

Nachdem das Ensemble abgezogen war, kam die schöne Ann herein. Sie hatte ihre Zeitschrift gegen eine Kladde eingetauscht und war auf eine fast theatralische Art um Förmlichkeit bemüht, wie eine Schauspielerin, die eine Krankenschwester spielt. Das Ausfüllen des Formulars dauerte kaum zehn Minuten und abschließend unterschrieb Peter den Bogen, auf dem neben der Krankenversicherung und seiner Telefonnummer folgende Ergänzungen eingetragen waren:

> *Peter Oswald Saunders, geboren am 18. Juni 1969 in Harrisburg, Illinois, wohnhaft: 14 B Mayfield, Annapolis, Maryland, verheirat mit: Ellen Saunders (geb. Hudson), eine Tochter namens Irene, neun Jahre. Arbeitgeber: Manson & Company Verlagsgesellschaft, 39 H Mayfield, Annapolis, Maryland*

4. DER VIERTE MANN

Der kleine Konferenzraum, wie man ihn hier nannte, bot Platz für sechs Personen. Er wurde für alle vertraulichen Unterredungen genutzt, an denen neben Robert Shane zwischen zwei und fünf weiteren Personen beteiligt waren. In seinem Arbeitszimmer empfing Mr. Shane jeweils nur eine Person, da dort kein Gespräch abgehalten werden sollte, an dem er nicht direkt als Sprecher oder Angesprochener beteiligt war. Der Raum, in dem sie sich jetzt befanden, lag im oberen Stockwerk von Shanes extravagantem Anbau und war eine originäre Nachbildung einer *Salle de Consultation* im Stile der französischen Adelshöfe zu Zeiten Ludwigs XV. Shane war als junger Mann für einige Monate in Frankreich gewesen und als glühender Bewunderer der höfischen Lebensart des Ancien Régime nach Amerika zurückgekehrt. Er hatte sich nie sonderlich kritisch mit den gesellschaftspolitischen Hintergründen dieser Epoche der europäischen Geschichte auseinandergesetzt und so war es ihm leicht gefallen, sich in dieser Hinsicht auf das schmucke Beiwerk zu konzentrieren. Die weiße Stuckdecke, welche über eine große Rosette und reichhaltig dekorierte Zierleisten mit hängendem Kugelfries verfügte, bildete einen abgestimmten Gegenpol zu den lindgrünen Seidentapeten. Das Mobiliar war sorgsam ausgewählt. Es bestand im Wesentlichen aus einem Sekretär mit schräger Schreibklappe, deren Seiten Ornamente aus Obsthölzern schmückten, einem Wandschrank mit bewegter Holzmaserung und grün lackierten Sockeln und

einem Konsoltisch mit geschmückter Palmette, über dem ein Wandspiegel mit durchbrochener geschnitzter Bekrönung angebracht war. Bis auf Robert Shane, der an seinen Rollstuhl gebunden war, saßen die drei anderen auf den von Rocaillen und Mäanderbändern verzierten Medaillonstühlen mit Gros-Point-Bezug und kannelierten Rundbeinen. Die Intarsienarbeit in der Mitte des runden Tisches aus Nussbaumholz, um den sie gruppiert waren, zeigte eine Jagdszene mit Hirschen. Hätte Shane sie genötigt, in der passenden Kostümierung zu erscheinen, wäre der Eindruck perfekt gewesen. Doch hätten sie sich damit für einen Außenstehenden ohne Zweifel als heiße Kandidaten für eine längerfristige Sicherheitsverwahrung profiliert. Der Anlass ihrer Zusammenkunft war jedoch ohnehin zu ernst, um sich an der stilsicheren Dekoration zu entzücken.

Neben Raymond Myers, der Robert Shane gegenüber saß, waren Dr. Jenkins und John Bartlett, der Chef des Sicherheitsdienstes, anwesend. Bartlett war 38 Jahre alt und nach seinem Äußeren zu urteilen das, was man hinlänglich unter einem schweren Jungen verstand, ein dunkler Typ mit vollen, schwarzen Haaren, groß, breitschultrig. An den Hüften, am Bauch und den Oberarmen war er füllig, und es fiel nicht leicht zu erkennen, was unter der beigen Uniform Muskeln waren und was lediglich adipöses Gewebe. Er hatte stark ausgeprägte Brauen, Oberlippe und Kinn zierte ein Henriquatre. Für Shane und seine Marotten hatte er nur Verachtung übrig und er hasste es, in diesem unbequemen Kinderstühlchen zu sitzen, während er seinen Bericht abgab. Aber die Arbeit am Mount

Maroon war interessant, er befehligte knapp vierzig Leute und er wurde fürstlich entlohnt. Unter den Anwesenden war er durchaus umstritten, zumal nicht ganz klar war, auf welche Weise er seine Fähigkeiten auf dem Gebiet der Objektsicherung erworben hatte. Robert Shane jedenfalls schien einen Narren an ihm gefressen zu haben und somit stand er nicht zur Disposition.

Jenkins war am Mittag mit dem Hubschrauber aus Cincinnati eingetroffen, um nach Alan Mason zu sehen. Auch er hatte interessante Neuigkeiten mitgebracht. Dr. Myers Bericht zur technischen Ursache des Unfalls stand indes nicht auf der Tagesordnung, da noch nicht alle Recover-Programme durchlaufen waren und die Geheimhaltung der Versuchsreihe C26 auch vor John Bartlett nicht haltmachte. So berichtete zunächst Dr. Jenkins, was er herausgefunden hatte.

- „Die Todesursache war bei Perkins wie bei Tomczak ein Myokardinfarkt, der eine Asystolie ausgelöst hat. Die Verformung der Kammerkomplexe deutet daraufhin, dass es sehr schnell gegangen ist. Es kam gar nicht erst zu einem Kammerflimmern. Anders ausgedrückt: Perkins und Tomczak waren sofort tot, sie starben an einen Herzschlag. Es sieht so aus, als wären sie einer hohen elektrischen Spannung ausgesetzt gewesen, wie bei einem Blitzschlag."

Myers unterbrach Jenkins, um zu bestätigen, dass die Instrumente für Sekundenbruchteile extrem hohe Spannungs- und Stromwerte registriert hatten. Die Temperatur habe in der Nähe der Kapsel kurzzeitig etwa 30.000 Grad Celsius betragen. Jenkins quittierte das mit einem Kopfnicken und fuhr fort:

- „Die Kapsel hat sie vor Verbrennungen geschützt. Ihre Schutzanzüge wiesen auch keine Risse oder Löcher auf, weswegen wohl von einem Überschlagseffekt auszugehen ist."

Shane schaltete sich ein:

- „Eigentlich hätte die Kapsel einen Faradayschen Käfig bilden müssen, der die Spannung ableitet."

- „Nun, wie dem auch sei. Für mich als Mediziner stellt sich vielmehr die Frage, warum nur Perkins und Tomczak einen Herzschlag erlitten, nicht aber Mason. Obwohl er direkt neben ihnen saß, weist er andere Symptome auf. Er liegt noch im Koma, ist aber stabil, keine Lebensgefahr. Die Pupillenbewegung ist normal und der vestibulo-okuläre Reflex, also die Augenbewegung bei Reizung des Gleichgewichtsorgans, ist vorhanden, auch die Reaktion auf Schmerz ist normal. Die Diagnose lautet: Schädel-Hirn-Trauma mit temporärer Bewusstlosigkeit."

- „Wir können also damit rechnen, dass er in ein paar Tagen wieder bei uns ist?"

- „Ich sehe da kein Problem. Man kann übrigens jederzeit zu ihm und ... sich auch von Perkins und Tomczak verabschieden. Die Autopsie ist abgeschlossen."

- „Und, was ist mit dem vierten Mann?", fragte Shane.

- „Oh, dem geht es besser. Er ist heute Morgen aus dem Koma erwacht. Wir hatten ja abgesprochen, dass ich ihn erstmal mit nach Cincinnati nehme, bis wir wissen, wer er ist und was er vorhatte. Er hatte Glück, weit mehr als einen Kilometer entfernt gewesen zu sein. In der Nähe der Kapsel wäre er wohl verkohlt und wir hätten niemals von seiner Anwesenheit im Zylinder erfahren. So hat er

nur leichte Verbrennungen davon getragen, die aber gut verheilen."

- „Ja, ja, schon gut, aber nun raus damit, Doc. Wer ist der Mann?"

- „Da liegt das Problem. Er kann sich offenbar an nichts erinnern."

- „Glauben Sie ihm das?"

Jenkins zog die Brauen hoch und sein Mund zeigte ein breites Grinsen.

- „Wir verlassen uns hier natürlich nicht auf eine gemütliche Befragung bei einer Tasse Tee. Ich habe da meine Methode: Natrium-Thiopental, ein schnellwirksames Barbiturat, eine Art Wahrheitsserums. Der Unbekannte und ich hatten gestern eine Sitzung, von der er natürlich nichts mehr weiß."

- „Und?"

- „Na ja, er kann sich, wie gesagt, an nichts erinnern. Das Einzige war, dass er von einem Autounfall berichtete. Ich denke, es liegt da ein tief sitzendes Trauma vor. Das Erlebnis muss schlimm gewesen sein. Es habe überall gebrannt, aber er wurde gerettet. Ich hielt es für das Beste darauf aufzubauen und dieses Ereignis vorerst als Grund für seinen Krankenhausaufenthalt anzugeben."

Myers war kein Freund von derartigen Psychospielen, er war ein gestandener Pragmatiker.

- „Warum fragen Sie ihn nicht direkt nach diesem Unfall? Sicher, wir wollen vom Mount Maroon ablenken, aber führen wir ihn damit nicht weiter in die Irre?"

- „Nein Raymond, ich bin mir im Augenblick nämlich nicht darüber im Klaren, ob dieser Unfall wirklich statt-

gefunden hat oder, wenn ja, ob unser Mann daran beteiligt war. Es ist durchaus denkbar, dass sein Gehirn das Erlebnis im Tunnel als Autounfall abgespeichert hat, da es diesbezüglich kein Erfahrungsschema kannte."

Dr. Jenkins machte eine Pause, sah an den Gesichtern der anderen aber, dass weiterer Klärungsbedarf bestand.

- „Unser Gehirn sortiert Bilder, Töne, Gerüche oder sonstige Wahrnehmungen nach seinem Erfahrungshorizont. Es bringt sie mit bekannten Situationen in Verbindung, erkennt die Dinge sozusagen wieder. In völlig neuen, unbekannten Situationen versucht das Gehirn Ähnlichkeitsmerkmale zu isolieren und erinnert vor diesem Hintergrund bekannte Erfahrungsinhalte. Und genau so ein Fall könnte hier vorliegen. Deshalb möchte ich ihm ein Unfallszenario anbieten. Das wird früher oder später entweder auf Zustimmung stoßen oder im weiteren Verlauf eine ablehnende Haltung hervorrufen, die dann den Weg zu einer präziseren Erinnerung freilegt."

- „Verstehe, aber wieso besteht die Möglichkeit, dass er einen Unfall erinnert, an dem er nicht beteiligt war. Ich meine, nach dieser Theorie wird er entweder seinen realen Autounfall erinnern oder das Erlebnis im Tunnel reproduzieren können."

- „Grundsätzlich richtig, aber da ist noch etwas sehr Seltsames. Er behauptet ein gewisser Peter Saunders zu sein, der ..."

Dr. Jenkins Blick wanderte zu John Bartlett, der unruhig auf seinem Rokokostühlchen auf seinen Einsatz gewartet hatte. Jetzt sprach er mit einer, dem kleinen Kreis nicht angemessenen Posaunenstimme.

- „Ein Mr. Peter Oswald Saunders, wie der Typ sich vollständig nennt, existiert nicht, weder unter der Adresse, die er angegeben hat, noch sonst wo in Amerika."

- „Wenn also der Name nicht stimmt, kann auch sonst alles reine Einbildung sein."

Dr. Jenkins schien seine eigene Einschätzung selbst nur wenig zu befriedigen, aber er war erfahren genug, um auch abwegige Möglichkeiten nicht gänzlich ausschließen zu wollen.

Raymond Myers sah Jenkins und Bartlett trotz des Anflugs eines Lächelns unverwandt an.

- „Wir haben es also mit einem Phantom zu tun, meine Herren?"

- „Nun, es gibt Agenten, deren Tarnung über Jahre derart stabil ist, dass sie tatsächlich glauben, ein Anderer zu sein", warf Jenkins ein.

Robert Shane wandte sich an den Sicherheitsmann.

- „Glauben Sie denn auch, dass wir es mit einem Agenten zu tun haben, Mr. Bartlett?"

- „Was wir derzeit ausschließen können, ist, dass der vermeintliche Mr. Saunders Mitglied einer Umweltschutzeinrichtung ist. Erstens gibt es keine Meldungen darüber, dass die jemanden vermissen und zweitens haben wir recht gute Kontakte in die Szene."

Mr. Shane war überrascht. Er hätte es John Bartlett gar nicht zugetraut, derartige Verbindungen zu pflegen. Myers bemerkte die Verwunderung auf seinem Gesicht und übersetzte für ihn.

- „Mr. Bartlett meint, die entsprechenden Organisationen sind bis in die höchsten Kreise infiltriert. Die einge-

schleusten Beobachter halten uns über geplante Aktionen auf dem Laufenden. Und es gab keinerlei Hinweise auf etwaige Maßnahmen gegen den Mount Maroon."

- „Ah, natürlich. Bleibt die Variante eines terroristisch motivierten Anschlages ..."

Bartlett richtete sich noch einmal auf und sprach ausschließlich in Shanes Richtung.

- „Auch ein Terrorist hätte hier irgendwie reinkommen müssen. Wir haben alle Sicherheitssysteme gründlich überprüft. Es gibt weder Hinweise auf Störungen oder Fehlfunktionen noch irgendwelche Beschädigungen an Zäunen, Lichtschranken und Bewegungsmeldern. Die Kameras haben auch nichts registriert. Mit anderen Worten, Sir, hier ist in den letzten Wochen nichts eingedrungen, das größer war als eine Maus."

- „Mein lieber Mr. Bartlett", Shane sprach die Worte betont ruhig, „der Mann war im inneren Kreis und er muss da irgendwie hineingekommen sein. Oder irre ich mich etwa? Also finden Sie bitte das Leck."

Er machte eine Pause, seine Brauen bewegten sich dabei auf und ab wie Dirigentenstöcke. Dann hatte er augenscheinlich die richtigen Worte gefunden.

- „Im Übrigen hat Washington Wind von der Sache bekommen. Das Bryce-Modul hat erstmals einen automatischen Report abgesetzt."

Bartletts Neugier war geweckt. Überwachungstechnik fiel in seinen Bereich und er interessierte sich für Neuheiten auf diesem Gebiet. Er wandte sich an Dr. Myers.

- „Das Bryce-Modul?"

- „Das Bryce-Modul ist die Black Box für unsere quantenmechanischen Experimente. Es hat die Aufgabe Unregelmäßigkeiten im Ablauf des Verfahrens zu registrieren und diese an eine Stelle außerhalb des Labs weiterzumelden … nur für den Fall, dass wir dazu … nicht mehr in der Lage wären. Das Ministerium hat also einen Bericht bekommen, mit dem es wahrscheinlich relativ wenig anfangen konnte. Immerhin wissen wir noch nicht einmal selbst, was genau passiert ist."

Robert Shane unterbrach Myers unwirsch, was sich nicht gegen ihn richtete, sondern die Tatsache, dass sich eine Behörde in die inneren Angelegenheiten des Laboratory einmischte.

- „Jedenfalls werden sie jemanden herschicken, der unangenehme Fragen stellen wird. Wir sollten bis dahin Antworten haben."

Unmittelbar nachdem Shane das letzte Wort ausgesprochen hatte, legte er den Rückwärtsgang ein, fuhr ein Stück vom Tisch weg, drehte sich auf der Stelle und stand nun so, dass er zum Fenster hinaus in den Park blicken konnte. Das war im Allgemeinen das Zeichen dafür, dass die Unterredung beendet war.

Beim Hinausgehen zog Raymond Myers Dr. Jenkins beiseite.

- „Wir müssen unbedingt herauskriegen, wer der Mann ist. Das mit dem Autounfall halte ich für keine gute Idee, aber wenn ihr keine andere Möglichkeit seht … Wir müssen jedenfalls schnellstens in Erfahrung bringen, wer dahinter steckt."

- „Ich habe Marty auf ihn angesetzt, Raymond. Der wird Licht ins Dunkle bringen.“

5. DER GUTE MARTY

Mit flatterndem Kittel hastete Marty Chambers durch die Gänge des St. George Hospital. Wie gewohnt war er spät dran. Und wie gewohnt war es nicht seine Schuld. Wieso glaubte eigentlich jeder auf dieser Station, dass Marty seine Probleme lösen könnte. Kaum zeigte er sich irgendwo, sah er sich in ein Gespräch verwickelt. Selbst die wenigen Neider, die ihm seine bevorzugte Stellung als Protegé von Dr. Jenkins nicht gönnten, machten sich seine Intelligenz und Inspiration nur allzu gern zu Nutze. Marty nahm einen Umweg, um nicht auch noch am Schwesternzimmer vorbei zu müssen. Auch das konnte wertvolle Minuten kosten. Andererseits genoss er es im Mittelpunkt zu stehen. Er merkte, wie sich die Blicke und Gedanken auf ihn zu bewegten, wenn er den Raum betrat, und an ihm hängen blieben, wenn er ihn verließ. Marty war ein unbeschwerter, freundlicher und hilfsbereiter Mann, der sich auch mit seinen 38 Jahren die jugendliche Frische eines 25-Jährigen bewahrt hatte. Er war charmant, hatte Humor, sah gut aus und darüber hinaus umgab ihn die natürliche Lässigkeit eines Mannes, der immer am rechten Ort war, weil sich alles wie von selbst um ihn herum zu organisieren schien. Jeder erwartete von ihm eine Einschätzung, eine witzige Bemerkung oder zumindest ein Lächeln und in der Regel wurde keiner enttäuscht. Alle bekamen genau das, was sie von Marty erwarteten, ohne dass dieser dadurch berechenbar erschien. Jetzt betrat er das Büro, in dem Peter Saunders auf ihn wartete.

- „Es tut mir leid, Mr. Saunders. Ich hatte noch etwas Dringendes zu erledigen."

Die Tür, die er gerade geschlossen hatte, öffnete sich einen Spalt. Eine junge Schwester schaute in Martys Richtung, warf ihm einen Handkuss zu, kicherte und schloss die Tür wieder.

- „Nicht, was Sie denken, wir hatten ... beruflich miteinander ... zu tun."

Die Umständlichkeit seiner Ausdrucksweise hätte leicht einen anderen Eindruck vermitteln können, aber Peter glaubte ihm. Marty wirkte auf ihn wie jemand, dem man einfach alles glauben konnte. Lüge und Täuschung passten nicht zu der Offenheit des schlanken Mannes mit den leicht gewellten, dunkelblonden Haaren und der modischen Titanrahmenbrille. Peter sah ihn zum Aktenschrank neben der Tür gehen und anschließend mit einer Mappe in der Hand auf die beiden bequem aussehenden Sessel abseits des Schreibtisches zusteuern.

- „Kommen Sie hier herüber. Das Hemd steht Ihnen übrigens gut. Und wie es aussieht, haben wir auch Ihre Größe erwischt. Sie brauchen ja nicht länger als Gespenst herumzulaufen."

Peter trug eine blaue Jeans und das hellblaue Hemd, das man ihm dankenswerterweise zur Verfügung gestellt hatte. Auch schwarze Lederslipper hatten sie ihm besorgt.

- „Ja, vielen Dank."

Nun endlich streckte Marty ihm seine Hand entgegen.

- „Mein Name ist Marty Chambers ..."

Ein einnehmendes Lächeln überzog sein Gesicht. Es endete nicht wie bei Dr. Jenkins an der Oberlippe, son-

dern umfasste die leuchtend blauen Augen und zauberte ein Grübchen auf seine rechte Wange.

- „Ich bin Psychologe und möchte mit Ihnen über den Unfall sprechen. Wenn Sie wollen, können Sie mich Marty nennen. Das tun alle hier."

- „Peter."

Sie setzten sich. Marty blickte kurz in die Notizen, bevor er den Faden wieder aufnahm.

- „Peter, Sie haben offenbar keine Erinnerungen an den Unfall. Ich möchte Ihnen daher kurz schildern, was mir bekannt ist."

- „Entschuldigen Sie, Marty. Aber bevor wir loslegen, würde ich gerne wissen, ob man inzwischen meine Frau erreicht hat."

- „Soweit ich weiß, leider nicht, aber wir werden es weiter versuchen."

- „Ich werde es selbst versuchen."

Peter stand auf und ging zum Schreibtisch. Er nahm den Hörer in die Hand und wählte die Nummer seiner Wohnung, aber die Leitung blieb tot. Marty trat zu ihm, lächelte fürsorglich.

- „Man muss einen Code vorwählen. Ich werde das für Sie machen. Sagen Sie mir die Nummer?"

Peter nahm einen Zettel und schrieb seine Nummer darauf. Marty wählte und reichte Peter den Hörer. Es tutete, aber niemand nahm ab.

- „Ich verstehe das nicht."

- „Hören Sie, ich werde dafür sorgen, dass Sie nachher ein eigenes Telefon bekommen, dann können Sie es selbst

weiterversuchen. Aber lassen Sie uns jetzt Ihren Unfall aufarbeiten."

Die beiden Männer ließen sich erneut in die Sessel sinken und Marty berichtete davon, dass Peter am späten Vormittag des 12. Juli von einer Ambulanz ins St. George Hospital in Cincinnati eingeliefert wurde. Er hatte ein Schädel-Hirn-Trauma, war nicht bei Bewusstsein und wies leichte Verbrennungen sowie einige Schürfwunden auf, die er sich bei einem Autounfall zugezogen hatte. Nach Angaben des Fahrers, der ihn aus dem brennenden Wagen gerettet hatte, war er per Anhalter unterwegs und erst kurz zuvor zugestiegen. Der Wagen hatte sich mehrfach überschlagen und Feuer gefangen. Die Unfallursache war laut Polizeibericht ein entgegenkommendes Fahrzeug, das von der Spur abgekommen war. Peter schüttelte den Kopf, fuhr sich mit den Fingern durchs Haar.

- „Ich erinnere mich überhaupt nicht daran. Wo ist der Unfall passiert?"

- „Oh, auf einer Landstraße, etwa 30 Kilometer südlich von hier, bei …"

Marty sah in die Unterlagen.

- „Flingsville"

- „Und Sie sagen ich war per Anhalter unterwegs?"

- „Ja, Sie trugen Trekkingkleidung und hatten einen Rucksack dabei."

- „Einen Rucksack?"

- „Das ist alles stark verbrannt. Die feste Kleidung hat Ihnen vermutlich das Leben gerettet. Der Mann, der Sie aus dem Wagen gezogen hat, also der Fahrer, der bei dem Unfall gottlob unverletzt blieb, sagte, Sie hätten noch ge-

brannt, als er sie geborgen hat. Sie waren da aber schon nicht mehr bei Bewusstsein; vermutlich aufgrund einer Gehirnprellung, denn eine Rauchvergiftung konnte aufgrund des Befundes ausgeschlossen werden. Die Contusio cerebri, die wir diagnostiziert haben, also das Schädel-Hirn-Trauma zweiten Grades, ist vermutlich auch für Ihre Amnesie, den zeitweiligen Gedächtnisverlust, verantwortlich. So etwas kommt vor. Ich werde Ihnen jetzt ein bisschen was dazu erzählen. Wenn Sie Fragen haben, können Sie mich jederzeit unterbrechen."

- „Okay."

- „Also bei einer unfallbedingten Amnesie sind bestimmte Dinge aus dem Abschnitt des Lebens, der vom Zeitpunkt des Unfalls in die Vergangenheit reicht, im Gedächtnis zeitweilig nicht mehr abrufbar. Die Erinnerungslücke kann Tage, Monate oder auch Jahre umfassen. Man spricht hier von einer retrograden Amnesie. Meistens ist es aber möglich, die Gedächtnislücke durch gezielte Übungen zu schließen. Erinnerungsfetzen tauchen auf, die helfen können, den gesamten Kontext wiederherzustellen."

Peter rieb sich mit zwei Fingern das nunmehr glatt rasierte Kinn.

- „Ich kann mich sonst an alles erinnern, nur nicht an den Unfall."

- „Momentan wissen wir noch nicht, an was Sie sich alles nicht erinnern können."

Peter verstand die Logik hinter der doppelten Verneinung. Der Gedanke hielt sich einen Moment in seinem Kopf, aber Marty sprach bereits weiter.

- „Vermutlich haben Sie aber Glück gehabt, denn offenbar sind nur Bereiche Ihres episodischen Gedächtnisses betroffen. Sehen Sie, das Gedächtnis besteht, um es ganz einfach auszudrücken, aus drei unterschiedlichen Teilen, dem deklarativen, dem emotionalen und dem prozeduralen oder Fertigkeitsgedächtnis. Das emotionale Gedächtnis, das unsere Gefühle im Hinblick auf bestimmte Dinge, Personen oder Ereignisse umfasst, ist bei Ihnen nicht in Mitleidenschaft gezogen. Das beweist allein schon die Sorge um Ihre Frau. Auch das prozedurale Gedächtnis, in dem die routinemäßigen Ausführungen bestimmter Fertigkeiten, wie Radfahren, Telefonieren oder Klavierspielen, gespeichert sind, scheint vollkommen intakt zu sein. Ich sehe das zum Beispiel an der Art, wie Sie sich bewegen. Ihr Problem liegt meines Erachtens allein im deklarativen Gedächtnis."

Marty machte eine kurze Pause, um Peter Gelegenheit zu geben, das Gesagte zu verarbeiten und Fragen zu stellen. In Peters Blick rangen Beruhigung und Besorgnis um die einstweilige Vorherrschaft, weswegen sich Marty schließlich beeilte, die Faktenlage zu nähren.

- „Das deklarative Gedächtnis …", fuhr er langsam fort. „Das deklarative Gedächtnis spaltet sich wiederum in drei Teile, das semantische Gedächtnis, das Vertrautheitsgedächtnis und das episodische Gedächtnis. Während im semantischen Gedächtnis das gesamte Faktenwissen abgelegt ist, also beispielsweise, dass Madrid die Hauptstadt von Spanien ist oder der Wal ein Säugetier, aktiviert das Vertrautheitsgedächtnis die Informationen darüber, ob uns irgendetwas bekannt vorkommt. Wir wis-

sen, dass wir einen Film schon einmal gesehen haben, oder wo wir lang fahren müssen, wenn wir nach Hause wollen. Diese Gedächtnisinhalte sind von Ihrer Amnesie ebenfalls nicht betroffen. Einzig der Bereich des episodischen Gedächtnisses macht Ihnen Schwierigkeiten. Hier sind alle Angaben gespeichert, die mit wichtigen Ereignissen in Ihrem Leben in Beziehung stehen. Wir nennen es daher auch das autobiographische Gedächtnis. Es sagt uns, was wir gestern Abend gemacht haben oder letzten Donnerstag oder im vorletzten Urlaub. Und es enthält auch Informationen über Personen, die mit uns zu tun haben."

Marty endete und die beiden Männer saßen sich einen Moment lang schweigend gegenüber.

- „Wir sollten daher mit den Personen aus Ihrem Umfeld anfangen."

Marty fragte Peter nach seiner Frau und seiner Tochter, ihren Geburtsdaten und ihrer Adresse. Peter vermutete, er tue dies, um sie mit den Angaben zu vergleichen, die er Ann gegeben hatte. Danach erzählte Peter seine Lebensgeschichte. Marty war ein geduldiger Zuhörer, der sich immer wieder Notizen machte, ab und an mehr Ausführlichkeit einforderte und nach einer Weile recht abrupt Einhalt gebot.

- „Was ist das Letzte, woran Sie sich erinnern, Peter? Denken Sie einen Moment nach. Ich hole uns einen Kaffee."

Peter war allein. Er blickte sich in Martys Büro um. Die übliche Einrichtung, ein Schreibtisch, zwei Aktenschränke, Bücherregale, ein Kunstdruck nach einem Bild

von Mark Rothko, drei Grünpflanzen auf der Fensterbank und eine größere, buschartige in einem großen Topf auf dem Boden. Der dunkelgrüne Teppich beruhigte die Atmosphäre. An der gegenüberliegenden Wand hing ein Kalender. Das aktuelle Blatt zeigte einen See vor einem bewaldeten Hügel. Peter fixierte das Bild. In seinem Kopf rumorte es. Nach etwa fünf Minuten trat Marty ein und stellte zwei dampfende Becher auf den Tisch.

- „Ich war wandern. Aber nicht hier. In den Great Smoky Mountains … zusammen mit meinem Freund Luther", sagte Peter leise.

- „Luther?"

Eilig notierte Marty den Namen.

- „Ja. Luther van Eyck, er ist Arzt am Atlanta Medical Center. Wir machen zwei-, dreimal pro Jahr eine größere Tour …"

Peter atmete tief durch, es fiel ihm sichtlich schwer die Erinnerungen an die Oberfläche zu holen.

- „Ich habe einige Bilder im Kopf. Es war Nacht. Wir saßen an einem Lagerfeuer und dann war da plötzlich dieses Gewitter. Ohne jedes Vorzeichen."

Peter sah Marty mit großen Augen an. Auf einmal wirkte das Lächeln des Psychologen eine Spur zu strahlend und seine Augen eine Spur zu blau.

6. SHANES TRAUMA

Langsam fuhr Robert Shane den langen Korridor hinunter; es war ein schwerer Gang für den Hauptverantwortlichen, den Vordenker, den unermüdlichen Antreiber. Wahrlich, Robert Shane hatte Großes geleistet in seinem Leben, er hatte eine Vision und er setzte alles daran, sie in die Tat umzusetzen. Und nun hatte er nach all den Jahren wieder zwei Tote zu beklagen.

Wie es um den guten Mason bestellt war, konnte man bei allem Optimismus, den Jenkins ausstrahlte, auch nicht sagen. Noch war er ohne Bewusstsein und keiner wusste genau, was er durchgemacht und was er gesehen hatte. Sicher, er war einer der Besten im Team, ach was, er war der Beste, aber was hieß das schon, wenn man sich dem Grenzbereich näherte. Shanes Gedanken fuhren Achterbahn, ihre rasanten, immer und immer wieder die Richtung ändernden Bewegungen standen in einem fast unerträglichen Gegensatz zu der bedächtigen, stetigen Fahrt des Rollstuhls. Jetzt passierte er den Lagerraum, der eigentlich anderen Zwecken diente, und er wusste, dass die Toten keine vier Meter von ihm entfernt waren. Sie lagen in den eilig herbeigeschafften Containern, um nicht zu sagen Gefriertruhen. Shane hatte ihnen bereits heute Mittag zusammen mit Myers und den beiden Technikern Bernard Lemieux und Paul Baxter seine Aufwartung gemacht. Es war beklemmend. Zu viert hielten sie inne und keiner war in der Lage irgendetwas Stilvolles zu sagen. So schwiegen sie wie die Toten schwiegen und die Kühle des

Raumes kroch ihnen in die Glieder, was den zentralen Unterschied zwischen den Anwesenden beständig zu verkleinern schien. Es mochte keine fünf Minuten gedauert haben, bis Shane die Gruppe durch das Einlegen des Rückwärtsganges erlöste.

Der Sanitäter erschrak als Shanes blasses Gesicht in ungewohnter Höhe und der gleitenden Bewegung vor dem Fenster des Kontrollraumes erschien. Er war offenbar in ein Buch vertieft und hatte Shane nicht herankommen gehört. Nun stand er auf, nahm Haltung an, salutierte und schwieg, um Shane Gelegenheit zu geben, sein Anliegen vorzutragen. Robert Shane fand es absonderlich, dass das Militär diesmal erst Einzug gehalten hatte, nachdem die Schlacht verloren war. Offenbar hatte man ihnen einen Corporal geschickt, wobei sich Shane aber nicht sicher war, denn er kannte sich mit den Abzeichen nicht sonderlich gut aus. Aber der Rang war für die Krankenpflege ja wohl auch nicht allzu wichtig.

- „Wie geht es Mr. Mason?“, fragte Shane und der junge Mann antwortete schneidig.

- „Colonel Mason befindet sich noch immer nicht bei Bewusstsein, Sir. Seine Werte sind aber stabil, Sir.“

Colonel Mason, ja sicher, er gehörte auch zu dem Laden, obwohl ihn weniger die Landesverteidigung als vielmehr die Technik interessierte. Er war in genau dem Maße ein Patriot wie jeder andere Amerikaner, aber er war zudem ein Draufgänger und jetzt möglicherweise sogar ein Held. Alan Mason reichte es nicht, Physiker zu sein. Theoretische Überlegungen, Berechnungen, Laborversuche, gut und schön, auch interessant, manchmal sogar spannend, überra-

schend, verblüffend, aber Alan Mason brauchte das Abenteuer, die praktischen Erfahrungen unter Einsatz aller Sinne. Die Grenzen des körperlichen Empfindens physikalischer Kräfte ließen sich dabei am besten bei der Air Force ergründen. So machte er vor seinem Studium der theoretischen Physik an der renommierten Yale-Universität eine Ausbildung zum Kampfpiloten an der U.S. Air Force Academy in Colorado Springs. In beiden Disziplinen erwarb er die höchste Auszeichnung. Danach standen ihm alle Türen offen. Shane wusste, dass es vor allem der Einfluss von Masons Großvater Albert war, der ihn zurück zum Mount Maroon trieb. Denn schließlich ging Alan hier schon als kleiner Junge ein und aus, interessierte sich für alles, was erforscht wurde und sein Großvater war der beste Lehrer, den man sich vorstellen konnte. Ja, der gute Albert, dachte Shane. Er konnte sich noch gut an ihn erinnern. Schließlich war er bis ins hohe Alter dabei. Er hatte das Labor mit aufgebaut, das 1985 seine schwärzeste Stunde erlebte.

Shane bat den Sanitäter, eine Pause zu machen und ihn mit Mason allein zu lassen. Er rollte so dicht wie möglich an dessen Bett heran und betrachtete sein Gesicht. Obwohl an seiner Nase Beatmungsschläuche befestigt waren, wirkte es als ob er lediglich schliefe. Shane fiel auf, dass er ihn nicht mit geschlossenen Lidern kannte. Die hellen wachen Augen waren das dominante Kennzeichen seines Gesichts. Daneben charakterisierten die hohe, leicht fliehende Stirn, die ausprägte, gerade Nase und das breite Kinn einen Mann, der die Probleme anpackte, der durchsetzungsfähig und konsequent war, jemand, der die Dinge zu Ende brachte. Sein Haar war trotz seiner erst

43 Jahre bereits schütter geworden. Ein kurz geschnittener blonder und leicht lockiger Haarkranz, der sich dem Betrachter eher entzog als darbot.

- „Wo bist du, mein Junge?“

Alan Mason war für Shane wie der Sohn, den er selbst nie hatte. Allerdings wagte er es nicht, Alan gegenüber seine von väterlicher Hingabe geprägte Freundschaft zu offenbaren, aber er hatte schon früher, wann immer es ging, die Nähe des aufgeweckten Knaben gesucht. Er wusste, dass Alan ohne seinen Vater aufwachsen musste, aber er wusste auch, dass sein wissenschaftlicher Mitstreiter und Freund Albert diese Rolle angenommen hatte und keinesfalls bereit gewesen wäre, sie mit irgendjemandem zu teilen. Jetzt erinnerte Alan ihn an Forma Townsend, den Mann mit dem er damals selbst in die Kapsel gestiegen war. Vieles hatte sich seit damals verändert, vor allem in technischer Hinsicht. Und doch schien die Sache nichts von ihrer Gefährlichkeit eingebüßt zu haben. Forma und er waren genauso vom Erfolg der Mission überzeugt wie später Mason und seine Crew. Forma, der kantige Halbfinne, dessen Eltern vor dem Krieg nach Amerika gekommen waren und eher zufällig in Bryson City landeten, war überall, wo er auftauchte der Boss gewesen. Und selbst Shane hatte sich ihm, obwohl er formal gesehen höherrangig und zwölf Jahre älter war, naturgemäß untergeordnet; nicht nach außen hin, aber, wann immer sie allein waren, gab Forma den Ton an. Er war es auch gewesen, der damals den Schub auf Maximalleistung drehte, obwohl man eigentlich verabredet hatte, nicht höher als 75 Prozent zu gehen. Und dann geschah das Unfassbare.

- „Alan, warst du da, wo Forma ist? Hast du ihn gesehen? Wir haben nie gefragt, ob wir das hier machen dürfen. Die Frage stellte sich für uns nicht, wir sind Wissenschaftler. Ich weiß, dass du genauso denkst.“

Shane hatte den Eindruck, Mason hätte eine Braue bewegt, aber nun, da er die Augenpartie intensiver betrachtete, blieb alles regungslos. Nur der Atem hob und senkte den Oberkörper vielleicht eine Idee schneller als zuvor, was Shane jedoch nicht auffiel. Er war schon wieder in seiner Erinnerung versunken. Seine Stimme klang leise und weich, als er weitersprach und es lag etwas Zerbrechliches in ihr. Es war die Stimme eines sehr alten Mannes.

- „Es war ein großer Tag. Aber wir hatten keine Öffentlichkeit, keine Presse. Alles war streng geheim, damals wie heute. Es waren zwölf Männer dabei. Einer von ihnen war dein Großvater, Alan. Er musste schon an die 80 gewesen sein. Ja, zwölf Männer und vier von ihnen verloren an jenem Tag ihr Leben.“

Shane strich mit seiner Hand über Masons Stirn.

- „Ich weiß, dass alle von fünf Toten ausgingen. Aber Forma ...“

Shane bebte innerlich, seine Wangen waren gerötet.

- „Er ist nicht verbrannt, Alan. Das dachten alle und das ist auch gut so. Aber er ist nicht verbrannt. Er ist verschwunden. Ich habe es gesehen.“

Shane hatte das Projekt danach weitergetrieben, um Antworten zu erhalten. Er wollte wissen, was mit seinem Freund passiert war. Und vor vier Tagen war man so dicht davor.

7. DIE AKTE

Marty hatte Peter schon eine halbe Stunde nach ihrem Gespräch ein schnurloses Telefon gebracht. Seitdem versuchte er in halbstündigem Rhythmus erfolglos seine Frau zu erreichen. Nicht einmal der Anrufbeantworter war eingeschaltet. Bei Ellens Handy das gleiche, keine Mailbox. Auch im Verlag hatte er es versucht, aber nach sechs Uhr niemanden mehr erreicht. Das war nicht ungewöhnlich, wenngleich man eigentlich auch hier eine Bandansage hätte hören müssen. Peter war besorgt, aber dennoch hatte ihn irgendwann die Müdigkeit übermannt. Gegen halb elf wachte er wieder auf. Er trug noch die Tageskleidung. Jemand hatte das Tablett mit dem Abendbrot abgeräumt. Sie hatten ihn schlafen lassen.

Wieder griff er als Erstes zum Telefon und wieder nahm niemand ab. Er hatte der Nummer einen Code voranstellen müssen, den Marty ihm aufgeschrieben hatte. Jetzt reichte es, die Taste mit der Wahlwiederholung zu drücken. Nach abermaligen je drei Versuchen auf Festnetz und Handy, ging er zur Tür. Jemand musste die Polizei verständigen, damit sie nach Ellen und Irene sahen. Vielleicht hatten sie auch einen Unfall oder waren einem Verbrechen zum Opfer gefallen. Peter wurde panisch, daran wollte er gar nicht denken. Er hielt das Telefon noch in der Hand, als er auf den Flur hinausstürmte. Hier war alles still und dunkel, bloß eine schwache, grünliche Behelfsbeleuchtung war eingeschaltet. Am Ende des Ganges jedoch, in Martys Büro, brannte noch Licht, die Tür war

nur angelehnt. Langsam ging er auf den hellen Spalt zu. Kurz bevor er das Zimmer erreichte, hörte er etwas. Ganz leise klingelte ein Telefon. Peter betrachtete jenes in seiner Hand, dessen Klingelton er noch nicht vernommen hatte, aber das Geräusch kam eindeutig aus dem Arbeitszimmer. Aber auch in seinem Telefon tutete es noch. Es versuchte noch immer eine Verbindung aufzubauen. Er hatte nicht aufgelegt. Jetzt drückte er die Taste, die den Anruf beendete und im gleichen Augenblick hörte auch das Telefon in Marty Büro auf zu klingeln. Ein beklemmendes Gefühl erfasste ihn, eine spontane, unerwartete Empfindung, die aufkommt, wenn zwei Ereignisse, die nichts miteinander zu tun haben, gleichzeitig passieren, als hätte eines das andere ausgelöst. Einem Instinkt folgend wählte er erneut Ellens Nummer mit dem vorgeschalteten Code. Martys Telefon klingelte. Rasch legte er auf, um es nun noch einmal ohne den Code zu versuchen. Die Leitung blieb tot. Nun wählte er die Nummer des Verlages mit dem Code. Wieder klingelte Martys Apparat. Der Ton war leise wie schon zuvor, mehr ein Surren, als scharre der Teufel mit seinem Huf in einem Kiesbett, doch in Peters Ohren klang es wie eine Sirene. Es lief ihm kalt den Rücken herunter. Vorsichtig betrat er das Zimmer, in dem er heute Mittag mit dem Psychologen gesprochen hatte. Als er sah, dass niemand darin war, nahm er den Hörer ab. Er sagte etwas in den Hörer in seiner rechten Hand und hörte es aus jenem in seiner linken. Was hatte das zu bedeuten? Sein Blick fiel auf die Sitzgruppe. Hier hatte er Marty vor einigen Stunden von seiner bisher einzigen Erinnerung erzählt, die Ereignischarakter hatte, der Wanderung und dem Gewitter.

Mehr wusste er nicht. Ihm war völlig unklar, wie er nach Cincinnati gelangt war. Wieso war er getrampt oder stimmte das am Ende gar nicht? Ein Fake, wie die Sache mit dem Telefon? Noch immer war auf der Station niemand zu hören, alles wirkte düster und verlassen. Auch draußen war alles dunkel und in der großen Fensterscheibe erkannte er im Schein der Schreibtischlampe nur sich selbst – blass, gespenstisch, fadenscheinig. Schnell wollte er das Büro verlassen, als er neben der Tür den Rollschrank mit den Behandlungsakten bemerkte. Leise öffnete er ihn. Seine Mappe war unter seinem Namen korrekt einsortiert. Rasch zog er sie hervor. Sie bestand nur aus wenigen Blättern, dem Aufnahmebogen, einer Seite mit medizinischen Fachausdrücken bezogen auf seine körperliche Verfassung, worauf wiederum ein Bericht voller schwer verständlicher psychologischer Diagnosen folgte; offenbar Martys Werk. Peter las darüber hinweg, ohne wirklich etwas zu verstehen. Er blätterte weiter, dann stockte sein Atem. Da war eine Faxnotiz. Er las:

Ergebnis zu Ihrer Anfrage zur Identitätsprüfung
(streng vertraulich)

*Peter Oswald Saunders (*18.06.1969):*	*angefragte Person existiert nicht*
*Ellen Saunders, geb. Hudson (*25.10.1973):*	*angefragte Person existiert nicht*[1)]
*Irene Saunders (*04.03.2000):*	*angefragte Person existiert nicht*
Luther van Eyck (nicht bekannt):	*angefragte Person existiert nicht*

Das konnte doch nicht sein. Hier machte jemand einen gewaltigen Fehler. Steckte Marty dahinter oder dieser Dr. Jenkins? Was wollten die von ihm? Erst beim nochmaligen Lesen fiel Peter die hochgestellte Eins am Ende der Zeile hinter Ellens Namen auf. Am unteren Rand des Schreibens fand er ihre Entsprechung und erschrak erneut:

1) Eine am 25.10.1973 unter dem Namen Ellen Hudson geborene Person ist seit 1998 mit Gary McGywer verheiratet. Aus dieser Ehe gingen zwei Söhne hervor. Die Person ist unter folgender Adresse registriert: 83 Chestnut Street, York, PA 17401, Pennsylvania

Peter riss die Seite aus der Mappe heraus und steckte sie ein. Er musste hier raus.
Auf dem Gang waren Schritte zu hören. Peter stellte sich hinter die Tür und lauschte. Die Schritte wurden lauter, dann wieder leiser. Jemand war an Martys Büro vorbeigegangen. Peter steckte den Kopf heraus, konnte aber niemanden mehr sehen. Der Korridor lag noch immer im Zwielicht, die Gänge waren verwinkelt, durch Vorsprünge und Einlassungen unterbrochen. In welche Richtung sollte er gehen? Er entschied sich für die linke Seite, die von seinem Zimmer wegführte und gelangte bald zu einem weiteren Korridor, der quer zum ersten lag. Von hier aus gingen einige Türen ab. Peter drängte sich an der Wand entlang auf sie zu. Er zuckte zusammen als er ein einzelnes aufdringliches „Ping“ hörte. Da war ein Fahrstuhl. Angespannt sah Peter, wie die Zahlen

der Stockwerksanzeige nacheinander aufleuchteten und erloschen, 1, 2, 3 … Die Vier blinkte auf, erlosch aber nicht. Langsam schoben sich die Türen auseinander. Im letzten Moment hastete Peter in eine Nische. Er hörte Stimmen, ein Kichern, Lachen. Peter drückte sich flach an die Wand, hielt den Atem an. Ein Mann und eine Frau gingen eng umschlungen an ihm vorbei. Sie bemerkten ihn nicht. Nun erkannte er Marty, und die Frau war die junge Schwester, die am Nachmittag in sein Büro geschaut hatte. Sie gingen raschen Schrittes den Gang entlang, waren in ein Gespräch vertieft. Marty nannte sie Susan. Peter wartete, bis sie in einem Zimmer auf der linken Seite des Flures verschwanden. Jetzt wagte er sich hervor und ging zurück zum Fahrstuhl. Er drückte auf den Knopf, doch die Türen öffneten sich nicht, stattdessen erschien eine Leuchtschrift, die um das Einführen einer Kennungskarte in den Kontrollschlitz bat – eine Sicherung.

Peter schlich den Gang zurück und folgte ihm zur anderen Seite. Alle Türen waren verschlossen. Was hatte er erwartet, ja was suchte er überhaupt? Die Situation war verworren. Im Augenblick ging es lediglich darum, eine Fluchtmöglichkeit aufzuspüren. Entgegen seiner Erwartung ließ sich die nächste Tür öffnen. Im Halbdunkel lag ein Mann auf einem Bett. Er schien zu schlafen. Hier kam er nicht weiter. Vielleicht hätte er ihn als Verbündeten gewinnen können, aber die Wahrscheinlichkeit, dass er erschrak und Alarm schlug, war erheblich größer. Peter irrte durch die schier endlosen Gänge. Die Abteilung war weitläufiger als er anfangs dachte. Allmählich drängte die Zeit. Irgendwann würde man seine Abwesenheit im Zimmer

bemerken und nach ihm suchen. Die Fenster am Ende des Korridors ließen sich lediglich kippen. Auch in seinem Zimmer hatte er das Fenster nur schräg stellen, nicht aber schwenken können, sich dabei allerdings nichts gedacht. Jetzt aber, da sich auch die Tür zum Treppenhaus verschlossen präsentierte, verdichtete sich sein Misstrauen. Er war in einem geschlossenen Bereich. Durch das Herunterdrücken der Klinke wurde eine blinkende Aufschrift an einem Kästchen neben der Tür hervorgerufen, das er zuvor nicht bemerkt hatte. Wieder wurde die Eingabe einer Kennkarte verlangt. Peter dachte nach. Vermutlich würde die Tür automatisch entriegelt, wenn die Rauchmelder den Ausbruch eines Feuers registrierten. Er überlegte ernsthaft, ob er einen Brand legen sollte, dachte dann aber an den schlafenden Mann. Die Fensterscheiben zu zerschmettern wäre vermutlich zu laut und überdies befand er sich im vierten Stock. Es gab definitiv keine Fluchtmöglichkeit.

Es war ein nahe liegender Gedanke, der die aufkeimende Resignation schlagartig vertrieb. Peter hatte nichts verbrochen. Wenn einer sich zu rechtfertigen hatte, dann war es Marty. Genau ihn würde er sich vornehmen, ihn würde er zur Rede stellen. Was sollte dieser ganze Zirkus? Er konnte sich momentan vielleicht nicht an alles erinnern, aber war das ein Grund, ihn einzusperren, ihm die Möglichkeit zu nehmen, mit Ellen in Kontakt zu treten? Sie würde sich bestimmt schon Sorgen machen. Er ging zurück zu dem Zimmer, in dem Marty mit der Frau verschwunden war, jetzt aber aufrecht und selbstbewusst in der Mitte des Ganges. Er musste sich nicht verstecken. Doch in seinem Kopf arbeitete es weiter. Konnte es sein,

dass Ellen hierüber Bescheid wusste, dem Aufenthalt möglicherweise zugestimmt hatte? Dann fiel ihm wieder die Nachricht ein: „angefragte Person existiert nicht". Peter war keiner, der seinen Ärger offen zur Schau stellte, er war nicht aufbrausend. In Konfliktsituationen war es normalerweise das Beste, einen kühlen Kopf zu bewahren, die Lage vernünftig zu analysieren und dann zu einer einvernehmlichen Lösung beizutragen. Aber hier lag die Sache anders, hier fiel es ihm sichtlich schwer, für die Position der Gegenpartei Respekt aufzubringen oder gar Verständnis zu zeigen. Er hatte große Lust, die Tür einzutreten, besann sich aber und klopfte. Keine Antwort, möglicherweise waren sie schon wieder gegangen. Langsam drückte er die Klinke herunter. Im Zimmer brannte eine Schreibtischlampe, es war aber niemand zu sehen. Nun sah er, dass der Raum in einen weiteren mündete, der in vollständiger Dunkelheit lag. Peter trat auf die Tür zu, die einen Spalt weit geöffnet war. Es war nichts zu erkennen, eine schwarze Leere, doch dann hörte er deutlich ein schweres Atmen, erst das eines Mannes, dann das einer Frau. Die Situation war eindeutig. Marty und die Schwester hatten sich zu einem ganz persönlichen Austausch zurückgezogen. Peter wich zurück, er würde auf dem Gang warten. Allzu lange konnte es nicht dauern. Er war schon an der Tür, da sah er einen hastig über den Drehstuhl geworfenen Kittel. Peter griff nach dem Stoff. Es war eine spontane Eingebung, aber instinktiv wusste er genau, wonach er suchte. Er barg zwei Kugelschreiber, einen Piepser und schließlich die Chipkarte, die ihm den Weg in die Freiheit ebnen würde.

8. MR. HAZE

Der Tunnel hatte einen Durchmesser von etwa sechs Metern und war kreisrund. Würde man ihn bis zum Ende entlanggehen wollen, wäre man eine knappe Stunde unterwegs. Die Wanderung wäre zudem wenig abwechslungsreich, da die Röhre auf ihrer gesamten Länge mit einem blassbeigen halbdurchsichtigen Material ausgekleidet war, das nur durch die in den Boden eingelassenen Laufschienen für die Kapsel und die wenigen seitlichen Luken unterbrochen wurde. Auch wäre ein Ausflug bei Betrieb der Anlage nicht empfehlenswert, läge doch die Durchschnittstemperatur bei minus 20 Grad Celsius.

Robert Shane blickte in ein langes Nichts, düster und unheimlich. Mason, Perkins und Tomczak waren mit einer Geschwindigkeit von etwa 300 Stundenkilometer hindurch gerast. Für die gesamte Länge hätten sie knapp eineinhalb Minuten benötigt. Aber das Experiment endete nach nur 32 Sekunden. Jetzt, da der Tunnel nicht beleuchtet war, wirkte er wie ein gewöhnlicher Schacht, den Bergleute in der Hoffnung auf Silber, Kohle oder Erz in irgendeinen Berg getrieben hatten. Kaum etwas wies darauf hin, dass man es mit der vielleicht revolutionärsten technischen Einrichtung der Welt zu tun hatte. Die Folgen der Explosion waren nur noch vereinzelt erkennbar, die Aufräumarbeiten weit fortgeschritten. Die beschädigten Elemente waren größtenteils ausgetauscht und die Dichtungen ersetzt worden. Die Kapsel selbst hatte nur an ihrer Außenwand einige Verformungen davongetragen.

Immerhin waren die Bestandteile der Anlage auf außerordentliche Bedingungen, wie extreme Temperaturen, gewaltige physische Kräfte oder starke elektromagnetische Felder ausgelegt. Aber dennoch war der Versuch am Abend des 11. Juli 2009 in einen unvorhersehbaren Bereich geraten. Da es sich lediglich um eine der vielen Testfahrten handelte, waren Robert Shane und Raymond Myers nicht im Kontrollraum gewesen. Die anwesenden Techniker berichteten von einer Unterbrechung des Funkkontaktes und dem Ausfallen der Instrumente. Eine Explosion war zu hören. Danach waren die Crewmitglieder nicht mehr zu erreichen. Alan Mason war zu diesem Zeitpunkt vermutlich schon ohnmächtig und die beiden anderen bereits tot. Jetzt war man dabei, den Vorgang im Detail zu rekonstruieren, was aber noch etwas Zeit benötigte. Zunächst dachte man an einen Stromausfall, so wie er bereits durch viele Vorversuche verursacht wurde. Auch dabei waren einige Anzeigen ausgefallen, aber das Notstromaggregat übernahm sofort wesentliche Aufgaben der Energieversorgung, unter anderem jene für die Aufrechterhaltung des Funkverkehrs. Viel wesentlicher war aber, dass die Kapsel bei allen bisherigen Störfällen weiter durch den Schacht glitt, um nach dreieinhalb Kilometern hydraulisch abgebremst zu werden. Diesmal jedoch war es anders, diesmal konnte die Kapsel genau an jenem Punkt lokalisiert werden, den sie nach exakt 32 Sekunden lediglich hätte passieren dürfen, also genau zu der Zeit als die Instrumente ausfielen. In einer ersten Erklärung nahm man an, dass eine mächtige Explosion im hinteren Teil des Tunnels zu einem Rückstoss führte, der die Kapsel zu ih-

rem abrupten Stand veranlasste, doch nachdem bei Kilometer 3,6 ein Mann entdeckt wurde, war diese Begründung nicht mehr zu halten.

Das Treffen mit Mr. Haze war eigentlich für den frühen Abend angesetzt, doch ein Hagelsturm zögerte seine Reisemöglichkeit hinaus, so dass es jetzt fast auf Mitternacht zuging. Der Sonderbeauftragte der Environmental Protection Agency, der Umweltschutzbehörde der Regierung der Vereinigten Staaten von Amerika, hatte aber darauf bestanden, noch heute am Mount Maroon einzutreffen und mit seiner Arbeit zu beginnen. Shane und Myers waren zunächst gar nicht davon ausgegangen, dass die Sache hohe Wellen schlagen würde. Wenn es keine gravierenden Komplikationen gab, sollte man den Bryce-Daten keine besondere Bedeutung beimessen. So hatte Raymond Myers die routinemäßige Anfrage routinemäßig beantwortet – eine kleine Störung im Regelkreislauf, die zu einer Verpuffung geführt habe, radioaktive Substanzen seien nicht ausgetreten, eine Gefährdung für die Bevölkerung habe zu keinem Zeitpunkt bestanden. Hellhörig wurde man in Washington, als auf eine gezielte Rückfrage zugegeben werden musste, dass es zwei Tote gab. Auf die Erfassung humaner Schädigungen war das Bryce-System offenbar nicht programmiert. Daraufhin hatten sich die EPA-Experten die gesendeten Werte genauer angesehen und nicht verstanden, um was für ein Experiment es sich gehandelt haben könnte. Gestern kam dann prompt das Fax, welches die Unterredung terminierte. „Unterredung", der in dem Schreiben verwendete Ausdruck gefiel Robert Shane überhaupt nicht. Das hatte etwas Ungleichgewich-

tiges, wie Überredung nur andersrum. Wollte man sich von ihm überzeugen lassen, dass alles ganz harmlos war oder wollte man ihn ins Gebet nehmen, ihm die Leviten lesen? Shane hatte nicht vor, über das Projekt zu sprechen. Öffentlichkeit war gefährlich. Je mehr Leute wussten, was sie hier wirklich machten, oder auch nur irgendetwas zu wissen glaubten, desto näher stand das Projekt vor dem Aus. Die Entwicklung bedeutender Technologien kann nicht auf demokratischem Weg vorangetrieben werden. Und genau darum war es gefährlich, wenn Leute wie dieser Haze auftauchten und Antworten auf Fragen wollten, die Shane größtenteils selbst nicht kannte.

Es war genau fünf vor zwölf als sich die Tür des Vorraumes am Tunneleingang öffnete und zwei Männer mit ernsten Mienen und eiligen Schritten eintraten, Dr. Raymond Myers und Mr. Terry Haze. Myers hatte Haze am Helikopterlandeplatz abgeholt und hierher geführt, ins Herz des Mount Maroon Laboratory. Shanes Blick begleitete Haze auf den gut 20 Metern zwischen der Tür und dem Tunneleingang. Der Sonderbeauftragte war ein Mann der Gegensätze. Der entschlossene Ausdruck passte nicht zu seinem Milchgesicht, der zielgerichtete und doch geschmeidige Raubtiergang nicht zu seiner schmächtigen Gestalt und der durchdringende Blick nicht zu seiner runden Sozialarbeiterbrille und dem kurzen Bürstenschnitt. Haze war groß, wirkte aber klein. Shane wusste aus der experimentellen Physik, das Vorsicht geboten war, wenn die einzelnen Bestandteile einer Versuchsanordnung so wenig zusammenpassten, eine unberechenbare, eine explo-

sive Mischung. Die Männer tauschten einen festen Händedruck.

- „Mr. Shane, ich freue mich Sie kennen zu lernen. Ich habe schon viel von Ihnen gehört. Leider ist der Anlass …"

Da war es schon. Durch einen harmlosen Satz hatte er das Terrain ausgeflaggt, das die Parteien nicht nur trennte, sondern auf Anklagebank und Richterstuhl verwies.

- „Ganz meinerseits Mr. Haze."

Beide versuchten ein Lächeln und scheiterten. Während es dem einen an der Oberlippe hängen blieb und seine Augen kalt und berechnend aussahen, war der andere noch zu sehr mit seinem Argwohn beschäftigt. Die Drei begaben sich zum Kontrollraum, wo sich die Männer auf den Drehstühlen vor dem Bedienungspult hinter der großen Scheibe niederließen.

- „Gentleman, bevor wir uns missverstehen: Dies hier ist keine Informationsveranstaltung für wissbegierige Hobbywissenschaftler. Ich nehme meinen Auftrag sehr ernst und beabsichtige die Umstände des Vorfalls vom letzten Samstag restlos aufzuklären. Sie können in mir gewissermaßen einen Inquisitor sehen."

Shane wollte protestieren und begann in die Ausführungen hineinzusprechen, doch der Regierungsbeauftragte hob die Hand und setzte seinen Vortrag ohne die geringste Veränderung der Stimmlage fort.

- „Ich vertrete die EPA, die für den Schutz der Umwelt und der menschlichen Gesundheit zuständig ist. Wir sind dabei nicht nur für die Erhaltung von geschützten Tierar-

ten oder die Abfälle der chemischen Industrie zuständig, sondern als Regulierungs- und Aufsichtsbehörde für alle Bereiche des Umwelt- und Naturschutzes. Wie Sie möglicherweise wissen, besteht seit 1982 mit dem Office of Criminal Enforcement, Forensics and Training eine eigene Vollzugs- und Ermittlungsbehörde, die seit 1988 volle Polizeibefugnisse besitzt. Gehen Sie also bei der Beantwortung meiner Fragen davon aus, dass es sich hierbei um polizeiliche Ermittlungen handelt."

So, nun hatte er ihnen ihre Rechte vorgelesen. Waren sie jetzt verhaftet?

- „Mr. Haze, haben wir uns irgendetwas zu Schulden kommen lassen?"

Robert Shanes Gesicht zeigte ein langmütiges Lächeln. Er sprach mit einer sanften Stimme, aber Myers konnte erkennen, dass er innerlich kochte.

- „Ich hoffe nicht, Mr. Shane. Wir haben an besagtem Datum einen Bryce-Bericht erhalten, der ungewöhnlich hohe Energiewerte enthielt. Ich habe die exakten Zahlen hier, aber die dürften Ihnen ja ebenso bekannt sein."

Terry Haze holte eine Liste aus seiner Aktentasche und las über eine Zahlenkolonne hinweg.

- „Die Werte deuten fast auf einen Blitzeinschlag hin. Für eine Zeitspanne von 0,04 Sekunden wurde eine Spannung von über einer Million Volt bei einer Stromstärke von fast 300.000 Ampere aufgezeichnet. Ich habe mit unseren Meteorologen gesprochen. Sie sagten mir, dass es sich bei dieser Stärke nur um einen sogenannten Positivblitz gehandelt haben könnte. Während ein Negativblitz

negative Ladung von der Wolkenunterseite zum Boden abführt, wurde hier offenbar positive Ladung zugeführt."

- „Ich dachte nicht, dass Sie gekommen sind, um über das Wetter zu reden", sagte Myers.

Seine witzig gemeinte Anmerkung ging ins Leere. Haze nahm keine Notiz davon.

- „Die Länge des Blitzes lag bei etwa zwei Kilometern. Allerdings ist mir die Richtung nicht klar. Es sieht fast so aus als seien zwei unterschiedliche Ladungen aufeinander zugerast, um sich bei der Marke von 2.689 Metern des Tunnels zu treffen. Sehen Sie, das wurde durch die verschiedenen Messwerte entlang der Strecke dokumentiert. Am einen Ende des Blitzkanals haben wir die stecken gebliebene Kapsel, am anderen jedoch nicht die geringste Besonderheit."

Shane und Myers sahen einander an. Haze hatte keine Ahnung vom Auftauchen dieses Saunders und das war gut so.

- „Wir gehen davon aus, dass es einen Kurzschluss in der Stromübertragung gab. Die elektromagnetischen Feldspulen sind äußerst sensibel. Und der Reaktor speist sehr viel Energie in den Kreislauf ein. Sie wissen, dieses Ding da wird nicht von einem De-Jong-Motor angetrieben."

Alle drei schauten durch die Scheibe zu der Kapsel, die im Dämmerlicht der wenigen eingeschalteten Neonröhren aussah wie eine große, matte Kristallkugel.

- „Dieses Ding, wie Sie es nennen. Was ist das wirklich?"

- „Ihnen liegen doch sämtliche Unterlagen über das Projekt vor. Es handelt sich um Forschungen zu einem neuen unterirdischen Transportsystem, das …“

Mr. Haze nickte. Natürlich kannte er die offizielle Version.

- „… Güter mit einer sehr hohen Geschwindigkeit von A nach B schafft. Sie wollen mir doch nicht tatsächlich weismachen, es ginge hier um eine Rohrpost. Ich meine die Tunnelverkleidung besteht aus Kristallen …“

- „… synthetischen Kristallen, die die Aufgabe haben, die hohen Energien gezielt zu reflektieren und gleichzeitig die außerordentlichen Temperaturunterschiede zu kompensieren. Wir probieren nach und nach unterschiedliche Materialien aus. Aber die Technik ist, wenn das System einmal Serienreife erreicht, einfach unschlagbar …“

Myers musste Argumente liefern, mit denen Haze leben konnte, die er mit nach Washington nehmen, vor sich auf den Tisch legen und mit ruhigem Gewissen betrachten würde. Eine gute Verpackung war von Nöten.

- „… insbesondere aus ökologischer Sicht. Denken Sie an den gigantischen Warentransport, den wir in den amerikanischen Ballungszentren haben. Es gibt am Stadtrand von Detroit Fabriken, in denen täglich über 15.000 Paletten angeliefert werden. Dafür benötigt man fast 500 Trucks. Täglich! Hätte man ein entsprechendes Tunnelleitsystem für den Gütertransport mit Knotenpunkten in den wichtigsten Städten, würde das alles unterirdisch ablaufen. In einem Bruchteil der Zeit.“

Wie auf ein Stichwort verschränkte Terry Haze die Arme vor seinem schlanken Körper.

- „Ach ja, der Faktor Zeit. Sie gehen von Geschwindigkeiten von 300 Stundenkilometern aus. Andere Entwickler sprechen von Tempo 36 für ihre Container und halten das schon für eine eher gewagte Prognose. Also wie soll es möglich sein, fast das Zehnfache zu erreichen? Ich denke allein an den Energieverbrauch für Beschleunigungs- und Bremsvorgänge."

- „Die Spitzenwerte werden natürlich nur auf langen Strecken erreicht …"

Terry Haze lehnte sich in seinem Stuhl zurück, legte die Hände hinter den Kopf und sah durch das Kontrollfenster hinaus zum Tunneleingang. Die Haltung wirkte entspannt, doch seine Sätze klangen hart.

- „Ich glaube Ihnen kein Wort. Gentlemen, wenn ich jetzt keine Antworten bekomme, werde ich den Laden sofort dicht machen. Es wird eine unabhängige wissenschaftliche Untersuchungskommission eingesetzt und Sie erhalten die Aufforderung, den Mount Maroon sofort zu verlassen. Die Forschungsarbeiten würden für Monate ruhen, wenn nicht Jahre."

Jetzt reichte es Robert Shane. Er hatte es nicht nötig sich von diesem selbstgefälligen Schnösel am Nasenring durch die Arena führen zu lassen. Sicher gab es für die Untersuchung des Vorfalls eine rechtliche Grundlage und selbstverständlich war Haze mit einem Mandat ausgestattet, sie durchzuführen. Und natürlich hatten sie ihn belogen, aber was sollten sie denn machen. Schließlich hatten sie eine Aufgabe zu erfüllen.

- „Mr. Haze, wir arbeiten hier im Auftrag der Regierung."

- „Das ist nicht korrekt, Mr. Shane, und Sie wissen das genauso gut wie ich. Sie erhalten Gelder von der Regierung und haben dieser ihre Forschungsergebnisse auszuhändigen. Das ist etwas anderes. Hinsichtlich Ihrer Forschungen genießen Sie eine große Freiheit, aber wenn Sie sich außerhalb der Legalität bewegen oder die Umwelt gefährden, endet diese Freiheit."

Mr. Haze packte seine Sachen zusammen und wandte sich zum Gehen. Shane wusste, was das bedeutete. Er musste handeln. Den Blick auf die Kapsel gerichtet, sprach er mit leiser Stimme.

- „Ich schlage vor, dass wir uns auf morgen Mittag vertagen. Wir werden dann unsere Karten auf den Tisch legen. Wenn Sie einverstanden sind, möchte ich noch zwei Wissenschaftler hinzuziehen. Sie können in unserem Gästehaus schlafen. Dr. Myers zeigt Ihnen alles."

Terry Haze sah Robert Shane scharf in die Augen.

- „Ich bin sehr gespannt."

9. DIE HEIMKEHR

Es war gegen halb eins am Mittag als der kleine Lastwagen in der Nähe der Wellington Street hielt. Die beiden Männer verabschiedeten sich durch ein angedeutetes Heben ihrer Hände, woraufhin der eine ausstieg und der andere mit einem kurzen Kopfschütteln seine Fahrt fortsetzte. Dieses Kopfschütteln, was durch den Anflug eines Schmunzelns unterstrichen wurde, hatte Peter nun schon zum dritten Mal bemerkt, wenn er sich bei den Personen bedankte, die ihn mitgenommen hatten. Ein einsamer, gepflegter, ja durchaus attraktiv aussehender Mann, der ohne Geld und Gepäck möglichst schnell nach Maryland wollte und während der Fahrt eine unglaubliche Geschichte erzählte.

Peters Erleichterung darüber, aus dem Krankenhaus geflohen zu sein, währte nicht lang. Wie sollte er ohne Geld nach Annapolis kommen? Die einzige Alternative war wohl, es per Anhalter zu versuchen, aber mitten in der Nacht herrschte nur wenig Verkehr. Peter sah sich um. In der Ferne erkannte er zwei Scheinwerfer, die unruhig hin und her schwangen. Sie nährten sich rasch. Für einen Moment stand Peter in ihrem Lichtkegel, dann bremste neben ihm ein Sportwagen, genauer gesagt, streifte er ihn sogar leicht. Eine Scheibe wurde heruntergelassen und eine langmähnige, rothaarige Frau lachte ihn an. Sie fragte ihn, wo er hinwolle und da Peter es nicht sofort zu sagen vermochte, gluckste sie vor Lachen. Wenige Augenblicke später saß er neben Tracy, einer ebenso stark ge-

schminkten wie beschwipsten Mittvierzigerin im Cocktailkleid. Sie hatte eine Party im Zorn verlassen, weil man sich für ihren Geschmack zu wenig mit ihr beschäftigte. Solche Partys empfand sie als langweilig, da man eigentlich nur trinken konnte. Sie habe sich, wie sie erklärte, nun aber wieder gefangen und sei äußerst unternehmungslustig. Peter, der wahrlich ganz andere Probleme hatte, hörte ihr nur halbherzig zu. Seine Gedanken waren bei Ellen. Er dachte an ihr hübsches Gesicht, gerahmt von den blonden Locken. Sie lächelte in seiner Vorstellung, aber ihre großen blauen Augen sahen traurig aus. Er musste so schnell wie möglich Kontakt zu ihr aufnehmen. Tracy erzählte von ihrem Mann, dessen Geschäftsreisen immer länger und von ihrer Tochter, deren Besuche bei ihr immer kürzer wurden. Sie erzählte von Partys und Vernissagen, von ihren Katzen und ihren Gärtnern. Weil Peter endlich telefonieren wollte und wohl auch, weil das Risiko durch die beständig ansteigende Reisegeschwindigkeit unkalkulierbar zu werden drohte, bat Peter sie, anzuhalten. Noch während er sich sprechen hörte, glaubte er eine Nuance zu barsch geklungen zu haben. Tracy bremste scharf, fuhr auf den Gehsteig und hielt an. Sie lachte laut auf, schob ihren Rock hoch, setzte sich mit einem Ruck auf ihn und begann, ihn wild zu küssen. Peter war keineswegs überrascht, sie tat ihm leid und er streichelte ihren Rücken. Nach einer Weile ließ sie von ihm ab, rutschte wieder auf den Fahrersitz und lachte erneut. Nur klang es diesmal gedrückt, es war wie der erstickte Schrei nach Freiheit, die einem, während man sie zurück zu gewinnen hoffte, endgültig entzogen wurde. Peter

wusste, es war nicht das erste Mal, dass sie eine Abfuhr erhielt, vermutlich nicht einmal das erste Mal an diesem Abend. Dennoch musste er sich um seine Angelegenheiten kümmern.

- „Ich muss telefonieren."

- „Schon okay, wie heißt die Kleine?"

- „Es ist meine Frau … Ich … ähm … dürfte ich dein Handy benutzen?"

Sie schüttelte heftig den Kopf, wobei ihre Haare hin- und hergeschleudert wurden. Dann begann sie, in ihrer Handtasche zu kramen und warf ihm das Telefon in den Schoß. Peter wählte seine eigene Nummer. Es dauerte sehr lange, bis sich eine Frauenstimmen meldete. Sie klang verschlafen; es war ein Uhr nachts.

- „Ellen, bist du das? Hier ist Peter."

- „Wer sind Sie? Was wollen Sie um diese Zeit?"

Am anderen Ende der Leitung wurde gegähnt.

- „Verzeihen Sie die Störung."

Peter hängte ein. Tracy zog sich im Rückspiegel die Lippen nach und ihr Mund formte sich, ohne dass sie es wirklich wollte, zu einem Lächeln. Peter wählte erneut. Wieder dauerte es einige Zeit, bis jemand zum Hörer griff. Diesmal war eine Männerstimme zu vernehmen, die in aller Deutlichkeit klarmachte, er solle mit dem Unfug aufhören. Man müsse morgen früh raus und wolle schlafen. Auf Peters Nachfrage hin wurde die Stimme lauter, so dass Peter den Hörer reflexartig vom Ohr wegzog. Dann wurde aufgelegt. Keine Frage, Peter hatte sich nicht verwählt, schon beim ersten Mal nicht. Aber wie konnte das sein? Er starrte auf das Telefon in seiner Hand, während

sich Tracy zu ihm herüberbeugte. Ihrer Lippen waren voll, ein Kussmund, ihre Augen waren halb geschlossen.

- „Können wir jetzt zu mir fahren?“

Sie fuhren nicht zu ihr, sondern verabschiedeten sich anständig, wie alte Freunde, an einer Raststätte am Highway. Tracy hatte ihn dorthin gebracht, nachdem Peter ihr seine Geschichte erzählt hatte. Tracy hatte zugehört, nicht gelacht und zum Abschied traurig gewunken.

Im Restaurant gewann Peter einen Eindruck davon, warum vertilgen gelegentlich als Synonym für essen verwendet wird. Die nächtlichen Gäste hatten zwar einen gehörigen Appetit mitgebracht, ihre Manieren aber, sofern sie denn überhaupt welche besaßen, in ihren Fahrzeugen gelassen. Die einzige Ausnahme machte ein älterer, beleibter Herr an einem der hinteren Tische. Er war Peter aufgefallen, denn er war der einzige, der aufmerksam in seine Richtung sah, als Peter sich in die Mitte des Raumes stellte und fragte, wer nach Osten fahre und bereit wäre, ihn mitzunehmen. Wie auf ein Kommando hin erhob sich der angenehme Mann, stellte sich förmlich vor und bat Peter, sich zu ihm zu setzen.

Mr. Dick war nicht nur korpulent, sondern auch überdurchschnittlich groß – eine stattliche Erscheinung, die trotz der Halbglatze und der etwas altmodischen, schwarzen Hornbrille eine gewisse Eleganz ausstrahlte. Peter brauchte einige Zeit, um zu erkennen, dass ihm der stilvolle Maßanzug das weltmännische Aussehen verlieh. Der Mann wirkte freundlich auf eine Weise, wie einem die Freundlichkeit eines anderen Menschen zuweilen leid tun konnte. Es war ein zerbrechliches Glück, das er in seinem

Blick und auf seinen Lippen trug, eine Beseeltheit, die entsteht, wo Augen sie sehen, und untergeht, wo diese sich abwenden. Sie setzten sich und Mr. Dick wandte sich wieder seinem Beefsteak zu. Peter sah, dass neben seinem Teller eine feine weiße Stoffserviette lag. Mr. Dick musste sie mitgebracht haben, ebenso wie das Besteck, denn es war nicht wie bei allen anderen aus Plastik. Eine Kellnerin trat an den Tisch.

- „Was darf ich Ihnen bringen?“

- „Oh, ich möchte nichts, vielen Dank.“

- „Bitte bringen Sie dem jungen Mann einen Kaffee, Miss“, sagte Mr. Dick.

Als sie gegangen war, fragte Mr. Dick, ob Peter nicht vielleicht auch etwas essen wolle. Es wäre ihm eine Ehre, ihn einzuladen. Als Peter dies verneinte, begann Mr. Dick von sich zu erzählen, wobei er peinlich genau darauf achtete, nicht mit vollem Mund zu sprechen.

Mr. Dick war Vertreter für Krawatten. Er verbrachte die meiste Zeit allein in seinem Auto, in irgendeinem Motel oder in irgendeinem Restaurant. Zuhause war Mr. Dick in Rochester, Minnesota, aber es war nur irgendein Zuhause, weil niemand dort auf ihn wartete. So war es egal, wann er dorthin fuhr oder ob überhaupt. Manchmal war er monatelang unterwegs, um sich mit zumeist jungen Verkäufern über Krawatten zu unterhalten, die sie nur der Form halber begutachteten, aber innerlich verabscheuten. Herrenausstatter der alten Schule waren selten geworden, selten wie ihre Läden. Und die Übriggebliebenen waren Ladenhüter im reinsten Wortsinn.

Für Peter war Mr. Dick ein Geschenk des Himmels, denn er war sofort bereit, einem im Nirgendwo Gestrandeten aus der Klemme zu helfen. Nach dem Essen holte er eine Straßenkarte aus seinem Auto und zusammen begannen sie, nach einer Route zu suchen, die ihre Wege, so gut es ging, vereinen konnte. Als Peter die Karte sah, stutzte er. Zwar waren ihm die meisten Orte bekannt, doch hätte er schwören können, dass der Interstate Highway 68 durch West Virginia führte und nicht, wie auf dieser Karte eingezeichnet, durch Pennsylvania und damit ein ganzes Stück weiter nördlich lag. Auf eine entsprechende Bemerkung versicherte Mr. Dick aber, er kenne das Verkehrsnetz der USA ebenso gut wie das Persian-Pickles-Muster auf den Krawatten in seinem Kofferraum und der Highway sei niemals anders verlaufen, so oft er ihn auch benutzt habe.

Auf ihrer Fahrt durch die Nacht im betagten aber äußerst bequemen Continental Mark V Diamond erzählte Peter vom Krankenhaus und von seinem vergeblichen Versuch, mit seiner Frau Kontakt aufzunehmen. Mr. Dick hörte geduldig zu, gab aber zu bedenken, dass auch ihm sein Gedächtnis ab und an einen Streich spiele. Er reichte Peter sein Handy und schlug vor, die Auskunft anzurufen, um sich der Korrektheit der Nummer zu versichern. Diesmal wurde trotz der frühen Stunde sofort abgenommen.

- „Ich möchte die Nummer von Peter Saunders in Annapolis, bitte."

Es folgte eine Bandansage, die ihn aufforderte zu warten. Danach meldete sich statt der automatischen Ansage der gewünschten Nummer wieder die Stimme der Telefonistin.

- „Wie sagten Sie war der Name, Peter Saunders?"

- „Ja, richtig."

- „Ich habe keinen Eintrag zu diesem Namen."

- „Und Ellen Saunders?"

- „Einen Moment bitte."

Auch hierzu hatte die Dame keinen Vermerk und auch nicht zu Luther van Eyck, weder privat noch im Atlanta Medical Center. Peter war konsterniert, er blickte unablässig auf die Begrenzungsstreifen der Fahrbahn, die im Scheinwerferlicht neben dem Auto dahin glitten.

- „Mir scheint, ich existiere nicht."

Mr. Dick wandte sich ihm zu.

- „Wissen Sie, ich existiere eigentlich auch nicht. Wir sollten zusammen auftreten, hehehe."

Peter war nicht zum Lachen zumute.

Mr. Dick erzählte wieder von seinem Alltag, doch Peter hörte ihn von weit weg, durch einen Vorhang aus Gedankenfetzen und Bildern. Er sah Ellen und Irene. Er dachte an Luther, an den Verlag. Wer war Peter Saunders? Was war mit ihm los? Als das Handschuhfach krachend auf seine Beine klappte, erschrak Peter. Mr. Dick hatte es geöffnet, um ihm ein Bier anzubieten.

- „Ich habe mir einen Kühlschrank einbauen lassen. Für einen Herd reichte der Platz nicht."

Wieder lachte Mr. Dick und Peter mit ihm. Mr. Dick hielt den Wagen an. Sie stiegen aus, öffneten ihre Dosen und lehnten sich gegen den Kofferraum. Es war eine sternenklare Nacht und von Osten her ließ sich ganz schwach ein Anflug des herannahenden Tages erahnen.

- „Wir sind Ameisen ...", sagte Mr. Dick. „Sehen Sie sich diesen Himmel an. Myriaden von Sternen und jeder einzelne geht als Sonne über irgendwelchen Planeten auf. Sie scheinen zum Greifen nah und dabei sind sie unvorstellbar weit entfernt", Mr. Dick trank einen Schluck. „Wissen Sie, wie weit die weg sind? Wenn unser ganzes Sonnensystem in einem Zimmer eines Hauses in New York untergebracht wäre, befände sich der nächste Stern in Moskau."

Mr. Dick blickte mit glänzenden Augen zum Firmament.

- „Das da ist die Venus ... Und da ist der Polarstern ... Der gehört zum Sternbild des kleinen Bären, zusammen mit denen da. Besser bekannt als Kleiner Wagen: eins, zwei, drei, vier – die Deichsel ... Der Polarstern ist ein Dreifachsternsystem. Der Hauptstern strahlt zweitausendmal so hell wie unsere Sonne. Sein Licht war zu uns etwa 430 Jahre unterwegs. Wenn der jetzt erlöschen würde, wäre er vor 430 Jahren kollabiert. Wir sehen also die Vergangenheit, hehehe."

Mr. Dick dozierte nicht, er war sichtlich angetan von der Schönheit des Himmels. Peter hörte ihm fasziniert zu, während Mr. Dick immer neue Sternbilder ausmachte. Er zeigte Peter den Perseus, Kassiopeia, Pegasus und schließlich den Schwan.

- „Kennen Sie die Geschichte des Schwans, Peter?"

- „Nun, soweit ich weiß, verkörpert das Sternbild Zeus, der in Gestalt eines Schwans jungen Frauen nachstellte."

Mr. Dick wog den Kopf, die Antwort war nicht wirklich falsch, aber offenbar hatte er eine bessere.

- „Der Bezug zur griechischen Mythologie ist schon richtig. Es handelt sich aber nicht um Zeus, sondern um den an den Himmel versetzten Kyknos, der einem Schwan gleich die Ufer des Flusses Eridanus nach seinem Freund Phaeton absuchte."

Mr. Dick sagte den letzten Satz wie ein Poet, sang ihn fast. Dann sprach er weiter, das Gesagte mit ausladenden Gesten untermalend.

- „Phaeton, der Sohn des Helios, hatte sich als Lenker des Sonnenwagens versucht. Doch die Fahrt geriet außer Kontrolle und drohte den Himmel und die Erde zu verbrennen. Um die Vernichtung der Welt zu verhindern, wurde Phaeton von Zeus mit einem Blitz erschlagen und in die Fluten des Eridanus geschleudert."

Peter vermochte nicht sagen, weshalb ihm plötzlich so unbehaglich zumute war, schob es aber vorsichtshalber auf das unmittelbare Erlebnis von Weite angesichts dieses gigantischen Sternenhimmels, der allmählich verblasste. Mr. Dick war in seinem Element.

- „Der helle Stern da am Schwanz ist Deneb. Eine Messung durch einen Satelliten hat kürzlich eine Parallaxe von 1,0 Millibogensekunden ermittelt, das heißt der ist circa 3.200 Lichtjahre von uns entfernt – unvorstellbar, nicht wahr ..."

Mr. Dicks Stimme war jetzt weich und er brauchte einen Moment, bis er sich wieder gefangen hatte. Er schaute zum Himmel hinauf, wie ein Kind zu seinem Vater aufsieht.

- „Also der bildet mit Wega im Sternbild der Leier und Atair im Adler – dort drüben – das sogenannte Sommerdreieck. Das sieht man aber abends besser."

- „Sie wissen eine Menge über die Sterne."

- „Oh ja, ich habe sie studiert. Na ja, ich habe Astrophysik studiert, an der U of M, pardon, so wird sie von den Einheimischen genannt, der University of Minnesota in Minneapolis. Genau vier Semester lang.", er lachte kurz auf. „Ich habe mich in meiner Jugend so sehr für alles interessiert, was mit den Sternen zusammenhing, hatte bereits als Siebenjähriger ein Teleskop. Nachdem meine Eltern schlafen gingen, schlich ich mich hinaus auf die Veranda und beobachtete die Sterne. Mit acht kannte ich ihre Namen, mit zehn konnte ich ihre Bahnen berechnen. Meine Eltern sahen meine Begeisterung und erkannten meine Begabungen. Obwohl sie nicht viel Geld hatten, schickten sie mich auf die Highschool und später aufs College. Mit 19 schrieb ich mich für theoretische Physik ein. Mein Vater hatte einen kleinen Laden, der nicht viel abwarf, aber meine Eltern sparten und finanzierten mein Studium, weil sie an mich glaubten. Alles lief prächtig bis zu dem Tag, an dem mein Vater von einer Auslieferungsfahrt nicht mehr zurückkehrte. Er war tödlich verunglückt. Das war … warten Sie, 1972, ja '72. Ein Betrunkener hatte ihm die Vorfahrt genommen. An diesem Tag änderte sich mein Leben. Ich musste arbeiten, um für meine Mutter zu sorgen. Zunächst studierte ich nebenher weiter, aber ich packte es nicht. Schließlich wurde ich Krawattenvertreter."

Mr. Dick lachte und nachdem die Sonne vollständig aufgegangen war, stieg er in den bequemen grün lackierten Wagen mit dem nostalgisch anmutenden weißen Dach und betätigte die Zündung.

Sie trennten sich an der Ausfallstraße nach Annapolis. Mr. Dick hatte angeboten, ihn bis dorthin zu fahren, aber Peter wollte dem netten älteren Herrn nicht einen noch größeren Umweg abverlangen. Dieser ließ sich aber im Gegenzug nicht davon abbringen, Peter zusammen mit seiner Karte eine 100-Dollar-Note zuzustecken. Peter könne sie ihm ja zurückschicken, wenn er wohlbehalten zuhause angekommen sei, sagte er und zeigte das traurige Lächeln des Abschieds. Nachdem Mr. Dicks Lincoln hinter einer Biegung verschwunden war, besah sich Peter die Karte:

Arthur M. Dick
salesman for scarfs & ties
84, 17th Street SE
Rochester, M, 55904-7921

Dazu eine Handynummer, aber keine E-Mail-Adresse. Mr. Dick war vom alten Schlage.

Den Rest des Weges hatte Peter in dem kleinen Lieferwagen eines Kaugummi kauenden, wortkargen Paketzustellers zurückgelegt. Sie hatten sich nur kurz über das Fahrtziel verständig, wobei es Peter seltsam vorgekommen war, dass ein Auslieferungsfahrer Mayfield nicht kannte, das aufgrund einer stadtplanerischen Glanzleistung eine überregionale Bekanntheit erlangt hatte. Mayfield war ein

neu geschaffenes Stadtzentrum, das auf einer alten Industriebrache unter großem Sanierungsaufwand errichtet worden war. Die architektonisch wertvolle Bausubstanz wurde genutzt, die schönen historischen Fassaden erhalten oder ansprechend restauriert. So entstand ein in sich geschlossenes, harmonisches Gefüge luxuriöser Wohnungen, kleiner Werkstätten und schmucker Läden. Ellen und Peter waren mit ihrer Tochter vor drei Jahren, gleich nach der Fertigstellung dorthin gezogen. Auch Peters Verlag hatte sich hier angesiedelt. Mayfield wurde zu einem äußerst beliebten Wohnquartier und die Wartelisten der Miet- oder Kaufgesuche waren mittlerweile sehr lang. Peter erzählte ihm davon, aber der Bursche schien ihm nicht zu glauben.

Von dort aus, wo ihn der Fahrer abgesetzt hatte, waren es nur drei Blocks zu gehen. Peter bog in die Atwood Street ein, ging über den Market Square und folgte der Willow Road bis zu ihrem Ende. Alles schien normal. Doch je näher er Mayfield kam, desto schneller begann sein Herz zu schlagen. Die mangelnde Betriebsamkeit des ansonsten so lebhaften Stadtteils konnte man der Mittagshitze zuschreiben, nicht aber das Fehlen des Kopfsteinpflasters oder der pittoresken Stirnseiten der Gebäude. Das Gebiet sah aus wie vor seinem Umbau. Peter lief durch die Straßen, sah aber lediglich die halbverfallenen Fabrikhallen und Freiflächen mit ihren verrosteten Maschinen. Weder sein Wohnhaus noch der Verlag waren vorhanden. Auf der anderen Seite des Areals war eine großformatige Hinweistafel aufgestellt. Peter ging langsam um sie herum und las: „Hier entsteht ein neuer Stadt-

teil – Mayfield. Die neue Lebens*Art*". Darunter gab eine Zeichnung Aufklärung darüber, wie es hier einmal aussehen sollte. Sie glich exakt dem, was Peter in Erinnerung hatte. Peter schlug seine Hände vors Gesicht, sank auf die Knie und stieß einen erbarmungswürdigen Schrei aus. Schließlich setzte er sich mit dem Rücken an einen Pfosten gelehnt auf den Boden. Er versuchte krampfhaft, sich zu erinnern. Aber alles, was sein Gedächtnis anbot, passte nicht zu dem, was er vor sich sah. Die Welten vor und hinter seinen Augen ließen sich nicht miteinander in Einklang bringen. Tränen bildeten sich und liefen über seine glühenden Wangen. Er griff nach dem zweifach gefalteten Zettel in seiner Brusttasche. Der einzige Name, der keine Negation hervorgerufen hatte, war Ellen McGywer, geborene Hudson, wohnhaft: 83 Chestnut Street, York, PA 17401, Pennsylvania.

10. KRISENSTAB I

Obwohl Elliot Harper und Lorenz Veitman viel zu selten die Gelegenheit zu einem Gedankenaustausch hatten, sprachen sie seit mehr als einer halben Stunde kein Wort miteinander. Ihre Gedanken drehten sich darum, wie sich die Dinge entwickeln würden, welche Richtung das Projekt in Zukunft nähme, ja ob es überhaupt eine Zukunft gab. Es war einer der Vorzüge der späten Jahre, dass eine natürliche Contenance einsetzte, die innere Spannungszustände zumindest nach außen hin abzuschirmen verstand. Dadurch würde auch alles, was sie heute an Erklärungen und Ratschlägen in die Diskussion einbringen konnten, auf eine unkomplizierte Weise vor dem Verdacht der Parteilichkeit bewahrt und anhängige Zweifel zerstreut. Mit Ende 60 und Anfang 70 gehörten die beiden Wissenschaftler zur Kategorie der Honourable Elders. Sie standen gewissermaßen unter Artenschutz. Robert Shane hatte sie mitten in der Nacht angerufen und ihre Teilnahme an der heutigen Sitzung erbeten. Jetzt warteten sie etwas verloren wirkend an dem großen ellipsenförmigen Konferenztisch, wie andere Herren ihres Alters auf die Ergebnisse eines Kricketturniers.

Im Gegensatz zum kleinen Konferenzraum in seinem verspielten Rokokostil überzeugte der große Sitzungssaal durch die Abstinenz überflüssigen Inventars. Seine Form passte sich dem zentralen Element des Tisches an, wenngleich in einem respektvollen Abstand von nicht weniger als sechs Metern. Die Wände und die Decke hatten eine

dunkle Holzvertäfelung, aus deren Fugen dezente Lichtquellen für eine unaufdringliche, dem Tageslicht nicht unähnliche Beleuchtung sorgten. Der steingraue Teppichboden wirkte schlicht, doch wenn man darauf ging, glaubte man, über frisches Waldmoos zu schreiten. Der Raum bot Platz für sechzehn Personen und die Abstände zwischen den Stühlen betrugen jeweils einen Meter. Am oberen Ende des Tisches war ein Stuhl aus der Reihe herausgerückt worden, wodurch die Stelle markiert war, an der Robert Shane zu sitzen gedachte.

Gegen 14 Uhr hatten alle Teilnehmer der Runde ihre Plätze eingenommen: vor Kopf Mr. Shane, links von ihm zunächst Dr. Raymond Myers, dann Terry Haze, ihnen gegenüber und damit zur Rechten des Institutsleiters schließlich Elliot Harper und Lorenz Veitman. Als traditionell für den gesellschaftlichen Teil Zuständigen übernahm Dr. Myers die wechselseitige Vorstellung der einander nicht bekannten Personen. Er begann mit Terry Haze und seinem Anliegen. Danach blickte er zu Elliot Harper.

- „Professor Harper ist Spezialist für Elementarteilchenphysik und Quantenfeldtheorie. Er unterrichtet an der University of California in Berkeley und ist Vorsitzender der Internationalen Akademie für Annihilationsforschung."

Myers hielt einen Moment inne, dann drehte er den Kopf zu Lorenz Veitman.

- „Und Dr. Lorenz Veitman. Er war Professor am Massachusetts Institute of Technology und beschäftigt sich vorwiegend mit Fragen der Kybernetik, im Speziellen mit der Organisation von Systemen über die Zeit unter Einbe-

zug rekursiver Schleifen. Die beiden Wissenschaftler begleiten unsere Arbeit seit vielen Jahren und haben einen maßgeblichen Anteil am derzeitigen Stand der Versuchsreihe C26."

Das war der Einsatz für Robert Shane. Er hatte schlecht, genauer gesagt, so gut wie überhaupt nicht geschlafen. Wie sollte er anfangen, wie erzählt man eine derartige Ungeheuerlichkeit? Konnte man es einfach geradeheraus sagen, in einem Satz oder benötigte man ein Aufwärmprogramm, eine Einleitung, eine Hinführung? Nicht, dass er geglaubt hätte, Mr. Haze würde der Schlag treffen, nein, das Problem lag mehr auf seiner Seite. Robert Shane war nie ein großer Redner, kein Mann für unterhaltsame Vorträge gewesen. Gewöhnlich beschränkte er sich auf das Nötigste, formulierte knapp und präzise. Heute jedoch wollte er der Gewaltigkeit des Projekts gerecht werden. Er entschied sich dafür, es mit einem Dialog zu versuchen.

- „Mr. Haze, sagt Ihnen das Philadelphia-Experiment irgendetwas?"

- „Hm, eine Legende, soweit ich weiß. Es soll in den 1940er Jahren Versuche der US-Marine gegeben haben, eine Antiradartechnologie zu entwickeln, um Schiffe für feindliche Einheiten unsichtbar zu machen."

- „Nicht ganz. Es handelte sich um die Entwicklung eines Entmagnetisierungsverfahrens. Die Schiffe sollten vor den Magnetzündern der Torpedos deutscher U-Boote geschützt werden. Aber was geschah dann?"

Wieder war Haze an der Reihe.

- „Es heißt, dass ein Test außer Kontrolle geriet und ein Kriegsschiff, die USS Eldridge, vollkommen unsichtbar wurde und sogar kurzzeitig im 500 Kilometer entfernten Hafen von Norfolk, Virginia, auftauchte …“

Terry Haze punktete mit umfassendem Detailwissen, doch lag in seiner Stimme eine gewisse Beunruhigung. Shane nahm den Faden auf.

- „Nun, für das Auftauchen der USS Eldridge in Norfolk gibt es keine Augenzeugen, wohl aber für das Unsichtbarwerden, vielleicht sogar Verschwinden des Schiffes auf hoher See. Im Oktober 1943 wurde es bei einem Experiment einem starken Kraftfeld ausgesetzt und ein gewisser Carl Meredith Allen, der auf der SS Andrew Furuseth, einem Schiff der Handelmarine, im gleichen Convoy fuhr, berichtete, wie die USS Eldridge für 15 Minuten nicht mehr zu sehen war. Allein der Kielabdruck im Wasser war noch vorhanden.“

- „Mr. Shane, Sie sind ein begnadeter Geschichtenerzähler, aber eine Märchenstunde pro Woche reicht mir völlig. Also was soll das alles?“

- „Warten Sie. Das, was Allen gesehen hat, kann alle möglichen Ursachen gehabt haben: starker Nebel, eine Sinnestäuschung oder vielleicht ist der Mann ein Schwindler, wie es die Marine damals behauptete. Richtig ist, dass seinerzeit Versuche mit Kraftfeldern durchgeführt wurden und zwar mit dem Ziel das Wirkungsprinzip von Magnetzündern in Torpedos und Seeminen zu neutralisieren. Man wollte verhindern, dass eine solche Waffe unter dem Schiff detoniert.“

Professor Harper schaltete sich ein.

- „Sehen Sie, die Funktionsweise eines Magnetzünders besteht darin, dass die Waffe nicht erst detoniert, wenn sie mit der Bordwand in Kontakt kommt, sondern durch eine messbare Störung des Erdmagnetfeldes ausgelöst wird. Diese Störung entsteht durch das Eigenmagnetfeld des Schiffes. Die Explosion kann also einige Meter unter dem Schiff ausgelöst werden. Dadurch bildet sich eine Gasblase unter dem Rumpf und das Schiff verliert an dieser Stelle schlagartig den Auftrieb, während Bug und Heck noch vom Wasser getragen werden. Das hat zur Folge, dass das Schiff auseinanderbricht und sinkt. Während also herkömmliche Geschosse nur ein relativ kleines Loch in die Bordwand sprengen, ist diese Art viel effektiver."

Raymond Myers ergriff das Wort. Der Mann wurde vor allem dafür geschätzt, den Dingen die entscheidenden Wendungen zu geben.

- „Um es abzukürzen. Die Experimente konnten, vom wissenschaftlichen Standpunkt her, beachtliche Erfolge aufweisen und führten ganz nebenbei zu recht eigentümlichen Begleiterscheinungen, die strengster Geheimhaltung unterlagen. Auf das Schiffspersonal hingegen hatten sie verheerende Auswirkungen. Einige Besatzungsmitglieder waren regelrecht geschmolzen, andere verbrannten. Wer Glück hatte, kam mit einer geistigen Verwirrtheit oder einem Gedächtnisverlust davon."

Haze war nicht überzeugt, vor allem wusste er noch immer nicht, was die alten Geschichten mit dem Mount Maroon Laboratory zu tun hatten.

- „Wenn man eine derartige Technologie tatsächlich entdeckt hätte, wäre sie doch sicherlich gründlicher er-

forscht worden, anstatt dass man wegen einiger Opfer alle weiteren Versuche eingestellt hätte."

- „Oh, man hat die Versuche nicht eingestellt. Im Gegenteil, man hat mit wesentlich stärkeren Kraftfeldern weitergemacht", sagte Harper mit einem vagen Lächeln.

Er öffnete damit den Spielraum zu Spekulationen darüber, welche Zwecke die Mittel anfänglich zu heiligen gedachten. Haze war seinerseits aber nicht an einer ethischen Einschätzung interessiert, sondern wollte endlich begreifen, worauf das alles hinauslief.

- „Meine Herren, ich denke, wir sind uns aber doch in dem Punkt einig, dass ein noch so starkes Magnetfeld keine optische Unsichtbarkeit auslösen kann und schon gar keine Teleportation."

- „Teleportation ...", Veitman ließ sich das Wort auf der Zunge zergehen, „da kommen wir der Sache doch schon ein gewaltiges Stück näher. Teleportation bezeichnet den Transport eines Gegenstandes oder einer Person von einem Ort zu einem anderen, ohne dass das Objekt dabei physisch den dazwischen liegenden Raum durchquert."

Er sagte dies nicht, um den Begriff zu erklären, sondern um einen Moment bei dem Gedanken zu verweilen, ihn greifbar zu machen. Nun war wieder Elliot Harper an der Reihe. Die Diskussion hatte Fahrt aufgenommen.

- „Dr. Myers sprach vorhin von eigentümlichen Begleiterscheinungen. Er meint damit, dass es im Zuge der Entmagnetisierungsversuche zu Lichtkrümmungseffekten kam, die möglicherweise für den Eindruck des Verschwindens der USS Eldridge verantwortlich waren, wenngleich

ich nicht glaube, dass das Schiff gänzlich unsichtbar war. Dennoch haben wir es hier mit sehr starken Gravitationsfeldern zu tun.“ Harper bemerkte, dass Haze ihn unverwandt ansah. So sachlich wie möglich erläuterte er: „Unter Lichtkrümmung versteht man die Änderung der Ausbreitungsrichtung von Licht, wenn es große Massen passiert. Diese Ablenkung ist eine Folge der Krümmung der Raumzeit in der Umgebung massiver Objekte.“

Lorenz Veitman warf ein, dass man unter Raumzeit eine Art vierdimensionales Gewebe verstehe, welches sich aus der Vereinheitlichung von Raum und Zeit ergebe. Jetzt waren sie in ihrem Element. Lichtkrümmung, Gravitationsfelder, Raumzeit. Terry Haze hingegen war nahe daran, den Faden zu verlieren. Doch bevor sich hinter seiner Stirn die Worte für einen Einwand formierten, brachte Myers die Sache auf den Punkt.

- „Von der Vorstellung, ein Objekt per Teleportation von einem Ort zum anderen zu bringen ist es nicht weit zu der Idee, es in eine andere Zeit zu schicken.“

Das Gesagte hing wie in einer Sprechblase gefangen über der Gruppe. Es herrschte für einige lange Sekunden eine andächtige Stille, als ob die reale Gefahr bestünde, die Blase könnte platzen und ihren schwerverdaulichen Inhalt über sie ergießen.

- „Eine Zeitreise!“, Haze war wirklich erstaunt. „Ist es das, was Sie mir sagen wollen? Aber Zeitreisen sind unmöglich …“

- „Nicht für jemanden, der sehr schnell ist …“, sagte Harper und Veitman vervollständigte:

- „… oder zumindest sehr schwer. Wer schwer genug ist, bewegt sich langsamer als andere."

Die beiden Koryphäen lachten über die unfreiwillige Komik, ein dünkelhaftes Altmännerlachen, dem sich niemand anschloss. Für einen Augenblick erinnerten sie Terry Haze an Statler und Waldorf aus der Muppet Show. Dann fasste sich Harper und erklärte, wie die Dinge lagen. Begeisterung lag in seinen Augen. Jetzt wirkte er beinahe jugendlich.

- „Um eine relevante Zeitdilatation zu erzeugen, also eine messbare Verlangsamung des Zeitflusses, benötigt man entweder sehr große Geschwindigkeiten oder eine sehr starke Gravitation. Es handelt sich dabei um anerkannte Phänomene der Relativitätstheorie. Ich will versuchen, es Ihnen möglichst einfach zu erklären. Für einen Beobachter, der in einem Inertialsystem ruht oder sich im Zustand einer gleichförmigen Bewegung befindet, geht jede relativ zu ihm bewegte Uhr aus seiner Sicht langsamer. Die Uhr ist dabei aber lediglich das Instrument zur Messung der Zeit. Es ist tatsächlich so, dass die Zeit selbst langsamer vergeht und damit alle ihr unterliegenden Vorgänge für ihren Ablauf eine längere Zeitspanne benötigen. Je größer die relative Geschwindigkeit in Bezug auf den ruhenden Betrachter ist, desto größer ist die Zeitabweichung. Nehmen wir zur Veranschaulichung dessen einmal an, ein Astronaut würde sich mit einer Geschwindigkeit, die an jene des Lichts herankommt, durch den Raum bewegen und nach einer bestimmten Zeit wieder zur Erde zurückkommen. Je länger die Reise dauert, desto größer wäre der Unterschied zwischen der auf der Erde abgelaufe-

nen Zeit und jener innerhalb des Raumschiffes. Nach wissenschaftlich fundierten Berechungen ist der Zeitunterschied nach zwei Jahren nur gering, aber schon nach zehn Jahren für den Astronauten wären auf der Erde 24 Jahre vergangen. 30 Jahre im Raumschiff entsprächen 3.100 Erdenjahren und bei einer Verdoppelung auf 60 Jahre, wäre die Erde in seiner Abwesenheit um 50 Millionen Jahre gealtert. Flugdauer und Zeitunterschied stehen in einem exponentiellen Verhältnis."

Harpers Augen leuchteten. Er konnte es sich gar nicht vorstellen, dass es Leute gab, die von diesen Fakten unbeeindruckt blieben und auch Terry Haze folgte den Ausführungen mit zunehmender Spannung.

- „Bei der gravitationsbedingten Zeitdilatation haben wir es mit dem Umstand zu tun, dass jeder physikalische Prozess innerhalb eines Gravitationsfeldes langsamer vergeht als außerhalb desselben. So läuft die Zeit auf der Erdoberfläche langsamer ab als im fernen Weltraum. Der Zeitablauf von Beobachtern, die sich in verschiedenen Entfernungen zu einem Gravitationszentrum befinden, ist hier relativ. Es geht auch hier nicht um mechanische Einwirkungen auf die Uhren selbst, sondern um eine Eigenschaft der Raumzeit. Kurzum: Bezogen auf seine eigene Zeitbasis misst ein ruhender Beobachter für identische Vorgänge unterschiedliche Ablaufzeiten, wenn diese in unterschiedlichen Entfernungen vom Gravitationszentrum stattfinden."

Haze brachte seinen Oberkörper in eine aufrechte Position.

- „Na schön, aber was heißt das schon? Vielleicht sind Zeitreisen theoretisch ja möglich, aber praktisch realisierbar sind sie deswegen noch lange nicht. Sie benötigen dabei gewaltige Geschwindigkeiten oder riesengroße Massen. Beides ist nicht zu gewährleisten, schon gar nicht in einen Labor."

Es erklang die ruhige Stimme von Robert Shane, der lange geschwiegen hatte.

- „Nicht so schnell, Mr. Haze. Es geht hier nicht um kosmische Strings, Warp-Antriebe, Wurmlöcher, exotische Materie oder sonst eine bizarre Eigentümlichkeit. Sicherlich beruht auch unsere Methode auf den von Prof. Harper vorgetragenen Überlegungen, denn schließlich reden wir über Physik und nicht über Science-Fiction oder über Zauberei oder ... Kunst. Auch wir machen uns die von einem elektromagnetischen Kraftfeld erzeugte Gravitation zu nutze, und auch wir organisieren einen Wettlauf gegen das Licht ... Aber wir sind dabei nicht ganz fair. Wir manipulieren unseren Gegner. Vielleicht liegt es daran, dass Mr. Myers auch einige Semester Politik studiert hat ..."

Ein kurzes Lachen durchzog die Runde.

- „Wenn wir nicht so schnell sein können wie das Licht oder es – wie in unserem Fall notwendig – nicht überholen können, müssen wir es eben abbremsen. Wenn sie langsames Laserlicht auf eine kreisförmige Bahn leiten und sich anschließend mit einer ausreichend hohen Geschwindigkeit hindurchbewegen, kommt es zu der angestrebten Zeitdilatation. Je langsamer sich das Licht bewegt, umso größer ist die Raumzeitverzerrung."

- „Hat nicht Albert Einstein höchstpersönlich die Lichtgeschwindigkeit als unverrückbare Naturkonstante definiert?"

Haze war stolz auf seinen Einwand, aber Prof. Harper hob zur Abwehr des Arguments die Hand.

- „Das hat er. Aber das gilt nur für die Vakuum-Lichtgeschwindigkeit. Wird Licht durch Materie geschickt, kann man es bis auf wenige Meter pro Sekunde abbremsen. Die dänische Physikerin Lene Vestergaard hat es schon vor zehn Jahren geschafft, einen Lichtstrahl auf 61 Kilometer pro Stunde zu verlangsamen. Mittlerweile kann man Licht sogar ganz zum Stillstand bringen, wenn man in einem recht komplizierten Verfahren Natrium-Atome auf eine Temperatur nahe dem absoluten Nullpunkt abkühlt. Aber das sind Spielereien für kleinere Laboranwendungen. Wir arbeiten hier mit photonischen Kristallen. Die gesamte Auskleidung des Tunnels besteht daraus."

Haze hatte so etwas in der offiziellen Projektbeschreibung gelesen, sich aber nicht weiter damit befasst. Nun wollte er mehr wissen.

- „Aus photonischen Kristallen?"

- „Ja, das sind gewissermaßen Halbleiter für Licht, die das Licht speichern, biegen und verlangsamen können. Ihre Struktur ist der von Opalen nicht unähnlich. Die Anregung zu ihrer Herstellung kam von Eli Yablonovitch von den Bell Labs in New Jersey vor über 20 Jahren und zeitgleich dachte auch Sajeev John von der University of Toronto an etwas in der Art."

Mr. Shane übernahm wieder:

- „Früher, das heißt Mitte der achtziger Jahre haben wir es mit Spiegeln und dem Bose-Einstein-Kondensat versucht, welches Atome sehr stark abkühlt, sodass sie einigermaßen im Gleichklang schwingen. Der Tunnel war damals auch noch nicht so lang. Die Idee des zirkulierenden Lichts hatte übrigens auch Ronald Lawrence Mallett. Wir haben seine Arbeit ohne sein Wissen aufmerksam verfolgt. 2003 veröffentlichte er Berechnungen, nach denen Einsteins Feldgleichungen im starken Gravitationsfeld des rotierenden Lichtzylinders geschlossene zeitartige Kurven voraussagen. Mann, wenn der gute Mallett wüsste, dass wir das experimentell bestätigt haben."

- „Experimentell bestätigt ...", Haze zog das letzte Wort wie einen Kaugummi, „... bei allem Respekt, aber alles, was Sie fabriziert haben, ist eine gewaltige Explosion, mehr nicht. Ich halte fest: es ist niemand verschwunden, stattdessen gab es zwei Tote und einen Komapatienten. Vielleicht haben Sie ja tatsächlich versucht, jemanden in die Zukunft zu schicken, aber ..."

Myers wurde hellhörig.

- „Wieso in die Zukunft? Wir reden über eine Reise in die Vergangenheit."

- „Vielleicht müssen wir dazu noch einmal in die Geschichte dieser Einrichtung hinabsteigen", sagte Shane ruhig. „Das Mount Maroon Laboratory wurde gebaut, um die Philadelphia-Experimente fortzuführen. Der hintere Teil des Tunnels, den sie unten gesehen haben, stammt aus den vierziger Jahren. Man legte auf einer Länge von 300 Metern ein starkes ringförmiges elektromagnetisches Feld an, das 1946 in Betrieb genommen wurde. Nach

zahlreichen erfolglosen Versuchen gelang es schließlich, Lichtstrahlen stark abzulenken. In der Zukunft, so wurde damals angenommen, würde es möglich sein, das Licht um die eigene Achse zu drehen und wie auch immer eine Bewegung zu bewerkstelligen, die schneller wäre als das Licht selbst. Wann das so weit sein würde, konnte man nicht voraussehen, aber man ging davon aus, dass es irgendwann passieren würde. Und für genau diesen Fall hat man sich in der Nacht zum 16. August 1947 gerüstet. Exakt um zwei Uhr wurde für die Dauer von zwei Minuten die gesamte zur Verfügung stehende Energie gebündelt und in das System eingespeist. Dadurch wurde ein gewaltiges Kraftfeld erzeugt, das stark genug war, um den Ausgang für ein Zeittor zu öffnen … und wir haben nun den Eingang gebaut."

- „Die Zukunft existiert noch nicht, und demzufolge auch kein in der Zukunft liegender Ausstieg in Form eines geeigneten, großen Kraftfeldes. Wir können mit unserer Methode nur in die Vergangenheit reisen …", ergänzte Veitman und fügte hinzu: „… und natürlich, wenn man die Voraussetzungen dafür schafft, aus der Vergangenheit wieder zu uns zurück in die Gegenwart. Es ist vielleicht etwas kompliziert, aber auch das wäre keine Reise in die Zukunft, weil diese ja schon existiert."

Nachdem sich bei Terry Haze die Verblüffung über das Gehörte gelegt hatte, stieg Ärger in ihm auf. War er dieser Bande doch ein zweites Mal auf den Leim gegangen. Sein Körper bereitete sich innerlich darauf vor, aufzustehen und den Raum zu verlassen. Morgen würde er mithilfe der Staatsanwaltschaft das Labor stilllegen und eine

unabhängige Inspektion einleiten. Doch wollte er nicht mit seiner Art brechen, das letzte Wort zu haben.

- „Ich glaube Ihnen kein Wort. Wie hätte man das alles 1947 voraussehen können?"

Elliot Harper ignorierte den rhetorischen Habitus der Frage und antwortete:

- „Nun, die technischen Grundlagen waren weitestgehend bekannt. Die Basis bildet natürlich Einsteins allgemeine Relativitätstheorie, also die physikalischen Gesetze, mit denen er die Gravitation als eine Krümmung der Raumzeit beschrieben hat, was auch die Herleitung der gravitationsbedingten Zeitdilatation beinhaltete. 1934 veröffentlichte Richard C. Tolman einige Überlegungen dazu, dass in der allgemeinen Relativitätstheorie sowohl Masse als auch Energie ein Gravitationsfeld erzeugen können, was bedeutet, dass die Energie eines Lichtstrahls Schwerkraft hervorbringen kann. Sicher dachte man damals noch nicht an die Möglichkeit, das Licht abzubremsen, aber das Problem des Settings konnte man getrost späteren Forschergenerationen überlassen. Alles, was man tun musste, war dieses starke Kraftfeld zu erzeugen und zu warten. Keiner dachte daran, von 1947 aus durch die Zeit zu reisen, weder vorwärts noch rückwärts, alles was sie tun konnten war, das Licht einzuschalten. Gewissermaßen das Licht am Ende des Tunnels, welches uns heute den Weg weist. Und deshalb sind wir in der Lage nach 1947 zu reisen und nur dorthin."

- „Und woher wissen Sie das alles. Ich meine zum Beispiel den genauen Zeitpunkt."

- „Es gibt Laborberichte. Wir sind über jede technische Einzelheit der Kollegen bestens informiert.“

Schweigen erfüllte den Raum, aber es war kein eisiges Schweigen mehr, es war vielmehr eine Atmosphäre der mentalen Erschöpfung, ein Tribut an die intellektuellen Anforderungen.

- „Gentlemen, das ist alles sehr schwer verdaulich. Dennoch würde ich mir diese Laborberichte gerne einmal ansehen und wenn sich das Alter des Papiers mit Ihren Angaben deckt, werde ich darüber nachdenken, Ihnen zu glauben. Aber da ist noch etwas anderes. Es hat mich gewundert, dass Sie bei Ihren Ausführungen mit keinem Wort Mr. Saunders erwähnt haben.“

Shane und Myers sahen sich verblüfft an. Sie hatten nicht erwartet, dass Haze darüber im Bilde war.

- „Ich habe heute Morgen einen kleinen Spaziergang unternommen und bin Ihrem Wachpersonal in die Arme gelaufen. Man führte mich zu einem gewissen Mr. Bartlett, John Bartlett. Offenbar ein sehr fähiger Mann und noch dazu jemand, der weiß, auf welcher Seite er stehen sollte. Ich zeigte ihm meinen Ausweis und erfuhr von ihm, dass er derzeit fieberhaft nach einem Sicherheitsleck sucht. Der Grund der ganzen Aufregung sei das Auftauchen des besagten Mr. Saunders, und zwar in Ihrem Tunnel, und zur Zeit des Vorfalls.“

11. BEGEGNUNG MIT ELLEN

Als passioniertem Autofahrer war ihm der Ausbau des öffentlichen Nah- und Fernverkehrs zu einer überaus komfortablen Alternative völlig entgangen. Seit seiner Kindheit waren Busfahrten für Peter negativ besetzt. Er dachte dabei immer an harte Sitzbänke und waghalsige Chauffeure, die ihn damals über schlechte Straßen zu den Feriencamps kutschiert hatten. Nun hatte er eine ganz andere Empfindung. Dank der von Mr. Dick finanzierten Fahrkarte, saß er in einem bequemen Schalensessel hinter einer riesigen Panoramascheibe und sah die Gegend wie in einem Film an sich vorbeischweben. Peter hatte den Greyhound Bus in Annapolis um zwei Uhr bestiegen. Die Fahrt nach Baltimore dauerte nur eine halbe Stunde. Um vier konnte er dann endlich nach York weiterfahren. Die Zeit verging wie im Fluge und je weiter er das Ballungszentrum an der Chesapeake Bay hinter sich gelassen hatte, desto ländlicher wurde es. Während zunächst noch Wälder überwogen, setzten sich spätestens ab der Grenze zu Pennsylvania landwirtschaftlich genutzte Flächen durch. Obwohl er noch nie in York war, kannte er den Namen der Stadt vom Geschichtsstudium. Immerhin war sie 1777 für ein halbes Jahr die Hauptstadt der USA gewesen. Die Mitglieder des Kontinentalkongresses berieten, nachdem sie vor den Briten aus Philadelphia geflohen waren, in York über ihre weitere Strategie im Unabhängigkeitskampf. Aber das war lange her und die heutigen Bewohner hatten natürlich ganz andere Probleme.

Am späten Nachmittag stand er am Rand einer sterilen Siedlung redlich verdienter oder prekär finanzierter Einfamilienhäuser. Die Gleichförmigkeit der Fassaden verstärkte den Eindruck organisierter Ausdruckslosigkeit. Dass sie neu waren, verriet daher weniger ihre Architektur als vielmehr ihre Anordnung, denn die Straßen waren nicht wie früher rechtwinklig zueinander angelegt, sondern reihten die Parzellen bogenförmig aneinander. Peter ging die Chestnut Street hinunter. Nach etwa einem Kilometer blieb er stehen. Nummer 83! Vorsichtshalber schaute er noch einmal auf die Faxnotiz aus Martys Büro. Eine Ellen McGywer wohnte demnach in dem gedrungen wirkenden Haus auf der anderen Straßenseite, vor dessen Garage ein lindgrüner Minivan stand. Die Umgebung bestärkte seinen Zweifel daran, es könne sich bei *dieser* Ellen um *seine* Ellen handeln. Das hier war einfach nicht ihr Stil. Seit Peter sie kannte, bevorzugte sie Altbauwohnungen in lebhaften Stadtquartieren. Er vermutete immer, das läge an der gediegenen Atmosphäre ihres Elternhauses im ruhigen Hinterland von New Hampshire. Ihr Vater war der Anwalt der feinen Leute und ihre Mutter war die Frau ihres Mannes. Ellen war schon früh von Zuhause ausgezogen und begab sich auf eine wahre Odyssee durch die Vereinigten Staaten. Sie lebte und jobbte, wenn auch immer nur für recht kurze Zeit, in Seattle, New Orleans, Chicago und San Francisco. Sie sagte von sich selbst, sie wäre eben ein unruhiger Geist, der alles ausprobieren wolle. Alles, das ist wahrlich viel, dachte Peter, aber das hier, diese spießige Vorstadtgemeinde, gehörte eindeutig nicht zu Ellens Spektrum. Wobei es aber auch eine ver-

nünftige Ellen gab, eine, die den Bogen niemals überspannte und das leichtfertig herschenkte, was ihr lieb und teuer war. Der Abend, an dem sie sich kennengelernt hatten, sollte eigentlich ihr letzter in Madison sein. Sie hatte gegen den Willen ihrer Eltern angefangen Pädagogik zu studieren, während diese in ihr immer die Nachfolgerin für die Kanzlei ihres Vaters sahen. Es gab lange und harte Diskussionen und schließlich hatten die Hudsons ihr Ziel erreicht. Ellen wollte ihr Studium aufgeben und zurück nach Rochester gehen, um zunächst eine Lehre als Anwaltsgehilfin zu machen. Das sollte ihr die notwendige Praxis geben, um ein anschließendes Jura-Studium erfolgreich und schnell absolvieren zu können. Aber als sie zum Abschied mit ihren Freundinnen noch einmal um die Häuser zog, wurde ein gewisser Peter Saunders von einem gewissen Luther Bannister an der Bar stehend so unglücklich angestoßen, dass sein Guinness in hohem Bogen auf Ellen Hudsons Bluse schwappte … Am nächsten Morgen schliefen sie lange, so lange, bis Ellens Zug längst weg war, gingen anschließend spazieren, dann ins Kino. Sie redeten, tranken Kaffee, küssten sich, tranken Wein und schliefen miteinander. Nach drei Tagen rief Ellen ihre Eltern an und teilte ihnen mit, dass sie ihre Pläne geändert habe. Sie würde an der University of Wisconsin bleiben, Lehrerin werden und vermutlich bald heiraten.

Peter überquerte die Straße. Erst jetzt bemerkte er die Vielzahl üppig blühender Dahlien, Ellens Lieblingsblumen. Langsam schritt er auf die Haustür zu und betätigte die Klingel, die einen wertbeständigen, dunklen Ton abgab. Die Tür schwenkte zurück und da stand Ellen. Peters

Knie wurden weich, er verspürte den natürlichen Drang, sie zu umarmen, zögerte aber, weil sie ihn ansah, wie man einen Fremden ansieht. Auch sonst wirkte sie verändert, älter und auf eine ganz besondere Art kühl, fast kalkulierend, wie jemand, der abwägt, ob er seine Freundlichkeit gewinnbringend ausspielen soll oder sie lieber solange zurückhält, bis sein Gegenüber zu einem höheren Opfer bereit wäre. Aber nein, ihm stand kein Pokerface gegenüber, es war Ellen. Er konnte sie erkennen, wie durch eine Maske in sie hineinsehen, ihre Liebenswürdigkeit fühlen. Offenbar hatte er sie einen Moment zu lange angestarrt, denn zwischen ihren Augen entstand ein Fältchen. Es war, als habe sie den Bogen gespannt, um bei Bedarf den tödlichen Pfeil abzuschießen.

- „Ja bitte, was kann ich für Sie tun?“

- „Ellen?“

- „Entschuldigen Sie, kennen wir uns?“

Da war das schnelle Kopfschütteln, das ihre Haare kurz nach links und rechts warf, wenn sie ein Anflug von Unsicherheit überkam.

- „Ich weiß gar nicht, wie ich anfangen soll … Mir ist da eine ganz merkwürdige Geschichte passiert …“

Es half nichts, sie erkannte ihn nicht, war sie es doch nicht? Er musste die Sache anders angehen.

- „Darf ich dir, pardon, Ihnen, ein paar Fragen stellen?“

- „Ich verstehe nicht …“

- „Sie sind Mrs. Ellen McGywer, richtig?“

- „Ja … sind Sie von der Polizei?“

- „Nein, ich …“

Ellen sah, wie sich am Fenster des gegenüberliegenden Hauses die Gardine bewegte.

- „Kommen Sie doch herein, Mr. …?"

- „Saunders, Peter Saunders."

Er wartete einen Augenblick, bemerkte aber keine Regung in Ellens Mimik. Sie führte ihn durch einen gefliesten Korridor ins Wohnzimmer, in dem sich kostbare Antiquitäten mit teuren Gebrauchsmöbeln stilvoll arrangierten. Durch die große Fensterfront sah man über die Terrasse in einen gepflegten Garten, in dem ein groß gewachsener Mann mit einem etwa achtjährigen Jungen Federball spielte.

- „Nehmen Sie doch Platz, Mr. Saunders. Das da draußen sind übrigens mein Mann und einer meiner Söhne."

- „Wie lange sind Sie schon verheiratet?"

- „Oh, seit fast zehn Jahren", sagte Ellen im Tonfall einer Mischung aus Stolz und Verlegenheit.

- „Aber was hat das mit Ihnen zu tun?", fragte sie ihn.

Peter sah ihr ernst ins Gesicht.

- „Ich hatte einen Autounfall und habe offenbar mein Gedächtnis verloren. Das seltsame ist nur, dass ich eine vollständige Erinnerung an ein Leben habe … an ein Leben, das ich scheinbar gar nicht gelebt habe. Ich bin vor ein paar Tagen in einem Krankenhaus aufgewacht, in das man mich nach dem Unfall – an den ich übrigens keinerlei Erinnerung habe – gebracht hat. Mein Ausweis und meine Sachen sind verbrannt. Als man meine Personalien aufgenommen hatte, stellte sich heraus, dass derjenige, der ich zu sein glaube, gar nicht existiert. Meine Wohnung gibt es nicht und meine Familie auch nicht. Ich habe aber

eine präzise Erinnerung daran, verstehen Sie?“, er zögerte. „Und ich habe eine Erinnerung daran, mit Ihnen verheiratet zu sein.“

- „Sie machen mir Angst, Mr. Saunders.“

Jetzt war es Ellen, die ernst aussah. Sie saßen nah beieinander auf dem Sofa. Der Mann im Garten hatte den Besucher offenbar bemerkt und bemühte sich, ihn durch die das abendliche Sonnenlicht reflektierende Scheibe zu erkennen.

- „Ihr Mädchenname ist Hudson. Sie sind in einem Herrenhaus im viktorianischen Stil in Rochester aufgewachsen. Mit 18 sind sie von zuhause weggegangen und durch Amerika gezogen, haben in Madison Pädagogik studiert und sind Lehrerin geworden ...“

Ellen lachte auf, erleichtert, befreit, als habe sich schlagartig eine innere Beklemmung gelöst.

- „Ich wollte Lehrerin werden, das ist richtig, wie alles, was Sie sonst über mich gesagt haben. Aber ich habe mein Studium abgebrochen und bin Anwältin geworden. Ich sollte die Kanzlei meines Vaters übernehmen, aber während des Jurastudiums habe ich Gary kennengelernt, meinen Mann. Seine Familie hat hier in York ein großes Autohaus. Er ist Prokurist. Ich arbeite halbtags bei einem Notar und kümmere mich um die Jungs.“

- „Moment mal, Sie haben Madison demnach am 17. Mai 1996 tatsächlich verlassen?“

- „Ich kann mich nicht genau an das Datum erinnern, aber es war im Frühjahr 1996. Woher wissen Sie das?“

- „Es war der Tag, nachdem wir uns kennengelernt haben.“

- „Aber wir haben uns nicht kennengelernt."

- „Sie kennen demnach auch keinen Luther Bannister, oder?"

- „Nie gehört."

Die Terrassentür öffnete sich und Gary schob seinen dunkelblonden Lockenkopf durch den Spalt. Seine Augen blickten freundlich, wie die eines Mannes, der sein Glück gefunden hat.

- „Guten Tag, Mr. ...?"

- „Das ist Mr. Saunders, Darling, er wollte uns ein Angebot für eine neue Isolierverglasung machen. Aber ich habe ihm schon gesagt, dass da kein Bedarf besteht. Er wollte gerade wieder gehen."

- „Ja, tut mir leid für Sie, aber hier zuhause ist meine Frau der Boss."

Ellen brachte Peter nach draußen. Bevor sie die Tür schloss, sah sie ihm einen Moment lang fest in die Augen, konnte aber seinem Blick nicht lange standhalten. Peter hatte das Gefühl, dass ihre Augen sich mit Tränen füllten, sicher war aber, dass ihre Nasenflügel leicht vibrierten. Mit einem Ruck fiel die Haustür ins Schloss.

Peter Saunders ging gedankenverloren die Straße entlang, sodass er den Wagen, der neben ihm anhielt, erst im letzten Moment bemerkte. Ein Mann sprang heraus und drückte ihm eine Spritze in den Oberarm. Zu zweit hielten sie ihn solange fest, bis das Serum wirkte. Dann schoben sie ihn auf den Rücksitz. Scheinbar war niemanden die Störung der wohlverdienten Feierabendstimmung in der Chestnut Street aufgefallen.

12. MASON

In einer hohen Fontäne schwappte der noch heiße Kaffee des Sanitäters über den Schreibtisch und platschte gegen die große Scheibe zum Gang, um daran im nächsten Moment in unzähligen kleinen Rinnsalen hinunterzulaufen. Fünf Tage lang hatte der junge Corporal im Wechsel mit einem Kameraden für das Wohlergehen seines einzigen Patienten gesorgt. Dr. Jenkins, der die erforderlichen Untersuchungen durchführte, war jeden zweiten Tag vor Ort, und für akute Notfälle stand Robert Shanes Hausarzt bereit. Allerdings musste dieser nicht ein einziges Mal hinzugezogen werden. Es gab keinerlei Zwischenfälle. Alan Mason ruhte sanft, seine Werte waren geradezu beunruhigend stabil, weshalb die Pfleger die Funktionalität der Geräte schon zweimal überprüft hatten. Abgesehen davon bestand die Versorgung im Wesentlichen darin, ihn zweimal täglich zu waschen, über eine Sonde die Nahrung zu verabreichen und ihn gelegentlich umzubetten, um ein Wundliegen zu vermeiden. Es war ein ruhiger Job, man las Bücher, löste Kreuzworträtsel, schrieb Briefe und zu keiner Zeit hatte man den Eindruck, dass sich daran jemals etwas ändern werde. Doch mit einem Mal schreckte dieser kräftige Körper von seinem Lager hoch, riss die Augen weit auf und gab einen entsetzlichen Laut von sich. Es war eine Mischung aus einem lauten Seufzer und einem unterdrückten Schrei, als hätte Alan Mason ein Gespenst gesehen. Nein, er hatte ein Gespenst gesehen. Kerzengerade saß er plötzlich da, mit durchdringen-

dem Blick die gegenüberliegende Wand fixierend. Doch es hatte den Anschein als sähe er durch die Wand hindurch, in eine andere Welt. Der Sanitäter drückte augenblicklich die Notruftaste. Binnen weniger Minuten wären sie nicht mehr allein; er, Mason und der Wahnsinn. Es dauerte jedoch kaum 20 Sekunden, bis der Druck von dem Patienten abfiel. Seine Glieder entspannten sich, er reckte die Arme in die Höhe, zog sich den Schlauch aus der Nase, drehte den Kopf, zweimal, dreimal in jede Richtung. Dann sah er am Fenster die bräunlich-schwarze Brühe.

- „Oh, könnte ich auch einen Kaffee bekommen?“

Eine gute halbe Stunde später saß Alan Mason zusammen mit Raymond Myers und den beiden Technikern Bernard Lemieux und Paul Baxter im Kontrollraum. Durch die große Panzerglasscheibe sahen sie in den Vorraum am Tunneleingang. Die Kapsel, in der Mason bewusstlos geworden war und in der seine beiden Kameraden in der Nacht zum 12. Juli gestorben waren, wirkte auf eine seltsame Art jungfräulich, gleichwohl imposant und gewaltig, wie es ihrer Mission angemessen gewesen war. Während Mason im Koma lag, hatte man hier ganze Arbeit geleistet, die Kapsel repariert und generalüberholt. Jetzt war man dabei, die gesamte Technik in zahllosen Kontrollläufen und Simulationen zu überprüfen. Im Inneren des Tunnels, wo diverse Schäden an der Laufschiene entstanden waren, wurden noch letzte Arbeiten ausgeführt. Aber das sah man von hier aus nicht. Die Männer hatten ein paar Biere geöffnet und feierten Masons Rückkehr. Ungetrübt war ihre Freude gleichwohl nicht, hatten sie doch Mason vom Tod seiner Begleiter berichten müs-

sen. Unterm Strich wäre ein Überlebender im Verhältnis zu zwei Toten sicher kein Anlass zur Begeisterung, wenn man aber das eine vom anderen trennte, wurde diese Regung möglich. Das Team hatte den Tod zweier Mitglieder akzeptiert und tagelang um Alan Mason gebangt. Jetzt war er wieder bei ihnen. Für Mason selbst stellte sich die Lage jedoch anders dar. Ihm fehlte die notwendige Distanz. Die Krise des Körpers hatte sich endgültig auf die seelische Ebene verlagert. Er konnte es nicht fassen, dass Perkins und Tomczak nicht mehr lebten. Wenn man wie er fast ausschließlich für seine Arbeit lebte und Kollegen hatte, bei denen es ähnlich war, entstanden unweigerlich Freundschaften. Rivalität oder Neid, wie sie andernorts aus einer allzu engen Zusammenarbeit erwachsen konnten, waren im inneren Bereich des Mount Maroon Laboratory nicht denkbar. Das gesamte Team hatte ein gemeinsames Ziel, die Komplexität der Anforderungen bedingte einen wechselseitigen Austausch auf höchstem Niveau und wenn es gefährlich wurde, musste sich jeder auf jeden verlassen können.

Bernard Lemieux und Paul Baxter hatten die Crew geborgen. Sobald der Tunnel etwa 30 Minuten nach der Explosion wieder begehbar wurde, fuhren sie mit dem Hoover, einem kleinen Luftkissenfahrzeug, die 1778 Meter zu der Stelle, an der die Kapsel so abrupt zum Stehen kam. Sie öffneten die Einstiegsluke und zogen die Männer heraus. Da der Hoover für maximal zwei Personen ausgelegt war, blieb Lemieux mit den Toten zurück, während Baxter Alan Mason zum Tunneleingang fuhr.

- „Glücklicherweise ließ sich das Schott problemlos öffnen. Überhaupt hat die Kapsel ja nur relativ wenig Schaden genommen."

Bernard Lemieux fuhr sich mit der Hand über die Stirn, bevor er mit dem typischen Akzent der Frankokanadier weitersprach.

- „Innen war alles vollkommen intakt. Selbst die Atmosphäre wies keinerlei Anomalien auf und auch die Anzeigen im Cockpit funktionierten. Das war eigentlich keine Überraschung, denn als der Funkkontakt wieder da war, hörten wir den Signalgeber."

Masons Schilderungen waren bis dahin noch nicht sonderlich hilfreich. Es arbeitete in ihm. Paul Baxter ergänzte die Ausführungen daher.

- „Das war drei Minuten nach der Explosion. Es würde mich brennend interessieren, was in der Zwischenzeit in der Kapsel vorgegangen ist. Es muss zu einer fatalen Instabilität gekommen sein."

Raymond Myers schüttelte den Kopf.

- „Die erzeugte Singularität sollte eigentlich außerhalb der Kapsel bleiben."

Mason runzelte die Stirn. Der Wissenschaftler in ihm war erwacht. Gegen die Gedanken an den Tod seiner Kameraden half es, sich mit logischen Fragen auseinandersetzen zu können. Er stimmte Myers zu.

- „Das war auch so, sonst hätte die Gravitation uns ja wohl auseinander gerissen oder zumindest wie einen Kaugummi in die Länge gezogen. Außerdem war das Kraftfeld zu diesem Zeitpunkt doch bei höchstens 65 Prozent."

- „Was ist da drin passiert, Alan?"

- „Ich habe keine klare Erinnerung. Eher ganz eigentümliche Bilder. Ich sehe einen Mann vor mir, einen Unbekannten. Er steht in einem Wald oder so. Auf jeden Fall sind Bäume im Hintergrund und dann ist da ein Blitz und der Mann verbrennt. Das ging sehr schnell, wie wenn eine Fackel entzündet wird."

- „Das ist ja schrecklich", sagte Lemieux.

- „Ja, aber es war ja nur ein Traumbild, denn Perkins und Tomczak waren körperlich unversehrt", warf Myers ein, der um Sachlichkeit bemüht war. Auch Mason interessierten die Fakten.

- „Was ist mit dem Voice-Recorder? Habt ihr eine Aufzeichnung unseres Funkverkehrs?"

Paul öffnete ein Computerprogramm, lud eine Datei und klickte auf das Symbol für das Abspielen.

Man hörte Masons und Lemieux' Stimmen, die in standardisierten Sätzen den geplanten Ablauf des Versuchs kommentierten. Nach einiger Zeit hörte man nur noch Bernard Lemieux.

- „Alan? Alan, bitte kommen! Alan … ist alles in Ordnung? Ich höre dich nicht mehr, kommen. Alan, bitte melden."

Jetzt hörte man Bernard zu Paul sprechen:

- „Ich habe ihn verloren. Was sagen die Instrumente?"

- „Alles normal, Reichweite 1700 Meter, 1750. Moment mal, Anzeige bei 1778 Meter eingefroren. Leistungsanzeige reagiert nicht, Kontrollanzeige negativ. Temperaturanzeige negativ. Bernie, hier funktioniert nichts mehr."

- „Warte mal, hörst du das? Das ist wie ein Gewitter. Donner, nochmal, und schon wieder. Was ist das?"

Man hörte in der Tat deutlich die Geräuschkulisse eines gewaltigen Gewittersturms, der mit einer mächtigen Explosion schlagartig abbrach. Eine Computertastatur wurde bearbeitet und das helle Quietschen eines Oszillografen war zu vernehmen. Nach einer ganzen Weile meldete sich wieder Bernard Lemieux zu Wort.

- „Ich höre den Signalgeber. Alan, bitte kommen, Alan, bitte melden … Wir müssen den Hoover startklar machen."

Damit endete die Aufnahme.

- „An den Anfang kann ich mich erinnern, bis die Verbindung abbrach", sagte Mason. „Aber was geschah dann? Verdammt. Vermutlich bin ich gleich ohnmächtig geworden."

Myers kramte nach einem Bild und zeigte es Mason.

- „Der Mann hier, hast du den gesehen? Ich meine, der brennende Mann sah nicht zufällig so aus?"

- „Nein, der war das nicht. Der war blond und hatte Locken. Wer ist das?"

- „Wir wissen es noch nicht? Der war im Tunnel, während des Versuchs, aber glücklicherweise am anderen Ende."

13. FALSCHE ERINNERUNGEN

Peter fühlte sich benommen. Er spürte eine Trägheit in seinen Schenkeln und den Unterarmen, die seine Bewegungsfreiheit einschränkte wie unsichtbare Fesseln. Sein Kopf war klar, seine Augen wach. Er blickte über den See, der trüb in der Abenddämmerung vor ihm lag. Die unberührte Schönheit der Natur, die einen Wanderer wie ihn immer aufs Neue faszinierte. Sie entstand im kurzen Augenblick ihrer Entdeckung und trug doch schon den Keim ihrer Auflösung in sich. Selbst wenn nicht der unauslöschliche Drang des Menschen auf Aneignung an ihr Raubbau betrieb, so war es doch der Akt der Gewöhnung, der den Zauber bannte und ihr Normalität einhauchte. Auch empfand Peter durch die Vorboten der Nacht ein Gefühl der Wehmut, ein Verlangen nach Heimfahrt, nach Rückkehr an den eigenen Herd, nach seiner Familie; ausgelöst durch den krassen Gegensatz, der Einsamkeit und Fremdheit. Das Licht des Morgens war weit entfernt. Im Augenblick gab es nur die Furcht. Die Furcht vor der hereinbrechenden Nacht mit ihren Gespenstern, einem Reich, das keine Gnade kannte. Auf die Erinnerungen des Tages legte sich ein undurchdringlicher Schleier, der schon begann, Wahrheit und Illusion gleichzeitig zu Figuren eines allumfassenden Schattenspiels zu manipulieren.

Mit Mühe drehte Peter den Kopf. Der See verschwand. Waagerechte Streifen in düsteren Farben lösten ihn ab, der unterste dunkelgrau mit einem Stich ins Grüne, dann

ein Blauton, recht angenehm, doch darüber ein herbes, bedrohliches Blau unter einem neblig weißen Himmel. In Peters Gehirn blinkte es, eine winzige Leuchtdiode funkte ein Signal an die Welt, einer Welt zu der Peter nicht wirklich gehörte, aber die ihm zumindest als Provisorium diente; solange bis sich der Nebel über dem See lichtete. Die Fackelträgerin aus dem Nanoreich konnte den graublauen Streifen einen Sinn geben: es war der Rothko, Peter befand sich in Martys Büro. Trotz dieser Erkenntnis war seine Wahrnehmung, wie er jetzt merkte, stark eingeengt. Er sah alles wie durch ein Fernglas, hörte ein Stimmengewirr, dessen Klang von weither an sein Ohr drang. Was er sah und was er hörte, stand in einem gegenteiligen Verhältnis von Nähe und Ferne. Seine Sinneseindrücke waren verzerrt. Was war nur mit ihm los? Jetzt hörte er eine der Stimmen deutlicher, dann sah er Marty.

Sie saßen nicht in der Sitzgruppe, sondern am Schreibtisch. Marty dahinter, er davor und Marty wirkte ernsthaft besorgt. Auf dem Tisch lag die Faxmitteilung, die Peter Saunders als nicht existent auswies.

- „Wie fühlen Sie sich, Peter?"

- „Wie neu geboren? Wäre das eine treffende Antwort?"

Marty schwieg, ließ ihm Zeit, dem Gespräch selbst eine Richtung zu geben.

- „Scheinbar existiere ich nur in meinen eigenen Gedanken und doch sitze ich hier vor Ihnen. Sie können mich sehen und ich sehe Sie. Ich verstehe es nicht. Wer bin ich, wenn nicht derjenige, der ich zu sein glaube?"

- „Beruhigen Sie sich. Ich werde Ihnen helfen. Ich bin auf Ihrer Seite. Vertrauen Sie mir."

Robert Shane eröffnete die Sitzung und Mason berichtete über den Ablauf des Experiments, wie er es gestern mit Lemieux und Baxter rekonstruiert hatte. Gemäß seiner Absprache mit Raymond Myers verschwieg er allerdings den brennenden Mann auf der Waldlichtung. Das hätte Terry Haze nur wieder zu unnötigem Argwohn gereizt und auch bei den anderen ernsthafte Zweifel an den wesentlichen Fakten der gesamten Darstellung hervorgerufen. Die anschließende Diskussion verlief schleppend, sodass Robert Shane kurzerhand beschloss, einen weiteren Punkt der Tagesordnung vorzuziehen.

- „Ich schlage vor, dass wir uns zunächst mit dem ominösen Mr. Saunders befassen, bevor wir uns weiter mit der Versuchsreihe C26 beschäftigen. Dr. Jenkins, würden Sie uns bitte auf den neuesten Stand bringen."

- „Nun, ich kenne den Kenntnisstand jedes Einzelnen von Ihnen nicht. Daher werde ich am besten von vorne anfangen. Nach der Explosion am Abend des 11. Juli wurde an einer fast zwei Kilometer von der Kapsel entfernten Stelle im Tunnel ein bewusstloser Mann gefunden. Wir wissen bis dato nicht, wie er dort hingelangte und wer er ist. Ich hatte ihn einstweilen mit zu mir nach Cincinnati genommen, wo er drei Tage im Koma lag. Eine Befragung durch meinen Mitarbeiter Marty Chambers ergab, dass er glaubt, ein gewisser Peter Oswald Saunders zu sein. Ein Mann dieses Namens existiert jedoch nicht. Auch seine gesamte Lebensgeschichte passt nicht mit der Realität zusammen. Die Frau, mit der er verheiratet sein will, ist mit einem anderen zusammen. Ja sie kennt ihn nicht einmal …"

14. KRISENSTAB II

Die Gruppe hatte sich nicht nur vertagt, sie hatte über Nacht auch Zuwachs bekommen. Insbesondere von Alan Mason erhoffte man sich weitere Erkenntnisse zum Hergang des Zwischenfalls. Aber auch die Festsetzung des flüchtigen Saunders versprach neue Einsichten. Wer war dieser Mann und was waren seine Absichten? Während Mason selbst der illustren Runde beitrat, wurde Peter Saunders ohne sein Wissen von Dr. Jenkins vertreten. Shane übernahm wie gewohnt den Vorsitz am oberen Ende der Tafel und auch Raymond Myers, Terry Haze, Elliot Harper und Lorenz Veitman bevorzugten ihre angestammten Plätze. Weil sich Alan Mason neben Terry Haze gesetzt hatte, blieb Dr. Jenkins – wollte er die Symmetrie nicht stören – nichts anderes übrig, als sich zur Riege der Älteren zu gesellen. Er tat dies nicht ohne inneres Widerstreben, wehrte er sich doch sowohl beruflich wie privat gegen das Image der grauen Eminenz. Stets suchte er die Nähe zu jüngeren Kollegen und Kolleginnen, spielte Tennis, fuhr Motorrad und zeugte nebenher die nächste Generation seiner Nachkommenschaft. Sein jüngster Sohn hatte in der letzten Woche seinen zweiten Geburtstag gefeiert, ein Ereignis, das bei seinem Vater schon mehr als 61 Jahre zurücklag. Dr. Jenkins andere Kinder waren zwischen acht und 35 und somit nicht ausschließlich jünger als jene vier Frauen, die zur Gruppe der Mütter zählten.

schlüsse darauf zuließ, wie effizient die Zellen arbeiteten und welche miteinander kommunizierten. Über den anderen Arm wurde Blut entnommen, das im benachbarten Labor daraufhin untersucht wurde, ob das Isotop wie vorgesehen absorbiert wurde. Peter konnte nicht sagen, wie lang er in der Röhre lag. Es dauerte lange, bis sie ihn schließlich ohne jede Vorankündigung herauszogen. Eine Viertelstunde später saß er nach einem kurzen Imbiss und reichlich schwarzem Kaffee wieder in Martys Büro. Was jetzt kam, war der klassische Teil der psychologischen Diagnostik; Tests, die alle kognitiven Fähigkeiten des Gehirns auf ihre Tauglichkeit überprüfen sollten: Denken und Problemlösen, Aufmerksamkeit und Konzentration, visuell-räumliche und motorische Wahrnehmung sowie Lernen und Speichern.

Peter bekam eine Geschichte vorgelesen und hatte die Aufgabe, sich später an möglichst viele Details zu erinnern. Das Problem war, dass diese Geschichte fast ausschließlich aus Details bestand. Es war eine Perlenkette aus Belanglosigkeiten, deren roter Faden ausgesprochen dünn war. Es ging um einen in London ansässigen chinesischen Antiquitätenhändler, der zu einer Auslieferung in den Lake District reiste. Seltsamerweise erinnerte sich Peter zwar an das Paisleymuster am Schaft der Stiefel der hoch gewachsenen, schmallippigen Frau im rosafarbenen Regenmantel, die sich im viktorianisch geprägten Wartesaal des Bahnhofs von Luton neben ihn setzte, nicht aber an den Namen des Chinesen und die Straße, in der er sein Geschäft hatte. Hatte Peter wirklich, wie er glaubte, als Redakteur gearbeitet und einen Großteil seiner Zeit mit

zwischen dem 30. und 40. Lebensjahr einsetzen. Sie beruht auf einer vererbten Genmutation. Da Sie sich an Ihre Eltern und Großeltern nicht erinnern können, oder, sagen wir so, berechtigte Zweifel an der Korrektheit Ihrer Erinnerungen bestehen, sollten wir diverse Tests durchführen."

Peter war schockiert. Sollte seine Gedächtnisstörung tatsächlich ein frühes Symptom einer Alzheimererkrankung sein? Offenbar gab es diese Fälle, wenngleich ihr Auftreten in den USA nach Martys Angaben bei lediglich fünf Prozent lag.

Der Raum, in den Peter geführt wurde, war an Übersichtlichkeit kaum zu überbieten: eine Tür, ein Fenster zu einem Kontrollraum und eine Neonröhre, die den cremefarbenen PET-Scanner fahl beschien. Ein Krankenpfleger half ihm auf die Liege, deren Kopfteil halbkreisförmig ausgeformt war. Es war hart wie Beton und so schmal, dass Peters Schädel gerade so hineinpasste. Nachdem der Kopf mit einem Haltegurt fixiert und der Laser justiert war, bewegte sich die Liege wie von selbst in die enge Röhre. Vor Peters Augen entschwand die Welt, wurde ersetzt durch eine bleiche konturlose Masse. Er versuchte, die Augen geschlossen zu halten, an irgendetwas Angenehmes zu denken und so der klaustrophobischen Gegenwart zu entfliehen, aber das gleichmäßige Surren der Maschine dämpfte alle Hoffnungen, dass dies gelänge. Eine Kanüle wurde in seinen Arm geführt, durch die das leicht radioaktive Glukose-Isotop ins Blut gelangte, welches die Blut-Hirn-Schranke rasch zu passieren vermochte. Der Scanner lieferte nun Informationen darüber, wie schnell die Gehirnzellen die Substanz aufnahmen, was Rück-

- „Wir verwenden hier ein Verfahren, das sich funktionale Magnetresonanztomographie nennt, kurz fMRT. Das muss Sie alles im Detail nicht interessieren, ich sage es Ihnen nur. Da wir aus technischen Gründen während der fMRT-Untersuchung kein autobiographisches Interview führen können, werde ich Ihnen die zuvor aufgezeichneten akustischen Trigger darbieten, Schlüsselreize, die dann die jeweilige Erinnerung auslösen werden. Wir können auf diese Weise zwischen wahren und falschen Erinnerungen unterscheiden. Zuvor müssen wir aber noch eine andere Diagnose ausschließen. Wir beginnen mit einem PET, einer Positronenemissionstomographie. Das ist eine Hirnscan-Methode, bei der man mithilfe schwach radioaktiver Substanzen die Stoffwechselaktivität einzelner Gehirnregionen beobachten kann."

Peter hörte nur noch halbherzig zu. Seine Aufmerksamkeit hatte sich an einem Wort verhakt, das ihm entscheidend vorkam.

- „Eine andere Diagnose?"

- „Ich meine einerseits innere Verletzungen des Kortex, also der Hirnrinde als Folge des Unfalls und zum anderen, nun ja … Sie sind jetzt schätzungsweise 40 Jahre alt."

Der Psychologe sagte es wie 80 oder 90. Dann ließ er wieder diese unerträgliche Pause folgen.

- „Es gibt zwei Varianten der Alzheimer-Erkrankung. Die sporadische Form ist eine, die mit zunehmendem Alter bei relativ vielen Menschen auftritt. Im Alter von 65 ist jeder Zehnte betroffen, mit 80 jeder Vierte und mit 85 schon jeder Zweite, wenn auch unterschiedlich stark. Die zweite Form, die familiär bedingte, kann dagegen schon

gen, also das bloße Wissen um das grundsätzliche Kennen von Personen und Orten. An ihre Stelle sind rein fiktive Gedächtnisinhalte getreten. Sie können sich nicht an den Unfall erinnern oder daran, dass sie getrampt sind und ein gewisser ..."

Marty sah demonstrativ in seine Akte und fand die Stelle an der offensichtlich der Name des Lebensretters stand für Peters Geschmack etwas zu schnell.

- „... Alan Mason Sie mitgenommen hat, richtig?"

Peters Gehirn arbeitete auf Hochtouren, Datenbanken wurden durchforstet, gesucht wurde nach Bildern, Namen und ihren Verknüpfungen, doch Alan Mason förderte keine Assoziationen zutage. Peter versuchte sich an seine Studienzeit zu erinnern, in der er des Öfteren getrampt war. Stellten sich Fahrer und Mitfahrer namentlich vor? Bei längeren Fahrten womöglich ja, bei kürzeren eher nicht. Nach einer kurzen Pause sprach Marty weiter.

- „Wir haben technische Möglichkeiten, herauszufinden, was wirklich passiert ist. Dazu müssten wir allerdings einen Blick in Ihr Gehirn werfen. Und genau das habe ich vor."

Marty erzählte Peter von den Möglichkeiten des Neuroimagines. Dieses relativ neue Verfahren ermöglichte die Aufzeichnung von Gehirnströmen, genauer gesagt der Versorgung mit Sauerstoff durch das Hämoglobin. Die aktuelle Intensität des Blutflusses im Gehirn zeigt an, welche Areale zur Verarbeitung bestimmter Informationen aktiviert werden. Daraus können Rückschlüsse auf den Charakter der gespeicherten Informationen gezogen werden, zum Beispiel ob es sich um ein tatsächlich erlebtes Ereignis oder eine bloße Vorstellung handelt.

Sämtliche stromführenden Zäune, Infrarotkameras und Bewegungsmelder waren überprüft worden, Personalakten durchleuchtet und Besucherlisten gesichtet. Dabei fand sich nicht die geringste Auffälligkeit. Wirklich ärgerlich war, dass die Videokameras im Tunnelinneren nicht in Betrieb waren. Der Tunnel selbst gehörte allerdings auch nicht zu Bartletts Zuständigkeitsbereich. Dieser endete an der Außengrenze des inneren Laborbereichs. Kameraaufzeichnungen dienten hier weniger der Abwehr Unbefugter, als vielmehr Forschungszwecken. Und da man sich davon an jenem Abend offenbar keine versuchsrelevanten Resultate versprach, hatten die Techniker die Kameras nicht eingeschaltet. Shanes heisere Stimme unterbrach seinen Gedankengang.

- „Mr. Haze, hatten Sie mittlerweile Gelegenheit, sich von der Authentizität der Laborberichte von 1947 zu überzeugen?"

- „Wir haben einen Schnelltest durchgeführt. Eine Analyse der Bleichstoffe ergab, dass das Papier auf jeden Fall älter ist als 40 Jahre und auch der Schreibmaschinentyp wurde in den vierziger Jahren tatsächlich verwendet. Grundsätzlich wäre eine Fälschung dennoch möglich, wenn man über Originalpapier verfügt und eine entsprechende Maschine benutzt hätte. Was die Sache aber wasserdicht macht, sind die handschriftlichen Notizen am Rand des Textes. Der Grad des Ausbleichens der Tinte ist ein, wie man mir sagte, absolut verlässlicher Indikator für das Alter des Auftragens. Außerdem würde es ja wenig Sinn machen, mich mit hohem technischen Aufwand und ebenso hoher krimineller Energie, von einer derart aben-

- „Dr. Jenkins meinte nicht, dass er dich vom Unfall her kennt, sondern vom Labor. Wenn Mr. Saunders hier irgendeine Aktion geplant hat und es bis in den Tunnel schaffte, ging das nur mit sehr guten Kenntnissen über diese Einrichtung. Das schließt natürlich auch das Personal ein, vor allem den Chefingenieur."

Jenkins wurde unruhig, er hatte noch etwas Pikantes beizutragen.

- „Ich muss gestehen, dass wir Mr. Masons Einverständnis bereits vorweg genommen haben. Sein Name wurde schon ins Spiel gebracht."

Robert Shane hatte zu diesem Thema genug gehört, um es mit einer abschließenden Entscheidung zu beenden.

- „Alan, besichtige doch bitte morgen mit diesem Saunders die … Unfallstelle. Mr. Bartlett soll alles vorbereiten."

Shane duzte Alan Mason, obwohl dieser ihn siezte. In dieser Hinsicht standen sie immer noch in dem Verhältnis eines Jungen zu einem Erwachsenen. Sie hatten vor vielen Jahren einfach den Zeitpunkt verpasst, das zu ändern und daher blieb es so.

Terry Haze wusste, dass es wenig Sinn machte, die Sache mit Saunders weiter auszudiskutieren. Es würden sich lediglich neue Vermutungen oder gar Spekulationen ergeben, die einen in der Regel nicht wirklich weiterbrachten. Sie kosteten Zeit, Nerven und Geduld. Mr. Haze war ein Mann der Fakten, einer, der seinen Bericht schreiben wollte und notwendige Konsequenzen durchsetzte. Von John Bartlett hatte er erfahren, dass es auch im Hinblick auf das Sicherheitssystem keine neuen Erkenntnisse gab.

Autounfall, wobei ich nicht erfahren konnte, wann und wo dieser stattfand. Ich denke aber, das könnte der Schlüssel zu seiner Identität sein. Wir haben uns daher überlegt, ihn direkt mit einem Unfallszenario zu konfrontieren, das der Beschreibung ähnelt. Er glaubt bisher ohnehin wegen eines Autounfalls ins Krankenhaus gekommen zu sein. Ursprünglich wollten wir damit vom Mount Maroon ablenken, aber nun sollte dieser Unfall real werden. Jemand muss ihn an den Unfallort führen und … ich dachte dabei an Mr. Mason."

Alan Mason war sichtlich überrascht. Jenkins fuhr lächelnd fort.

- „Nun, dafür gäbe es gleich mehrere Gründe. Erstens muss es jemand sein, den er nicht kennt. Da sich Saunders an den Unfall ohnehin nicht erinnern kann, wird ihn das nicht verwundern. Zweitens müssen wir dieser Person hundertprozentig vertrauen, drittens muss dieser Jemand intelligent genug sein, die richtigen Antworten zu provozieren und zwar auf der Ebene von Vertrauen. Das sollte möglich sein, da Mr. Mason als sein Lebensretter auftreten wird und auch altersmäßig gut zu Mr. Saunders passt. Und schließlich viertens, das mit Abstand stärkste Argument: wir wollen sehen, ob er ihn erkennt."

- „Mich erkennt? Aber der Unfall hat nicht stattgefunden, deswegen kann er sich doch auch nicht daran erinnern, oder?"

- „Vielleicht sollten wir den Punkt mit der Intelligenz wieder von der Liste nehmen."

Raymond Myers Einwand sorgte für allgemeine Erheiterung, der sich ausschließlich Terry Haze verweigerte.

Terry Haze wurde ungeduldig.

- „Woher wissen Sie das so genau?“

- „Ich komme gleich darauf. Wir wollten seine Wahnvorstellungen zunächst aufrechterhalten, um sie der Struktur nach auf reale Geschehnisse hin zu untersuchen. Leider ist uns dabei ein Missgeschick unterlaufen. Mr. Saunders fiel ein Aktenvermerk in die Hände, der ihn als nicht existent auswies. In Panik ist er aus dem St. George geflüchtet und zu seinem vermeintlichen Wohnort gefahren. Als dort nichts auf ihn hindeutete, hat er seine angebliche Ehefrau in Pennsylvania aufgesucht, die ihm allerdings versicherte, ihn nicht zu kennen. Wir haben ihn dann wieder eingefangen und zurück ins Krankenhaus gebracht. Seitdem wird er einer umfassenden Diagnostik unterzogen. Die bisherigen Erkenntnisse weisen auf keinerlei Anomalien hin, wobei noch nicht alle Untersuchungsergebnisse vorliegen.“

- „Sie wissen also noch gar nichts?!“

Hazes Frage geriet zur Feststellung, schoss darüber hinaus und mündete in einen Vorwurf, doch Dr. Jenkins zeigte sich unbeeindruckt.

- „Sagen wir so, die bisherigen Schlüsse wollen sich nicht so recht ins Gesamtbild fügen.“

- „Und was haben Sie jetzt vor?“, fragte Haze scharf.

- „Ich hatte es einem Teil von Ihnen schon berichtet. Bevor Mr. Saunders das Bewusstsein vollständig wiedererlangte, hatte ich die Gelegenheit, ihn in einem tranceähnlichen Zustand einer Befragung zu unterziehen. Fest steht, dass er sich an die Ereignisse im Tunnel nicht erinnert. Stattdessen schilderte er sehr detailreich einen schweren

der Prüfung von Texten verbracht. Die unumstößliche Tatsache, dass es das Verlagsgebäude nicht gab, hatte die architektonischen Grundlagen seiner Welt einstürzen lassen, aber das hier unterspülte jetzt fühlbar auch den Untergrund, auf dem es hätte errichtet werden können.

Die folgenden Aufgaben hätten hinsichtlich ihres Anforderungsprofils in Peters Augen unterschiedlicher nicht sein können. Es galt die richtigen Definitionen von Wörtern anzugeben oder Alltagsgegenstände zu benennen, die auf Bildern dargeboten wurden. Das machte ihm keine Schwierigkeiten. Zur vollständigen Wiedergabe einer Liste von fünfzehn Wörtern, die Marty ihm vorlas, benötigte er hingegen mehrere Anläufe. Das Zeichnen von Gegenständen nach Vorlagen und aus dem Kopf war wiederum ein niedriges Hindernis, genau wie das Erkennen bestimmter Regeln in Bezug auf Zahlen und geometrische Figuren. Am Ende des Tests zwinkerte ihm Marty aufmunternd zu. Auch wenn die Ergebnisse noch sorgfältig auszuwerten waren, schien extreme Besorgnis unangebracht.

Die mit Abstand aufschlussreichste Untersuchung stand Peter jedoch noch bevor. Mit der brandneuen Technik der funktionellen Magnetresonanztomographie konnten die durch bestimmte Reize ausgelösten Abläufe in Peters Gehirn sichtbar gemacht werden. Wieder lag er mit dem Kopf in einer engen Röhre. Jenseits einer Plexiglasscheibe saß Marty vor einem Computerbildschirm. Hinter ihm stand ein großer, graumelierter Mann mit gepflegtem Gesicht und sah über seine Schulter auf den Monitor.

schleifen. Dabei handelt es sich um eine Wirkung ohne Ursache. Ein bekanntes Beispiel hierfür ist das Bild von Mona Lisas Schwester. Man stelle sich vor, Leonardo da Vinci habe Anfang des 16. Jahrhunderts eine Zeitmaschine gebaut. Kurz bevor er sie testen will, findet er darin ein Porträt von Mona Lot, welches offenbar von ihm selbst stammt. Da er es aber bisher nicht gemalt hat, schließt er, dass ein zukünftiger Leonardo es getan haben muss und mittels der Maschine in die Vergangenheit sandte. Da Vinci beschließt, niemandem davon zu erzählen und das Bild zu verwahren. Er weiß, dass er es irgendwann in die Vergangenheit schicken muss, da das Gemälde genau auf diese Weise in seinen Besitz gelangt war. Täte er es, befände es sich aber fortwährend in einer Zeitschleife. Doch: wer hat das Bild gemalt und wann?"

Harper ergriff das Wort.

- „Das ist faszinierend. Etwas entsteht quasi aus dem Nichts und bleibt dann für immer erhalten. Und dieses Beispiel, das glaube ich von Jim Al-Khalili stammt, weist noch ein anderes Paradoxon auf. Das Keine-Wahl-Paradoxon, denn der gute Leonardo weiß, er muss das Bild in jedem Fall zurückschicken, weil es in der Vergangenheit angekommen ist. Würde er es zerstören, hätte das möglicherweise verheerende Folgen."

Elliot Harper räusperte sich und legte die Hand auf Veitmans Schulter.

- „Mr. Veitman und ich haben seit den 1980er Jahren mit großem Interesse die Arbeiten von Kip S. Thorne verfolgt. Er hat sich mit den Auswirkungen von Zeitreisen mittels sogenannter Wurmlöcher befasst, was in Wissen-

schaftskreisen schon damals zumindest hypothetisch für möglich gehalten wurde, weil es ebenfalls mit der Einsteinschen Relativitätstheorie korrespondiert ..."

- „Elliot, komm bitte zum Kern."

- „Ja, gleich. Also, in einer Veröffentlichung über Wurmlochreisen in die Vergangenheit äußerte Thorne die Vermutung, dass sich dadurch wahrscheinlich keine unlösbaren Paradoxien ergeben und weitete diese Annahme sogar auf leblose Objekte aus, was heftigen Widerspruch hervorrief. Nun, er bekam daraufhin eine interessante Zuschrift von Joseph Polchinski, einem Professor für Physik an der University of Texas. Polchinski schilderte darin eine elegante und einfache Variante des Großvater-Paradoxons, die nicht auf dem freien Willen eines Zeitreisenden basiert. Die beiden Öffnungen eines Wurmlochs bilden dabei eine Zeitmaschine in Form eines Billardtisches. Jetzt wird eine Billardkugel in die rechte Öffnung gestoßen, in der Zeit zurückgeschickt und kommt zu einem früheren Zeitpunkt aus der linken Öffnung heraus. Soweit kein Problem. Man stelle sich nun aber vor, diese Kugel träfe nach ihrer Ankunft in der Vergangenheit ihr früheres Selbst und zwar so, dass dieses von seiner Bahn abgelenkt wird und die rechte Öffnung verfehlt. Wie beim Fall des zu früh verstorbenen Großvaters reist die Billardkugel in Polchinskis Beispiel in der Zeit zurück, stößt mit sich selbst zusammen und verhindert so, dass sie überhaupt in der Zeit zurückreisen kann. Die Gesetze der Physik, die in sich logisch konsistent sein müssen, werden damit außer Kraft gesetzt."

Terry Haze gefiel die Sache nicht. Was sollte dieser ganze Schwachsinn? Das zeigte doch alles nur, dass es Zeit-

reisen nicht geben konnte, Paradoxien hin oder her. Seine Stimme klang daher eher gelangweilt, als er Harper um die Pointe bat.

- „Der Punkt ist der, Thorne und seine Mitarbeiter berechneten ein Szenario, bei dem sich die Kugeln nur streifen. Die Abweichung der Bahn der ersten Billardkugel ist dann so gering, dass sie ihr Ziel nicht verfehlt. Jede der Bahnen ist vollkommen selbstkonsistent und erfüllt die Gesetze der klassischen Physik."

Robert Shane zeigte sich wenig beeindruckt, vielleicht weil er das Beispiel kannte, möglicherweise aber auch, weil er der Selbstkonsistenz in dieser Hinsicht einen höheren Wert zusprach als dem Ursache-Wirkungs-Prinzip.

- „Da hätte Thorne doch gleich darauf bestehen können, dass sich die Kugeln verfehlen müssen. Das ist doch nichts Halbes und nichts Ganzes. Das ist so, als würde man es für physikalisch unmöglich erklären, den eigenen Großvater umzubringen. Und wenn sie ihn dann doch erledigt haben, war es am Ende gar nicht der eigene. Alles Humbug!", sagte Shane leicht gereizt. Er hatte seine eigene Sicht der Dinge, die er nun preisgab.

- „Wenn in der Vergangenheit etwas stattfand, das ein Zeitreisender aus der Relativzukunft in Gang gesetzt hat, so war sein Eingriff eben ein notwendiger Bestandteil der Entwicklung. Anders gesagt: Die Zeitreise muss stattfinden, damit es zum vorgezeichneten Ablauf der Ereignisse kommt. Der Zeitreisende kann gar nicht anders handeln, als so, wie er *schon gehandelt hat*. Etwas geschieht, weil es geschah."

Mr. Haze sortierte die Kopien der alten Laborberichte, die vor ihm auf dem Tisch lagen.

- „Wenn dem so ist, Mr. Shane, dann haben wir es hier schwarz auf weiß, dass Ihre Versuchsreihe C26 im Voraus zum Scheitern verurteilt ist. Ich finde in diesen Berichten nämlich nicht den geringsten Hinweis darauf, dass in der Nacht zum 16. August 1947, noch sonst irgendwann in dieser Zeit Besucher aus der Zukunft eingetroffen wären. Glauben Sie nicht, man hätte es für nötig befunden, ein solches Ereignis zu dokumentieren?“

Betretenes Schweigen erfüllte die Runde. Selbstverständlich kannten die Wissenschaftler diesen Einwand, der Hauptbestandteil vieler Diskussionen war. War nicht gerade die fehlende Erwähnung genau dieses Ereignisses der logische Beweis dafür, dass es nicht stattgefunden hatte. Wieder war es Lorenz Veitman, der sich in der Pflicht sah, Mr. Haze mit den Gedankenexperimenten vertraut zu machen, die sie letztlich zu dem Schluss kommen ließen, die Versuchsreihe dennoch zu starten.

- „Sehen Sie, Mr. Haze, wir können nicht sagen, welche Auswirkungen eine Zeitreise auf die Konstanz des Raum-Zeit-Kontinuums hat. Es könnte beispielsweise so sein, dass ein Zeitreisender von den Menschen am Zielort seiner Reise gar nicht wahrgenommen werden kann. Er sieht sie zwar, sie ihn aber nicht. Vermutlich könnte er so auch nicht in die geschichtlichen Abläufe eingreifen und diese verändern.“

- „Sie meinen, die haben ihn gar nicht bemerkt?“, Haze unterdrückte ein Lachen.

- „Es wäre immerhin denkbar. Die Sache wird womöglich klarer, wenn wir sie gedanklich umkehren. Stellen Sie sich vor, in den Laborberichten stünde etwas vom Erscheinen eines Menschen aus der Zukunft. Man könnte sicher sein, dass die Angaben dazu recht präzise wären, vorausgesetzt der Reisende wäre körperlich und geistig in der Lage gewesen, detaillierte Auskünfte zu erteilen. Dann wüsste man heute, wer er war, aus welcher Zeit er stammte und vieles mehr. Der nächste Schritte wäre dann, dass der Tachynaut, also der Zeitreisende, sich möglicherweise moralisch verpflicht fühlte, die Menschheit vor Naturkatastrophen oder Kriegen zu warnen. Er würde damit tatsächlich aktiv in die historische Entwicklung eingreifen und die Geschichte verändern."

Dr. Myers wandte sich direkt an Mr. Haze.

- „Selbst wenn er sich nicht im großen Stile einmischen würde, wäre Mr. Mason in einer echten Zwickmühle. Das Jahr 2009 würde er wahrscheinlich nicht erleben, aber möglicherweise müsste er sich der Frage stellen, ob er den Unfall von Mr. Shane 1985 verhindern sollte. Damit würde er aber Ereignisse ungeschehen machen, die bereits passiert sind, was zu einer fatalen Verzerrung führt. Der Unfall fände nicht statt, aber das Raum-Zeit-Kontinuum wäre gefährdet. Mr. Mason würde das also nicht tun. Verstehen Sie, Mr. Haze? Vor diesem Hintergrund wäre es sogar denkbar, dass Mr. Mason seine eigene Ankunft vertuschen müsste. Ja, es hätte demnach eine gewisse Logik, wenn von der Ankunft des Zeitreisenden nichts in den Laborberichten steht."

Haze breitete die Arme aus.

- „Kommen Sie, Myers, das glauben Sie doch selbst nicht. Wenn der Zeitreisende nichts tun darf, dann sollte er am besten gar nicht erst abreisen. Vielleicht wäre es für ihn interessant, aber was hätte die Menschheit davon, außer exorbitant hohe Kosten."

- „Es würde natürlich etwas passieren, allerdings etwas, das unsere Zukunft betrifft. Das Team hatte den Auftrag, uns eine Nachricht zukommen zu lassen ... eine Nachricht, die wir aber erst nach der Abreise erhalten hätten, nicht vorher", sagte Shane ruhig.

Nun erhob noch einmal Veitman seine Stimme.

- „Wir sollten aber schon den Anstand besitzen, Mr. Haze mit einer anderen Überlegung vertraut zu machen. Mal angenommen, die Laborberichte wären absolut korrekt. Dann wäre 1947 kein Zeitreisender eingetroffen, was bislang ja auch stimmt, da alle bisherigen Versuche gescheitert sind. Wir gehen nun aber hin und schicken in Kürze jemanden los, der tatsächlich ankommt. Die Berichte müssten sich verändern, woran man ja wohl nur schwer glauben kann. Es würde doch vielmehr heißen, dass andere Laborberichte geschrieben würden, die in einer veränderten Gegenwart vorlägen, einer Gegenwart, in der wir vielleicht nicht an diesem Tisch säßen und uns unterhielten. Einer Gegenwart, in der es uns möglicherweise gar nicht gibt."

Die Diskussion hatte ein loses Ende erreicht. Hier begann sich das Seil, an dem sie sich entlang gehangelt hatten, zu zerfasern. Über diesen Punkt hinaus gab es keinen Halt mehr, bot nichts Sicherheit. Wer weiterfragte, bewegte sich im Entweder-oder-Bereich, auf dünnem Eis,

von dem nicht zu sagen war, ob es sich als tragfähig erwies oder einbrach.

- „Die entscheidende Frage ist vielleicht, ob man ihm seine Zeitreisegeschichte im Jahr 1947 überhaupt glauben würde?“, meinte Harper.

- „Die würden ihm glauben. Schließlich erwarten die ihn ja“, antwortete Shane, während Harper skeptisch wirkte; Mutmaßungen, die Haze ärgerten und Lorenz Veitman belustigten.

- „Die Herren können sich nicht einigen? Nun, da wird die Wissenschaft am Ende doch wohl nicht demokratisch werden“, schmunzelte der Wissenschaftler. „Haben Sie eigentlich einmal daran gedacht, dass Mr. Saunders ein Zeitreisender sein könnte?“

- „Aber das hat er nie behauptet.“

Der sonst so besonnene Veitman wirkte listig, wie einer der sicher ist, den anderen einen Schritt voraus zu sein. Wieder lächelte er und seinem Mund entwich lediglich ein einziges Wort.

- „Eben!“

15. AUTOFAHRT MIT MASON

Es gab keinen Zweifel. Das war die Stelle. Was hatten sie sich doch für eine Mühe gegeben. Hollywood hätte die Kulisse für den Unfall nicht besser aussuchen können. Eine kurvenreiche Strecke, die Gegenfahrbahn jeweils nur ein kurzes Stück einsehbar, keine Leitplanken. Dazu die detailgetreue Inszenierung, abgebrochenes Astwerk, ein gestreiftes Plastikband. Sogar Reste von Kreidemarkierungen zierten die Fahrbahn. Bartlett hatte an alles gedacht. Hatten sie wirklich einen Wagen mit einer Geschwindigkeit von 60 Kilometern pro Stunde hier herunterfahren lassen? Die Bremsspuren wirkten jedenfalls echt. Mason spürte einen Anflug von Bewunderung für den Sicherheitsmann in sich aufkommen. Eine Regung, die bei ihrem Weg an die Oberfläche des Bewusstseins Unbehagen auslöste, bekämpft wurde durch einen unsichtbaren Ritter, der innerhalb seines Gefühlslebens für die gerechte Sache eintrat, der prinzipientreu und tugendhaft jede Tarnung entlarvte, der frei von Konventionen wertete und kompromisslos verurteilte, was im Kern unredlich war. Mason wusste um diese innere Stimme, seinen gerechten Ritter, sein Gewissen. Es urteilte hart, aber fair und sein Ursprung lag in der moralisch geprägten Erziehung durch seinen Großvater Albert Mason.

- „Dort ist es. Wir kamen von hier, so wie jetzt. Und dann kam uns mitten auf der Fahrbahn ein Auto entgegen. Ich bremste. Aber es war schon zu spät. Erinnern Sie sich wirklich nicht?“

Peter schwieg. Er hatte keinerlei Erinnerung. Nicht an das Auto, nicht an den Unfall und auch nicht an den Mann, der neben ihm am Steuer saß.

- „Der Wagen geriet ins Schleudern. Ich konnte ihn nicht mehr stabilisieren. Das ging alles so schnell. Gegenzulenken hätte bedeutet, in den anderen Wagen hinein zu fahren. Somit hatten wir keine Wahl und sind genau hier über die Böschung gekippt."

Mason hatte angehalten und deutete auf eine Stelle, an der das Buschwerk fehlte. Die Ränder waren von spitzen, geborstenen Astenden gesäumt.

- „Was war mit dem anderen Wagen?"

- „Einfach verschwunden, Fahrerflucht!"

Die Männer stiegen aus und traten an den Straßenrand. Auch Mason musste sich orientieren. Er hatte von Jenkins zum Unfallort nur wenige Informationen bekommen, denn das war nicht sein Thema. Den Neurologen interessierte ein ganz anderer Unfall. Bartlett hatte alles arrangiert und Dr. Jenkins in seiner wortkargen Art die Eckdaten der Lage geschildert, dessen Vorgaben wiederum von Jenkins stammten oder besser gesagt von dem, was dieser von Peter im Dämmerzustand erfahren haben wollte. Und jetzt stand er, Mason, ein hoch angesehener Wissenschaftler, am Abgrund einer Straße irgendwo im Nirgendwo und erzählte einem Mann, den er nicht kannte, von einem Unfall, der nicht stattgefunden hatte. Was für ein Theater, dachte Mason. Vielleicht sollte er diesem Saunders einfach alles erzählen. Das würde seinem Gedächtnis wieder auf die Sprünge helfen. Doch der Ritter schwieg und somit war die Sache noch nicht entschie-

den. Sie sahen hinunter. Es ging von hier aus etwa 50 Meter bergab, nicht allzu steil, aber in holprigem Gelände.

- „Da unten blieb der Wagen in der Baumgruppe hängen. Gehen wir mal runter. Ich war seitdem auch noch nicht wieder hier.“

Für Peter war die Szenerie beklemmend. In seinem Kopf waren Bilder, die dem, was er sah, in gespenstischer Weise glichen, die sich aber in letzter Konsequenz damit nicht deckten. Es fehlten die räumlichen und zeitlichen Bezüge. Peter dachte an ein Déjà-vu, verwarf diesen Gedanken aber, weil diese Erklärung irgendwie hakte und ihn Marty auf diese Falle des Gehirns hingewiesen hatte. Lieber wollte er sich mit den Fakten auseinandersetzen. Der Mann, der jetzt vor ihm den Abhang hinunterlief, hatte sich als Alan Mason vorgestellt. Er hatte ihn heute Morgen aus dem Krankenhaus abgeholt und auf Anraten von Marty zur Unglücksstelle gebracht. Die Umgebung sollte Peter helfen, sich zu erinnern. Mason hatte ihn am Tag des Unfalls mitgenommen. Doch die Stelle, die Mason ihm zeigte und als jene auswies, an der er als Tramper neben seinem großen Rucksack gestanden haben soll, sagte Peter nicht das Geringste. Bereits nach wenigen Kilometern ereilte sie dann das Unglück. Der Unfallwagen war bereits abtransportiert worden, aber an den Bäumen sah man noch deutlich die Spuren des Aufpralls und des Brandes.

- „Ich war glücklicherweise unverletzt, aber Sie müssen gegen das Armaturenbrett geknallt sein. Jedenfalls waren Sie nicht mehr bei Bewusstsein. Und hier unten hatte der Wagen dann Feuer gefangen. Ich habe Sie herausgezogen, und über Handy die Ambulanz gerufen.“

Wieder kamen Mason Zweifel. Die Sache schmeckte ihm nicht. Diesem armen Teufel eine solche Räuberpistole aufzutischen, aber Dr. Jenkins und Marty waren der festen Überzeugung, dass genau das sein Erinnerungsvermögen wieder in Gang setzen würde. Dieser Saunders hatte in Trance von einem schweren Autounfall erzählt und nun galt es, die richtigen Knöpfe zu drücken, um die Rakete zu starten. Nur aus diesem Grund hatten sie den Unfall bis ins Detail konstruiert. Das entgegenkommende Auto, die abschüssige Straße, die Baumgruppe und der Brand. Doch Peters Gesicht sagte alles.

- „Der Wagen war Schrott?"

- „Ja, total ausgebrannt"

- „Welche Marke?"

Mason verstand die Frage, brauchte aber eine Idee zu lange für die Antwort. So etwas musste schneller kommen. Als Wissenschaftler kannte er den Unterschied zwischen Fragen, die eindeutig und damit schnell zu beantworten waren und jenen, die so viele Optionen offen ließen, dass eine längere Überlegung angemessen erschien. Saunders Frage gehörte eindeutig zur ersten Gruppe. Er musste ausweichen. Er ging zu der Stelle, an der der Wagen gegen die Bäume geprallt war, bückte sich, nahm ein Stöckchen in die Hand und warf es wieder weg.

- „Oh, entschuldigen Sie, aber ich dachte, da läge mein Kugelschreiber. Aber das wäre ja auch zu schön gewesen. Was sagten Sie?"

- „Ich fragte nach dem Wagen, der Farbe, der Marke. Ich versuche mich zu erinnern."

Die Frage war keineswegs beiläufig und völlig unerheblich, es war keine Frage, die einer stellt, der nichts zu sagen hat oder eine Pause in der Kommunikation nicht aushält. Es war eine gezielte Frage. Der Mann hatte keinerlei Erinnerung an das hier und fahndete in seinem Gehirn nach Bildern.

- „Ein roter Pontiac, Baujahr 2004."

Jetzt kam die Antwort eine Nuance zu rasch. Und wieder ärgerte sich Mason innerlich.

- „Und der da."

Peter nickte in Richtung Straße, wo sie den grauen Volvo abgestellt hatten.

- „Ein Leihwagen?"

- „Ah, ja, ja, ein Leihwagen. Ich hatte noch keine Zeit, einen neuen zu besorgen. Kommen Sie, gehen wir einen Kaffee trinken."

- „Moment!", Peter hob die Hand. „Ich erinnere mich …"

- „Was?", Mason erschauderte leicht, fing sich aber wieder.

- „Wie meinen Sie das? Das entgegenkommende Auto?"

- „Nein, an einen anderen Unfall, den ich als Kind hatte. Der ist fast identisch abgelaufen."

Es trat eine Pause ein, in der es ihnen nicht möglich war, weiter miteinander zu sprechen. Es lag eine Distanz zwischen ihnen, eine Distanz von genau 34 Jahren und ein paar 100 Kilometern. Während Mason im Hier und Jetzt stand und zu Peter herübersah, war dieser für einige, lange Sekunden der Welt entrückt. Seine Gedanken waren weit in die Vergangenheit gereist.

- „Mr. Mason, haben Sie etwas Zeit? Würden Sie bitte mit mir nach Illinois fahren?"

Mason war verblüfft. Hatte es also doch geklappt, genau wie die Psycho-Fuzzis es vorhergesagt hatten. Auch der Ritter war zufrieden.

Vermutlich gibt es keine bessere Gelegenheit für zwei Männer, sich näher kennen zu lernen als auf einer langen Autofahrt. Die Gemächlichkeit der Fortbewegung, der Blick voraus auf die Straße, eine Ebene oder einen Bergrücken, verleiht ein Gefühl der Unverbindlichkeit, das dem Konkreten seine Enge nimmt. Hier können Dinge ausgesprochen werden, ohne sie für immer festzulegen. Wie der Reisende seiner Bahn folgt, kann der Gedanke sich entwickeln, kann reifen. Er ändert seine Struktur entlang des Weges, wie der Weg die Erwartungen an das Ziel verändert. Das Gesagte erhält damit zugleich Raum und Zeit, es kristallisiert nicht, bricht nicht und fixiert sich nicht im Alltäglichen.

- „Und danach hat Ihre Tante Sie aufgezogen?"

- „Das ist das, woran ich mich erinnere, aber nachdem meine Familie nicht existiert … Marty sagte, dass möglicherweise nur Teile einer Erinnerung falsch sind und andere richtig. Ich hoffe, es stimmt wenigstens der Rest. Zumindest habe ich keine neurodegenerative Erkrankung …"

- „Keine was?"

- „Ja, man beschäftigt sich immer erst mit so etwas, wenn es zu spät ist und dann vergisst man es auch gleich wieder. Ich meine Alzheimer oder sonstige Demenzerkrankungen oder Hirnschädigungen. Also die Tests sind alle positiv ausgefallen. Keinerlei Auffälligkeiten: ein sym-

metrisches Verteilungsmuster des Glukose-Isotops und auch keine Anzeichen für Zellschwund, weder in den Furchen noch in den Windungen meines Gehirns."

- „Peter, Sie sind ein Angeber."

Beide lachten. Masons Spott zielte auf Peters untadelige Verwendung des Fachvokabulars, wenngleich er wusste, dass sich medizinische Kenntnisse bei allen von einer schweren Krankheit Betroffenen sehr rasch einstellen, wenn auch zumeist nur oberflächlich.

- „Und ich sage Ihnen noch etwas. Meine Ventrikel, also die kleinen, mit Gehirn-Rückenmarksflüssigkeit gefüllten Hohlräume, weisen genau die richtige Größe auf."

- „Nein!"

- „Doch!"

Jetzt konnten sie sich vor Lachen kaum halten.

- „Halten wir fest: Ihre Hardware funktioniert also."

Mason ist ein durch und durch technischer Mensch und dabei keineswegs unsympathisch, dachte Peter. Aber was er da eben im Spaß sagte, war sehr bedrohlich: die Hardware funktionierte. Das beinhaltete doch, dass das Problem in der Software lag. Wurde hier die alte Grenze zwischen Körper und Geist neu definiert? Und, wenn beides nicht zusammenpassen wollte, welcher Bereich war realer, welchem Wesensbestandteil war zu trauen und welchem nicht? Konnte es so sein, dass der Geist es war, der die wahre Geschichte erzählte und der Körper log? Peter brach den Gedanken ab. Er kam hier nicht weiter und Mason hatte auch wieder zu sprechen begonnen.

- „Was stimmt schon im Leben? Vermutlich doch immer nur das, woran wir uns erinnern können, unsere ganz eigene Wahrheit ..."

- „Vermutlich, aber wenn genau *die* in Zweifel gezogen wird. Wenn man plötzlich einsehen muss, dass die Dinge, die man für die unumstößliche Realität hielt, nachweislich falsch sind. Es ist, als blicke man in einen Spiegel und jemand anderer blickt daraus zurück, als habe man den Bezug zu sich selbst verloren."

- „Haben Sie schon einmal daran gedacht, dass die Vergangenheit vielleicht gar nicht in der Weise existiert, wie wir glauben. Ich meine, vielleicht erfinden wir die Vergangenheit immerzu neu und verändern sie dadurch sogar."

- „Das ist bizarr. Aber wie soll das gehen?"

- „Oh, die Methode wird seit Jahrhunderten praktiziert. Einerseits auf der politischen Ebene und zum anderen durch die Geschichtsforschung. Die einen beugen die Fakten, um ihre jeweiligen Positionen und Handlungen zu legitimieren und die anderen sind auf der Suche nach der Wahrheit, nach dem, wie es wirklich war, unter Anwendung größtmöglicher Objektivität, so ist zumindest der idealistische Anspruch. Aber tatsächlich verändert jede neue Erkenntnis die Vergangenheit selbst."

Jetzt war der Historiker gefragt.

- „Die Erkenntnis verändert die Vergangenheit nicht. Sie verändert doch lediglich unsere gegenwärtige Einschätzung in Bezug auf vergangene Dinge, auch hinsichtlich der Quellen."

- „Das ist natürlich korrekt, aber was ist die Vergangenheit!? Ich meine im Vergleich zur damaligen Gegen-

wart. Diese Gegenwart bleibt unverändert, sie ist aber zum Zeitpunkt ihres Ablaufs noch keine Vergangenheit. Zur Vergangenheit wird sie erst danach und dann wird sie auch variierbar. Wenn es Unklarheiten über die damalige Gegenwart gibt, wie in der Geschichtsforschung nicht gerade selten, könnte man sogar von einer Koexistenz unterschiedlicher Vergangenheiten sprechen."

- „Demnach gibt es viele Vergangenheiten. So habe ich das noch gar nicht betrachtet."

- „Genau, es gibt viele Vergangenheiten, aber nur eine Zukunft."

Die Männer schauten sich kurz an und lachten. Es ging nicht mehr um Ernsthaftigkeit.

- „Da dachten die Menschen seit Jahrhunderten, vielleicht seit Jahrtausenden, die Vergangenheit sei unveränderbar und die Zukunft sei offen und dabei ist es genau umgekehrt."

Nun waren sie fast albern.

- „Für welche Variante Ihrer persönlichen Vergangenheit haben Sie sich entschieden, Mr. Mason?"

- „Meine Familie kommt ursprünglich aus Virginia, allerdings haben sich meine Hoffnungen zerschlagen, wir könnten von George Mason, der führenden Persönlichkeit der Unabhängigkeitsbewegung, abstammen."

- „Seien Sie froh, sein Enkel James Murray war maßgeblich an der Trent-Affäre beteiligt, die im amerikanischen Bürgerkrieg beinahe zum Kriegseintritt Großbritanniens auf Seiten der Konföderierten geführt hätte."

- „Ja, aber George habe ich für sein Engagement für Demokratie und Menschenrechte immer bewundert."

Peter wollte ihm seinen Glauben lassen, wenngleich er wusste, dass das ehrenwerte Mitglied des Nationalkonvents selbst Sklaven hielt und die Abschaffung des Sklavenhandels eher aus wirtschaftlichen Überlegungen heraus gefordert hatte. Aber so ist es eben. Egal, was Amerika auch anstellt, alles wird als Fortschritt der Menschheit bewertet. Auch Mason ging nicht weiter auf den ruhmreichen Namensvetter ein. Stattdessen erzählte er von seiner Arbeit als Physiker, vermied jedoch den Mount Maroon zu erwähnen. Er verlegte den Standort des Labors, wie Shane und Jenkins es ihm geraten hatten, nach Cincinnati. Alles andere war jedoch kein Geheimnis.

- „Mein Großvater arbeitete auch schon dort. Er hatte das Forschungslabor damals mit aufgebaut. Ich wohnte bei ihm und nach der Schule ging ich zu ihm ins Labor. Er hat mir alles gezeigt und schon sehr früh die komplizierten Vorgänge erklärt. Er lebte nur für seine Forschung und die Begeisterung hat er, wenn nicht genetisch, dann auf jeden Fall sozial vererbt."

- „Und Ihre Eltern?"

- „Ja, meine Eltern. Erziehung war nicht gerade ihre Stärke, weder bei sich selbst noch bei mir. Ich denke, sie waren wohl einfach zu jung für den Job. Meine Mutter habe ich nie kennengelernt, weiß nicht einmal, wie sie heißt. Mein Vater kannte sie vermutlich auch nur flüchtig, so wie all die anderen Mädchen, mit denen er damals zusammen war. Sie tranken, rauchten einen Joint und gingen miteinander ins Bett. Manchmal frühstückten sie noch zusammen und das war's. Jedenfalls tauchte irgendwann kurz nach meiner Geburt eine junge Frau bei mei-

nem Großvater auf und behauptete, ich sei sein Enkel. Sie legte mich in eine Decke gewickelt auf den Küchentisch und verschwand. Einfach so, auf Nimmerwiedersehen."

- „Das muss hart gewesen sein. Ohne Mutter aufzuwachsen."

- „Na ja, ich kannte es nie anders. Vermutlich war es das Beste, was sie machen konnte. Sie hätte mich abtreiben können, aber dabei hätte sie damals ihr Leben riskiert. So wusste ich lange Zeit gar nicht, wie das ist, richtige Eltern zu haben. Emotional habe ich das nie erlebt. Mein Großvater übernahm alle elterlichen Pflichten. Er lebte zu der Zeit schon allein, nachdem Großmutter an Krebs gestorben war."

- „Ihr Vater hatte nichts dagegen?"

- „Mein Vater war bei meiner Geburt 17 Jahre alt und ich war bei seinem Tod sechs. In den Jahren, die wir gleichzeitig auf diesem Planeten verbrachten, haben wir uns schätzungsweise vier-, fünfmal pro Jahr gesehen. Immer wenn mein Vater sich Geld von meinen Großvater leihen wollte. In seinem Leben war kein Platz für ein Kind."

- „Woran ist er gestorben?"

- „Woran … ja woran sterben Menschen wie er? Er nahm Drogen und einmal war die Dosis wohl zu hoch. Es war besonders tragisch, weil ich dachte, er würde sich ändern. Die letzten sechs Wochen vor seinem Tod verbrachte er bei mir und meinem Großvater. Das war 1972. Eines Abends stand er vor der Tür. Er hatte Tränen in den Augen und sagte, er habe großen Mist gebaut. Großvater nahm ihn in den Arm, er stellte keine Fragen. Mein Vater blieb einfach da, er war für mich wie der große Bruder,

den ich mir immer gewünscht habe. Wir spielten Basketball, gingen schwimmen und bauten sogar ein ziemlich schiefes Vogelhaus."

Mason war für einen Moment lang der kleine Junge von damals.

- „Aber es war ein kurzes Glück!?"

- „Eines Tages kam ein Polizist und berichtete von einem Unfall. Mein Vater hatte ein Auto gerammt, dessen Fahrer dabei getötet wurde. Er wollte meinen Vater abholen, doch der flüchtete durch das hintere Fenster. Zwei Tage später erhielten wir die Nachricht von seinem Tod."

- „Wie steckt ein Sechsjähriger so etwas weg?"

- „Sie haben es als Sechsjähriger auch weggesteckt. Ich meine den Tod Ihrer Eltern."

Sie schwiegen. Zwei Waisenknaben im fortschreitenden Mannesalter, die nicht wirklich wussten, was es hieß, Eltern zu haben; weder aus Sicht eines älteren Kindes noch jetzt, wenn aus Eltern Großeltern wurden, wenn sich ganz allmählich die Anzeichen des natürlichen körperlichen Verfalls einstellten, wenn Fragen nach einer finalen Bewertung des Lebens in den Fokus rückten, wenn es zu entscheiden oder zu verdrängen galt, ob einstige Hoffnungen und Träume sich erfüllten oder irgendwann an alltäglichen Zwängen zerbarsten, wenn Altersweisheit und Demenz um die Vorherrschaft rangen und der Besuch der Enkel den einzigen Termin auf einem ansonsten leeren Kalenderblatt markierte. Die Ähnlichkeit ihres Schicksals brachte die beiden Männer einander näher. Jeder sah für einen Augenblick den anderen am Rand eines frisch ausgehobenen Grabes, in das sich die Tränen einer

verlorenen Kindheit ergossen. Langsam setzte die Dämmerung ein.

- „Peter, ich habe großen Hunger und bin auch etwas müde. Ich würde vorschlagen, dass wir zu Abend essen und in einem Motel übernachten. Wir könnten dann morgen früh weiterfahren."

Peter war einverstanden. Keiner wartete auf ihn, keine Ellen und keine Irene.

Nach dem Essen hatte Peter Marty angerufen und den Psychologen über ihre Absicht nach Illinois zu fahren informiert. Jetzt saßen sie neben Truckern und Handlungsreisenden an der Theke einer spärlich beleuchteten Kneipe im Westernstil und tranken ein Bier. Peter wollte sich von seinen Problemen ablenken, während Mason herauszukriegen versuchte, was Peter über das Laboratory wusste und so sprach man schließlich über Physik.

- „Okay, das habe ich ja verstanden. Raum und Zeit können seit Einsteins Relativitätstheorie also nicht mehr als absolute Größen angesehen werden."

- „Genau! Newtons Verständnis von absolutem Raum und absoluter Zeit war für über 200 Jahre die Grundlage der Naturwissenschaften. Der maßgebliche Unterschied zwischen den Raum- und Zeitkonzepten Newtons und Einsteins im Rahmen der Relativitätstheorie ist, dass für zueinander bewegte Bezugssysteme auch die Gleichzeitigkeit relativ ist. Damit kippt neben der Zeitachse auch die Ortsachse."

Peter sah ihn irritiert an, aber Mason wollte noch nicht aufgeben.

- „Sehen Sie, die spezielle Relativitätstheorie ist im Grunde genommen eine Anzahl von Regeln, die es einem Beobachter ermöglicht, zu berechnen, was ein anderer Beobachter sieht und zwar auch dann, wenn dieser sich mit einer bestimmten Geschwindigkeit an ihm vorbei bewegt. Eigentlich ist es ganz einfach. Grundlage ist das Raum-Zeit-Dreieck."

Mason griff nach einem Bierdeckel und zog einen Stift aus der Tasche. Er malte ein Dreieck, dessen untere linke Ecke einen 90-Grad-Winkel bildete. Dann zeigte er auf die senkrechte Linie an der linken Seite.

- „Das hier ist die Bewegung in der Zeit."

Nun deutet er auf die Basis am unteren Rand.

- „Diese Seite steht für die Bewegung im Raum."

Peter nickte. Jetzt wurde es spannend.

- „Wenn die Raumseite kürzer ist als die Zeitseite, entspricht die Hypotenuse genau der Zeit, die für einen bewegten Beobachter vergeht, wenn dessen Geschwindigkeit das Verhältnis der Dreiecksseiten bildet. Sind die Seiten gleich lang, ist das Verhältnis eins, das heißt es entspricht der Lichtgeschwindigkeit. Ist die Raumseite länger, bewegt sich der Beobachter schneller als das Licht. Seine Bewegung stellt eine Reise in die Vergangenheit dar. Alles klar?"

Mason hatte es absichtlich so erklärt, dass man ohne Vorwissen keine Chance hatte, auch nur halbwegs zu verstehen, was er meinte. Ihn interessierte Peters Reaktion. Wie viel wusste der Mann wirklich?

- „Nein, ich verstehe nur Bahnhof. Lassen Sie uns noch mal dahin zurückkommen, was Einsteins Theorie

für das praktische Leben bedeutet. Es ist doch nicht tatsächlich so, dass Newtons physikalische Gesetze ihre Berechtigung verloren hätten, oder?"

Mason war zufrieden. Saunders hatte den Knochen verschmäht, den er ihm hingeworfen hatte.

- „Nein, da kann ich Sie beruhigen. Sie haben eben lediglich einen begrenzten Geltungsbereich. Newton erfreut sich nicht nur im Alltag, sondern auch in den meisten wissenschaftlichen Disziplinen und in der modernen Technik weiterhin größter Beliebtheit. Überall, wo wir es mit Geschwindigkeiten zu tun haben, die im Vergleich zur Lichtgeschwindigkeit gering sind, was ganz klar auch Düsenflugzeuge einschließt, braucht man sich über Zeitdilatation oder Längenkontraktion keine Gedanken zu machen. Sicher treten diese Effekte auch dort auf, aber sie sind viel zu geringfügig, um überhaupt wahrgenommen zu werden."

Es war schon fast Mitternacht, als Mason sein Zimmer betrat. Er öffnete das Fenster und zündete sich eine Zigarette an. Die Nachtluft war warm. Ein leichter Wind ging. Es war still. Auch die Grillen schienen endlich Schlaf gefunden zu haben. Mason legte seine Brieftasche und das Handy auf den Nachttisch. Dabei sah er, dass jemand eine Nachricht auf die Mailbox gesprochen hatte. Offenbar gab es im Pub keinen Empfang oder er hatte das Läuten nicht gehört. Marty bat um einen Rückruf, egal wie spät es auch sein mochte. Mason drückte die Recall-Taste.

16. UNTERSUCHUNGS-ERGEBNISSE

Dr. Jenkins wusste, dass es zehn, zwölf Mal klingeln würde, bevor sich Robert Shanes heisere Stimme mit den Worten „Hier Shane, mit wem spreche ich?“ melden würde. Der Mann vom Mount Maroon stammte aus einer anderen Zeit und blieb trotz seines technologisch so weit fortgeschrittenen Projektes in gewisser Weise darin verhaftet. Er hasste die Schnelllebigkeit und Unverbindlichkeit nachwachsender Generationen. Er war ein Nostalgiker, was sich bei der Auswahl seines Mobiliars ebenso zeigte, wie in der Zusammenstellung seines Wertekanons. Die Verzögerung, mit der er zum Telefonhörer griff, lag in erster Linie daran, dass er es ablehnte, ein Handy bei sich zu tragen. Also musste man entweder darauf warten, bis das Telefonsystem des Laboratory eine Weiterschaltung zu seinem aktuellen Aufenthaltsort auslöste oder er von einer bestimmten Stelle innerhalb seines Büros zum Schreibtisch fuhr und abnahm. Wenn er hingegen, wie es nicht selten vorkam, an seinem Schreibtisch saß, so war er dort natürlich nicht grundlos. Er nahm sich, wenn ein anstehendes Telefonat ihn schon bei seiner aktuellen Tätigkeit unterbrechen sollte, jeweils die Zeit, diese bis zu einem Punkt weiterzuführen, der eine Pause auf natürliche Weise rechtfertigte. Ein Satz wurde vervollständigt, ein Abschnitt zu Ende gelesen, eine Berechnung durchgeführt oder eine Unterschrift geleistet. Eigentlich, so dachte Jenkins immer, während er darauf wartete, dass Shane

abnahm, hätte man wählen und dann den Hörer für 30 Sekunden weglegen können. Aber wer machte das schon?

Robert Shane hatte das Läuten gehört, und er wusste natürlich, dass es das Telefon war, sein alter Apparat aus den frühen sechziger Jahren, den er immer wieder reparieren ließ. Der schrille Klingelton längst vergangener Zeiten vermittelte ihm gleichzeitig ein Gefühl von Jugend, das ihn beglückte, als auch eines ihrer Vergänglichkeit, was ihn frustrierte. Doch, wenn das eine ohne das andere nicht zu haben war, so nahm er etwas Schatten als Gegenleistung für etwas Licht gerne in Kauf. Alles hatte eben seinen Preis. Langsam fuhr er die zwölf Meter lange Strecke zu seinem Schreibtisch, wobei er die kleine nie benutzte Sitzgruppe umkurven musste, was ihn weitere Sekunden kostete. Das eine oder andere Gespräch hatte sich auf diese Weise von selbst erledigt. Es war Robert Shanes ganz persönliche Methode, wichtige von unwichtigen Anrufern zu trennen. Wer einen triftigen Grund hat, hat auch Geduld.

- „Hier Shane, mit wem spreche ich?"

- „Robert? Hier ist Walter. Wir haben jetzt die endgültige Auswertung der Testergebnisse. Es ist seltsam, aber nach den fMRT-Bildern zu urteilen, sieht es so aus, als habe Peter Saunders die Wahrheit gesagt."

- „Vielleicht stimmen die Resultate nicht."

Dr. Jenkins zog die Brauen hoch. Er verstand nicht, warum diese arroganten Typen von dem komischen Berg seine Autorität immer wieder in Zweifel zogen. Er machte es umgekehrt doch auch nicht, obwohl es dafür wahrlich genug Gründe gegeben hätte.

- „Robert, wir veranstalten hier keinen Lügendetektor-Zirkus. Die funktionale Magnetresonanztomographie ist ein sehr zuverlässiges Verfahren in der Biomedizin, mit dessen Hilfe wir Veränderungen in der Versorgung des Gehirns nachweisen können. Dort, wo eine Neuronenaktivität vorliegt, erhöhen sich Blutfluss und Sauerstoffverbrauch, zum Beispiel während der Durchführung kognitiver Aufgaben. Wir haben Mr. Saunders mit einigen wichtigen Eckpunkten der von ihm erinnerten Biographie konfrontiert und währenddessen seine Gedächtnisaktivität aufgezeichnet. Anhand der Areale, die er zur Verarbeitung der Informationen benötigte, konnten wir erkennen, ob sie wahr oder erfunden sind."

- „Du willst mir weismachen, ihr könnt ausgedachte Ereignisse von realen unterscheiden."

- „Genau, und zwar während des Erinnerungsprozesses. Die echten Erlebnisse aktivieren dabei lediglich einige bereits gut erforschte Regionen im Stirnhirn und in den Schläfenlappen, einschließlich der Amygdala."

- „Aber was ist, wenn sich die falsche Geschichte im Gehirn bereits stark manifestiert hat? Ich meine, möglicherweise hat ihm irgendjemand das doch regelrecht eingetrichtert."

- „Oh, wir können nicht nur zwischen echten und falschen Erinnerungen unterscheiden, sondern auch zwischen Erlebnissen aus der jüngeren und der älteren Vergangenheit. Wenn er die von ihm vorgetragene Geschichte also nur gelernt und nicht erlebt hat, aktiviert die Erinnerung zusätzlich zu den erwähnten Regionen auch noch den Hippocampus und den retrosplenialen Kortex."

- „Walter! Bitte so, dass auch ich es verstehe."

- „Der Hippocampus wird angeregt, weil die Erinnerung noch so frisch ist, dass sie beim Abruf erneut eingespeichert wird, der retrospleniale Kortex hingegen, weil dieser für das bildhafte Vorstellen notwendig ist. Also genau dann, wenn kein reales Erinnerungsbild vorliegt."

- „Und bei Saunders zeigt sich in diesen beiden Bereichen keinerlei Aktivität?"

- „Richtig, was heißt, dass seine Erinnerungen echt sind! Auch wenn sich das nicht mit euren Erkenntnissen deckt."

- „Und was heißt das jetzt? Er war doch in dem verdammten Tunnel oder haben wir uns das alle nur eingebildet?"

- „Ich weiß es nicht, Robert. Es tut mir leid, aber ich wollte dir nur mitteilen, was wir herausgefunden haben."

Robert Shane legte auf, ohne sich ordentlich zu verabschieden, er war kein Freund von Floskeln. Kaum hatte er den Hörer auf die Gabel niedersinken lassen, da klingelte es erneut. Auch das war keine Seltenheit, da Anrufer, die ihn weniger gut kannten, glaubten, die Verbindung sei durch ein technisches Problem unterbrochen worden. Jenkins gehörte allerdings nicht zu jenen. Da Robert Shane noch keine andere Arbeit aufgenommen hatte, führte er den Hörer jetzt schon nach dreimaligem Läuten an sein Ohr.

- „Hier Shane, mit …? Ah, Raymond."

- „Mr. Bartlett ist hier bei mir. Es gibt eine interessante Neuigkeit. Du erinnerst dich, dass die Security-Abteilung

herausgefunden hat, dass es in ganz Amerika keinen Peter Oswald Saunders gibt?“

- „Natürlich erinnere ich mich. Gibt es etwas Neues?“

- „Sie haben jetzt weitere Nachforschungen angestellt. Man hatte zunächst natürlich nur nach lebenden Personen gesucht. Nun hat man herausgefunden, dass es einen Jungen dieses Namens gab. Auch das Geburtsdatum stimmt. Er ist allerdings 1975 bei einem Autounfall zusammen mit seinen Eltern ums Leben gekommen … Robert, bist du noch da?“

Die Leitung war tot.

17. DER UNFALL

Nach dem Frühstück und einer guten Stunde Fahrt erreichten sie die Stelle. Peter war schon oft hier gewesen. Es war sein Ort des Gedenkens an seine Eltern, viel mehr als der Friedhof. Hier war es, als wehten die Geister seiner Mutter und seines Vaters durch die Bäume. Hier konnte er mit ihnen sprechen, sie um Rat fragen. Hier hatte er den Eindruck, sie zu hören, spürte eine übergeordnete Verbundenheit. Die Erinnerung an die wenigen gemeinsamen Jahre, die ihnen beschieden waren, hatte sich unauslöschlich in sein Gehirn eingebrannt. Die unzählbaren schlaflosen Nächte seiner Kindheit waren bevölkert von den Bildern eines glücklichen Familienlebens. Peter träumte sich in den großen Garten, in dem sein Vater zusammen mit ihm und Luther ein Baumhaus gebaut hatte, sah seine Mutter weiße Laken über die Wäscheleinen hängen und den kleinen Lieferwagen in der Einfahrt halten. Die Aufschrift auf der Plane war das erste, was Peter lesen konnte: Tischlerei Saunders. Nahezu alle Bewohner Raleighs nahmen die Dienste seines Vaters in Anspruch. Obwohl sie, wie in ländlichen Gegenden üblich, allesamt mit einem mehr oder weniger ausgeprägten handwerklichen Talent gesegnet waren, gab es immer wieder Bedarf nach fachmännischer Ausführung, Beratung oder Begutachtung. Neben Möbeln, Türen, Fensterrahmen und Särgen entstammten der Werkstatt aber auch Schaukelpferde, Roller und Schnitzfiguren. Für Peter war sein Vater ein wahrer Held und sein ganzer Stolz war es, mit ihm zusammen an

Kaninchenställen und Seifenkisten zu arbeiten. Peters Vater, dem sein Sohn mit den Jahren äußerlich immer ähnlicher wurde, war ein netter, ehrlicher und offener Mensch. Seine Mutter war, wie Peter später auf Fotos bemerkte, sehr schön. Zu ihren Lebzeiten war er noch zu jung, um Menschen nach dem Grad ihrer äußerlichen Attraktivität zu ordnen. Was er damals wahrnahm, war die uneingeschränkte Freundlichkeit, mit der sie anderen begegnete. Er konnte sich gar nicht daran erinnern, sie jemals wütend oder auch nur ärgerlich erlebt zu haben. Für Peter waren seine Eltern das ideale Paar. Als sie starben, waren sie nicht einmal 30 Jahre alt; standen in der Blüte ihres Lebens, waren jung und lebendig. Und so behielt Peter sie in Erinnerung. Er wusste, dass eine Zeit käme, in der er sie altersmäßig überholen würde, dann eine Zeit, in der sie seine Kinder hätten sein können, aber irgendetwas in ihm sperrte sich gegen diesen Gedanken. Obwohl sie aufgehört hatten zu altern, blieben sie immer seine Eltern. Jedoch genossen sie gleichzeitig eine ewige Jugend.

Peter ging einige Schritte durch das hohe Gras, sah den Abhang hinunter und horchte in die Stille hinein. Ja, sie waren da, es war wie immer. Die Seelen seiner Eltern lebten an diesem Ort und er konnte sie besuchen, wann immer er wollte. Sicher kam er als Erwachsener nicht mehr so oft hierher und seitdem er seine eigene kleine Familie hatte, sogar eher selten. Aber hin und wieder kam er, und er kam immer allein.

Mason trat zu ihm. Fast hatte er ihn vergessen.

- „Hier ist es. Genau an dieser Stelle sind wir am Morgen des 18. Juni 1975 verunglückt."

Er schaute auf seine Uhr.

- „Fast genau zu dieser Stunde, exakt um 9:47 Uhr. Ich weiß das so genau, weil meine Uhr bei dem Aufprall einen Schlag abbekommen hatte und stehen geblieben war."

Peter sah in die Richtung, aus der sie damals gekommen waren. Die Straße lag staubig und flirrend in der Morgensonne des heißen Julitages. Dann blickte er wieder den Hang hinunter, der nach all den Jahren stark zugewachsen war. Ansonsten ähnelte die Stelle aber auf gespenstische Weise jener, die ihm Mason gestern gezeigt hatte. Peter sprach leise, wie von weit her, aus einer anderen Zeit.

- „Meine Eltern starben, ich wurde gerettet. Ein Wunder, so einsam wie es hier ist. Hier ist nichts, kein Haus, keine Weide, kein Fluss, nichts. Da unten, wo der Wagen liegen blieb, ist nicht einmal ein Weg. Und doch war an diesem Tag jemand hier."

Mason wurde gleichzeitig heiß und kalt. Erst jetzt wurde ihm bewusst, wie sich Realität und Vorstellung auf eine gefährliche Weise miteinander zu vermischen begannen. Dieser Mann, der sich Peter Saunders nannte, sprach offenbar von dem Unfall, von dem ihm Marty in der Nacht berichtet hatte, einem Unfall bei dem ein gewisser Peter Oswald Saunders zusammen mit seinen Eltern ums Leben gekommen war. Marty schien allerdings keine Bedenken zu haben, Mason mit dem vermeintlichen Peter Saunders zum Unfallort fahren zu lassen. Mason sollte sich die Stelle zeigen und den Unfallhergang so genau wie möglich beschreiben lassen. Besonders wichtig war Marty

dabei die Perspektive, die Peter während der Schilderung einnahm. Vielleicht war es so, dass Peter den Unfall nur beobachtet und in seiner Phantasie die Rolle des kleinen Jungen angenommen hatte, den er im Auto verbrennen sah. Solche Übertragungsphänomene gab es durchaus.

- „Erzählen Sie mir alles ganz genau, Peter."

Peter sah Mason an. Dieser schien ernsthaft interessiert zu sein. Er war freundlich, wie bisher eigentlich alle freundlich zu ihm waren. Aber dieser Mann, den er auf der gestrigen Autofahrt näher kennengelernt hatte, war ihm auf eine ganz bestimmte Art sympathisch. Es war schwer zu beschreiben. Es lag eine natürliche Nachsichtigkeit in dem, was er sagte und dem, was er tat. Ohne Zweifel, diese Mann war mit sich im Reinen, er brauchte sich und anderen nichts vorzumachen, ein ehrlicher, ein gerechter Mann.

Peter Saunders begann seine Geschichte am Morgen des Unglückstages. Es hätte ein so schöner Tag werden sollen. Peter durfte bestimmen, was die kleine Familie unternehmen sollte, denn es war sein sechster Geburtstag. Er hatte sich einen Ausflug zum Lake Glendale gewünscht, wo sie angeln und baden würden. Peters Mutter hatte einen Kuchen gebacken, einen Picknickkorb gepackt und bevor sie abfuhren, hatte Peters Vater seinem Sohn seine erste eigene Armbanduhr geschenkt. Das einzig traurige war, dass Luther nicht mitkam. Er hatte Stubenarrest und durfte lediglich kurz rüberkommen, um seinem Freund zu gratulieren und sein Geschenk abzugeben. So fuhr Peter allein mit seinen Eltern. Sie waren in einer ausgelassenen Stimmung und sangen auf der Fahrt.

In Peters Augen glänzte die Sehnsucht nach einer Kindheit, die er gemeinsam mit seinen Eltern hätte verbringen dürfen. Auch jetzt, nach so langer Zeit und in einem Alter von 40 Jahren, waren die Wunden noch spürbar, auch wenn sie nicht mehr schmerzten. Peters Erzählung nahm ernstere Züge an.

- „Ich saß hinten und lehnte mein Kinn auf einen der Vordersitze. Von dieser Position aus konnte ich den anderen Wagen auf uns zufahren sehen, der Sekundenbruchteile später in unseren Pontiac hineinfuhr. Es war ein wuchtiger Aufprall, der uns von der Straße beförderte. Der Wagen überschlug sich mehrere Male, bevor er dort unten gegen die Bäume prallte und auf dem Dach liegen blieb."

- „Lassen Sie uns mal runter gehen. Ich will mir das genauer ansehen."

Peter stutzte, folgte Mason aber. Peter sprach mit heiserer Stimme weiter.

- „Meine Eltern waren sofort tot. Man schnallte sich damals nicht an. Sie müssen sich das Genick gebrochen haben. Jedenfalls reagierten sie nicht mehr, sie waren eingequetscht. Ich hatte schreckliche Angst, begriff nicht, dass sie nicht mehr lebten. Ich schrie, versucht sie aufzuwecken. Dann wurde es heiß und stickig. Beißender Rauch drang in den Wagen. Es war seltsam, die Fenster hatten alle gehalten, nur die Frontscheibe war gesplittert, aber da war kein Durchkommen. Mein Vater und meine Mutter lagen mit den Köpfen nach unten davor, waren richtig verkeilt."

Jetzt übermannte es ihn doch, er rang mit den Tränen.

- „Ich wollte die hintere Fensterscheibe zerschlagen. Aber es funktionierte nicht. Mit aller Gewalt trat ich dagegen. Ich spürte eine Explosion und ich sah das Feuer. Vermutlich hatte sich das Benzin entzündet. Ich geriet in Panik. Immer wieder wand ich mich, schlug auf die Scheibe ein. Doch das Glas wollte nicht bersten. Schließlich sah ich hinter einem Busch einen alten Mann. Ich rief um Hilfe, hämmerte gegen das Glas. Dann wurde ich ohnmächtig."

Das Unbehagen war greifbar. Mason spürte, dass der Mann neben ihm ohne jeden Zweifel die zwanghafte Vorstellung hatte, jenen Unfall im Sommer 1975 überlebt zu haben. Und nun begab sich Mason zusammen mit ihm auf eine Reise in eine Vergangenheit, die reine Fiktion war, die Phantasie eines bedauernswerten Menschen, der an einer schweren Gedächtnisstörung litt. Was Mason hier trieb, konnte womöglich ernsthafte Komplikationen auslösen. Doch seine innere Stimme war anderer Meinung.

- „Was geschah dann?"

- „Ich erwachte im Krankenhaus. Man erzählte mir, dass irgend so ein Alter mich gerettet hatte. Der ist dann aber genauso schnell wieder verschwunden, wie er aufgetaucht war."

Konnten gezielte Nachfragen nun wirklich helfen? Wenn er Marty richtig verstanden hatte, könnte die reale Erinnerung, also der Ursprung der Gedächtnisirritation freigelegt werden, wenn es gelänge, Zweifel an seiner Variante aufzubauen.

- „Sie wissen nicht, wer Sie gerettet hat? Haben Sie denn nicht versucht, den Retter ausfindig zu machen? Ich meine, um sich zu bedanken."

- „Na ja, ich war sechs Jahre alt, da denkt man nicht so weit, außerdem hatte ich gerade meine Eltern verloren. Später habe ich natürlich schon darüber nachgedacht, aber der Mann war wohl schon ziemlich alt, deshalb glaubte ich nicht, dass er noch lebte. Wenn Sie die ganze Geschichte hören wollen, sollten wir meine Tante besuchen. Die kann Ihnen alle Einzelheiten erzählen."

18. DER BESUCH DER ALTEN DAME

Mary Elderigde wohnte in einem weiß getünchten Farmerhaus am westlichen Ortsrand von Raleigh, einer kleinen 350-Seelen-Gemeinde zwischen den Maisfeldern von Saline County, Illinois. Sie lebte, seit ihr Mann George vor sieben Jahren gestorben war, alleine. Eigene Kinder hatte sie nicht, aber sie hatte Peter nach dem Tod seiner Eltern wie ihren Sohn aufgezogen. Und er hatte es gut gehabt bei seiner Tante. Sie war weder sonderlich streng noch übermäßig fürsorglich.

Peter kannte den Ort, in dem sich seit seiner Kindheit so gut wie nichts verändert hatte, wie man das Zimmer kennt, in dem man aufgewachsen ist. Für Peter und Luther waren das Dorf und seine Umgebung wie ein großes Kinderzimmer gewesen. Hier konnten sie sich frei bewegen und waren dennoch in einem rundum geschützten Raum. Jeder kannte jeden und für zwei abenteuerlustige Jungen gab es eine Menge zu entdecken. Jetzt dirigierte Peter Alan Mason durch die Erinnerungen seiner Jugend und war geneigt, ihm auch die unwichtigsten Kleinigkeiten zu erzählen, besann sich aber und beließ es bei der bloßen Beschreibung des Weges. Mr. Mason wiederum schien nichts Besseres zu tun zu haben, als nach Peters Anweisungen rechts oder links abzubiegen oder geradeaus zu fahren. Er war nun schon den zweiten Tag mit ihm unterwegs und ging selbstlos auf alles ein, was Peter sagte. Selbst als sie übernachtet hatten, rief er noch nicht einmal

jemanden an. Peter dachte an die alte chinesische Weisheit, dass jemand, der das Leben eines anderen gerettet hat, ab diesem Zeitpunkt für immer für diesen verantwortlich war. Obwohl er das schon oft gehört hatte, wusste er nicht genau, welcher Sinn dahinter steckte, ja ob es andersherum nicht vielleicht sogar logischer wäre, und schon gar nicht, ob es auch für ihn als Nicht-Chinesen galt und wenn ja, ob er sich darüber freuen sollte oder nicht. Im Augenblick freute er sich erst einmal auf Tante Mary oder besser Polly, wie Luther und er sie nannten.

Sie fuhren auf den Hof und parkten gegenüber der kleinen Scheune, in der sich die Jungen früher so gerne versteckten und den kleineren Kindern aus der Nachbarschaft Indianergeschichten erzählten. Peter war dieses Fleckchen Erde so vertraut, das Haus, der Garten, die Bäume und auch der Geruch des schwülen Sommertages. Langsam gingen sie zum Wohnhaus hinüber. Peters Gedanken waren wieder bei Ellen. Wie oft war er mit ihr und Irene hier gewesen, oder stimmten diese Erinnerungen auch nicht? Wenn er nicht in Annapolis wohnte und nicht mit Ellen verheiratet war, konnte er auch nicht mit ihr hier gewesen sein. Das Haus, in dem sie wohnten, gab es nicht und auch die Stadt, in der Ellen, also die andere Ellen mit ihrem Mann und ihren Söhnen wohnte, hatte er noch niemals zuvor besucht. Aber hier war es anders, hier kannte er alles. In diesem Haus war er zweifellos aufgewachsen und gleich würde Polly ihnen die Türe öffnen. Sie würde ihm helfen, ihm alles erzählen. Sie konnte sagen, wie es wirklich um ihn stand, was real war und was bloße Einbildung.

Sie läuteten an der Tür und Peter erkannte den Klang der Schelle. So hatte sie schon immer geklungen. Wie schön, dass sich manche Dinge ein Leben lang nicht ändern. Schritte waren zu hören, und ein Bellen – Rooster! Ein wirklich seltsamer Name für einen Hund. Die Nachbarskinder hatten angefangen ihn so zu rufen, weil sein Fell im Nacken gegeneinander wuchs und sich zu einem Hahnenkamm aufrichtete. Eigentlich hieß er Barry, aber nach einer Weile hörte er nur noch auf Rooster. Und weil ihm dieser Name offenbar besser gefiel, nannten ihn schließlich alle so. Die Tür schwang zurück und ein hellbrauner Spanielmischling schoss hervor. Er sprang unvermittelt an Peter hoch.

- „Rooster, hör sofort auf damit. Was soll denn das? Du kennst die Herren doch gar nicht. Entschuldigen Sie, er ist immer so ungestüm."

Mary Elderidge blickte die Fremden an und zwar eben so, wie man Menschen anblickt, die sich noch nicht vorgestellt hatten und deren Anliegen nicht offensichtlich war. Mrs. Elderidge war gutmütig und sie hatte keine Angst, denn die friedlichen Bürger in diesem Teil Amerikas teilten mit den Outlaws, wie man sie hier immer noch nannte, die Erkenntnis, dass es in Raleigh nichts zu holen gab. Denn wer würde schon eine alte Frau für einen Schinken oder einen selbst gemachten Kuchen überfallen? Es sei denn, er hätte gewusst, dass Mrs. Elderidge die besten Kuchen weit und breit machte. Aber dann wiederum hätte er auch gewusst, dass sie sich über jede Gesellschaft freute und gerne auch den Kaffee dazu anbot.

- „Womit kann ich den Herren helfen?"

Peter starrte sie an. Sie erkannte ihn nicht, genau wie Ellen. Das konnte doch nicht wahr sein.

Er fing sich schließlich und eingedenk ihres schwachen Herzens wollte er ihr den tatsächlichen Grund ihres Besuches nicht zumuten. Er musste improvisieren.

- „Madam, das ist Dr. Mason und mein Name ist Hudson …"

Eingehend beobachtete er ihren Gesichtsausdruck. Hatte Ellens Mädchenname eine Veränderung bewirkt? Eher nicht.

- „Wir führen eine wissenschaftliche Untersuchung über die Veränderung von Sicherheitskonzepten im Straßenverkehr durch. Aus diesem Anlass beschäftigen wir uns mit tödlichen Verkehrsunfällen in den letzten 50 Jahren. Es gibt Unterlagen darüber, dass bei einem Autounfall 1975 auch einige ihrer Familienangehörigen ums Leben kamen. Stimmt das?"

- „Ach du meine Güte, das ist schon so lange her. Ich weiß wirklich nicht, ob ich Ihnen da helfen kann. Aber kommen Sie doch erstmal rein. Wir können uns hinter dem Haus auf die Veranda setzten und zusammen einen Eistee trinken."

Mrs. Elderigde hatte das gute Geschirr herausgeholt, Tee eingeschenkt und in der Mikrowelle einen Erdbeerkuchen aufgetaut. Peter blickte sich um, wie man sich in seinem Elternhaus umblickt, dass man nach Jahren wiedersieht und in dem die Zeit seit dem letzten Besuch oder vielleicht sogar seit der eigenen Kindheit eingefroren war, die Lebendigkeit der Jugend konserviert wurde. Eine Zeitreise, bei der die verschütteten Gedanken zu neuem Leben

erweckt werden, angereichert durch die Erzählungen der Beteiligten, der Eltern, Geschwister und Freunde. Nur bei genauerer Betrachtung nimmt man die Veränderungen wahr, die einem dann als Verfall erscheinen, als Verlust von etwas Kostbarem. Auch hier gab es diese Veränderungen. Die Farbe an der Hauswand blätterte ab, der Zaun war verwittert, teilweise umgefallen. Im hinteren Bereich des Hofes stand der alte, verrostete Pick-up seines Onkels.

- „Ah, ich sehe, Sie begutachten meinen Wagen", bemerkte die ältere Dame und lachte hell auf. „Seitdem mein Mann tot ist, betrachten wir ihn als Gemeinschaftsbesitz. Der Schlüssel steckt und jeder, der ihn gerade braucht, benutzt ihn. Aber wenn die Jungs der Nachbarn damit auch weiterhin ihre holprigen Wege fahren, wird er wohl bald auseinanderfallen. Kommen Sie von der Universität?"

- „Ja, Madam, vom Joseph-College in Princewater." Mason spielte hervorragend mit: „Es geht uns darum, die Geschichte von Unfällen aus Sicht von Beteiligten zu hören und damit an Informationen zu kommen, die möglicherweise nicht im Polizeibericht stehen. Wissen Sie, Angehörige geben oftmals wichtige Details nicht zu Protokoll, weil es ihnen nicht von Belang erscheint, zum Beispiel. wie häufig jemand auf einer bestimmten Strecke unterwegs war, ob er die Gefahrenpunkte kannte oder vielleicht generell sehr schnell fuhr."

- „Genau, wir wissen bislang nur, dass am Morgen des 18. Juni 1975 die Familie Saunders auf der Landstraße in der Nähe von Eddyville verunglückt ist. Ihr Bruder und Ihre Schwägerin kamen dabei ums Leben …"

- „Und mein kleiner Neffe Peter. Der war auch dabei. Es war schrecklich."

Peter wurde blass. Er hatte das Gefühl sich übergeben zu müssen, entschuldigte sich und lief ins Bad. Mrs. Elderigde, die sah, was mit ihm passierte, rief ihm unnötigerweise die Wegbeschreibung hinterher. Peter sah in den Spiegel, sah in seine großen dunkelbraunen Augen, die ihm so vertraut waren. Man sagt, die Augen eines Menschen bleiben ein Leben lang gleich. Man sollte die gute Polly vielleicht nach Photos fragen. Aber was sind braune Augen schon für ein Anhaltspunkt. Sie kannte ihn nicht. Sie hatte ihren Bruder und seine Familie vor mehr als 30 Jahren begraben, hatte getrauert, sich mit dem Schicksal abgefunden und ihr eigenes beschauliches Leben geführt. Ob sie wohl das Grab pflegte, so wie in Peters glasklarer Erinnerung? Woher stammten all diese Gedächtnisinhalte, jede Kleinigkeit war präsent und daneben gab es nichts, keinerlei Bilder oder Fakten aus einem anderen Leben. Nach einer Weile trat er wieder zu den beiden auf die Terrasse. Rooster stand auf und legte seinen flauschigen Kopf an Peters Oberschenkel.

- „Junger Mann, vielleicht ist das nicht der richtige Beruf für Sie. Ich meine, wenn Ihnen das so nahe geht."

Mason berichtete Peter, was die alte Dame während seiner Abwesenheit über den Tag des Unfalls erzählt hatte. Die Darstellung deckte sich nahezu vollständig mit Peters vermeintlichen Erinnerungen. Nur gegen Ende gab es eine deutliche und alles entscheidende Diskrepanz.

- „Ich war gerade an der Stelle, als ein Mann, der oben auf der Straße vorbeifuhr, die Rauchsäule sah", fuhr Mrs.

Elderigde mit ihren Ausführungen fort. „Er hielt kurz an, merkte aber, dass er nichts mehr ausrichten konnte und fuhr deshalb gleich zum nächsten Telefon, von wo aus er die Feuerwehr rief. Als sie eintraf, war alles Brennbare schon den Flammen zum Opfer …", sie beendete den Satz nicht.

Sie griff nach dem Taschentuch in ihrer Küchenschürze und hielt es sich vor die Augen. Sichtlich erregt sprach sie fast tonlos weiter.

- „Entschuldigen Sie. Die drei Leichen waren bis zur Unkenntlichkeit verbrannt."

Sie trank einen Schluck und Mason blickte zu Peter herüber. Peter wusste, was er dachte. Man solle das Drama beenden und der Frau ihre Ruhe gönnen. Aber Peter hatte den Eindruck, der Lösung des Rätsels näher zu kommen, auch wenn er keine Ahnung hatte, wie diese aussehen könnte.

- „Wie haben Sie von dem Unfall erfahren?"

- „Der kleine Luther Bannister kam herübergelaufen." Sie lächelte milde, als sei sie für den Bruchteil einer Sekunde in die heile Welt vor der Katastrophe zurückversetzt: „Luther war der beste Freund von Peter. Sie waren unzertrennlich, haben oft da drüben in der Scheune gespielt. Verzeihen Sie … Also der kleine Bannister kam her und schrie. Sein Vater hatte damals die Tankstelle hier im Ort, eine wahre Informationszentrale. Eigentlich hätte Luther an diesem Tag mit ihnen fahren sollen, aber er hatte irgendetwas angestellt und durfte nicht."

- „Was ist aus Luther geworden?"

- „Er ist hier aufgewachsen, war ein ziemlicher Haudegen und immer hinter den Mädchen her." Mrs. Elderidge lachte hell auf, bevor sie weitersprach: „Irgendwann ist er weggegangen, aufs College, aber ich weiß nicht wo. Und jetzt ist Luther Bannister sogar Arzt."

Mary Elderidge betonte es besonders, eben so wie es sich gehört, wenn jemand aus ihrem Bekanntenkreis oder überhaupt jemand aus Raleigh etwas Besonderes erreichte.

- „Aber wir sind ganz vom Thema abgekommen und Sie kennen Luther ja auch gar nicht. Haben Sie noch Fragen zu dem Unfall?"

- „Die Unfallursache war, soweit wir wissen, ein entgegenkommendes Fahrzeug auf der falschen Seite."

- „Ja, es war ein Betrunkener. Sein Wagen war noch fahrtüchtig und er ist einfach weitergefahren. Nach ein paar Kilometern endete auch seine Fahrt an einem Baum. Mehr weiß ich dazu aber nicht."

19. GESTORBEN UND BEGRABEN

Peter kannte hier jeden Baum, jeden Busch, jeden Stein. Er kannte das alte Pfarrhaus, in dem schon lange niemand mehr wohnte, die First Baptist Church, den Gedenkstein für die Opfer des Civil War. Und er kannte den Weg zum Grab seiner Eltern. Es befand sich auf einem kleinen Hügel, der hell in der Nachmittagssonne lag. Mason folgte Peter durch das offen stehende Eisentor, die Reihen entlang bis zum Ende des Kiesweges und von dort ging es leicht ansteigend nach rechts. Schon aus einigen Metern Entfernung sah Peter die frischen Blumen in der schlichten Friedhofsvase und die ordentliche Bepflanzung. Alles wie gehabt. Das Grab war gepflegt, wie er es all die Jahre über gewohnt war. Nur die kleinen Buchsbäume im hinteren Bereich waren neu und der Grabstein wirkte etwas kleiner, doch es war zweifellos die elterliche Ruhestätte. Und da stand es ja auch:

An dieser Stelle begraben
im Jahre des Herrn 1975
*Frank Elias Saunders (*1946)*
*Charlotte Saunders (*1947)*
und …

Peter stockte der Atem. Er zitterte, seine Augen füllten sich stoßartig mit salzigen Tränen.

*… Peter Oswald Saunders (*1969)*

Mason stand neben ihm. Auch er fühlte sich unwohl. Wo war er hier hineingeraten? Was war mit diesem Mann los, der so überzeugend von seinen Erlebnissen erzählen konnte, die sich im Nachhinein allesamt als bloße Hirngespinste entpuppten? Würde er jetzt endlich einsehen, dass er damit nicht durchkam, würde er jetzt die Wahrheit sagen oder kannte er diese wirklich nicht? Wenn dem so wäre, war sicherlich auch Masons eigene schauspielerische Leistung von gestern Morgen alles andere als hilfreich. War es wirklich richtig, diesen Peter oder wie immer er heißen mochte, glauben zu machen, er sei in einen Unfall verwickelt gewesen? Warum sagte man ihm nicht einfach, was vorgefallen war, wo man ihn gefunden hatte? War er am Ende wirklich ein militanter Umweltschützer, ein gefährlicher Terrorist oder gar, wie Veitman vermutete, ein Zeitreisender? Hatte er die Explosion verursacht? Und wer war dann der andere Mann, der vor Masons Augen verbrannt war? Alan Mason wusste selber nicht mehr genau, was Wahrheit und was Einbildung war. Er brach die Gedankenkette ab, blickte auf den Grabstein. Da stand es doch in goldenen Buchstaben auf rötlichgrauem Marmor. Das war etwas, woran man sich halten musste. Das waren die Fakten. Wer würde schon einen Grabstein fälschen und weshalb?

- „Es tut mir leid“, mehr brachte Mason nicht hervor.

Peter starrte auf die leuchtenden Sonnenblumen, vielleicht aber auch auf die ausgetrocknete Erde dazwischen.

- „Wissen Sie, wie oft ich hier gestanden habe? Ich war traurig, verzweifelt, hatte Angst. Ich habe mir als Kind den Himmel vorgestellt, in dem meine Eltern wohnen

und auf mich warten. Habe mir ausgemalt, wie sie auf mich hinuntersehen, mich beschützen. Später war ich wütend. Konnte es nicht begreifen, dass ich nur so wenig Zeit mit ihnen verbringen durfte. Als ich Ellen heiratete und wir eine Tochter bekamen, nahm ich mir vor, jeden gemeinsamen Tag als ein Geschenk zu sehen, ihn so zu verbringen, als wäre es der letzte. Wir haben das Schicksal nicht in der Hand, aber wir können die verbleibende Zeit sinnvoll nutzen."

Bis dahin hatte Peter ruhig gesprochen, wie es seine Art war, doch jetzt rastete er aus, wurde laut.

- „Und jetzt soll das alles nicht wahr sein? Ich habe keine Tochter, keine Frau, keine Eltern, nicht mal tote Eltern? Und mich selbst gibt es wohl auch nur noch in meiner Vorstellung, was?"

Mason nahm Peter in den Arm, wie man einen Bruder am Grab der gemeinsamen Eltern in den Arm nimmt. Ein harter Griff, nicht nur symbolisch, der andere musste ihn spüren.

- „Es gibt Sie Peter, auch wenn Sie vielleicht nicht der sind, für den Sie sich halten."

Marty und Dr. Jenkins werden dem Mann helfen. Sie haben einen Plan, dachte Mason. Er wollte Peter nicht drängen und hätte auch nicht sagen können, ob es gut für ihn war, hier am Grab seiner vermeintlichen Eltern zu stehen. Er war kein Psychologe. So standen sie noch eine Weile gemeinsam und schweigend da. Im Auto eröffnete Peter wieder das Gespräch.

- „Was wird nun geschehen?"

- „Ich weiß nicht. Ich denke Dr. Jenkins wird ..."

- „Sie kennen Dr. Jenkins?“

Mason war schlagartig klar, dass er einen Fehler gemacht hatte. Aber an was sollte er noch alles denken. Er war Wissenschaftler, der momentan weiß Gott andere Probleme hatte.

- „Oh, Marty hatte am Telefon seinen Namen genannt. Er leitet, glaube ich, die Abteilung oder so. Ah, ich muss tanken.“

Mason fuhr eine Tankstelle an. Er öffnete das Tankschloss mittels eines Hebels unterhalb des Fahrersitzes und stieg aus. Peter schaute durch die staubige Windschutzscheibe. Er kannte die Tankstelle. Auch er hatte hier oft getankt, wenn er mit Ellen und Irene nach einem Besuch bei Tante Polly wieder nach Hause fuhr. Der Besitzer war ein kantiger Bursche, der bei den hiesigen Wohltätigkeitsveranstaltungen die besten Spareribs grillte. Er könnte aussteigen und mit ihm sprechen. Aber was sollte das? Er würde ihn genauso wenig erkennen wie Ellen oder Polly. Stattdessen sollte Peter lieber nachsehen, ob wenigstens der Straßenverlauf in Illinois noch seinen Vorstellungen entsprach. Vielleicht befand sich im Handschuhfach eine Karte. Mason hatte den Tankvorgang beendet und ging zur Kasse. Peter klappte die Lade auf; keine Karte, aber eine Zulassung für den Wagen. Peter nahm sie in die Hand, ohne zu wissen, was er damit eigentlich wollte. Doch jetzt stach ihm der Name regelrecht ins Auge. Der Volvo war auf Alan Mason zugelassen. Das durfte doch nicht wahr sein. Hatte Mason nicht gesagt, es wäre ein Leihwagen? Peter war zwar das Kennzeichen aus North Carolina aufgefallen, aber es war für Leihwagen

nicht ungewöhnlich, dass sie irgendwo in den USA zugelassen waren. Auch kamen zunehmend, wenn auch immer noch selten, ausländische Fabrikate zum Einsatz. Aber dieser Wagen gehörte Alan Mason. Peter blickte zur Kasse hinüber, sah wie Mason noch etwas sagte, den Arm hob und zur Tür ging. Peter musste handeln. Der Zündschlüssel steckte im Schloss. Er löste seinen Gurt. Mason kam auf den Wagen zu. Peter rutschte auf den Fahrersitz und startete den Wagen. Mason begriff nun, was vor sich ging und rannte auf den Volvo zu. Doch es war zu spät. Mit quietschenden Reifen fuhr Peter davon.

In gemächlichem Tempo fuhr Peter Saunders durch das sanfte Hügelland von Hardin County. Er wusste noch nicht wohin und so hatte er beschlossen, einfach der Straße zu folgen und an jeder Kreuzung spontan über die weitere Richtung zu entscheiden. Eine ganz andere, eine neue Erfahrung für den sonst so planvoll handelnden Familienvater und Redakteur. Er betrachtete die Landschaft, die sich an diesem sonnigen Julinachmittag besonders farbenprächtig zeigte, leuchtende Wiesen, dunkelgrüne Wälder und dazu ein tiefblauer Himmel. Peter war nahe daran, die Fahrt und vor allem auch die Vorzüge des äußerst bequemen Wagens zu genießen, als ihn der Gedanke, diesen gestohlen zu haben, wieder in die Realität zurückholte. Doch war nicht er der Betrogene, derjenige, dem sie sein Leben geraubt hatten? Er handelte gewissermaßen in Notwehr. Dennoch würde er nicht weit kommen, wenn sich die Sache nicht bald auflösen ließe. Er wusste, dass er selbst etwas tun musste und sein Zeitfenster verkleinerte sich rasch. Während er dahinfuhr, ließ er noch einmal

Revue passieren, was Tante Polly – oder war sie für ihn nur noch Mrs. Elderidge? – gesagt hatte. Die Erinnerungsfetzen zogen vorbei wie flüchtige Schatten, die sich vom Hintergrund lösten, kurz verharrten und abrupt wieder verschwanden. Und doch war da etwas, was nicht ins Gesamtbild passte. Noch entzog sich der Ursprung seiner Kenntnis, aber das Unbehagen nahm stetig zu.

- „Und jetzt ist Luther Bannister sogar Arzt, hatte sie gesagt … Luther Bannister, nicht Luther van Eyck!"

Dabei kannte sie ihn wie ihren eigenen Neffen. Sie war sogar auf seiner Hochzeit mit Melanie gewesen. Natürlich war sie da, alle waren da. Es war das Ereignis des Jahres in Raleigh. Luthers Eltern hatten ihre Scheune ausgeräumt und zu einem wahren Ballsaal dekoriert. Sicher, Luther war geschieden, aber er hatte den adligen Namen behalten. Und auch das wusste die liebe Polly nur zu gut, ließ sie doch keine Gelegenheit aus, sich darüber lustig zu machen. Peter stieg auf die Bremse. Das war es! Das war ein Anhaltspunkt!

In der Ablage sah er Masons Handy. Es war eingeschaltet. Peter wählte die Nummer der Auskunft und ließ sich mit der gewünschten Adresse verbinden.

- „Atlanta Medical Center, Informationsservice. Was kann ich für Sie tun?"

- „Guten Tag, ich habe eine Frage. Könnte ich bitte mit Dr. Luther Bannister sprechen? Ein Freund hat ihn mir empfohlen. Es geht um eine Vorsorgeuntersuchung."

- „Verstehe, einen Augenblick bitte."

Peter verbrachte die längsten 15 Sekunden seines Lebens.

- „Hören Sie, Dr. Bannister ist noch bis circa 19 Uhr im OP. Er ist morgen früh ab acht Uhr wieder im Hause. Kann er Sie dann zurückrufen?“

Peter drückte die Taste, die das Gespräch beendete und atmete tief durch die Nase ein, seine Lippen bebten.

Der Tank war voll, der Wagen schnell. Er würde nach Atlanta fahren und Luther morgen Früh vor dem Krankenhaus abfangen. Wenn er bei Cave-in-Rock die Fähre über den Ohio River nahm, konnte er bei Eddyville auf den Highway 24 Richtung Nashville gelangen. Aber halt! Die Autofähre kostete Geld, und Geld hatte er nicht. Was Marty ihm mitgegeben hatte, war schon seit gestern Nachmittag aufgebraucht, das Abendessen und die Übernachtung hatte Mason übernommen. In diesem Fall blieb nur die Brücke bei Metropolis. Eine längere Fahrt durch die ländliche Provinz lag vor ihm. Aber jetzt hatte er ein Ziel.

20. BARTLETT

John Bartlett hatte sich zwei Big Kahuna Burger und eine große Portion French Fries kommen lassen, eine Dose Bier geöffnet und den Fernseher eingeschaltet. Seit ihn seine letzte Freundin vor gut vier Wochen verlassen hatte, pflegte er wieder stilvoll zu speisen und wenn möglich, kein Spiel der Chicago White Sox zu verpassen. Auf die Partie gegen die Baltimore Orioles hatte er sich ganz besonders gefreut, da er einen der dortigen Betreuer kannte und sie eine Wette laufen hatten. Doch gerade als Pitcher Mark Buehrle seine Position einzunehmen gedachte, klingelte das Telefon.

- „Ja verdammt … Wer? … Scheiße."

Bartlett blickte unablässig in Richtung U.S. Cellular Field, während er in seinen Burger biss und den Ausführungen des Anrufers lauschte.

- „Ha! Straßensperren! Wer sind wir, die CIA? Wir sind nicht mal die Bundespolizei. Jetzt mal langsam. Also, er wurde zuletzt bei Eldorado, Illinois, gesehen. Wir kennen den Wagen, wissen aber nicht, wohin er will. Hat er ein Handy dabei? … Okay, das ist doch schon mal was. Ich bin in einer dreiviertel Stunde in der Zentrale."

Jetzt blieb ihnen also wieder nichts anderes übrig, als nach dem großen schwarzen Hund zu rufen, der die Sache in Ordnung bringen musste. Am Ende musste eben doch immer alles mit Gewalt gelöst werden. Bartlett zog eine Braue hoch und goss sich etwas Bier nach. All die Klugen und Mächtigen dieser Welt benötigten irgendwann Leute

wie ihn, einen für das Grobe, die Drecksarbeit. Der Batter der Orioles hatte den Ball sehr gut getroffen, sodass dieser weit ins Fair Territory flog. Wohin wird dieser Saunders fahren? Er hatte kein zu Hause mehr, keine Frau, keine Familie. Alles das hatten sie ihm genommen durch ihren Scheißversuch, dachte Bartlett. Oder hatten sie es ihm gegeben, in seiner Erinnerung? Das Gehirn des Sicherheitsmanns verweigerte die Fortsetzung des Gedankengangs. So etwas lag außerhalb seines Zuständigkeitsbereiches. Fakt war, er war zur falschen Zeit am falschen Ort, dort, wo er nicht hätte sein dürfen. Dort, wo man nicht ohne Grund ist, wo man nicht zufällig hingerät. Der Batter war zum Runner geworden und nun pfeilschnell auf dem Weg zur ersten Base. Der Mann hatte ein Motiv, zweifellos ein kriminelles, auch wenn er selbst es möglicherweise als politisch oder moralisch einstufen würde. Egal, darum brauchte sich Bartlett nicht zu kümmern. Er musste ihn schnappen. Der Runner hatte die erste Base erreicht und lief jetzt weiter zur zweiten. Bartlett wurde klar, dass die Security-Abteilung des Laboratory, der er vorstand, gegen die Zeit spielte. Man musste ihn kriegen, bevor er sich erinnerte und zu seinen Auftraggebern gelangte. Er griff zum Telefon und wählte die Nummer der Zentrale, um erste Anweisungen zu geben. Danach fiel es ihm schwer, sich auf das Spiel zu konzentrieren. Man sagte ihm, dass Mr. Mason entgegen der Absprachen mit seinem Privatwagen nach Cincinnati gefahren war und keinen Mietwagen organisiert hatte. Offenbar erschien ihm dieses Detail nicht allzu wichtig. John Bartlett war gleich klar, dass Mason für den Job nicht der Richtige war. Der Mann war

einfach zu gutmütig, so etwas wird leicht ausgenutzt. Dennoch oder vielleicht auch gerade deshalb mochte er Alan Mason sehr. Alan konnte man um jeden Gefallen bitten, mit ihm konnte man auch mal ein Bier mehr trinken und, was John Bartlett besonders gefiel, mit ihm konnte man über Sport reden. Ganz gleich ob Baseball, Football oder Basketball, Alan kannte sich bestens aus. Er wusste, wie Bartlett selbst, um die Stärken und Schwächen der Teams, er kannte die Spieler, die Trainer, einfach alles. Hin und wieder besuchten die beiden Männer zusammen lokale Sportveranstaltungen und auch wenn sie ansonsten wenig verband, war es eben diese Leidenschaft, die sie einander sehr sympathisch machte.

Bartlett hatte extrem schlechte Laune, als er die Eingangstür seines Büros passierte. Die Orioles führten bei den White Sox mit 6:1.

- „Ah, hallo John, wir haben die Nummern, die er angerufen hat, aber das Handy ist nicht zu orten. Offenbar hat er es ausgeschaltet."

John Bartlett ließ sich in den sesselartigen Drehstuhl fallen und legte die Füße auf den Schreibtisch. Mit einer typischen Handbewegung forderte er seinen Mitarbeiter auf, weiterzusprechen. Warum brauchten diese Burschen immer eine Extraeinladung, erwarteten sie ein Lob, oder dass er schon alles wusste? Egal wie die Zusammenarbeit organisiert ist, egal auf welcher Stufe der Leiter man sich befand und egal wie eilig es war, immer waren da diese seltsamen Verzögerungen, die respektvollen Pausen, die den hierarchisch Höhergestellten die Möglichkeit gaben, noch einmal kräftig zu furzen, bevor sie sich irgendeinen

Schwachsinn anhören mussten, aus dem sie dann etwas Geniales machen sollten.

- „Er hat mit dem Atlanta Medical Center telefoniert und mehrfach die Nummer einer Reinigungsfirma in Riverdale angerufen, das liegt etwas südlich von Atlanta. Da kam aber keine Verbindung zustande."

- „Medical Center …? Medical Center, haben wir nicht …?"

- „Ja, wir haben dort nach einem Luther van Eyck recherchiert. Aber negativ."

Und das wusste auch Saunders, dachte Bartlett. Und dennoch hat er dort angerufen, nach all den Erfahrungen, die er nun schon gemacht hatte.

- „Hat Mr. Saunders erst mit dem Krankenhaus telefoniert oder erst in Riverdale angerufen?"

- „Erst im Medical Center. Warum?"

Bartlett war der Gang seiner Logik selbst nicht ganz klar, es war mehr eine Ahnung, aber doch machte diese Überlegung Sinn. Er musste im Medical Center etwas erfahren haben, dass ihn ermutigt hatte. Aber wieso eine Reinigungsfirma? Man musste in jedem Fall herausfinden, was dahinter steckte.

- „Joey, ich brauche acht Mann. Wir fliegen nach Atlanta, und mieten Sie uns dort unten ein paar schnelle Autos."

21. LUTHER

Es war noch recht früh, als Peter in Atlanta eintraf. Somit konnte er zumindest dem Berufsverkehr entgehen, ein in der Metropole Georgias besonders leidiges Thema, seitdem es in den 1990er Jahren zu einem wahren Beschäftigungsboom gekommen war. Peter wusste, dass Luther aber dennoch nicht auf das Auto verzichten wollte, da vor allem sein Liebesleben eine gewisse Flexibilität erforderte. So quälte er sich allmorgendlich durch den Verkehr, um von seinem Bungalow in Riverdale in die City zu gelangen. Eigentlich wollte Peter ihn zuhause aufsuchen, da sich aber am Telefon niemand meldete, ging er davon aus, dass Luther woanders nächtigte. Luthers Handynummer konnte er sich nie merken, da dieser alle paar Wochen seinen Anbieter wechselte. Ellen vermutete, es läge an den allzu vielen gebrochenen Herzen, die Luthers Lebensweg säumten, eine naheliegende Annahme.

Gegen sieben Uhr stellte Peter den Volvo auf dem Besucherparkplatz des Medical Centers ab. Er hatte sich lediglich eine zweistündige Pause auf einem Rastplatz gegönnt und etwas Leitungswasser zu sich genommen. In Masons Wagen fand er weder Geld noch irgendetwas Ess- oder Trinkbares. Müdigkeit und Hunger wurden aber von der freudigen Erwartung der Begegnung mit Luther vertrieben. Er kannte das Gebäude von seinen zahlreichen Besuchen gut und ging direkt zum Cancer Pavillon, in dem Luther seit drei Jahren als Onkologe arbeitete. Alles war so vertraut, die geschwungenen Formen des Ein-

gangsbereiches, der blaue, glänzende Fußboden, der offene helle Warteraum und selbst die Dame hinter der Rezeption kannte er, eine, na ja sagen wir, gute Bekannte seines Freundes.

- „Hallo …", wie war doch gleich ihr Name …

- „Hallo, zu wem möchten Sie?"

Sie hatte ihn nicht erkannt, was aber auch nicht verwunderlich war, da sie sich nur ein-, zweimal gesehen hatten.

- „Ich möchte zu Luther van Eyck, ich meine, Bannister, Dr. Luther Bannister."

Sie kannte ihn, ganz sicher. Peter sah es an ihren Augen und ein Lächeln zog sich um ihre Lippen. So war es immer, wenn man Luther erwähnte. Schon der Gedanke an diesen Mann war für Frauen ein Aphrodisiakum.

- „Da sind Sie hier aber nicht richtig, falls Sie den Kardiologen Dr. Bannister meinen."

Peter konnte es nicht fassen. Was war das nun wieder? Die ganze Nacht hatte er die Gedanken hin- und hergeschoben. Hatte sich die abenteuerlichsten Gründe dafür überlegt, warum seine Frau und seine Tante ihn nicht erkannten, nicht mal als einen entfernten Bekannten. Vermutlich hatte er wirklich den Verstand verloren oder das komplette autobiographische Gedächtnis, wie Marty es nannte, aber woher kannte er all diese Personen. Bei Ellen erstreckten sich seine Erinnerungen anscheinend nur auf die Zeit bis zu ihrem Studium. Bei Tante Mary war ihm alles vertraut: das Haus, der Garten, sogar ihre Einrichtung. Egal, was mit ihm passiert war, er kannte diese Leute. Aber warum kannten sie ihn nicht? Würde Luther

ihn kennen? Peters Hoffnung war gedämpft. Luther existierte zwar, hieß aber noch immer Bannister und war offenbar Herzspezialist.

Die Dame von der Anmeldung hatte für ihn in der Kardiologie angerufen und erfahren, dass Dr. Bannister noch nicht da war. Sie war schließlich so nett, Peter den Weg zum Parkplatz des Ärzteteams zu beschreiben. Als Peter sich bereits abgewandt hatte, rief sie ihm hinterher, dass Luther ein rotes Cabrio fuhr. Das Fabrikat wüsste sie nicht, aber an die schwarzen Lederpolster könne sie sich noch gut erinnern. Sie zwinkerte ihm zu. Selbst wenn es vorbei war, waren die viele Frauen stolz darauf, einmal mit Luther liiert gewesen zu sein. Die meisten von ihnen waren ohnehin nicht auf langfristige Beziehungen aus. Und auch die anderen ließ Luther nie lange darüber im Unklaren, dass es neben ihnen noch weitere gab. Heimlichtuerei war nichts für ihn. Luther war ein ehrlicher, ein durch und durch aufrichtiger Mensch. Jeder sollte sein Leben nach seinen Vorstellungen führen und sich jederzeit frei für oder gegen etwas entscheiden können. So gesehen gab es in Luthers Beziehungsleben keine Probleme, allenfalls zeitliche.

Peter hatte eine erhöhte Position eingenommen, von der aus er den gesamten Parkplatz gut überblicken konnte. Er stand auf einem terrassenartigen Absatz einer grauen Betontreppe. Woran er nicht dachte war, dass eben jener Standort auch ihn für alle anderen weithin sichtbar machte. So bemerkte er nicht, das bereits seit einigen Minuten auf ihn gerichtete Fernglas. Endlich hatte vor der Schranke, die diesen speziellen Parkbereich vom übrigen

Gelände abschirmte, ein roter BMW mit schwarzem Verdeck gehalten. Ein uniformierter Pförtner trat an das Fenster auf der Fahrerseite, tippte an seine Mütze und sprach längere Zeit mit dem Fahrer. Offenbar scherzten die beiden miteinander, denn der beleibte Mann lachte einige Male laut auf. Dann ließ er per Fernbedienung die Schranke hochfahren und ging zurück zu seiner Loge. Der Wagen fuhr an, und als Peter ihn von der Seite sah, erkannte er den blonden Lockenkopf seines Freundes. Peter hastete die Treppe zum Parkdeck hinunter, querte mehrere Reihen geparkter Autos und lief dorthin, wo der Wagen rasant eingeparkt hatte. Als Luther ausstieg, lagen noch etwa 80 Meter zwischen ihnen. Doch Luther war nicht das einzige Ziel auf dem Parkplatz. In dem Maße, wie Peter sich Luther näherte, näherten sich Peter fünf schwarz gekleidete Männer. Als sie das Tempo verschärften, nahm Peter sie war. Er schrie so laut er konnte:

- „Luther", und noch mal, „Luuuther."

Luther sah sich um. Da es sich um eine Männerstimme handelte, vermutete er halb scherzhaft einen unzufriedenen Patienten oder einen gehörnten Ehemann. Dann sah er aber, wie zwei der Schwarzgekleideten, die den Rufer verfolgten, Schusswaffen zogen und sofort schossen. Sie hatten den Mann verfehlt, zielten auch ganz offensichtlich zu tief, aber Luther begriff, dass das kein Spaß war. Blitzschnell stieg er wieder in seinen Wagen, fuhr schnell auf den Verfolgten zu und hielt dicht neben ihm.

- „Steigen Sie ein! Schnell!"

Dann gab er Gas. Die Verfolger schossen einige Male, doch der Vorsprung vergrößerte sich rasch. Als sie bei der

Schranke ankamen, waren es gut 50 Meter. Aufgrund der großen Menschenmenge hatten sie den Beschuss eingestellt.

- „Schranke hoch, schnell!"

Die Schranke öffnete sich und Luther fuhr mit quietschenden Reifen davon. Im Rückspiegel sah er, dass einer der Typen ein Handy ans Ohr führte. Nach einigen Querstraßen hatte sich der Adrenalinspiegel des Kardiologen wieder halbwegs normalisiert.

- „Puh, das war knapp. Haben Sie im reservierten Bereich geparkt?"

Peter war nicht zu Scherzen aufgelegt. Auch Luther hatte ihn nicht erkannt, aber zumindest war es nun nicht mehr nötig, ihm den Ernst der Lage zu verdeutlichen.

- „Am besten wir gehen gleich zur Polizei."

- „Nein, keine Polizei."

- „Oh, die Herren regeln das wohl besser unter sich, was? Warum habe ich Sie eigentlich gerettet? Hören Sie, was Sie auch verbrochen haben … aber diese Kerle haben in meinem Krankenhaus rumgeballert. Außerdem haben die mir das Verdeck zerschossen. Und das mag ich nicht. Wie heißen Sie überhaupt?"

- „Könnten wir einen Kaffee trinken gehen?"

- „Nun, ich muss zur Arbeit. Ich bin Arzt …"

- „Ich weiß. Ich weiß fast alles über dich, Luther."

- „Luther? Ach ja richtig, Sie haben meinen Namen gerufen. Jetzt bin ich aber neugierig."

Luther parkte den Wagen und sagte im Krankenhaus Bescheid, dass er etwas später käme. Da keine Operation anstand, war es kein größeres Problem. Sie gingen in ein

kleines Café in der Peachtree Street. In einer Seitenstraße hielt ein schwarzer Kleinbus.

Die beiden Männer wirkten nicht wie Fremde, sie waren von einer eigentümlichen Aura der Vertrautheit umgeben. Ein eingespieltes Team, das jede Unwägbarkeit meisterte. Sie bildeten eine Einheit, die nicht erst am Gleichklang ihrer Lässigkeit entstand und nicht am Zusammenspiel von Mimik und Gestik aufhörte. Die Eintracht der beiden Männer war metaphysisch, scheinbar erwachsen aus einer langen Erfahrung des Selbst im anderen, einer Erfahrung von Sympathie und Vertrauen, von Hoffnung und Zuversicht, wie sie die meisten Menschen nur selten im Leben machen und manche nie. Sie setzten sich an einen Ecktisch. Obwohl der Laden gut besucht war, hatte die schlanke Frau hinter der Theke ihr Eintreffen sofort bemerkt. Ihr Blick folgte ihnen unablässig zu ihrem Platz. Groß, sportlich und sonnengebräunt boten sie ein willkommenes Kontrastprogramm zu den Truckern und Verwaltungsangestellten, die sie hier sonst bedienen musste. Beide bestellten schwarzen Kaffee, Rührei mit Speck und Würstchen, denn auch Luther hatte noch nicht ausreichend gefrühstückt.

- „Kennst du eine Melanie van Eyck?“

- „… van Eyck …? Melanie … hm …?“, Luther grinste. „Also ausschließen würde ich es nicht, aber …“

- „Du warst also nicht zufällig mit ihr verheiratet?“

- „Ich würde nie zufällig heiraten. Nein, im Ernst, ich denke, das können wir dann doch ausschließen.“

Luther schmunzelte immer noch. Das Thema gefiel ihm, aber Peter durfte keine Zeit vergeuden.

- „Luther, es ist kompliziert. Ich bin Peter Saunders."

Luther schluckte. Seine sonst leuchtend blauen Augen wirkten matt und an seinen Mundwinkeln bildeten sich leichte Falten, die Peter noch nie aufgefallen waren.

- „Sorry, Peter Saunders ist seit vielen Jahren tot. Wir waren in frühester Kindheit die besten Freunde", sagte Luther und wunderte sich über seine eigene Wortwahl. Beste Freunde waren mehr eine Kategorie als leibhaftige Personen, vermutlich hatte die Freundschaft selbst in Luthers Kopf Peters Tod lange überlebt.

Peter erzählte vom Krankenhaus, von Ellen, von seiner Tante und von den Ungereimtheiten mit Marty und Mason. Durch die Schießerei auf dem Parkplatz war die Lage nun völlig außer Kontrolle geraten. Er wisse nicht, was er machen solle. Die massive Bedrohung seines Lebens ängstigte ihn natürlich, aber andererseits machte sie ihm Hoffnung. Es musste mehr dahinter stecken, als er sich im Augenblick vorstellen konnte und womöglich war er gar nicht verrückt. Peter berichtete, er habe starke Erinnerungen an ein Leben mit Leuten, die ihn offenbar nicht kannten und Luther sei einer von ihnen.

- „Ich muss herauskriegen, was das alles zu bedeuten hat. Ich muss wissen, woher ich euch alle so gut kenne, woher ich dich kenne, Luther."

Auch Luther war mittlerweile endgültig über das Sie hinaus.

- „Jetzt mal der Reihe nach. Erzähl mir von dem Unfall, von dem Tag, an dem ich Peter zum letzten Mal gesehen habe."

- „Ich hatte mit meinen Eltern an meinem sechsten Geburtstag einen Autounfall. Und alle scheinen zu glauben, dass ich dabei wie meine Eltern ums Leben gekommen wäre. Aber ich wurde gerettet. Verstehst du?“

Luther verstand nicht.

- „Ich war bei der Beerdigung und ich habe lange gebraucht, um darüber hinweg zu kommen …“

- „Luther, ich weiß genau, was an dem Tag geschehen ist. Ich meine vor dem Unfall, bevor ich mit meinen Eltern zum Lake Glendale aufgebrochen bin. Du hättest mitkommen sollen, aber du musstest in deinem Zimmer bleiben, weil wir zwei Tage zuvor die Kaninchen der Shaws freigelassen hatten. Die wollten sie schlachten, erinnerst du dich daran?“

- „Ich erinnere mich, aber …“

- „Deine Mutter hat dir erlaubt, an dem Morgen kurz vorbei zu kommen und mir zu gratulieren. Du hast mir als Geschenk einen Drachen gebaut. Ich wollte ihn am Nachmittag ausprobieren.“

- „Moment mal. Ich kann das alles nicht glauben. Und doch habe ich irgendwie den Eindruck, dass du die Wahrheit sagst.“

Ein großer, stabiler Mann mit einem beigefarbenen Hemd betrat das Café und setzte sich an die Bar. Er stellte einen etwas zu großen und daher unmodern wirkenden Walkman auf die Theke und drehte ihn mehrfach um einige Grade hin und her, so als hätte er Probleme mit dem Empfang.

- „Peter … ich werde dich erst mal so nennen, bis wir deinen richtigen Namen wissen … Also Peter, was hast du an diesem Morgen von deinen Eltern bekommen?“

- „Eine Uhr, meine erste Armbanduhr. Eine Hamilton Pulsar mit Digitalanzeige.“

- „Aber die Sache hatte einen Beigeschmack, oder …?“

- „Du hast recht. Ich habe mich so gefreut. Aber wie Kinder nun einmal so sind … Auf der Unterseite der Verpackung war ein Kontrollzettel dieses heruntergekommenen Second-Hand-Ladens in Harrisburg aufgeklebt. Die Uhr, eine Pulsar P1, war bereits vier Jahre alt und relativ billig gewesen. Ich weiß nicht warum, aber ich wurde sehr traurig. Wir hatten nie viel Geld und mein Vater war so stolz mir eine solche Uhr schenken zu können.“

- „Und, was ist dann geschehen?“

- „Ich habe den Zettel heimlich abgerissen und ihn dir zugesteckt.“

Luther seufzte. Die Geschichte wurde auch ihm unheimlich.

- „Drei Tage nach deinem Unfall habe ich ihn in meiner Hosentasche wiederentdeckt. Ich habe ihn glatt gestrichen und aufgehoben … bis heute. Und ich habe niemandem davon erzählt … auch bis heute. Aber der Unfall?“

- „Ich wurde gerettet, Luther, und bin bei Tante Polly aufgewachsen.“

- „Polly?“

Peter fiel ein, dass sie Mary erst später so nannten.

- „Mary Elderidge.“

- „Bei Mary? Also das stimmt ganz sicher nicht, das weiß ich genau. Vielleicht hat man dir das alles suggeriert.“

- „Suggestion?"

- „Ja, ich kenne da eine Psychologin – recht gut." Luther grinste. „Es gibt Fälle, in denen Menschen sich an Dinge zu erinnern glauben, die nie stattgefunden haben. Erinnerst du dich an die Geschichte von Edward Daly. Sogar die New York Times hatte es damals auf der Titelseite. Er behauptete während des Koreakriegs an einem Massaker beteiligt gewesen zu sein und beschrieb sehr detailliert seine zweifelhaften Heldentaten. Es steht aber fest, dass er gar nicht dabei war."

- „Da liegt der Fall ja wohl etwas anders. Da glorifiziert einer den Krieg und dichtet sich selbst eine Rolle darin zu."

- „Ja, Moment, es geht mir nicht um Daly. Seine Erzählungen lösten bei tatsächlich beteiligten Veteranen Erinnerungen an ihn aus. Sie sagten, sie wüssten, dass er dabei war. Seine Suggestion veränderte ihre eigenen Erinnerungen. Ich finde das äußerst beunruhigend."

- „Ich muss mich erinnern. An das erinnern, was wirklich geschehen ist. Aber als Allererstes muss ich wissen, ob zusammen mit meinen Eltern ein Kind begraben wurde. Ich muss wissen, ob ich Peter Saunders bin oder nicht."

- „Ich kenne das Grab in Raleigh sehr gut. Ich war in der ersten Zeit fast täglich da."

- „Luther, du bist Arzt. Kann man nach 34 Jahren noch herausfinden, ob da zwei oder drei Menschen begraben wurden und wenn ja, ob sie miteinander verwandt waren?"

- „Da wird nichts mehr sein, weil da eigentlich nie etwas war. Die Leichen sind, soweit ich weiß, im Auto verbrannt … Weiß der Geier, was da in den Särgen war?"

- „Eben nicht, meine Eltern wurden durch den Unfall selbst getötet. Sie waren schon tot, als das Feuer ausbrach. Und die Feuerwehr kam auch sehr schnell. Sicher hatte das Feuer Auswirkungen, aber nicht so schwerwiegende. Man hat die sterblichen Überreste meiner Eltern ordentlich begraben."

- „Also wenn dem so wäre, hätte man eine realistische Chance. Die moderne Forensik bedient sich bei der DNA-Profilanalyse der Short Tandem Repeats, der Wiederholung kurzer Basenpaarmuster. Wenn man die entsprechenden Materialien hat, kann man sehr genau sagen, wer mit wem verwandt war. In unserem Fall können wir aber trotz allem nur von Knochen ausgehen. Von den Särgen sollte eigentlich nichts mehr übrig sein. Da aber Knochen zu etwa zwei Dritteln aus anorganischem Material bestehen, verrotten sie nicht. Wir könnten also …"

Peter verzog das Gesicht.

- „Ich meine, rein hypothetisch …"

Peter starrte ins Leere, sein Blick blieb jedoch an dem kleinen radioähnlichen Gegenstand haften, den der stämmige Mann neben sich auf die Bar gestellt hatte. Während Luther unablässig weitersprach, durchfuhr Peter eine Ahnung, die seine Knie weich werden ließ. Er packte Luther blitzschnell am Unterarm und bedeutete ihm, still zu sein, indem er den Zeigefinger an die Lippen führte. Luther runzelte verständnislos die Stirn, sein Redeschwall hingegen verstummte abrupt. Der Mann an der Theke, der ihnen seinen breiten Rücken zuwandte, begann unruhig auf seinem Hocker hin- und herzurutschen, dann führte er eine Hand zu seinem Kopfhörer und schließlich

drehte er den Kasten auf dem Tresen, als versuche er ihn neu auszurichten. Für Peter war der Fall damit klar, aber wie konnte er es Luther verdeutlichen, der offensichtlich nicht verstand. Nicht nur, dass sie mit ihren weiteren Ausführungen vorsichtig sein mussten, im Prinzip ergab sich hier auch eine Chance, die Verfolger in die Irre zu führen. Der Mann an der Bar legte jedoch bereits etwas Geld auf die Theke und ging. Schließlich rief auch Peter die Kellnerin und bat Luther, die Rechnung zu übernehmen.

22. KRISENSTAB III

Raymond Myers schaltete den MP3-Player aus, aber das soeben Gehörte hallte bedeutungsschwer in ihren Köpfen nach. Wohl war keinem der Versammelten. Auch wenn sich ihnen die wahre Bedeutung des Gesprächs nicht wirklich erschlossen hatte, nagte ein beunruhigender Verdacht an ihren Gemütern. Robert Shane wusste, dass es an ihm war, das Schweigen zu brechen wie der Pfaffe das Brot, doch wollte er die anderen nicht mit Ungarem abspeisen. Auch Terry Haze blieb stumm. Er fühlte sich unbehaglich. Eine solide Meinungsverschiedenheit oder selbst ein offener Konflikt wären ihm wahrlich lieber gewesen, zumal er dabei schon von Rechtswegen selten den Kürzeren zog, aber das hier war ein echtes Mysterium. Bevor Myers die ihnen von John Bartlett übermittelte Aufnahme des Gesprächs zwischen Peter Saunders und Luther Bannister vorspielte, hatte Alan Mason der Runde, zu der auch wieder Elliot Harper und Lorenz Veitman gehörten, seine Einschätzung vorgetragen. Er hielt Peter Saunders nicht für einen Spinner und auch nicht für jemanden, der unter Gedächtnisverlust litt. Seine These war, dass Saunders die Dinge, von denen er sprach, wirklich erlebt hatte, sie aber möglicherweise mit anderen Inhalten versah oder anders interpretierte. Sicher widerlegten ihn die Aussagen von Mrs. Elderidge, auch jene von Ellen McGywer, und der Mann, der als Dr. Luther Bannister identifiziert wurde, konnte sich ebenfalls nicht an ihn erinnern und doch schien diese Aufnahme

Alan Masons Vermutung in ganz eigentümlicher Weise zu bestätigen. Die Versammelten hörten sie ein zweites Mal. Zwischen den Sätzen lag eine Unstimmigkeit. Jetzt war es doch Robert Shane, der das Wort ergriff. Er schloss an eine Möglichkeit an, die Lorenz Veitman bei ihrer letzten Zusammenkunft in den Raum gestellt hatte.

- „Du hältst ihn auch für einen Zeitreisenden, Alan. Habe ich recht?"

Shane wusste, dass eine derartige Erklärung zu den Testergebnissen des fMRT passte, auch wenn sie jede Menge neuer Probleme aufwarf. Mason schaute auf die Tischplatte, wo seine Hände ein Karo formten. Langsam begann er zu nicken.

- „Aber wie soll das möglich sein?", fragte Harper sichtlich erregt. Scheinbar hatte diese ungeheuerliche Behauptung den ruhigen Analytiker völlig aus dem Konzept gebracht.

- „Ich meine, ein Zeittunnel besteht lediglich zwischen dem Jahr 1947 und heute. Demzufolge müsste er von dort gekommen sein. Was aber nicht möglich ist, weil, wie Sie bitte bedenken möchten, das Kraftfeld damals nur als Ausgang fungieren konnte. Wir haben da also ein theoretisches und ein praktisches Problem."

- „Zumindest wenn wir davon ausgehen, dass es kein anderes Labor gibt, das über ähnliche technische Möglichkeiten verfügt wie unseres."

Mr. Hazes Gesicht zog sich zusammen wie ein Akkordeon.

- „Das verstehe ich nicht. Wollen Sie andeuten, dass eine Zeitreise gleichzeitig auch eine Reise durch den

Raum sein könnte? Ich meine, wenn sich so ein Labor an einem anderen Ort befände, müsste doch …"

Elliot Harper übernahm den Part, Mr. Haze etwas zu verdeutlichen, was ohnehin auf der Hand lag.

- „Sehen Sie Mr. Haze, im Grunde genommen muss jede Zeitreise auch eine Reise durch den Raum sein, wenn man den Abreise- beziehungsweise Ankunftspunkt nicht als Zentrum des Universums ansieht …"

- „Was im Hinblick auf den Mount Maroon wohl ziemlich vermessen wäre", bemerkte Veitman als Seitenhieb auf die sehr ländliche Struktur der Gegend. Harper schmunzelte, blieb aber bei der Sache.

- „Selbst wenn wir alle äußeren Bewegungen und Ausdehnungen des Universums mal außer acht lassen, verändern wir ständig unsere Position im Kosmos. Die Erde umkreist die Sonne mit einer mittleren Geschwindigkeit von über 100.000 Kilometer pro Stunde. Dazu kommt die Erdrotation deren Geschwindigkeit am Äquator immerhin 1674 Stundenkilometer beträgt. Diese Werte sind aber lächerlich gering, wenn man sie mit der relativen Geschwindigkeit eines Zeitreisenden vergleicht, die höher ist als die des Lichts, also schneller als 300.000 Kilometer pro Sekunde, wenn Sie sich erinnern. Worauf es ankommt, sind letztlich die erzeugten Kraftfelder und die liegen nun einmal ausschließlich am Mount Maroon, 1947 und heute …"

- „Was zu beweisen wäre", sagte Haze, um die Beteiligten auf dem Teppich zu halten.

Myers griff in seine Aktentasche und zog eine kleine Plastiktüte und einen Stapel Blätter heraus.

- „Bevor wir an dieser Stelle weiterdiskutieren, sollten wir uns das hier ansehen. In diesem Beutel befindet sich ein durch das Feuer ziemlich mitgenommenes Schriftstück, das Mr. Saunders bei sich hatte, als wir ihn im Tunnel entdeckten. Es war ursprünglich nur ein Firmenlogo davon erhalten geblieben, das aus feuerfestem Material bestand. Jetzt ist es uns gelungen, nahezu alles vollständig zu rekonstruieren. Das Resultat sehen Sie auf diesen Kopien. Gentlemen ..."

Raymond Myers verteilte die Blätter unter den Anwesenden. Als alle versorgt waren, fuhr er fort.

- „Sie sehen eindeutig, dass es sich dabei um eine Karte handelt, eine Wanderkarte der Great Smoky Mountains. Wenn Sie sich Blatt eins ansehen, erkennen Sie den Clingmans Dome und nordöstlich davon den Mount Le Conte. Haben Sie es?"

Allgemeines Nicken.

- „Clingmans Dome, Le Conte und der Maroon bilden ein Dreieck. Und wenn Sie genau hinschauen, finden Sie den Mount Maroon auf dieser Karte auch südwestlich der beiden anderen. So weit, so gut."

Myers räusperte sich, was nun kam, war nicht leicht nachzuvollziehen, das wusste er.

- „Sehen wir uns also Blatt zwei an. Das ist eine Vergrößerung des Kartenausschnitts rund um den Mount Maroon ..."

Er brauchte nicht weiter zu sprechen. Die Anwesenden sahen schwarz auf weiß, worauf er hinauswollte. Sie kannten die Karten von diesem Gebiet. Alle enthielten einen Hinweis auf das Sperrgebiet, zumeist in Darstellung einer

geschlossenen Linie, zuweilen auch als schraffierten Bereich. Aber nicht nur dieser Eintrag fehlte hier völlig, auch der Verlauf des Mount Maroon, ja seine gesamte Form war eine gänzlich andere. Er wirkte lang gezogen und abgeflacht. Die Angaben zum höchsten Punkt schließlich lagen auf dieser Karte glatte 30 Meter unter dem tatsächlichen Wert. Robert Shane betrachtete den Kartenausschnitt.

- „Wer hat diese Karte hergestellt?"

In der Absicht, sich die Frage im gleichen Moment selbst zu beantworten, drehte er die Kopie um und besah sich die Rückseite, erkannte aber sogleich die Unsinnigkeit dieser Handlung. Raymond Myers blätterte in seinen Unterlagen.

- „Das ist ebenfalls erstaunlich. Laut dem Eintrag auf der Karte heißt die Firma Townsend & Co. mit Sitz in Pittsburgh. Wir haben Erkundigungen eingezogen. Die Firma gibt es nicht und es gab sie auch niemals, jedenfalls nicht im Bereich der Produktion von Landkarten. Leider konnte das Labor das Datum der Ausgabe nicht mehr ermitteln."

Townsend! Shanes Gedanken waren bei Forma. Wieder sah er ihn vor sich, sah ihn verschwinden. Er löste sich einfach in Nichts auf, bevor Feuer und Rauch die Kapsel erfassten.

- „Robert?"

Der Lautstärke nach zu urteilen, hatte Myers ihn schon mehrfach angesprochen. Die Anwesenden sahen ihn an, hatten gemerkt, dass er nicht bei der Sache war.

- „Ich fragte, ob du weißt, wie es hier am Mount Maroon aussah, bevor das Lab gebaut wurde. Ich meine,

möglicherweise zeigte die Karte das Gebiet zu einem früheren Zeitpunkt.“

Shane war wieder dabei.

- „Du sagtest doch, es gab niemals eine Firma Townsend, die Landkarten herstellte, also auch nicht vor der Errichtung des Labs in der 1940er Jahren.“

- „Richtig und die Karte wurde auch nicht vor 1978 hergestellt, sie weist nämlich GPS-Daten aus, aber ...“

Veitman unterbrach ihn.

- „Es wäre doch denkbar, dass es in der Zukunft eine Firma Townsend in Pittsburgh geben wird, die Karten liefert, und zwar historische Karten.“

- „Ihr meint wirklich Mr. Saunders kommt aus der Zukunft und wurde mit Kartenmaterial ausgestattet, dass seiner Zielzeit in der Vergangenheit entspricht. Aber wieso hatte er dann keine Karte von 2009 dabei, mit dem Laboratory?“, raunte Shane.

- „Vielleicht weil das gar nicht sein Ziel war. Vielleicht wollte er in eine ganz andere Zeit reisen“, warf Veitman ein.

Robert Shane schnaubte und zog gleichzeitig die Brauen hoch, um sie einen Moment in dieser Position zu halten. Ein Ausdruck der Überraschung, gepaart mit Neugier und Anspannung.

- „Der Berg wurde in den vierziger Jahren etwas abgetragen, planiert, so weit ich weiß. Man hat ihn ganz sicher nicht aufgeschüttet. Also müsste die Karte, wenn sie denn einen früheren Zustand abbilden sollte, eher einen höheren Gipfel ausweisen als einen niedrigeren.“

Shane hielt inne, blickte langsam von einem zum anderen. Dann sprach er weiter:

- „Aber wenn diese Karte keinen früheren Status zeigt, sondern einen zukünftigen, so könnte ich Ihrer Theorie folgen. Mal angenommen, das Labor würde aus irgendeinem Grund in ein paar Jahrzehnten nicht mehr existieren, dann sehen wir hier vielleicht bereits eine Karte aus dieser Zeit. Wir werfen gewissermaßen einen Blick in die Zukunft."

Terry Haze hatte sich lange genug zurückgehalten, jetzt ging ihm die Diskussion doch zu weit. Es war höchste Zeit, wieder zur Sache zu kommen.

- „Meine Herren, das sind doch alles Mutmaßungen, die jeder Grundlage entbehren. Jetzt ist der Mann schon ein Zeitreisender. Alles was er macht, ist doch ganz offensichtlich seinem Wahn geschuldet. Und sie schwenken voll auf diese Linie ein. Ich bitte Sie. Wer weiß, was das für eine Karte ist. Wahrscheinlich hat er die selbst hergestellt, um uns alle zu verwirren. Und mit Verlaub, sieht so ein professioneller Zeitreisender aus, noch dazu ein zukünftiger? Ich denke, er ist ein Krimineller, der hier auf konventionelle Weise eingedrungen ist."

- „Mr. Haze hat recht, seiner Ausstattung nach zu urteilen, ginge er ebenso als Handwerksgeselle in den Wanderjahren durch. Das aber deutet möglicherweise darauf hin, dass er zufällig in diese Situation hineingeraten ist. In diesem Fall bräuchten wir nicht einmal die Hilfskonstruktion mit dem historisierten topographischen Material. Saunders kommt aus der Zukunft und hatte eine für ihn zeitgenössische Karte dabei. Nehmen wir an, es gab an dieser Stelle kein Labor mehr und er ist hier wirklich nur gewandert, wie er sagt. Dann ist etwas Merkwürdiges

passiert, das ihn in unsere Zeit verschlagen hat. Könnte es nicht so gewesen sein?“

Die Gruppe schwieg, jeder ordnete die neue Sachlage in seinem Kopf. Mr. Haze war als Erster auf weitere Schwierigkeiten gestoßen.

- „Und wen will er da jetzt ausbuddeln?“

23. NACHTS AUF DEM FRIEDHOF

- „Wir waren am Mount Maroon!“, sagte Peter.

Seine Stimme kam aus der Dunkelheit des Beifahrersitzes. Sie klang bestimmt, unzerbrechlich wie eine im Wasser aufsteigende Luftblase. Wenn sie aber den Weg zur Oberfläche geschafft hat, wird sie zerplatzen, bestenfalls noch eine Weile darauf schwimmen.

- „Ich habe dir von den Erinnerungsfetzen erzählt. Ich bin mir jetzt sicher, dass es am Mount Maroon war. Wir waren auf einer Wanderung. Und da oben war weit und breit kein Forschungslabor.“

- „Peter, auch wenn es dich nicht befriedigt, aber ich war noch nie in meinem Leben am Mount Maroon. Und ich weiß, dass da oben ein riesiges Forschungszentrum ist. Jedes Kind weiß das. Das war da schon immer, ich meine, seit den 1930er oder 40er Jahren. Selbst Einstein soll mal da gewesen sein.“

Peter wollte etwas erwidern, aber die Luftblase zitterte bedenklich und ihr Platzen stand unmittelbar bevor. Beide schwiegen eine Weile, während sie durch das nächtliche Trigg County fuhren. Diese Strecke war Peter bereits gestern Nacht gefahren, allerdings in die andere Richtung und allein. Heute war ein Freund an seiner Seite. Nein, nicht ein Freund, sein bester Freund, sein Huckleberry Friend, einer, wie es ihn nur einmal im Leben gibt, einer, der mit einem durch dick und dünn geht. Luther war sein Freund, seit er denken konnte, aber jetzt konnte sich Lu-

ther nicht mehr an ihn erinnern, nicht an ihn und nicht an ihre große Freundschaft. Wieder wankte die Einsicht, wessen Erinnerung nicht stimme, seine eigene oder die der anderen. Sicher, sie waren in der Überzahl, aber was, wenn sie unrecht hatten. Was steckte dann dahinter? War er der Einzige auf der Welt, dem irgendetwas entgangen war? Ein globaler Alienangriff auf das Gedächtnis, ein Virus? Blödsinn! War dieses Forschungslabor nun real oder nicht? Das musste sich doch herausfinden lassen.

Luther hatte zunächst vor, Peter bei einer Freundin unterzubringen und erstmal arbeiten zu gehen. Doch als sie den ramponierten Wagen sahen, war ihnen die Bedrohung wieder bewusst. Es war keine Zeit zu verlieren. Luther meldete sich per Handy krank. Dann stiegen sie in den Wagen, achteten auf Ungewöhnliches, auf heftige Bewegungen, schwarze Gangsterlimousinen. Aber nichts war zu sehen. Alles schien ganz normal.

- „Mount Maroon …"

Der Gedanke daran ließ Peter einfach nicht zur Ruhe kommen.

- „Luther, könntest du bitte den nächsten Rasthof anfahren? Ich muss ins Internet."

Die Raststätte war nichts Besonderes. Sie bot lediglich eine Auswahl zwischen zwei Fast-Food-Restaurants. Während das eine zu einem großen Franchise-Unternehmen gehörte, das auf besonders kalorienreiche Nahrung zu günstigen Preisen spezialisiert war, hatten sich Charly's Chicken Geflügelgerichte mit Gemüse und Salat auf die wehenden Fahnen geschrieben. Eher unbewusst entschieden sich die beiden Männer für die Hähnchen. Bereits im

Eingangsbereich fanden sie einen Rechner mit Internetzugang. Peter öffnete die Google Earth-Anwendung. Rasch fokussierte er auf die Great Smoky Mountains, fand den Clingmans Dome, Cades Cove Mill, die Gatlinburg Falls und schließlich den Mount Maroon. Genau dort war er mit Luther gewandert. Er konnte sich jetzt an alle Einzelheiten erinnern. Wann genau war das gewesen? Oder hatte das nur in seinem Kopf stattgefunden? Er vergrößerte den Ausschnitt. Der Blick in Mr. Dicks Straßenkarte war ein Schock gewesen, aber das hier war eine Katastrophe. Denn genau an der Stelle, wo sie ein Lagerfeuer angezündet und ihre Schlafsäcke entrollt hatten, dort, wo sie saßen und redeten, bis schließlich ohne jede Vorankündigung dieses Gewitter einsetzte, war dieses riesige Forschungszentrum. Peter musste sich wohl endgültig damit abfinden, dass das alles nicht stimmte, dass er nicht der war, für den er sich hielt. Den letzten Aufschluss würden sie noch in dieser Nacht dem Grab entreißen. Peter starrte noch immer auf das Satellitenbild auf dem Rechner. Schließlich drückte er auf die Print-Taste. Er nahm den gestochen scharfen Ausdruck aus dem Drucker, faltete ihn sorgfältig und steckte ihn in seine Hemdtasche. Er wollte den Beweis von nun an immer bei sich tragen. Wenn die Zweifel in ihm wieder hochkamen, würde er ihn ansehen. Auch wenn noch so viele Fragen offen blieben, er war sicher, dass er ein verfremdetes Bild von der Wirklichkeit hatte.

Nachdem sie etwas gegessen hatten, setzte sich Peter ans Steuer. Luther ruhte sich aus, er mochte keine langen Autofahrten.

- „Wir hätten das Flugzeug nehmen sollen."

- „Klar, und was ist mit den Sicherheitskontrollen? Ich habe nicht mal einen Ausweis."

- „Oh, ich meinte keinen Linienflug. Ich fliege selbst, also kleinere Maschinen, Sportflugzeuge. Das hätte mir auch früher einfallen können. Muss an der ganzen Aufregung liegen. Wir hätten bis Harrisburg-Raleigh fliegen können. Da lande ich immer, wenn ich meine Eltern besuche. Manchmal leihe ich mir dort auch Harrys Skyhawk für einen Rundflug."

Fast war Luther versucht, Peter zu fragen, ob er Harold Kronstein kannte, konnte sich aber gerade noch davon abhalten. Kronstein stammte wie die beiden auch aus Raleigh. Luther hatte sich nach Peters Tod mit dem notorischen Einzelgänger angefreundet. Auch in Peters Erinnerungen gab es einen Kronstein, die entsprechenden Synopsen seines Gehirns wurden jedoch nicht durch das Begriffsschema „Harrys Skyhawk" aktiviert.

- „Wann hast du mit dem Fliegen angefangen?"

- „Das ist schon lange her. Während des Studiums war ich für ein paar Monate in Australien. Ich habe ein Praktikum beim Royal Flying Doctor Service gemacht, in Alice Springs. Von dort wird ein Gebiet mit einem Radius von 800 Kilometern versorgt. In dem Areal leben nur etwa 16.000 Menschen, zumeist Aborigines. Der RFDS kann innerhalb von zwei Stunden jede Person in Australien erreichen."

- „Aber die Ärzte fliegen doch nicht selbst."

- „Sie fliegen meistens noch nicht einmal mit. In vielen Fällen sind lediglich Pfleger oder Krankenschwestern an

Bord oder es werden Medikamente transportiert. Die ärztliche Konsultation erfolgt häufig über Telefon oder ein Funkgerät. Na ja, aber viele der Ärzte fliegen auch selbst kleine Flugzeuge. Und da habe ich neben allem anderen auch das Fliegen gelernt."

Es war gegen halb zwölf Uhr in der Nacht, als Peter Saunders und Luther Bannister das schrill quietschende Eingangstor des Friedhofs zur Seite schwenkten. Nachdem sich der Entschluss in ihnen gefestigt hatte, den ultimativen Beweis für Peter Saunders frühen Tod buchstäblich zu Tage zu fördern, hatten sie in einem Laden für Handwerkerbedarf Spitzhacken, Schaufeln und Taschenlampen gekauft. Wie sie jetzt im fahlen Schein des Mondes das Gräberfeld abschritten und auf dem schmalen Pfad den kleinen Hügel erklommen, waren sie wieder die abenteuerlustigen Jungen von früher. Und irgendwie zog sich das unsichtbare Band der Freundschaft, das beide umspannte, enger zusammen. Die Grabsteine am oberen Rand der Anhöhe wirkten so, als hätten sich die Oberkörper der Verstorbenen in ihren Gräbern aufgerichtet, säßen zur Andacht aufgereiht in Erwartung des jüngsten Gerichts oder um nach nächtlichen Besuchern zu spähen. Was war der Tod für eine Grenze? Und wie verschob sie sich im Schutze der Dunkelheit? So wie bei Tag betrachtet die steinerne Umfriedung eine deutliche Linie zwischen dem Friedhof und der Welt der Lebenden zog, schien die herrschende Stille nunmehr allumfassend. Ein endloses Schweigen manifestierte sich im eingefrorenen Wechselspiel von Licht und Schatten, ließ die Bewegungen des Tages erstarren. Es war, als ob tausend tote Augen ihnen

folgten, feindselig blickten und den Eindruck erweckten, sie seien nicht willkommen. Wer die nächtliche Ruhe dieses Ortes durch seine Anwesenheit störte, wurde unweigerlich zum Gegenstand der Aufmerksamkeit. Peter und Luther sahen sich um. Nicht dass Peter und Luther Angst hatten, aber vielleicht wären sie, hätte man ihnen die Wahl gelassen, doch lieber tagsüber hierher gekommen. Gerade Luther hatte als Arzt gewissermaßen ein sehr persönliches Verhältnis zum Tod. Nicht selten blickte er ihm direkt ins Gesicht, wenn ein Herz, das im vorigen Augenblick noch schlug, plötzlich und manchmal ganz unverständlicherweise seinen Dienst quittierte. Hier aber ging es nicht um Leben und Tod, sondern einzig und allein um Letzteres.

Bald hatten sie das Grab erreicht. Beide hatten Kindheitserinnerungen daran, wie sie hier standen, auf die frischen Blumen und den Grabstein mit den Namen blickten, wenngleich in Peters Gedächtnis ein Eintrag weniger darauf verzeichnet war. Nur gestern, als er mit Mason hier war, zeigte sich das gleiche Bild, das jetzt im Schein seiner Taschenlampe lag. Luther stemmte den Spaten in die Erde und stellte, um den Druck zu erhöhen, einen Fuß auf die Kante. Hinter einer entfernten Hecke knackte ein Ast. Die Freunde hielten in ihrer Bewegung inne, sahen sich an, fingen aber gleich darauf an zu lachen. Es war nicht ernsthaft davon auszugehen, dass einer der Anwohner aus seiner Gruft geklettert war, um in die Büsche zu pinkeln, wie Luther im Scherz bemerkte. Die nächtliche Fauna nahm offenbar ihre Aktivitäten wieder auf, die durch das unerwartete Auftauchen der Grabräuber gestört worden

war. Schaufel um Schaufel wurde in die Erde gesteckt und selbige im hohen Bogen durch die Luft geschleudert. Der Mond schien jetzt heller. Vielleicht hatte man sich auch an die Dunkelheit gewöhnt. Ihre Taschenlampen lagen am Rand des Aushubs, leuchteten aber eher darüber hinweg. Luther war bereits bis zur Hüfte verschwunden.

- „Was glaubst du, wie tief wir graben müssen?"

- „Anderthalb Meter? Keine Ahnung. Gibt es da eine Norm? Ich denke, irgendwann müssten wir auf Knochen stoßen."

- „Ich erkenne die Gebeine eines Kindes, wenn ich sie sehe", erklärte Luther.

Auch Peter war in die Grube gestiegen, um am Boden nach festen Bestandteilen Ausschau zu halten. Bisher hatten sie aber nur Kieselsteine geborgen.

- „Soweit ich weiß, haben die die Särge damals nebeneinander beigesetzt, also nicht übereinander. Das hätte ja auch komisch ausgesehen. Die werden also noch genauso angeordnet sein. Ich weiß aber nicht mehr, ob der kleine Sarg in der Mitte lag."

Nach einer guten Stunde waren sie über die erwartete Tiefe hinaus und noch immer nicht auf einen Knochen gestoßen. Knieend suchten sie den modrig riechenden Boden ab, als plötzlich ein Schatten auf die steile Innenwand des frisch ausgeschachteten Grabes fiel. Peter sah zuerst, wie er sich langsam aufbaute, und bedeutete Luther sich umzudrehen. Als sie sich aufgerichtet hatten, waren ihre Köpfe auf Höhe der Grasnarbe. In gespannter Erwartung blickten sie in die Richtung des herannahenden Schattens. Peter griff zu seiner Lampe und der weißbehaarte Kopf ei-

nes alten Mannes geriet in ihr Blickfeld. Im Schein der Taschenlampe wirkte die Gestalt grauenvoll und bedrohlich. Die von schräg unten angeleuchteten Augen lagen in tiefen Höhlen und die faltige Haut ließ das Gesicht stark zerklüftet erscheinen.

- „Habt ihr nichts Besseres zu tun, als nachts hier rumzubuddeln und den alten Jake zu wecken? Was sucht ihr Lümmel da überhaupt? Man könnte ja glauben, da sei ein Schatz vergraben."

Jake lehnte sich gegen den Grabstein. Scheinbar ließ das Interesse an den Grabräubern schon wieder nach. Peter und Luther hatten sich auf den Rand der Grube gesetzt, als Jake dann aber doch noch einmal ansetzte:

- „Ich übernachte nun schon gut zehn Jahre auf diesem Friedhof, zumindest im Sommer, aber so etwas habe ich noch nicht erlebt. Erst kommen da am Abend diese Kerle und heben das Grab hier aus und dann mitten in der Nacht kommt ihr. Wie lang soll das noch so weiter gehen? Grab auf, Grab zu, was versprecht ihr euch davon?"

- „Moment mal Jake, was waren das für Männer, von denen Sie gerade sprachen?"

- „Na ihr!"

Jake bog sich vor Lachen und wäre dabei fast in das Grab gefallen.

- „Nein, die anderen, die das Grab abends ausgehoben haben."

- „Ah, weiß auch nicht, keine von hier, also keine von der Friedhofsverwaltung, die kenne ich. Die wissen auch, dass ich nachts hier bin und aufpasse ..."

Er hatte noch nicht ganz ausgesprochen, da hörte man unten auf dem Parkplatz einen Wagen heranfahren. Türen klappten und gleich darauf waren am Eingang des Friedhofs Scheinwerfer zu sehen.

- „Scheiße! Lampe aus! Was machen wir jetzt?"

- „Wir müssen uns zum Auto schleichen. Verstecken Sie sich Jake! Glauben Sie mir, es ist besser so."

Der Alte kniff die Augen zusammen und starrte in Richtung der herannahenden Lampenträger.

- „Wen sollte ich fürchten. Ich werde sowieso für immer hier bleiben … wie heißt es so schön: tot oder lebendig.", intonierte Jake inbrünstig.

Luther und Peter rannten, so schnell es in geduckter Haltung und bei Dunkelheit möglich war, in Richtung der alten Friedhofsmauer. Erst als sie dort ankamen, bemerkten sie die metallene Verzierung mit ihren nach oben ragenden Spitzen. Ihnen war klar, dass der Versuch, sie zu überwinden, zu einer schmerzhaften Angelegenheit mit unabsehbaren Folgen werden konnte. Insbesondere Luther sah darin eine existenzielle Bedrohung für sein zukünftiges Liebesleben. Doch die Lampen hatten sich bereits um den alten Jake versammelt. Wie ein Denkmal wurde er von allen Seiten angestrahlt, was ihm eine Aura der Unsterblichkeit verlieh. Deutlich sahen die Freunde, wie er langsam seinen Arm hob und in die von ihnen aus entgegengesetzte Richtung deutete. Gleich darauf setzte sich der Trupp genau dorthin in Bewegung. Das war eine Chance, nicht mehr und nicht weniger. Entlang der Mauer drängten sie zum Parkplatz. Wenn sie rechtzeitig den Wagen erreichten, würde der Vorsprung groß genug

sein, um die Verfolger erneut abzuhängen. Doch die vom ausgeschütteten Adrenalin zusätzlich angeheizte Euphorie fiel so rasch von ihnen ab, wie herbstliche Blätter im Sturm. Mitten auf dem Parkplatz stand ein großer weißer Jeep. Ein anderer hatte Luthers BMW zugeparkt. Neben dem Verlust der Fluchtmöglichkeit sorgte aber auch die seitliche Beschriftung der Land Cruiser für weitere Verunsicherung. In bedrohlich wirkenden dunklen Buchstaben stand dort: „Mount Maroon Laboratory". Wie angewurzelt standen Peter und Luther da. Dann bemerkte Peter neben dem Wagen einen winzigen rötlichen Lichtpunkt. Er wanderte, befand sich zunächst nur etwa einen Meter über dem Boden, glitt dann in gerader Linie ein ganzes Stück nach oben, leuchtete hell auf und stürzte wieder ab.

- „Eine Zigarette!", hauchte Peter.

Eine Sekunde später trat ein Mann aus dem Halbschatten des Fahrzeugs. Seine Stimme ertönte laut und durchdringend.

- „John, sie sind hier, kommt schnell!"

Taschenlampen wurden in ihre Richtung geschwenkt. Ohne zu überlegen, rannten Peter und Luther los. Eine Wagentür klappte und wenig später erstrahlte der Weg vor ihnen in gleißend hellem Licht. Jemand hatte einen Suchscheinwerfer auf die Flüchtenden ausgerichtet. Wenigstens sahen sic jetzt, wohin sie liefen. Sie hörten das rasante Starten eines Motors. Auf der schmalen Straße, die von hier aus zum alten Lagerhaus führte, konnten sie nicht bleiben.

- „Komm, hier lang!"

Beide wandten sich nach links und tauchten ins Dickicht ab. Ihr Vorsprung würde kaum 100 Meter betragen und durch die Schneise, die sie schlugen, würden die Männer sie leicht verfolgen können. Obwohl es eine helle Nacht war, waren von Bäumen und Büschen nur Umrisse zu erkennen. Sie saßen eigentlich schon in der Falle, wenngleich es sich um eine große Falle handelte, in der sie sich noch einige Zeit würden verbergen können. Sie rannten weiter. Zweige und Blattwerk schlugen ihnen ins Gesicht und immer wieder blieben sie mit den Hosenbeinen an stacheligen Schlingpflanzen hängen.

Die Verfolger hatten ebenfalls das Wäldchen erreicht, denn durch das Geäst stachen jetzt einzelne Lichtstrahlen. Offenbar hatten sie sich zudem geteilt, denn den Autogeräuschen nach zu urteilen, versuchte eine Gruppe das Gehölz zu umfahren. Sie hatten es mit Profis zu tun. Die Ortskenntnisse der beiden Freunde waren gut genug, um zu wissen, dass sie im Begriff waren den Schurken in etwa 300 Metern in die Arme zu laufen. Ihnen musste dringend etwas einfallen. Nicht einmal verstecken konnte man sich. Die Spur aus platt getretenem Untergrund und abgeknickten Ästen würde die Stelle ihres Schlupfwinkels bestens ausschildern. Es waren noch 200 Meter, bis sie die Straße erreichen würden, der Punkt, an dem einige Bewaffnete ihnen zweifelsohne einen gebührenden Empfang bereiten würden. Peter und Luther hielten kurz inne, dann wandten sie sich nach rechts. Auch hier würden sie schon bald auf eine Straße treffen, aber vielleicht hatten sie Glück und die Männer standen etwas weiter entfernt. Hinter ihnen waren jetzt nicht nur Lichter zu sehen, son-

dern auch Stimmen zu hören. Augenscheinlich hatten die Männer ihren Schwenk bemerkt. Sicher würden sie die anderen über Funk in Kenntnis setzen. Von links vorne drang Licht in den Wald, Schatten entstanden, drehten sich um ihre eigene Achse und verschwanden, der Suchscheinwerfer wurde geschwenkt. So bedrohlich das auch wirkte, so wussten Peter und Luther nun zumindest, wo sich ihre Gegner postiert hatten. Wenig später traten sie aus dem Wald, vorsichtig wie Rehe blickten sie die Straße entlang. Doch zu spät, schon hatte der Scheinwerfer sie gestreift, schwenkte noch ein kleines Stück weiter, dann zurück – Showtime! Rasch liefen sie in das gegenüberliegende Maisfeld hinein. Eigentlich auch keine schlechte Tarnung, denn der Mais überragte beide wie ein großer Bruder. Motoren heulten auf, Reifen quietschten. Sofort war ihnen klar, was passieren würde. Und tatsächlich fuhren die Jeeps einfach in das Feld hinein, mähten alles nieder, was sich ihnen in den Weg stellte. Die Überlebenschance stand im umgekehrten Verhältnis zur Fläche der niedergestreckten Maispflanzen, ein beunruhigendes Gefühl. Ein ums andere Mal vernahmen sie die dröhnenden Motorengeräusche, die dicht neben ihnen aufkeimten, bedrohlich anwuchsen und wieder verebbten. Die Freunde drängten zurück zur Straße. Vielleicht gelang es ihnen wieder in den Wald zu wechseln. Wo befanden sich die anderen Verfolger, die Männer, die hinter ihnen hergelaufen waren? Vermutlich hielten sie sich von dem auch für sie tödlichen Maisfeld fern. Peter und Luther erreichten die Straße, rannten sie hinunter. Erst als sie an der Biegung in Richtung der Ortschaft waren, hörten sie hinter

sich Schüsse. Der Fußtrupp hatte erneut die Verfolgung aufgenommen. Luthers erster Gedanke war, in seinem Elternhaus Unterschlupf zu suchen, aber das lag am anderen Ende von Raleigh. Außerdem würden seine Eltern einen riesigen Schrecken bekommen, wenn er dreckig und in zerrissenen Kleidern wie ein Wahnsinniger bei ihnen auftauchte, noch dazu um diese Zeit. Wenn sie überhaupt erst einmal das Dorf erreichten, würden ihre Chancen deutlich steigen. Nach etwa 100 Metern wurde die Befürchtung zur Realität. Die Jeeps waren auf die Straße zurückbeordert worden. Jetzt hatte Peter eine Idee. Keuchend deutete er auf ein brachliegendes Feld, an dessen Ende sich ein Wohnhaus und eine Scheune abzeichneten. Luther kannte das Grundstück. Es gehörte Peters Tante, also des Peters, der in früher Kindheit einmal sein Freund war und neben dessen erwachsenem Ebenbild er in diesem Augenblick um sein Leben rannte. Sie spurteten über den trockenen Boden, der schon bald beleuchtet wurde. Die Autos kamen näher und Luther war sich sicher, dass sie sie binnen kurzer Zeit einholen würden. Sie hatten hier einfach keine Chance. Es gab nichts, was ihnen Schutz bot. Einzelne Männer waren nicht mehr zu sehen, sie waren demnach wieder alle in die Autos gestiegen. Wenigstens schossen sie nicht mehr. Die Häuser kamen näher, aber der Abstand zu den beiden Jeeps verkürzte sich wesentlich schneller. Als sie die Freunde fast erreicht hatten, wandte sich Peter ruckartig zu Luther.

- „Spring!"

Der Graben war unvermittelt vor ihnen aufgetaucht, weit über einen Meter breit und ebenso tief. Er hatte On-

kel George zur Bewässerung seiner Felder gedient. Als sie das Krachen hörten, drehten sie sich um. Einer der Wagenlenker hatte rechtzeitig bremsen können, aber das andere Fahrzeug steckte schräg in der Landschaft. Endgültige Sicherheit bot dieser Anblick allerdings nicht. Fünf, sechs Männer sprangen bereits über die Furche. Vor Peter und Luther lag noch ein maroder Zaun, dann hatten sie den Hof erreicht. Peter lief geradewegs auf den alten Pickup zu, der so verloren dastand, wie ein übrig gebliebenes Tortenstück nach der Kaffeezeit.

- „Los, rein da!“

Der Schlüssel steckte tatsächlich, Mrs. Elderidges Carsharing funktionierte. Peter drehte ihn rasch um. Die Zündung stotterte, doch dann sprang der Motor an. Wie angewurzelt standen die Jäger da, als der klapprige Wagen davonfuhr. Es wurden nur noch wenige Schüsse abgegeben. Resignation hatte die Sicherheitsleute des Mount Maroon Laboratory übermannt.

24. TESTLAUF

Es war nicht ungewöhnlich, dass die Mitarbeiter des Mount Maroon Laboratory bis spät in die Nacht arbeiteten. Einige Versuche nahmen mit Vorbereitung und Durchführung viele Stunden in Anspruch und vielfach trieb sie die Spannung während ihres Ablaufs oder die Erwartung der Ergebnisse dazu, nicht auf die Zeit zu achten. So kam es nicht selten vor, dass die Zeiger ihrer Uhren von Missachtung gestraft die Mitternachtsmarke passierten. Gelegentlich war es sogar schon hell, wenn sie ihre Wirkungsstätte verließen und nach Hause fuhren. Seit dem tödlichen Unfall von Perkins und Tomczak jedoch hatten sich die Dinge grundlegend geändert, vor allem seit Mr. Hazes Anwesenheit. Bernard Lemieux und Paul Baxter waren daher überrascht, als sie am späten Abend Raymond Myers′ Anruf erhielten, der ihnen mitteilte, sie sollten sich bitte sofort im Laboratory einfinden. Den Technikern war nicht ganz wohl in ihrer Haut. In Anbetracht der neuen Sachlage drängte die späte Stunde den Verdacht, man habe etwas zu verbergen, förmlich auf. Dennoch waren sie sofort gekommen, weniger von Pflichtbewusstsein angetrieben als vielmehr von Neugier.

Jetzt war es schon weit nach Mitternacht und sie waren mit den routinemäßigen Vorbereitungen eines Starts beschäftigt. Zu zweit waren sie mit dem Hoover die gesamte Länge des Tunnels abgefahren und hatten ihn auf schadhafte Stellen hin untersucht. Danach hatte Lemieux die Anzeigen und Instrumente im Kontrollraum getestet,

während sich Baxter zusammen mit Alan Mason die Kapsel vornahm. Mason war es auch, der sie über den Grund der konspirativen Aktion aufklärte. Terry Haze war am Abend überraschend zu einer Sitzung nach Washington gereist. Bereits morgen Mittag wurde er zurückerwartet. Da er alle Versuche bis auf Weiteres untersagt hatte, war deren Durchführung während seiner Anwesenheit am Mount Maroon nahezu unmöglich. Seine plötzliche Abreise bot nun eine günstige Gelegenheit, die Robert Shane nicht verstreichen lassen wollte. Er war nicht wirklich der Meinung, einen Bürokraten wie Haze von Sinn und Zweck seines Projektes überzeugen zu können. Bedenkenträger waren immer schon die wahren Hemmschuhe des Fortschritts. Es gab daher in Shanes Augen geradezu eine moralische Verpflichtung, sie zu betrügen, es war vielleicht sogar eine Verantwortung gegenüber der Menschheit, die es einzulösen galt. Außerdem würde man heute ja kein Menschenleben aufs Spiel setzen, sondern lediglich einen weiteren Testlauf starten, der zur Aufklärung jener besonderen Umstände beitragen sollte, die zum Tod von Masons Begleitern geführt hatten.

Sehr gern hätte Shane die Kapsel betreten, hätte sich auf den Platz des Kommandanten gesetzt. Und sicherlich hätte er es sich auch gut vorstellen können, das Abenteuer selbst zu wagen. Was wäre das für ein Erlebnis, wenn er im Jahre 1947 einträfe und jenen Männern die Hände schütteln würde, die das Ganze hier erst ermöglicht hatten. Mit seinem Rollstuhl war er bis an die Leiter zur Einstiegsluke gefahren. Die Kapsel selbst hatte er im fertigen Zustand niemals von innen gesehen. Es war unter seiner

Würde, sich hineintragen zu lassen. So musste er sich damals mit einer Begutachtung der einzelnen Module zufrieden geben, bevor man sie vor fast vier Jahren schließlich zusammengeschraubt hatte. Als Baxter jetzt herauskletterte, hätte er Shane fast übersehen. Im letzten Moment schwang er sich über den Institutsleiter hinweg auf den Boden. Das hätte noch gefehlt, dass sich jemand schon im Vorfeld dieses Tests ein Bein brach. Myers und Mason beobachteten den Vorfall durch die Scheibe des Kontrollraums. Sie lachten auf, nachdem der anfängliche, unvermeidbare Schrecken, der einen durchfährt, wenn man einem Unglück, das man nicht verhindern kann, beiwohnen muss, in Erleichterung mündete. Die beiden teilten Shanes Meinung in allen Punkten, hatten sich allerdings über die Vehemenz gewundert, mit der er sie vertrat, nachdem sich Haze so überraschend verabschiedete. Es dauerte keine fünf Minuten, bis er alle erforderlichen Maßnahmen eingeleitet hatte. Auch Alan Mason und Raymond Myers waren davon überzeugt, dass Washington nicht das Recht hatte, ihnen den Weg zu einer Technologie zu versperren, die die Bewertung des Lebens im Fortgang der Zeit so radikal verändern konnte. Wenn eine Zeitreise wirkliche möglich war, dann durfte man sie auch unternehmen. Die daraus resultierenden Folgen musste man dann eben durch entsprechende Revisionen in die gängigen Theorien einarbeiten. Alles andere war ein mittelalterliches Glaubensbekenntnis, ein haltloses Dogma.

Robert Shane rollte in den Kontrollraum. Mason beachtete ihn nicht. Er war mit der Einstellung des Pro-

grammablaufs beschäftigt. Dennoch vernahm er im Hintergrund ein Gespräch zwischen Myers und Shane.

- „Ah Robert, ich habe Mr. Haze den Code mitgegeben. Er wollte ihn in Washington einigen Spezialisten vorlegen."

- „Welchen Code?", knurrte Shane.

- „Oh, ich dachte, ich hätte dir davon erzählt. Auf der Rückseite dieses feuerfesten Logos, ich meine, dem von Saunders Wanderkarte, waren Buchstaben und Zahlen aufgetragen. Extrem klein, mit bloßem Auge nicht zu erkennen. Das sah aus wie ein gewöhnliches Muster. Aber unter dem Mikroskop wurde daraus ein Text, oder vielmehr ein Code."

- „Hm", brummte Shane. Er war nicht bei der Sache. Ihn interessierte nur der Testlauf.

In ein paar Stunden konnte man alle Einzelheiten exakt so rekonstruieren, wie sie in der Nacht vom 11. auf den 12. Juli gegeben waren. Man würde mit der gleichen Vorlaufzeit, der gleichen Energieleistung und dem gleichen Programm arbeiten. Alles wäre genauso wie zum Zeitpunkt des Unfalls, als die Kapsel bei der 1.778-Meter-Marke einfach stecken blieb. Alles, bis auf einen kleinen Unterschied: die Kapsel wäre nicht mit drei Personen besetzt, sondern leer. Mason würde die Steuerung diesmal aus dem Kontrollraum heraus übernehmen. Man war auch nicht besorgt darüber, dass die Kapsel ihre Reise in das Jahr 1947 unbemannt antrat, was nun wirklich ein unverzeihlich absurdes Manöver wäre. Der Plan sah vor, den Bremsvorgang einzuleiten, lange bevor die kritische Marke erreicht würde.

25. MOUNT MAROON

- „Hast du den Ausdruck noch?“, fragte Luther.

Peter zog das zerknitterte Blatt aus seiner Hemdtasche und reichte es Luther. Der Arzt entfaltete es und versuchte, die Innenbeleuchtung des Pick-ups in Gang zu setzen. Sie funktionierte nicht. Auch ihre Taschenlampen waren bei der wilden Verfolgungsjagd auf der Strecke geblieben. So bat er Peter, den Motor zu starten und das Licht einzuschalten. Dann stieg er aus. Peter tat es ihm nach. Vor dem Frontscheinwerfer hockend betrachteten sie die Satellitenaufnahme des Mount Maroon Laboratory. Es war ein riesiger Komplex, aber dennoch waren die einzelnen Gebäude gut zu erkennen. Die Auflösung des Ausdrucks war brillant. An der Westseite zeichnete sich ein schlossartiger Anbau ab, der sich der übrigen, funktional ausgerichteten Architektur widersetzte wie ein trotziges Kind. Luther tippte mit dem Finger darauf.

- „Das hier ist die Zentrale. Im Time Magazin gab es mal einen Artikel darüber. Der Leiter der Einrichtung ist ein ziemlicher Exzentriker. Er hat sich für was weiß ich wie viele Millionen die Kulisse eines englischen Landsitzes aufbauen lassen. Wenn wir wissen wollen, was gespielt wird, müssen wir da rein.“

Luther war ganz der Alte, waghalsig und ungestüm.

Sie waren, nachdem sie den Hof verlassen hatten, einige Kilometer gefahren. Es war zunächst einmal wichtig gewesen, eine gewisse Distanz zwischen sich und die Verfolger zu bringen, wobei sie Hauptstraßen mieden. Kei-

nem der beiden war nach einer Unterhaltung zumute. Der Schock saß ihnen in den Gliedern. Erst allmählich bahnte sich das Rationale den Weg ins Bewusstsein. Luther war bereits nach der Schießerei beim Krankenhaus klar, dass Peter in ernsthaften Schwierigkeiten steckte, aber die Entdeckung einer Beteiligung des Mount Maroon Laboratory machte die Sache erst richtig kompliziert. Wenn man es mit so einem Gegner zu tun hat, hilft einem keine Polizei. In so einem Fall hatte man alle gegen sich, sogar das Gesetz. Wenn es überhaupt eine Möglichkeit gab, so musste man mit einer Guerillataktik vorgehen, auf das Überraschungsmoment setzen, seine eigene Winzigkeit und die damit verbundene Unsichtbarkeit nutzen. Es galt schnell, punktuell und effizient zuzuschlagen. Die Freunde waren sich sicher, dass die Antwort nur im Laboratory selbst zu finden war, in der Höhle des Löwen. Aber wie konnte man in eine der bestbewachten Einrichtungen der Vereinigten Staaten eindringen?

Die Luftaufnahme zeigte einen Doppelring um das gesamte Areal. Auch wenn man es nicht sah, konnte dieser eigentlich nur durch unüberwindbare Zäune eingefasst sein. Schließlich wollte man hier keine Kühe auf einer Weide halten, sondern potentielle Terroristen, Umweltschützer und sonstige Staatsfeinde abwehren. Die altertümlich anmutenden Wachtürme dienten wohl eher der Abschreckung. Vermutlich waren zwischen den Zäunen auch Hunde im Einsatz, vielleicht sogar Wölfe. Die Zufahrt zum Gelände war nur an einer Stelle möglich, und wurde natürlich extrem gut kontrolliert.

- „Da kommen wir nie rein“, meinte Peter.

Luther studierte den Ausdruck.

- „Das hier sieht aus wie ein Park, direkt vor dem Anbau. Siehst du?“ Leise sprach er weiter, mehr für sich selbst, als würde er laut nachdenken: „Gut zwei Footballfelder lang, links und rechts stehen Bäume, nicht aber in der Mitte.“

- „Und?“

Luther zeigte seine weißen Zähne, die im Mondlicht einen scharfen Kontrast zu seinem dunklen Gesicht bildeten.

- „Ich habe da so eine Idee. Komm mit! Wir sollten uns beeilen.“

Luther sprang in den Wagen und setzte sich hinter das Lenkrad. Er wendete und fuhr wieder in Richtung Raleigh. Die Fahrt dauerte nur wenige Minuten. Auf einem unbeleuchteten Parkplatz hielt er den Wagen an und stieg aus. Peter sah ein großes Schild mit der Aufschrift: „Harrisburg-Raleigh Airport, das Betreten des Geländes ist Unbefugten untersagt.“

- „Nachts ist hier kein Flugbetrieb. Schnell, da lang.“

Der Harrisburg-Raleigh Airport war ein kleiner Flugplatz. Es gab zwei Start- und Landebahnen. Auf der einen war eine große 24 aufgemalt, auf der anderen eine 32. Die Zahlen verwiesen auf ihre geographische Ausrichtung. Wenn man ihnen eine Null anhängte, bekam man die Gradangabe auf der Kompassrose, auf der 0 oder 360 Grad für Norden stehen und 180 Grad direkt nach Süden weist. Die eine Bahn in Harrisburg-Raleigh verlief demnach in west-südwestlicher Richtung, die andere nach Nordwesten. Das Hauptgebäude befand sich im stumpfen

Winkel zwischen den Bahnen. Es war unbeleuchtet. Daran angrenzend erstreckte sich ein lang gezogener Hangar. Luther deutete auf eine Baracke, die dem Hauptgebäude zur Landebahn hin etwas vorgelagert war. Durch ein beleuchtetes Fenster konnte man einen Mann erkennen, der an einem Tisch saß. Vor ihm stand ein dampfender Becher. In der rechten Hand hielt er eine Pfeife. Der Körperhaltung nach zu urteilen las er in einer Zeitung.

- „Das ist Larry, eine Art Nachtwächter. Sie nennen ihn hier nur den Grimmigen."

Peter schwante nichts Gutes. Noch immer verstand er nicht, worauf Luther hinauswollte.

- „Hey Mann, was hast du vor?"

- „Ich dachte, wir borgen uns etwas. Pass auf, in dem Schrank hinter dem Alten sind die Schlüssel für den Hangar da drüben und für Harolds Skyhawk. Ich werde sie holen, während du ihn ablenkst. Ich weiß auch schon, wie wir das anstellen."

Luthers Plan klang plausibel. Nachdem er sich in der Nähe des Eingangs versteckt hatte, holte Peter den Pickup. Vor dem Fenster hupte er dreimal. Der alte Mann erhob sich mürrisch. Als er in der Tür erschien, setzte Peter den Wagen um 30 Meter zurück. Larry ging einige Schritte darauf zu, dann ging er zurück zum Haus. Wenig später erschien er wieder im Eingang. Er hielt eine Taschenlampe in der Hand. Neben ihm stand ein großer schwarzer Hund. Langsam ging das Gespann auf Peters Wagen zu. Als sie ihn fast erreicht hatten, setzte Peter erneut zurück. Das Spiel wiederholte sich nun mehrere Male. Der Alte begann zu fluchen, doch machte er keine

Anstalten aufzugeben. Er hatte den Hund von der Kette gelassen, der nun laut kläffend und mit gefletschten Zähnen um das Auto herumsprang. Als sie das Ende der südlich gelegenen Landebahn erreicht hatten, sah Peter, wie das große Rolltor des Hangars aufgeschoben wurde. Auch der grimmige Larry drehte sich um und blieb wie erstarrt stehen. Eine kleine Propellermaschine fuhr heraus und schwenkte in Richtung der entgegengesetzt liegenden Startbahn. Als das Flugzeug die verabredete Position eingenommen hatte, gab Peter Gas. Der Hund war der einzige, der halbwegs folgen konnte. Als der Wagen das Flugzeug erreicht hatte, war der Vorsprung gerade groß genug, um Peter den schadlosen Umstieg zu ermöglichen. Dann startete Luther durch. Nach 800 Metern hob die Maschine sachte ab. Luthers Gesicht zierte ein breites Grinsen.

- „Glücklicherweise ist Harolds Spielzeug immer vollgetankt." Dann legte er eine gespielte Förmlichkeit an den Tag: „Flugkapitän Bannister begrüßt Sie auf dem Nonstop Flug zum Mount Maroon, die voraussichtliche Flugzeit ist mir leider nicht bekannt."

- „Und wie finden wir den Weg?"

Die Nacht war zwar noch immer wolkenlos, so dass die Sicht sehr gut war, aber der Orientierung half das nur bedingt.

- „Ich gebe zu, das ist etwas schwierig. Bedauernswerter Weise verfügen wir über kein GPS. Wir Hobbypiloten fliegen meist ohnehin nach Sicht, aber das ist bei Nachtflügen so eine Sache … Eigentlich benötigt man dafür auch eine besondere Lizenz."

So wie Luther das sagte, war Peter klar, dass er keine hatte.

- „Wir versuchen es mit einer Mischung aus Koppelnavigation und terrestrischer Kursbestimmung. Und genau da kommt dann der Copilot ins Spiel. In der Tasche hinter deinem Sitz sind jede Menge Karten, dazu ein Block, Lineale und Zirkel. Wir bestimmen unseren Kurs durch die Entfernung und den Winkel. Dazu haben wir die jeweilige Geschwindigkeit. So können wir errechnen, wann wir am Mount Maroon eintreffen. Wenn wir also gelegentlich mal auf die Uhr sehen.“

Peter maß die Entfernung zwischen Raleigh und dem Laboratory mit 526 Kilometern und die Richtung mit 116,85 Grad. Die Flugzeit würde bei der von Luther angegebenen Durchschnittsgeschwindigkeit etwas über zwei Stunden betragen. Durch die Identifizierung markanter Orte, die sie überfliegen mussten, wollten sie ihren Kurs überprüfen. Der erste Anhaltspunkt war der Ohio River, aber da sie ihn nur kreuzten, war der Hinweis nur vage. Eine echte Landmarke bot Madisonville und hinter Bowling Green kreuzten sie den Highway 65. Wenn sie später den Dale Hollow Lake links liegen ließen, konnten sie Knoxville kaum noch verfehlen. Luther wollte es vermeiden, sich im jeweils zu passierenden Luftraum an- und abzumelden und flog daher entsprechend tief. Der Höhenmesser zeigte eine Flughöhe von 1.960 Fuß, was etwa 600 Metern entsprach. Wenn sie die Appalachen erreichten, mussten sie einiges zulegen, aber für Illinois und das westliche Kentucky reichte es. Man glitt 300 bis 400 Meter über Felder und Dörfer dahin und man hatte wirklich

nicht den Eindruck mit über 200 Kilometern pro Stunde zu fliegen, wie es die Anzeige kundgab. Luther wirkte entspannt, was in Anbetracht dessen, was hinter ihnen lag und dem, was ihnen noch bevorstand, völlig unangemessen war. Doch als passionierter Flieger blickte er aus einer entrückten Distanz auf den Boden der Tatsachen. Sorgen und Ängste schrumpften damit auf das Maß der Puppenhäuser und Spielzeugautos unter ihnen. Luther hatte auch wieder zu reden begonnen, erzählte Peter von seinen Flugabenteuern, von schräg verlaufenden Wolkenfeldern, die einem einen falschen Horizont vorgaukelten oder von Seitenwinden, die ihn auf eine lang gezogene Kurve zwangen, obwohl er schwören hätte können, schnurstracks geradeaus zu fliegen. Nachtflüge hatten ihre besonderen Tücken. Ein Freund hatte ihm erzählt, er habe einmal das Glitzern der Sterne nicht mehr von den Lichtern am Boden unterscheiden können, weil er die Horizontlinie nicht erkennen konnte. Heute blieb ihnen Derartiges erspart, denn der Himmel war wolkenlos und der Wind gefiel sich als laues Lüftchen. Sie waren gut in der Zeit. Die Sonne würde erst in einigen Stunden aufgehen. Bis dahin wären sie längst am Mount Maroon.

- „Wir landen auf der Wiese vor dieser Schlossfassade, dem Verwaltungstrakt, gehen rein und schauen uns um. Da muss es irgendwelche Akten und Berichte geben. Bis die gemerkt haben, was los ist, sind wir schon wieder weg. Ein Kinderspiel."

- „Ist die Strecke lang genug?"

- „Für eine Landung? Ja, das reicht allemal. Ich schätze das sind mehr als 180 Meter."

- „Und wie willst du da wieder starten? Mir war so, als hätten wir eben einen deutlich längeren Anlauf benötigt."

- „Ja, ja, da kam es ja nicht drauf an. Es gibt einige Möglichkeiten, die Startlaufstrecke zu verkürzen. Normalerweise braucht man mindestens 300 Meter, aber ich werde die Maschine, bevor wir losfahren, auf Touren bringen, einen Kavaliersstart hinlegen. Und wenn du dir den Plan ansiehst …"

Luther beugte sich zu Peter herüber und deutete auf die entsprechende Stelle.

- „Hier fällt das Gelände steil ab. Da ist sogar offenes Gestein zu sehen, ein Felsabbruch. Wir schießen also über diese Klippe hinaus und in dem lang gezogenen Tal hier kann ich die Maschine auffangen …", Luther sah zu Peter hinüber, der deprimiert aus dem Fenster blickte. Zur Beruhigung fügte er hinzu: „Vielleicht haben wir ja auch Gegenwind. Das verkürzt die benötigte Startbahn ganz enorm."

Als ihm klar wurde, dass er Peters Zweifel damit nicht zerstreut hatte, lachte der Draufgänger in ihm laut auf: „No risk, no fun."

Sie erreichten bereits die Ausläufer des Mittelgebirges. Deutlich sahen sie den zerklüfteten Ufersaum des gewundenen Dale Hollow Lake. Sie waren auf dem richtigen Weg. In knapp zehn Minuten würden sie ihr Ziel erreichen. Luther war unmerklich auf eine Flughöhe von 7.300 Fuß gestiegen. Schon bald glitten die höchsten Punkte der Great Smoky Mountains unter ihnen hindurch, allen voran der Clingmans Dome. Peter dachte an die Wanderung. Vor zwei Wochen, so seine Erinnerung, blickte er

von einem nahe gelegenen Aussichtspunkt zusammen mit Luther auf diesen mit über 2.000 Metern höchsten Berg der Gegend. Von dort aus war es nur ein Katzensprung zum Mount Maroon. Nachdem sie zwei weitere Gipfelkämme überwunden hatten, sah Peter es mit eigenen Augen. Eine riesige technische Anlage lag feindselig und abweisend auf einem lang gezogenen, etwa einen Kilometer breiten Hochplateau. An den Rändern beleuchteten helle Scheinwerfer die Sicherungsanlagen. Die meisten Gebäude ragten nur wenige Meter aus dem Boden. Offenbar war der größte Teil der Einrichtung unterirdisch. Luther drehte eine Runde über dem Areal, das zu dieser Stunde still und verschlossen wirkte. Außenaktivitäten waren nicht zu erkennen. Nach Westen hin fiel der Berg in der Tat steil ab. Alles sah genauso aus, wie auf dem Ausdruck in Peters Händen, allerdings wirkte Shanes prunkvoller Anbau weitaus imposanter. Der Park davor war weitläufig und in seiner Mitte gab es wirklich diese lang gezogene Schneise, eine ideale Landebahn. Luther flog zweimal genau darüber hinweg. Erst beim zweiten Mal wurde Peter klar, dass er sie ausmaß. Die Bahn war etwas kürzer als Luther angenommen hatte. Er würde die komplette Länge zum Ausrollen benötigen und musste daher schon weit vorne aufsetzen. Das war Maßarbeit. Noch dazu hatte er bodennahe Turbulenzen und einen Seitenwind von links ausgemacht. Dennoch leitete er jetzt den Landeanflug ein. Nacheinander justierte er die Höhen-, Quer- und Seitenruder. Die Geschwindigkeit betrug nur noch 120 Kilometer pro Stunde. Rasch näherten sie sich der Klippe. Der schroffe Felsen war Furcht einflößend, darüber aber lag

die Landepiste, einladend, flach wie ein Brett. Genau an der Kante setzte die Maschine auf. Der Seitenwind erfasste sie und ließ sie nach rechts ausbrechen. Massige Bäume rückten bedrohlich nah heran. Luther korrigierte das Wegdriften, indem er Querruder links und zusätzlich Seitenruder rechts gab. Das Flugzeug zog wieder in die Mitte, stabilisierte sich kurz, um gleich danach wegen einer kaum sichtbaren Bodenwelle wieder abzuheben. Immer noch waren sie sehr schnell und schon hatten sie die Hälfte der Wegstrecke hinter sich gelassen. Luther bekam Zweifel, ob die Restlandebahn noch ausreichen würde. Wenn er den Landeversuch abbrechen wollte, so blieb dafür nur noch sehr wenig Zeit, denn das vor ihnen liegende Gebäude war höher als er zunächst angenommen hatte. Durchstarten oder nicht, was war zu tun? Mitten in die Entscheidungsphase platzte ein erneuter Sinkflug. Die Cessna setzte hart auf, was zu einem heftigen Zug am Steuerhorn führte. Das Höhenruder sprach an, die Maschine richtete sich auf. Luther erkannte dies und drückte sofort nach. Keine gute Idee! Das Bugrad berührte unsanft den Boden. Durch die Verstärkung der Bremswirkung wurde die Chance zum Durchstarten abgeschnitten. Der Weg verkürzte sich rasch. Rasend schnell kam die Fassade des nostalgischen Anbaus näher. Luther wusste, dass ein zu hartes Nachdrücken in diesem Moment zum Bruch des Bugrades führen konnte, es war allerdings nicht mehr genug Strecke übrig, um die Bremskraft entscheidend zu mindern. Immer noch fuhren sie mit über 50 Kilometern pro Stunde dem Gemäuer entgegen. Luther musste die Bremsleistung verstärken. Der gesamte Druck

lastete jetzt auf dem Bugrad. Wenn es brach, drohte ihnen ein Überschlag. Langsam reduzierte sich ihr Tempo. Es würde in jedem Fall knapp werden. Noch 30 Meter, 20, dann hatten sie die Veranda erreicht. Mit ohrenbetäubendem Lärm durchbrachen sie im Zeitlupentempo die Glasfront von Robert Shanes Büro, glitten über den schweren Teppich und kamen schließlich exakt in der Mitte des Raumes zum Stehen.

26. NOTFALL

In Bruces Augen spiegelte sich deutlich die Sorge, man würde ihn womöglich für all dies hier verantwortlich machen. Aber die Männer beachteten den Hund nicht. Sie sahen starren Blickes über ihn hinweg.

- „Du kannst von Glück sagen, dass du nicht hier warst als die Maschine … gelandet ist", sagte Raymond Myers.

- „Vielleicht wäre es mir lieber gewesen. Dann wäre es vorbei …"

Robert Shane atmete stoßartig durch die Nase aus. Es kam ein seltsam unterdrücktes Lachen dabei heraus, erstickt, abgehackt, gepresst, nicht wirklich sarkastisch, auch nicht ironisch, nein, es war das Vermächtnis eines langen erfolglosen Kampfes, der den Kämpfer äußerlich unvermittelt zum Idioten stempelt und seine Bemühungen innerlich verhöhnt. Robert Shanes Lippen bebten, in seinen Augen hätten Tränen sein müssen, aber der Körper spielte sein eigenes Spiel. Seine Haare wirkten noch störrischer als gewöhnlich, standen an mehreren Stellen ab, ein Resultat der Gänsehaut, die sich über die Schädeldecke zog.

Sie waren unten im Labor, als der Anruf der Sicherheitsabteilung sie erreichte. Die Bewegungsmelder in Shanes Park hatten ein sich schnell bewegendes Objekt registriert. Kurz danach gab es eine heftige Erschütterung. Zunächst konnte man es sich nicht erklären und man zögerte, Shane zu informieren. Sie wussten, dass er es hasste, mit Mutmaßungen und Spekulationen behelligt zu wer-

den. Doch bald schon hatte man die Ursache ermittelt. Myers hörte sich die Ausführungen ruhig an, während Robert Shane die Vorbereitungen des Tests beobachtete. Die beiden hatten den Kontrollraum schließlich zusammen verlassen, ohne den Versuch zu unterbrechen, ja ohne die anderen auch nur darüber in Kenntnis zu setzen, was passiert war. Shane wollte den Testlauf in dieser Nacht durchführen, um jeden Preis.

Raymond Myers machte sich daran, umgestürzte Möbelstücke aus dem Weg zu räumen und es seinem langjährigen Weggefährten so zu ermöglichen, weiter in den Raum hineinzurollen. Shanes massiver Schreibtisch war von dem Flugzeug fast bis zur Tür geschoben worden. Womöglich wirkte er sogar als Bremsklotz. Von den Stühlen waren nur noch Fragmente auszumachen. Ein Flügel hatte den Bücherschrank gestreift und die wertvollen Bände dermaßen zerlegt, dass die einzelnen Seiten überall im Zimmer verteilt waren. Kniff man die Augen zusammen, sah es ein bisschen so aus, als hätte es geschneit. Auch die Cessna machte einen ziemlich ramponierten Eindruck, wenngleich die Kabine nahezu unversehrt war. Eine Tür stand offen, während die andere durch eine wild aufgetürmte Ansammlung von Möbelstücken versperrt war. Man hätte meinen können, eine aufgebrachte, zur Revolution entschlossene Menge sei zum Barrikadenbau übergegangen. Und irgendwie war das hier auch eine Revolution, ein Aufbegehren gegen alles, wofür das Mount Maroon Laboratory und damit in erster Linie Robert Shane stand. Shane und Myers war klar, dass sie es hier nicht mit einem gewöhnlichen Flugzeugabsturz zu tun

hatten. Das hier war eine von langer Hand geplante Aktion. So etwas passierte nicht zufällig. Die Maschine passte haargenau in das Büro, ein perfekter Hangar, Höhe und Breite exakt berechnet. Wer immer hier eingedrungen war wusste, dass dieser Bereich weniger geschützt war als alle anderen. Zwar lag er im inneren Bereich der Bannmeile, jedoch gab es hier keine Patrouillen und keine Kameras. Die Bewegungsmelder waren ein Kompromiss auf niedrigstem Niveau. Shane musste sich eingestehen, niemals mit einem Angriff aus der Luft gerechnet zu haben, so nahe liegend es ihm jetzt auch vorkam.

Shane fuhr einige Meter in das Trümmerfeld hinein. Am Ende der Sackgasse hielt er an. Er hatte das Bild entdeckt, den „Sturz des Phaeton". Es lag, von Rissen und Kratzspuren gezeichnet, ganz oben auf einem Haufen abgeknickter Pflanzen und undefinierbarer Gegenstände. Nur ein geistesgestörter Gallerist hätte es absichtlich so platzieren können. Eine obskure Inszenierung des Grauens im Inneren wie im Äußeren. War das hier eine Botschaft, eine Warnung vielleicht? Robert Shane hatte dieses Bild nach Formas und seinem Unfall nicht ohne Grund ausgewählt. Es zeigte die Abgründe, die sich auftun, wenn man mit dem Feuer spielt. Nun lag sein Büro in Trümmern, sinnbildlich für sein Lebenswerk, eindrucksvoll garniert mit dem Bild des Flamen.

Es war Raymond Myers Stimme, die Robert Shane aus seinen schwermütigen Gedanken riss. Er war in die Kabine des Flugzeugs geklettert.

- „Die Maschine gehört einem gewissen Harold Kronstein aus Raleigh. Hier ist eine Zulassung."

Shane reckte den Kopf in Myers Richtung, da der Rollstuhl jedoch abgewandt von ihm stand, reichte es nicht, um ihn zu sehen.

- „Raleigh? Wollte nicht Bartlett …? Wo steckt der überhaupt?"

- „Ich habe ihn schon informiert. Die waren an diesem Saunders dran …"

Shane verzog das Gesicht. Der Name Saunders war ein rotes Tuch für ihn. Die ganze Welt drehte sich offenbar nur noch um diesen Spinner.

- „Das hier ist jetzt wichtiger. Irgendwer geistert in meinem Labor rum. Ich will, dass Bartlett sofort hier auftaucht und die Dinge regelt."

Myers merkte, wie Robert Shane einen roten Kopf bekam und sich ans Herz fasste.

- „Robert, beruhige dich, ich habe einen Helikopter gechartert. Sie waren bereits auf dem Rückweg."

Raymond Myers blickte zur Uhr.

- „Vermutlich werden die Männer gerade aufgenommen. Sie können in ein bis zwei Stunden hier sein. Und wir sind ja nicht allein. Gut zwei Dutzend Männer suchen bereits nach diesem wahnsinnigen Bruchpiloten."

Die Vibration übertrug sich gleichmäßig auf die Muskeln der Waden und Oberschenkel. Doch die Unruhe, die John Bartlett verspürte, wurde nicht durch dieses gleichförmige Zittern begründet, sondern durch die Situation, die nunmehr zu eskalieren drohte, wenn sie es nicht schon war. Er wusste, dass er versagt hatte und Raymond Myers hatte ihm unmissverständlich zu verstehen gegeben, welche Folgen ein weiterer Fehler haben würde. Er hatte eine

Pechsträhne, aber das hier war kein Glücksspiel, sondern ein Job, den er professionell auszuführen hatte. Der Hubschrauber flog über das waldreiche Fentress County, das still und friedlich dalag. Die Sicht war gut. Wie belämmert hatten sie auf diesem bescheuerten Hof gestanden und mit ansehen müssen, wie Saunders in diesem Schrotthaufen davonjagte. Doch damit nicht genug. Kaum waren die beiden weg, ging die Außenbeleuchtung des Wohnhauses an und dieser komische Köter stürmte auf ihn zu. Seiner Frisur nach zu urteilen, hatte er die ganze Nacht auf der Seite gelegen, jedenfalls standen seine Haare kerzengerade in die Höhe. Zuletzt hatte das Mistvieh ihm sogar ein Stück von seinem Hosenbein abgerissen, was im Vergleich zum Achsenbruch des Land Cruisers eine Lappalie war. Dazu kamen zwei Nasenbeinbrüche, eine aufgeplatzte Stirn und eine Brustkorbprellung. Es hatte einige Zeit gedauert bis die Verletzten versorgt und der Wagen geborgen war. Der Rückzug wurde schließlich zur Farce. Zehn ausgewachsene Männer in einem Fahrzeug, das für sieben ausgelegt war. Nach einer guten Stunde Fahrzeit kam dann auch noch dieser Anruf von Myers. Wo man stecke? Ob man die beiden dingfest gemacht habe? Kein Wort darüber, wie er sich fühle, ob er vielleicht Hunger habe oder müde sei, stattdessen der Superhammer. Jemand war mit einem Flugzeug in Mr. Shanes Büro gerast. Das war doch krank. Erst hatte es Bartlett für einen Scherz gehalten, was Myers völlig auf die Palme brachte. Der war richtig sauer. So hatte Bartlett ihn noch nie erlebt. Man verabredete, dass Myers einen Heli losschickte, der sie unterwegs auflesen sollte. Jetzt saßen sie 200 Meter

über der Erde, wie die Hühner auf der Stange. Bartlett schaute aus dem Fenster. Er rekapitulierte die Lage. Man hätte diese Irren gleich in Atlanta schnappen sollen, aber Myers hatte entschieden, ihnen lediglich einen Sender an die Stoßstange zu heften. Er wollte wissen, was Saunders vorhatte. Vor allem aber wollte er ihm auf dem Friedhof zuvorkommen. So waren sie zurückgeflogen und hatten das Grab ausgehoben. Dann tauchten tatsächlich auch Saunders und dieser Bannister am Friedhof auf. Irgendetwas ging hier vor sich, aber was?

27. TOD IM LABOR

Peter und Luther hatten die Orientierung verloren, aber im Grunde genommen war es auch egal, in welche Richtung sie liefen. Sie saßen endgültig in der Falle. Das Laboratory war ein Hochsicherheitstrakt, dessen Grenze zu seiner landschaftlich so reizvollen Umgebung bestens befestigt war. Noch dazu wurden sie bereits von wer weiß wie vielen Sicherheitsleuten gesucht. Schon zweimal wären sie ihnen beinahe in die Arme gelaufen. Allein das harte Klacken ihrer Stiefel hatte die Häscher verraten. Die Gänge und Zimmer waren allesamt hell erleuchtet, mittelmäßige Verstecke gab es kaum, gute gar nicht. Allein die Größe und Verzweigtheit des Komplexes bot einen temporären Schutz.

Die Bruchlandung hatten die Freunde körperlich unbeschadet überstanden. Die Gurte hielten sie auf den Sitzen und die Stabilität der Kabine tat ihr Übriges. Lediglich die Scheibe war gesplittert, aber nicht gebrochen. Nachdem die Maschine zum Stillstand gekommen war, saßen sie einige Sekunden reglos da. Gefühlsmäßig schwankten sie zwischen der Freude noch am Leben zu sein und einer Vorahnung der Gefahr, in die sie sich hineinmanövriert hatten. Luther war der Erste, der sich zu einem Kommentar durchringen konnte.

- „Soeben sind wir am Mount Maroon gelandet. Wir hoffen, Sie hatten einen angenehmen Flug. Die Außentemperatur …", er zögerte, „ …-anzeige funktioniert nicht mehr."

Er sagte es lakonisch, mit einem fast bitteren Beigeschmack, typischer Galgenhumor. Peter stemmte die Tür auf und kletterte heraus. Luther stieg ihm nach, da sich die Tür auf seiner Seite aus irgendeinem Grund nicht öffnen ließ. Der Raum war dunkel, einseitig jedoch durch das schräg eindringende Mondlicht erhellt. Sie nahmen die Taschenlampe aus dem Cockpit. Im Lichtkegel erkannten sie das Chaos, das sie angerichtet hatten, umgekippte und zerschlagene Einrichtungsgegenstände, geborstenes Glas, überall lose Blätter. Es war auffallend still, was wohl vor allem am plötzlichen Fehlen des dröhnenden Motorengeräusches lag. Für die Freunde war die Stille aber auch ein Sinnbild für die Ruhe vor dem Sturm. Peter erklomm einen Haufen aus groben Bruchstücken und Büchern. Selbst in einem aufgeräumten Büro wäre es schwierig auf Anhieb nach dem richtigen Aktenordner zu greifen und dasjenige Dokument herauszuziehen, welches Antworten brachte. Antworten zu denen sie bislang nicht einmal die richtigen Fragen formulieren konnten. Hier und da fischte Peter nach einem losen Blatt, verstand aber nicht, worauf sich die darauf enthaltenen Angaben bezogen. Zumeist waren es ausschließlich Formeln und Berechnungen, zuweilen Genehmigungen zu Tests mit kryptischen Namen. Plötzlich hörten sie das Aufheulen einer Sirene. Ihre Ankunft war bemerkt worden, ein Begrüßungskomitee unterwegs. Es wurde höchste Zeit, den Ort der Verwüstung zu verlassen. Als Peter sich zum Gehen wandte, fiel der Lichtkegel seiner Lampe auf das Bildnis eines Jünglings, der kopfüber aus einem altertümlichen Streitwagen stürzte. Peter ergriff eine Ecke des massiven,

goldfarbenen Rahmens, zog das gesamte Gemälde heraus und betrachtete es. Es faszinierte ihn. Erst als Luther ihn am Arm packte, riss er sich los. Er legte das Bild auf einen der Trümmerstapel. Aus den Augenwinkeln erkannte er in der hinteren Ecke des Raumes zwei funkelnde Punkte. Im Schein der Taschenlampe erkannte er einen größeren Hund, der scheu zu ihnen herübersah und leise winselte.

- „Ist ja gut, wenn du uns nichts tust, tun wir dir auch nichts."

Die Frage war jetzt, was ihnen einen besseren Schutz bieten konnte, der Park mit seiner an den Rändern dichten Bewaldung oder die ineinander übergehenden Gebäude. Die Flüchtenden entschieden sich für Letzteres, vielleicht auch von der vagen Hoffnung getragen, doch noch auf brauchbare Informationen zu stoßen. In erster Linie galt es aber, ihr Leben zu retten. Sie gelangten in einen schmalen Zwischenraum, der lediglich eine Garderobe und einen großen Spiegel enthielt, dann in eine Art Vorzimmer, offenbar der Arbeitsplatz der Sekretärin. Hier sollte man sich umsehen. Das Sekretariat war ein Ort, an dem die Fäden zusammenliefen, hier wurden sie entwirrt und neu verknüpft. Hier wurde geordnet, sortiert, aufbereitet, abgeheftet, es war das Reich der Vermerke und Randnotizen, die Durchgangsstation für Fragen und Antworten. Doch die Sirene mahnte zur Eile. Hier konnten sie im Augenblick nicht bleiben. Auch bot sich kein geeignetes Versteck. So beschlossen sie, später noch einmal herzukommen. Auf dem Gang hörten sie bereits die Schritte des Wachpersonals, ungeordnet und schnell. Peter und Luther liefen in die andere Richtung den Korridor hinun-

ter. Um möglichst rasch außer Sicht zu sein, bogen sie an der ersten Kreuzung nach rechts ab, dann wieder nach links. Die schwingenden Doppeltüren, die die langen Fluchten unterteilten, waren nicht verschlossen, wohl aber die meisten der angrenzenden Räume, hinter denen ihrer Kennzeichnung nach Büros und Labore lagen. Die Sicherheitsleute würden einige Zeit brauchen, um das Flugzeug zu inspizieren. Das sollte ihnen die Chance geben, sich zu orientieren und nach einer Fluchtmöglichkeit zu suchen. Dann erstarrten sie. Mit einem Male waren alle Räume hell erleuchtet. Es musste für solche Fälle eine zentrale Steuerung geben, denn es war nicht möglich das Licht über die üblichen Schalter zu löschen. Peter und Luther fühlten sich wie auf einer Bühne. Erneut hörten sie Schritte, konnten sie aber nicht verorten. Möglicherweise befand sich ein Trupp im Stockwerk über ihnen, vielleicht liefen einige Wachleute aber auch durch einen parallel verlaufenden Gang. Sie wandten sich um und das Stakkato der Tritte ebbte ab. Dennoch war es nur eine Frage der Zeit, bis man sie aufgreifen würde. Sie hielten inne.

- „Wir müssen uns irgendwo verbergen. Wenn wir hier durch die Gänge laufen, werden sie uns früher oder später festsetzen", keuchte Peter.

- „Aber wie?"

- „Wir müssen in ein verborgenes System wechseln, durch Kabelschächte kriechen oder durch Abwasserkanäle. Ein Großteil der Laboreinrichtungen liegt offenbar unterirdisch. Das konnte man von oben erkennen. Das heißt, es muss Belüftungsanlagen geben."

- „Du hast recht."

Peter und Luther gingen zu einem der offen stehenden Labore zurück. In der hinteren, oberen Raumecke war ein Drahtgitter befestigt, das nach seinen Maßen zu urteilen, einen Schacht versperrte, der für einen ausgewachsenen Mann groß genug sein konnte. Peter schob einen Tisch unter das Gitter. Es war verschraubt. Zusammen suchten die Freunde nach einem geeigneten Werkzeug, um es zu öffnen. Sie fanden eine schmal zulaufende Pinzette. Luther brach sie ruckartig auseinander, sodass sie den einen Arm als Schraubenzieher einsetzen konnten. Um die erforderliche Drehwirkung erzielen zu können, verwendeten sie zwei Metallschienen, die im alltäglichen Laborbetrieb dem Justieren von Petrischalen dienten. Rasch machte sich Peter daran die erste der sechs Schrauben zu lösen. Es funktionierte problemlos. Auch mit den nächsten Schrauben hatte er keine Schwierigkeiten, doch als er bei der fünften angelangt war, der vorletzten in der oberen Reihe, vernahmen sie wieder das beunruhigende Trommelfeuer der harten Absätze auf dem glatten Boden des Ganges vor dem Labor. Jetzt blieb ihnen nur noch wenig Zeit. Peter wusste, dass es nicht reichen würde, die Schrauben auf die bewährte Art herauszudrehen, auch wenn er die fünfte Schraube schon fast vollständig gelöst hatte. Er stemmte sich gegen das Gitter und versuchte es nach oben aufzubiegen, aber der Rahmen erwies sich als stabil. Auf dem Gang erschallten laute Stimmen, Befehlston. Eine Tür wurde geöffnet. Entsetzt blickten Peter und Luther auf, doch die Labortür schwenkte nicht zurück. Offenbar waren sie im Nebenraum. Schranktüren wurden aufgerissen und heftig wieder zugeschlagen. Peter lockerte die letzte

Schraube. Jetzt konnte er das Gitter weit genug nach oben kippen. Der entstandene Spalt würde den schlanken Männern das Hindurchschlüpfen ermöglichen. Peter schob sich mit dem Oberkörper voran in die dunkle Öffnung. Luther half ihm dabei, indem er seine Füße abstützte. Jetzt war es an Luther, in den Schacht zu gelangen, doch war dies ungleich schwerer. Peter hatte gehofft, sich irgendwie umdrehen zu können, um Luther anschließend hochzuziehen, aber der Schacht beschränkte seine Bewegungsfreiheit aufs wenigste. Links und rechts von ihm waren gerade einmal zehn Zentimeter Platz und die geringe Höhe bot nicht einmal soviel Raum, um zu knien oder die Arme zu strecken. Vor Peters Augen lag eine lang gezogene Dunkelheit, die aber irgendwohin führen musste, denn er spürte einen stetigen Luftzug entlang seines Körpers. Luther probierte krampfhaft in die Öffnung zu gelangen, hielt sich an Peters Füßen fest, versuchte sich hochzuziehen. Hektik kam auf. In diesem Moment wurde die Tür aufgerissen, das Spiel war verloren. Luther sprang vom Tisch und hechtete zu einer Vitrine, in der unzählige Flaschen durchsichtiger Flüssigkeiten in handgroßen Gläsern standen. In schneller Folge warf er eine nach der anderen in Richtung der Angreifer. Einer der Männer eröffnete daraufhin das Feuer. Die Kugel traf Luther Bannister mitten ins Herz. Er sackte auf der Stelle zusammen. Peter blickte über die Schulter zurück in das Labor. Er war fassungslos, rief den Namen seines Freundes, der aber unfähig war, auch nur noch einen Laut von sich zu geben. Luther Bannister war tot. Peter zwängte sich tiefer in den Schacht hinein, bevor er sich noch einmal umsah. Vor

dem zugefallenen Lüftungsgitter erschien der dunkle Umriss eines Mannes.

- „Komm raus, du Penner! Dein Freund ist tot. Du hast keine Chance, also gib auf! Dann bleibst du wenigstens am Leben.“

Peter kroch weiter in die Dunkelheit hinein.

28. IM TUNNEL

Die Kufen des Helikopters setzten punktgenau auf dem großen umkreisten H auf, einem der beiden Landeplätze des Mount Maroon Laboratory. Der andere war mit dem kleineren Privatmodell von Raymond Myers belegt. John Bartlett öffnete die Tür und eilte in gebückter Haltung unter den noch nachdrehenden Rotorblättern hinweg. Man hatte ihn über Funk auf dem Laufenden gehalten. Nun wollte er als Erstes den Toten sehen. Die Erschießung war alles andere als glücklich. Wieder so eine Panne. Das durfte doch wirklich nicht wahr sein. Mit einem Jeep waren sie zum südwestlichen Bereich der Anlage gefahren, wo die Schießerei stattgefunden hatte. Jedenfalls ging John Bartlett von einer Schießerei aus. Keiner seiner Männer hatte bisher zu erwähnen gewagt, dass der Eindringling sie ausschließlich mit Säuregläsern angegriffen hatte. Sie gingen den Korridor entlang, der zu dem Laborraum führte, in dem sich die Tragödie abgespielt hatte. Vor der Tür des Labors stand ein Wachposten. Als er Bartlett zusammen mit den anderen kommen sah, öffnete er die Tür und trat zur Seite. Auf einem Tisch in der Ecke des Zimmers lag lang ausgestreckt der leblose Körper von Luther Bannister.

- „Er hatte keine Papiere bei sich. Aber das Flugzeug gehört einem Harold Kronstein. Der könnte das sein. Es gab aber noch mindestens einen anderen, der ist durch diesen Lüftungsschacht geflüchtet“, sagte einer der Sicherheitsmänner, während er auf den schräg an der Wand hängenden Abdeckrost deutete.

Bartlett erkannte den Toten, was ihm ganz und gar nicht gefiel. Der Mann, den sie zusammen mit Peter Saunders noch vor wenigen Stunden in Raleigh verfolgt hatten, war mit einem geklauten Flugzeug zum Mount Maroon geflogen. Das roch aber ganz streng nach Ärger. Bartlett sah sich um, keiner der anderen schien zu ahnen, dass es sich um Bannister handelte. Schließlich war er der Einzige, der ihn aus der Nähe gesehen hatte. Für den Augenblick war es sicher besser, diese Information für sich zu behalten. Es würde reichen, damit herauszurücken, wenn sie den anderen gefasst hatten. Und dieser andere konnte demnach nur Peter Saunders sein. Es wurde höchste Zeit, dem Spuk ein Ende zu setzten.

- „Ich brauche die Pläne des Lüftungssystems. Wir treffen uns in zehn Minuten in meinem Büro."

Der Schacht konnte nicht endlos sein, er würde irgendwo an die Oberfläche führen, in die Freiheit. Peter hatte auf seiner Odyssee durch das Belüftungsnetz schon mehrere Kreuzungspunkte passiert. Einige Abzweige führten senkrecht nach oben, nur hatte er, da es keine Steigbügel gab, keine Möglichkeit, ihrem Verlauf zu folgen. Wäre durch sie nicht ein fahles Licht eingefallen, hätte er sie wahrscheinlich nicht einmal bemerkt. Jetzt lag er erschöpft auf dem Rücken, seine Ellenbogen und Knie schmerzten. Auf allen Vieren war er durch den eng bemessenen Tunnel gekrabbelt, nicht wie ein Hund, eher wie ein Krokodil, flach und behäbig. Dabei, dachte er, waren Krokodile zuweilen doch recht flink. In einer Tierdokumentation wurde sogar einmal behauptet, sie seien regelrechte Sprinter, beispielsweise wenn sie von der Sorge

getrieben in großer Hitze auszutrocknen, den rettenden Tümpel zu erreichen versuchten. Aber sie hatten eben keine Kondition. Das war das große Manko der meisten Reptilien. Auch Peter fühlte sich ausgezehrt, obwohl er schon so manchen Halbmarathon in einer akzeptablen Zeit absolviert hatte und danach nie wirklich müde war. Es waren die Enge und die mangelnde Frischluft, die ihm schwer zusetzten. Dabei befand er sich doch in einem Belüftungssystem. Peter keuchte, mit seiner rechten Hand berührte er die obere Seite des Kanals. Sie war glatt und kühl, aber nicht kalt. Es herrschte vollständige Dunkelheit. Was hätte er dafür gegeben, jetzt noch die Taschenlampe zu haben, doch die war in der Hektik auf dem Tisch im Labor liegen geblieben. Seit einiger Zeit umgab ihn auch eine absolute Stille. Zuvor waren noch Stimmen zu hören gewesen, danach eine Art Rauschen, aber mit einem Mal war es ganz ruhig. Er befand sich in einem Sarg, der am oberen und unteren Ende offen war. Der stetige leichte Luftzug erinnerte ihn daran. Wenigstens war der Schacht an dieser Stelle waagerecht. Einige hundert Meter zuvor war er leicht abschüssig gewesen und das Blut schoss ihm in den Kopf, pulsierte. Er spürte, wie seine Adern an den Schläfen hervortraten. Wie lange mochte er sich schon in diesem seltsamen Labyrinth befinden? Ein von allen guten Geistern verlassener Theseus, der den Faden der Ariadne verloren, oder vielleicht nie besessen hatte. Gleich würde der Minotaurus ihn holen. Die Gedanken galoppierten davon, er musste sich schleunigst wieder konzentrieren. Luthers Tod war so irreal in Anbetracht der Schwierigkeiten, in denen er sich befand. Hätte er ihm

helfen müssen? Selbst wieder aus dem Schacht gleiten? Dann wären sie zu zweit gewesen, aber immer noch chancenlos angesichts einer Übermacht gut ausgebildeter und bewaffneter Angreifer. Nein, wenn er den Schacht verlassen hätte, wäre er jetzt auch tot. Luther hatte sich geopfert, um ihn zu retten. Er hatte die Verfolger aufgehalten und ihm damit die Flucht ermöglicht. Peter bildete sich jetzt sogar ein, Luther habe etwas gerufen wie „Hau ab, Mann" oder „Verschwinde, schnell". Nun war es an ihm. Er musste es schaffen, zu entkommen. Das war er Luther schuldig. Peter drehte sich auf den Bauch. Meter für Meter schob er sich vorwärts.

Das Belüftungssystem des Mount Maroon Laboratory hatte sich mit dem Ausbau der gesamten Anlage nach und nach vergrößert, so entstammten die einzelnen Abschnitte unterschiedlichen Bauphasen. Zwar wurden zuweilen auch ältere Bereiche an neuere Standards angepasst, die alte Struktur in Bezug auf Material und Verlauf der Schächte blieb aber im Wesentlichen erhalten. In jenem Teil, in dem sich die ersten Gebäude aus den 1940er Jahren befanden, also dort, wo der ältere Teil des Forschungstunnels verlief, war die Einfassung der Luftschächte gemauert, während sie im neueren Teil aus Beton bestand. Auch waren die Schächte dort deutlich schmaler. Insgesamt verfügte das gesamte System über zwei Einzugs- und zwei Abzugsschächte, die über eine ausgeklügelte Anordnung von Kanälen jeweils so miteinander verbunden waren, dass eine optimale Versorgung mit Frischluft gewährleistet werden konnte. Die gesamte Länge der Schächte mochte in einer Größenordnung von über zehn Kilometern liegen. Es handelte sich

um eine saugende Bewetterung, bei der große Lüfter an den Abzugsschächten für den Ausstoß verbrauchter Luft sorgten. Der auf diese Weise entstehende Unterdruck führte zu einer unentwegten und wohldosierten Zuführung von Frischluft an den Einzugsschächten. John Bartlett betrachtete den Plan. Wenn sich jemand den im Wesentlichen aus großen Ventilatoren bestehenden Lüftern von unten her näherte, würde er unweigerlich von der starken Sogwirkung erfasst und in den Rotationsbereich hineingezogen. Die Rotorblätter würden ihn dann zu Hackfleisch verarbeiten. An den Frischluftschächten bestand diese Gefahr nicht, dafür waren sie mit schweren Eisengittern abgedeckt, die mit Schlössern versehen waren. Eine Flucht würde hier also gleichsam auf der Zielgeraden gestoppt. Bartlett rieb seinen Bart. Er kreuzte die Stelle an, bei der Saunders vor über einer Stunde in das System eingedrungen war. Bartlett überschlug im Kopf die Strecke, die man in der verstrichenen Zeit auf dem Bauch kriechend zurücklegen konnte. Dann zog er entsprechend lange Linien entlang der Wege, die der Flüchtige genommen haben konnte.

Peter stieß mit dem Kopf gegen die Wand. Hatte er nun doch das Ende des Tunnels erreicht? Ging es von hier aus nicht mehr weiter? Hatte sich der Sarg an einer weiteren Seite geschlossen? Sein Kopf schmerzte. War er womöglich doch schneller unterwegs, als es ihm vorkam? Er griff in seine Haare, die sich fremd anfühlten, staubig und zerzaust, wie getrockneter Seetang. Wenn er sich nur für einen Moment hinstellen könnte oder sich setzen, das Kniegelenk beugen. Seit dem letzten senkrechten Abzweig war das nicht mehr möglich und das konnte schon Stun-

den her sein. Er hatte kein Zeitgefühl mehr. Zudem konnte er die zurückgelegte Strecke nicht mehr einschätzen. In seinem Kopf bezeichnete er die Abschnitte als Längen in Anlehnung an einen Schwimmer. Langsam drehte er durch. Vorhin war es ihm, als hätte er ein Licht gesehen, Umrisse, Schatten vielleicht. Er robbte darauf zu und tatsächlich zeichneten sich Schemen ab. Dann fasste er in einen stillstehenden Ventilator, der in einem Gehäuse hing. Dahinter war ein Gitter und wie Peter glaubte ein unbeleuchteter Raum. Möglicherweise befand er sich bereits auf der Ebene des Kellers, denn mehrfach hatte er nun schon teilweise recht steil abwärts führende Passagen hinter sich gelassen. Niemals war er jedoch emporgestiegen, da alle anderen nach oben führenden Wege senkrecht verliefen. Er rüttelte an dem Gitter hinter den Rotorblättern, aber der Kasten, der an dieser Stelle vor die Öffnung geschraubt war, bewegte sich keinen Millimeter. Fast wäre er so weit gewesen, um Hilfe zu rufen, dachte dann aber wieder an den bedauernswerten Luther. Tränen traten in seine Augen, Tränen der Traurigkeit, Tränen der Verzweifelung und Tränen der Wut, salzig und weich. Schließlich hatte er sich von dem Gitter entfernt und einen anderen Weg eingeschlagen, bis zu diesem überraschenden Schachtende. Peter glaubte zu bluten, ertastete eine feuchte Stelle im Zentrum seines Schädelknochens. Er kroch ein Stück zurück, streckte seinen Körper, dann wälzte er sich auf den Rücken. Seine Arme, die noch immer über dem Kopf ausgestreckt dalagen, schob er langsam nach außen. Er wollte jeden Zentimeter seines Gefängnisses ausnutzen. An der rechten Seite hatte er schnell die Wand erreicht,

doch links blieb sie aus. Immer weiter bewegte er den Arm und streckte ihn schließlich in ein angrenzendes Nichts hinein. Peter untersuchte die Stelle genau, tastete vorsichtig nach den Rändern. Und in der Tat, hier war ein Kanal, der rechtwinklig abbog. Die Wände waren jedoch nicht glatt, sondern bestanden aus gemauerten Ziegelsteinen. Deutlich konnte er den aus den Fugen gequollenen Mörtel fühlen. Auch war der Durchlass etwas schmaler und die Decke niedriger. Er schob den Kopf und die Schultern voran durch die seitliche Öffnung. Es war eng. Stück für Stück, wie eine Raupe, manövrierte er seinen Körper weiter. Jetzt war er bis zur Körpermitte um die Ecke gebogen. Trotz der stark eingeschränkten Bewegungsfreiheit genoss er diese Position für einen Augenblick, ermöglichte sie ihm doch, den Rücken relativ weit nach vorne zu beugen. Aber schon Sekunden später stieg Panik in ihm auf. Wie um alles in der Welt sollte er seine Beine gegen die natürlichen Bewegungsmöglichkeiten der Kniegelenke um diese Ecke zwängen? Bereits wenige Zentimeter weiter verkanteten sich Füße und Oberschenkel schmerzhaft an den Wänden. Peter versuchte in einer geschmeidigen Bewegung eine Drehung des Rumpfes bei gleichzeitigem Anziehen der Beine. Nun neigte er den Oberkörper seitlich bis zur Schmerzgrenze. In dieser Haltung glitt er Stück für Stück voran. Bald hatte er den kritischen Punkt überwunden und lag mit um 90 Grad angewinkelten Knien auf seiner rechten Seite.

Sie hatten eigentlich schon viel zu lange gewartet. Irgendetwas musste passiert sein, irgendetwas lief nicht nach Plan, zumindest nicht nach Bartletts Plan. Die Män-

ner, die vor den unterschiedlichen Ausgängen des Belüftungssystems ihre Posten bezogen hatten, meldeten reihum keine besonderen Vorkommnisse. Welche Möglichkeiten gab es, wenn Peter Saunders nicht bald aus der einen oder anderen Öffnung gekrochen käme? Es war nahezu auszuschließen, dass er einen anderen Weg gefunden hatte. Bartlett hatte das anhand des Plans auf seinem Schreibtisch nun schon zweimal kontrolliert. Er konnte sich unmöglich außerhalb des überwachten Areals befinden. Das hätte so mancher seiner Leute aufrecht gehend kaum geschafft. Andererseits? Nein, das konnte nicht sein, viel wahrscheinlicher war es, dass dieser Saunders kraftlos und von schlimmen Krämpfen gepeinigt in einem der Verbindungsschächte lag. Man musste etwas unternehmen.

- „Wir sollen in den Schacht kriechen?"

Bartlett hatte über Funk zu allen Einheiten gleichzeitig gesprochen und war eigentlich auch der Ansicht, seine Anweisungen eindeutig formuliert zu haben. Er überlegte kurz, welcher seiner Leute sich zu der Nachfrage erdreistet haben könnte. Da die Leitung anschließend stumm blieb, ja nicht einmal ein blöder Kommentar oder das übliche Gelächter der anderen zu hören war, schien der aufgekommene Zweifel angebracht. Natürlich war keiner scharf darauf, zu einem gefährlichen Verbrecher in den Schacht zu klettern, zumal seine Leute nicht annehmen konnten, dass er unbewaffnet war. Aber was bildeten die sich eigentlich ein? Bartlett musste Stärke zeigen.

- „Verdammt noch mal, ihr seid hier nicht beim Häkelkränzchen. Wir haben einen Job zu erledigen. Ein

Mann pro Team wird mit einer Taschenlampe ausgerüstet bis zur nächsten Biegung in den Schacht hineinkriechen und nachschauen, ob der Flüchtige zu sehen ist. Wird's bald!"

Gemäß der Machtverhältnisse im jeweiligen Team machte sich der Schlankste, der Kleinste oder der Rangniedrigste auf den Weg durch das Lüftungssystem. Von einigen Punkten her traf man relativ schnell auf einen Abzweig, von anderen aus dauerte es länger. Nach einiger Zeit jedoch konnten alle den Lichtschein eines Kollegen erkennen. Sie verständigten sich durch die verabredeten Blinkzeichen. Einen Fremden hatten sie nicht entdecken können. Bartlett schraffierte die Strecken, die seine Männer überprüft hatten. Vier von ihnen erhielten daraufhin die Anweisung, noch etwas weiter in das System einzudringen. Nach einer Weile konnten aber auch sie einen weiteren Sichtkontakt melden. Und wieder schickte Bartlett sie tiefer hinein, mal nach links, mal nach rechts. So durchforsteten sie systematisch den gesamten Bereich und Bartlett schraffierte, Strecke für Strecke. Dann schüttelte er ernüchtert den Kopf. Abermals nahm er sich die Pläne vor. War es wirklich möglich, dass Saunders schon so weit gelangt war? Befand er sich tatsächlich bereits im alten Schachtsystem? John Bartlett betrachtete die Maße neben den eingezeichneten Verläufen, sie variierten zwischen einem halben Meter und 40 Zentimetern im Quadrat. An einigen Stellen musste er sich demnach diagonal hindurchschieben und wenn der Kanal abbog, musste er fast steckenbleiben. Bartlett sah es förmlich kommen, wie sie ihn mit schwerem Gerät würden befreien müssen. Sein

Finger folgte dem Verlauf. Im unteren Bereich war ein riesiger Hohlraum. Nein, das war kein Raum, sondern vielmehr eine Röhre. Um Himmels Willen! Das war der hintere Bereich des Tunnels. Natürlich war der Belüftungskanal nicht direkt mit dem Tunnel verbunden, vielmehr endete er an einem parallel verlaufenden Gang, von welchem aus der Tunnel über mehrere Luken begehbar war. Der Kontrollraum und die ersten Kilometer wurden über das neue, betonierte System belüftet, aber nach knapp dreieinhalb Kilometern stieß man auf den alten Teil des Tunnels. Dort befanden sich die gemauerten Schächte und dort befand sich auch Peter Saunders. Bartlett sprang auf, eilig lief er durch die Gänge, trat nach draußen, rannte über einen Innenhof, verschwand im Nebengebäude. Während er Treppen abwärts rannte, brüllte er in sein Funkgerät.

Die Schmerzen waren fast unerträglich. Peter hielt sie nur deshalb aus, weil sie ständig an anderen Stellen seines Körpers auftraten. War es tatsächlich so, dass man immer nur einen Schmerz spüren konnte? Konnte ein starkes Ziehen im unteren Rückenbereich das Stechen in seinen Knien wirklich übertreffen oder waren die Signale aufgeschürfter Handflächen, wenn man sich darauf aufstützte, stark genug, alles andere zu überlagern? Sicher schien nur, dass er seit langer Zeit nicht mehr völlig schmerzfrei war. Dazu kam die klaustrophobische Panik, in der er sich befand. Die extreme Enge des Schachtes zwang ihn nun fast permanent in eine unbequeme Seitenlage, wenn er sich fortbewegen wollte. Würde er nicht bald aus dieser Hölle herausfinden, musste er zwangsläufig verrückt werden.

Egal was danach passieren sollte, jetzt war er so weit, sich sofort zu ergeben, wenn sich eine Ausstiegsmöglichkeit böte. Laut würde er um Hilfe rufen. Sollten sie ihn doch einsperren. Keine Zelle konnte so eng sein wie dieser verfluchte Schacht. Peter versuchte sein Gehirn auszuschalten. Er musste einfach nur vorwärts robben, bloß nicht darüber nachdenken, wie lange noch. Denken war das Gefährlichste in dieser Situation. Er atmete, bewegte die schmerzenden Glieder, beugte und streckte sie, zog und schob, voran, nur voran. Fast unmerklich hatte sich ein neues Gefühl eingestellt. Urplötzlich drang es mit aller Gewalt an die Oberfläche des Bewusstseins. Kälte! Mit einem Male war es bitterkalt. Ein eisiger Luftstrom blies ihm ins Gesicht. Die Kälte hatte die anderen Empfindungen von der Bildfläche verdrängt. Peter zitterte, nein er schlotterte regelrecht. Dennoch kroch er weiter und mit einem Mal sah er seine Hände, das heißt, er nahm die sich vor ihm bewegenden Schemen wahr, an denen sich ein fahles Licht brach, ein Licht am Ende des Schachtes. Jetzt konnte er alle Kräfte mobilisieren. Das war die Rettung. Rasch brachte er den letzten Streckenabschnitt hinter sich, man hätte sagen wollen im Laufschritt. Dann berührte er das Gitter. Dahinter lag offenbar ein schmaler Gang, aber groß genug, um aufrecht stehen zu können. Mit beiden Händen drückte er gegen die eiskalten Stäbe. Das Eisen brannte auf seiner Haut und die dazwischen gespannten dünnen Drähte schnitten sich in das wunde Fleisch. Peter drehte sich, so gut es ging, auf den Rücken. Mit den Füßen suchte er Halt an einem vorstehenden Ziegelstein. Dann stemmte er sich mit den Schultern gegen

die Absperrung. Sie gab nach, wölbte sich und brach dann an einer Seite krachend aus der Wand. Mit seinem linken Arm bog er den Metallrahmen nach außen und ließ seinen Körper aus der Öffnung gleiten. Er konnte sich dabei an einem Kabel festhalten, das an der Wand entlang geführt war. Wenig später saß er mit angezogenen Beinen auf dem Boden des Ganges. Auch hier war es sehr kalt, zumindest herrschte aber keine Dunkelheit. Peter sah sich um. In größeren Abständen waren Lüftungsschächte in das marode Mauerwerk eingelassen. An der gewölbten Decke waren schwach leuchtende Neonröhren angebracht, vielleicht waren sie auch nur staubig. Seinem Luftschacht gegenüberliegend war eine kleine Luke montiert, an der sich grobe Griffe und Hebel befanden. Peter sah, dass der Gang zu beiden Seiten schier endlos war. Er führte, geziert von dem dünnen Neonstreifen, in ein weites, gerades, unfassbares Nichts. Peter überlegte in welche Richtung er gehen sollte, eine war so gut wie die andere. Er hätte nicht einmal sagen können, von wo er gekommen war. Nur noch einen Moment sitzen bleiben. Dann hörte er ein Geräusch oder hatte er es sich eingebildet? Ein Kratzen, als schöbe jemand einen schweren Stein über einen rauen Fußboden. Dann war es weg. Kurz darauf waren eindeutig Schritte zu hören und am Ende des Ganges bemerkte er hektische Bewegungen. Er musste weiter. Aber wenn er den Gang entlang flüchtete, würden sie ihn sehen, möglicherweise sofort das Feuer eröffnen. Er musste sich verstecken. In den Schacht würde er nicht noch ein zweites Mal klettern. Soviel stand fest. Peter musste sich entscheiden. Mit einem Ruck öffnete er die

Luke auf der anderen Seite. Er musste dazu lediglich den Hebel nach unten ziehen. Die Luke war schwerer als gedacht, ein Bullauge aus massivem Stahl, aber sie ließ sich fast geräuschlos schwenken. Er kletterte durch die Öffnung und lehnte die Luke leise an.

Bartlett und sein Team wussten genau, was sich hinter dem Schott befand und sie wussten auch, dass es verboten war, sich während eines Tests hier aufzuhalten. Aber sie hatten es sich schließlich nicht ausgesucht.

Nachdem mehr oder weniger feststand, dass der Flüchtige die untere Ebene des Laboratory mit dem Forschungstunnel erreicht hatte, mussten sie dorthin, um ihn endlich zu schnappen. Wie bei jedem Testlauf war jedoch die Schleuse zwischen dem äußeren und dem inneren Teil des Labors verschlossen. Zugang hatten in dieser Zeit nur wenige Personen: Shane, Myers, Mason, die Techniker. Kein anderer Weg führte in das innere Forschungsareal hinein, zumindest kein offizieller. Peter Saunders war im Begriff, durch den Belüftungsschacht in den älteren Teil dieses Bereichs zu kriechen. Bartlett war klar, dass es keine Option war, diesem Verrückten auf dieser Route zu folgen. Sie hätten ihn nicht mehr einholen können und er selbst hätte ja auch gar nicht hindurchgepasst. Bartlett griff zu seinem Handy. Er musste Myers über den neuesten Stand informieren, ihn bitten, den Versuch zu stoppen und die Tür zu entriegeln. Danach würde man mit dem Hoover durch den Tunnel zu der Stelle fahren, wo der alte Luftschacht auf die Tunnelröhre traf. Dort konnte man Saunders einsammeln. Aber was, wenn er nicht da wäre? Das würde Myers Geduld endgültig aufbrauchen. Eine

andere Möglichkeit war es, Myers nicht zu informieren und durch das neuere Belüftungssystem in den inneren Bereich zu gelangen, um anschließend den Gang neben dem Tunnel zu nehmen. Diesmal stellte sich Bartlett Robert Shanes Gesicht vor, während er mit seinen Männern aus dem Belüftungsschacht in den Kontrollraum kletterte. Heiliger Strohsack! Nein, das war auch keine gute Idee. Selbst wenn sie einen anderen Ausgang entlang des Ganges nehmen würden, könnten Shane und die anderen sie bemerken und das würde weiteren Ärger geben. John Bartletts Gedanken kreisten, und sie kreisten schließlich um das gesamte Areal des Mount Maroon Laboratory herum, um schließlich an einer Stelle haften zu bleiben, am Ausgang des alten, seit vielen Jahren nicht mehr benutzten Abwasserkanals. Dieser war die einzige Möglichkeit, sich dem alten Teil des Labors von der anderen Seite her zu nähern. Sie hatten ihn erst kürzlich gründlich inspiziert, um festzustellen, ob Saunders auf diese Weise in den Tunnelbereich eingedrungen war. War er aber nicht.

Wenige Minuten später fuhr Bartlett mit vier seiner Männer zum Ausgang des Siels. Für die schweren Eisentore am Ende hatten sie Schlüssel und mit Stemmeisen konnten sie die weiteren Absperrungen locker überwinden. Jetzt galt es einige hundert Meter durch die stinkende, brackige, zähe Flüssigkeit zu waten. Sie reichte ihnen bis zu den Oberschenkeln. Im weiteren Verlauf verfügte der Kanal über eine schmale Trittleiste, die sie sich allerdings mit Hunderten Ratten teilen mussten. Bartletts Ortungsgerät zeigte ihnen die Stelle, an der sie den Kanal über einen Gully verlassen konnten. Jetzt gin-

gen sie durch den parallel zum Tunnel verlaufenden Gang und kontrollierten die Gitter vor den Belüftungsschächten. Bald hatten sie den schadhaften Ausgang entdeckt. Das Gitter war durch einen harten Schlag aus der Verankerung gesprengt worden. Und genau gegenüber war das Schott zum Forschungstunnel lediglich angelehnt. Zweifellos war jemand hier gewesen, zweifellos war dieser jemand durch die Luke in den Tunnel geklettert und zweifellos war dieser jemand Peter Saunders. Die Schotts entlang des gesamten Tunnelverlaufs dienten der Sicherheit und der Wartung, waren aber aufgrund der Tatsache, dass jedes nicht zum Energiefeld gehörende Element den Versuch negativ beeinflussen konnte, sehr schmal. Einer nach dem anderen zwängte sich hindurch, John Bartlett voraus, dann seine vier Begleiter. Ein weiteres Mal verfluchte Bartlett seine schusssichere Weste. Er wusste doch, dass in dieser Hinsicht keine Gefahr drohte, aber er wollte sich in Bezug auf sein Wissen keine Blöße geben. Wenigstens hielt sie diese verfluchte Kälte ab. Die Temperatur im Tunnelinneren ließ sie beinahe erstarren. Ein lautes Surren war zu hören, fast ein Schwirren. Nur langsam gewöhnten sie sich an das gedämpfte milchiggraue Licht. Im Schein ihrer Lampen erkannten sie schließlich eine Gestalt, den Eindringling. Kaum hatte dieser sie wahrgenommen, begann er auch schon wieder zu rennen, doch seine Erschöpfung war groß. Schon nach weniger als 50 Metern waren sie ihm dicht auf den Fersen. Er blickte sich nach ihnen um. Bald würden sie ihn eingeholt haben. Die Männer hätten nicht sagen können, ob sich ihre Pupillen durch die Gewöhnung an das schwache Licht geweitet

hatten oder ob es tatsächlich etwas heller geworden war. Fest stand nur, dass sich abrupt eine deutlich verbesserte Sicht einstellte. Doch war die angenehme Beleuchtung nur von kurzer Dauer. Plötzlich zuckte ein Blitz durch den Tunnel. Er überstrahlte alles, was sie kannten. Danach herrschte eine grenzenlose Leere.

29. DIE LAGE IST ERNST

Raymond Myers Magen durchfuhr eine wellenartige Unruhe als er das Symbol für die Play-Taste auf dem vor ihm liegenden Laptop anklickte. Den anderen gegenüber hatte er bisher nur Andeutungen gemacht, zu mehr war er nicht in der Lage. Mason hatte ihn gebeten, das Sicherheitssystem zu überprüfen, da die Kontrollinstrumente während des Experiments einige Anomalien registrierten. Myers hatte sich daraufhin die Videoaufzeichnungen aus dem Tunnelinneren zur Zeit des Testlaufs angesehen. Diesmal waren alle Kameras funktionstüchtig und eingeschaltet. Seit dem Unfall herrschte ein erhöhter Sicherheitsstandard.

Er hatte die Szene nun schon ein Dutzend Mal gesehen, auch rückwärts, in Zeitlupe und in Step-by-Step-Bildern. Glauben konnte er es noch immer nicht, aber da kein technischer Fehler vorlag, hatte er Robert Shane, Alan Mason und Terry Haze in den großen Konferenzraum gebeten und den Beamer angeschlossen. Alle waren ohnehin in heller Aufregung, da man die Eindringlinge, die in Shanes Anbau eine Spur der Verwüstung hinterlassen hatten, noch nicht fassen konnte. Einen hatte der Sicherheitsdienst zwar erschossen, aber der oder die anderen waren flüchtig. Und seit Stunden waren nun auch John Bartlett und eine Handvoll Sicherheitsleute verschollen.

Gebannt starrten sie auf die Leinwand. Die Szenerie war dunkel, nur schemenhaft erkannte man das schwach beleuchtete Innere des Tunnels. Man sah aus diesem Blickwinkel etwa 100 Meter weit. Ein Surren kennzeich-

nete die Vorbereitungsphase des Testlaufs. Dann waren Schritte zu hören, ihre Frequenz und der Widerhall bedeuteten, dass mehrere Menschen durch den Tunnel rannten. Auch Stimmen erklangen, etwas wie „Stehen bleiben“ und „Halt, nicht weiter“. Plötzlich nahm die Beleuchtung von den Wänden ausgehend rasch zu. Ein eindeutiges Anzeichen dafür, dass die entscheidende Phase des Versuchslaufes gestartet wurde. Und dann sahen sie den Rücken eines Mannes, der durch die Röhre hechtete, als laufe er um sein Leben; und sie erkannten ihn. Es war Peter Saunders. Wenige Meter dahinter kam John Bartlett ins Bild und schließlich vier weitere Männer. Sie verfolgten Saunders. Während sich die Männer von der Kamera entfernten und auf der Leinwand allmählich kleiner wurden, nahm das Licht stetig an Intensität zu. Plötzlich erfasste ein heller Blitz die Szene, gleißend helles Licht. Unwillkürlich hielten sich die Betrachter die Hände vor die Augen. Doch schon wenige Augenblicke später reduzierte sich die Leuchtkraft abrupt auf die gedämpfte Beleuchtung, wie sie zu Beginn der Aufzeichnung herrschte. Deutlich sah man jetzt vier Personen auf dem Tunnelboden liegen. Myers drückte die Stop-Taste.

Shane, Mason und Haze blickten starr auf die Leinwand, obwohl es dort gar nichts mehr zu sehen gab. Keiner von ihnen sagte etwas. Das Nachbild auf ihrer Netzhaut tauchte die Toten in ein rötliches Licht, was den Eindruck der Unvollständigkeit nur noch verstärkte. Das eigentlich Erschreckende waren nicht die vier leblos daliegenden Körper, sondern das Fehlen der beiden anderen. Myers unterbrach die Stille:

- „Wir haben die vier mittlerweile geborgen und Dr. Jenkins hat sie bereits untersucht. Sie starben allesamt an einem Herzschlag, genau wie Perkins und Tomczak."

- „Wo sind die anderen?"

Robert Shanes Stimme war belegt. Er blickte immer noch in Richtung der Leinwand, gerade so, als läge dort die Antwort. Myers wandte sich erneut seinem Laptop zu. Er ließ die Szene rückwärts laufen, dann wieder ein Stück vorwärts.

- „Ich will Ihnen etwas zeigen. Sehen Sie ganz genau hin!"

Der Film setzte an der Stelle ein, an der Peter Saunders ins Bild kam. In der Superzeitlupe erkannte man ihn noch deutlicher. Man sah, wie er sich sogar kurz umdrehte. Diese Sequenz war es, welche die Gehirne der Betrachter zu seiner Identifizierung verwendet hatten und zwar, ohne dass es den Männern beim ersten Abspielen aufgefallen wäre. Aber da man ihn ansonsten nur von hinten sah, musste es so gewesen sein. Bartlett war ohnehin an seiner Statur gut auszumachen. Wieder setzte die starke Lichtzunahme ein, während die Männer diesmal ein Schneckenrennen veranstalteten. Auch der Blitz kam nicht schlagartig, sondern schrittweise und kurz bevor er seine volle Intensität entfaltete, lösten sich die Körperumrisse von Peter Saunders und John Bartlett scheinbar in Luft auf.

- „Oh, mein Gott …"

Myers hielt das Bild an und wechselte in den Step-by-Step-Modus. Jetzt schaltete er zwischen zwei Bildern hin und her. Auf dem einen waren sechs Männer zu erkennen, auf dem anderen lediglich vier.

Eigentlich wollte Terry Haze seinem Ärger über den ungenehmigten Testlauf Luft machen, jetzt atmete er lediglich hörbar aus, vielleicht konnte man es sogar als ein Seufzen deuten. Die Ereignisse hatten ihn überrollt.

- „Ich kann Ihnen nur dringend empfehlen, die beiden wieder auftauchen zu lassen, sonst sehe ich mich gezwungen …"

Myers schaute ihn durchdringend an.

- „Was? … Dem Spuk ein Ende zu bereiten? Was glauben Sie, was wir hier machen? Seit einem halben Jahrhundert versucht Mr. Shane einen Menschen in eine andere Zeit zu teleportieren und Mr. Masons Großvater hat dafür die Grundlage geschaffen. Und nun scheint es funktioniert zu haben."

Haze war ungehalten.

- „Großartig, Mr. Myers! Es ist Ihnen ja sogar gelungen gleich zwei Menschen zu … verschicken. Vielleicht ist das ja die ultimative Antwort auf das Problem der Überbevölkerung. Wir siedeln einfach zwei Milliarden Menschen in Zeiten an, in denen die Erde noch fast menschenleer war. Das ist nobelpreisverdächtig. Das zwei Drittel die Reise nicht überleben, so wie die vier da, betrachten wir mal als – sagen wir – Kollateralschaden. Sie wollen mir doch nicht ernsthaft weismachen, dass wir eben den Aufbruch von Zeitreisenden gesehen haben."

Nun wurde auch Raymond Myers lauter.

- „Mr. Haze, wir sind keine Varietékünstler, die weiße Kaninchen in schwarzen Zylindern …"

- „Oh nein, Ihr Zylinder ist wahrlich etwas größer und zudem strahlend weiß."

Robert Shanes Stimme hatte sich erholt. Sie klang jetzt geradezu energisch.

- „Meine Herren, bitte! Wir haben dringende Probleme zu lösen. Offenbar sind wirklich zwei Männer in eine andere Zeit versetzt worden. Zwei Männer, die darauf nicht vorbereitet waren, die nicht ausgebildet sind wie Mr. Mason, ja, die nicht einmal wissen, dass Zeitreisen überhaupt möglich sind."

- „Sie glauben es wirklich, nicht wahr?", sagte Haze ruhig. „Ich frage mich nur, warum Sie mit großem technischem Aufwand eine Kapsel bauen, wenn es offenbar ausreicht, einfach durch den Tunnel zu laufen."

- „Sie haben recht, das ist wirklich erstaunlich … aber, sehen Sie, die Kapsel und die Schutzanzüge dienen eher der Sicherheit vor Verbrennungen. John Bartlett und Mr. Saunders sind aber, wie wir gesehen haben, vor der eigentlichen Explosion verschwunden, so dass ich ihnen eine reale Chance gebe, körperlich unversehrt im Jahre 1947 einzutreffen."

Mit einigem Unbehagen lenkte Terry Haze das Gespräch darauf, was passieren würde, wenn 1947 plötzlich Typen wie der eigenwillige Saunders und der ungehobelte Bartlett auftauchten, die erklärten, aus der Zukunft zu kommen. Man sollte möglichst schnell recherchieren, ob es Meldungen über solch ein Ereignis gab. Natürlich wusste Haze von Dutzenden derartiger Berichte. Zu allen Zeiten gab es Leute, die haarsträubende Dinge behaupteten, aber, wenn es hier einen realen Bezug gäbe, müssten die Namen der beiden dokumentiert sein. Doch was wäre, wenn sie durch die Zeitreise verrückt wurden und sich an

nichts erinnern konnten. Dieser durchgeknallte Saunders wusste schon jetzt nicht genau, wer er eigentlich war.

Jetzt beteiligte sich auch Mason an der Diskussion. Die Sache wurde konkreter und natürlich hatte er als potentieller Zeitreisender ein großes Interesse daran, was durch einen intertemporalen Austausch ausgelöst wurde und wie man daraus möglicherweise erwachsende Gefahren abwenden konnte. Robert Shane und Raymond Myers durchschauten das Manöver.

- „Ich teile die Besorgnis, Mr. Haze. Man darf das Schicksal der Welt nicht in die Hände dieser Männer legen. Die Folgen könnten in der Tat verheerend sein."

Terry Haze nickte, Mason war auf dem richtigen Weg.

- „Ich sehe daher keine andere Alternative, als ihnen in das Jahr 1947 zu folgen und die Dinge wieder gerade zu rücken. Wir sollten möglichst schnell die Kapsel startklar machen."

An Mr. Hazes Gesicht sah man deutlich, wie er innerlich das Für und Wider abzuwägen begann, sich einen Moment lang gegen das eindeutige Ergebnis wehrte, es aber in Ermangelung von Gegenargumenten akzeptieren musste. Die Würfel waren gefallen.

- „Ich gebe Ihnen recht. Sie werden den beiden folgen, Mr. Mason. Ich dachte nur, wir brauchen gar keine Kapsel?"

- „Wir sollten kein unnötiges Risiko eingehen", antwortete Myers so knapp wie möglich, darauf bedacht, der Diskussion keine neue Nahrung zu geben.

Robert Shane setzte den Rollstuhl zurück. Die Unterredung war beendet. Haze, Myers und Mason standen auf

und gingen. Als sie an der Tür waren, dröhnte Robert Shanes Stimme durch den leeren Saal.

- „Alan, würdest du bitte noch einmal herkommen."

Der Physiker verabschiedete sich von Mr. Haze und Raymond Myers und ging vorbei am Konferenztisch zurück zu Shane.

- „Setz dich bitte, Alan. Hier, neben mich."

Da Robert Shanes Rollstuhl etwa zwei Meter hinter dem Tisch stand, nahm sich Mason einen Stuhl und stellte ihn neben den Alten. Er wusste, dass sie mit dem Verlassen des Tisches auch den offiziellen Rahmen verlassen hatten. Was jetzt kam, war privater Natur, war nur für ihn bestimmt. Er sah wie Robert Shanes Augen leuchteten. Trotz aller Besorgnis über die Situation war Leben darin. Sie funkelten geradezu, nicht bedrohlich, sondern waren voll gütiger Leidenschaft.

- „Du weißt, dass dein Großvater und ich große Freunde waren. Wir haben einander vertraut. Nicht so, wie Raymond und ich uns vertrauen. Raymond ist auch ein feiner Kerl und ich weiß, dass ich mich jederzeit auf ihn verlassen kann. Aber mit deinem Großvater war es noch etwas anderes. Wir brauchten nicht viele Worte. Jeder wusste, was der andere dachte und handelte fast automatisch in seinem Sinne. Und wenn es Probleme gab, haben wir uns geholfen, wo wir konnten. Weißt du, was ich meine?"

Mason schaute Shane fest an. Er wusste das alles. Das war nichts Neues. Mr. Shane brauchte eine Einleitung, eine feierliche Rahmung für das, was er eigentlich sagen wollte.

- „Alan, dein Großvater war ein tadelloser Mann. Er stand zu seinem Wort und doch gab es da eine Sache, die … ich will sagen, etwas pikant ist … Der alte Albert hatte mehrere Jahre lang ein Verhältnis mit einer Frau aus Bryson City, einer verheirateten Frau. 1972 wurde sie schwanger. Sie schob das Kind ihrem Mann unter und beendete die Affäre. Niemand hat je davon erfahren, außer den beiden … und mir natürlich. Sie hatten sich damals in meiner Jagdhütte an den Mingo Falls getroffen. Nun ja, der Knabe wuchs heran und alle waren zufrieden. Dein Großvater ist ihm bis zu seinem Tod 1992 nie begegnet. Rose, die Mutter, wollte es so. Vor ein paar Jahren nun kam sie zu mir. Ihr Sohn war arbeitslos und drohte auf die schiefe Bahn zu geraten. Er hatte aufgrund seiner bisherigen Arbeit diverse Kontakte zu Halbweltkreisen. Er bewegte sich eben immer an der Grenze zwischen dem Legalen und dem Illegalen, wenn auch immer knapp auf der richtigen Seite."

- „Was hat er denn beruflich gemacht?"

- „Security, Personenschutz, Objektsicherung, die ganze Palette … Also sie kam zu mir und bat mich ihm eine Chance zu geben. Natürlich sollte er nie erfahren, dass sie hier war und auch nicht, wer sein richtiger Vater war."

- „Um wen handelt es sich, Mr. Shane?"

Robert Shane wandte sich wie ein gefangener Fisch, der im Netz hing. Vielleicht hatte er sich zu weit vorgewagt. Jetzt war ihm sichtlich unwohl bei der Sache, aber er musste es aussprechen.

- „Alan, John Bartlett ist dein Onkel, beziehungsweise Halbonkel, wenn es so etwas gibt."

30. HINTER DEM SPIEGEL

Sein Schädel war groß und hart. Während seiner Zeit als Türsteher im Wild Horse hatte er damit einigen Männern die Nase gebrochen. Man könnte sagen, es war seine Spezialität, die er immer dann servierte, wenn es hart auf hart ging oder auch wenn er einsehen musste, dass Worte nicht weiterhalfen. Letztlich hatte ihn eine derartige Darbietung auch den Job gekostet, als er dem Vizedirektor der Bank, an die bereits das gesamte Mobiliar des Ladens und unter der Hand wohl auch einige der Tänzerinnen verpfändet waren, in Form eines gezielten Stoßes die Stirn bot. Der schmächtige Mann im dunkelblauen Zweireiher hatte ihn barsch zur Seite schieben wollen. Einige der Umherstehenden wollten auch eine unflätige Bemerkung gehört haben, aber darum ging es gar nicht. John Bartlett konnte es einfach nicht ertragen, übergangen zu werden. Er wollte jedem, der das tat, ein Andenken mit auf den Weg geben.

Doch jetzt war es sein Hirnkasten, der schmerzte. Der Sicherheitschef des Mount Maroon Laboratory war gegen einen Baum geprallt, der an dieser Stelle einfach nicht hätte stehen dürfen. Neben der Beule bereitete ihm aber eine ganze andere Sache Kopfzerbrechen. Es war wie ein Filmriss, genauer gesagt ein Filmwechsel. Ein beknackter Vorführer hatte beim Austausch der Rolle daneben gegriffen. Man sah den einen Film und dann ohne jede Vorwarnung war man in einem anderen. Das Dumme war nur, dass er sich an den ersten Film auch nicht so recht er-

innern konnte, nur eben, dass es ein anderer war, daran bestand kein Zweifel. Da war dieser Blitz, dann eine träge Dunkelheit, durch die sich einzelne Flammen fraßen. Er selbst lag auf dem Rücken auf einem steinharten Waldboden, durch den grobes Wurzelwerk mäanderte. Ein Wagen fuhr heran, Männerstimmen riefen, ein wildes Durcheinander. Die Feuerwehr traf ein, löschte die Flammen. Erinnerungsfetzen. Bartlett hatte sich auf den Bauch gerollt und sah unter einer Tanne hindurch auf eine von Scheinwerfern bestrahlte Lichtung. Dort lagen zwei Gestalten, die von den Feuerwehrleuten eingesammelt wurden. Der Tross zog ab und in der Stille drehte Bartlett sich wieder um. Er war erschöpft, wollte schlafen, endlich schlafen …

Der Lärm war ohrenbetäubend, doch John Bartlett war nicht schreckhaft. Angst kannte er nicht, höchstens vorsichtiges Misstrauen. Allerdings mochte er es nicht, unsanft geweckt zu werden, erst recht nicht, wenn er einen Kater hatte. So dachte er mit geschlossenen Augen und ohne unnötige Bewegungen zu machen darüber nach, woher dieses penetrante Pfeifen kommen konnte. Auch spürte er etwas sehr Hartes unter seinem rechten Schulterblatt, fast so, als läge er auf einem Gewehr. Vielleicht sollte man doch mal einen Blick riskieren? Sachte öffnete sich ein Lid, kurz danach das Zweite. Stahlblauer Himmel schimmerte durch ein Gewirr rußgeschwärzter dürrer Äste. Der angebrannte Wald, die Lichtung! Er wusste wieder, wo er war, aber das schrille Pfeifen war nicht verstummt. Langsam drehte er ein wenig den Kopf, hob die linke Braue und konnte im Augenwinkel einen

kleinen Vogel erkennen, keine 20 Zentimeter von seinem Ohr entfernt. Der Gelbscheitel-Waldsänger war kaum größer als seine Faust, unscheinbar braunweiß gefiedert, aber keck mit der namensgebenden leuchtenden Mähne versehen. Nach Vogelart reckte er den Kopf in Bartletts Richtung, ließ seine Brust anschwellen und stieß gleich darauf eine Tirade heller Schreie aus. Jetzt war die Geduld des Sicherheitsmanns endgültig aufgebraucht. Wütend fuhr er hoch.

- „Was ist das hier für ein Scheiß?"

Der Gefiederte wusste instinktiv, dass die Vorführung seiner Sangeskünste für heute beendet war und flog laut schimpfend davon. Erst jetzt erfasste Bartlett den ruinösen Zustand seiner Kleidung. Sie war stark angesengt und hing in losen Fasern von ihm herab. Einzig seine schusssichere Weste sah passabel aus, aber allein damit bekleidet würde er nicht weit kommen. Seine Hände waren schwarz verrußt, vermutlich auch sein Gesicht. Deswegen hatte der Vogel ihn nicht erkannt und gedacht, er könne sich einen Spaß mit ihm machen. Das Funkgerät und sein Revolver hatten äußerlich nur wenig Schaden genommen, wenngleich sie, wie er feststellen musste, ihre Funktionstüchtigkeit eingebüßt hatten. Die Waffe klickte nur noch und auch alle Bemühungen zur fernmündlichen Kontaktaufnahme blieben unbeantwortet. Irgendetwas stimmte hier nicht. Er würde sich später darum kümmern. Jetzt musste er sich erstmal waschen, neue Kleidung besorgen und frühstücken. Das waren die Dinge, die wirklich zählten. Bevor er ging, inspizierte er die Örtlichkeit gründlich, eine Feuerstelle, verkohlte Baumstümpfe und Reifenspu-

ren. Letztere würden ihn zu den beiden Männern führen, die man abtransportiert hatte. Bartlett folgte dem Waldweg talwärts. Nach wenigen hundert Metern löste sich die Sohle seines rechten Schuhs. John Bartlett war stinksauer.

31. ZURÜCK

Die Bilder passten wieder einmal nicht zueinander. Zwischen dem, was er als letztes sah und dem, was jetzt vor seinen Augen auftauchte, lag erneut ein Blitz. Ganz allmählich waren schleierhafte Schemen zu harten Konturen geworden, gerade so als pralle der Strom der Erinnerung gegen ein festes Hindernis. Sein Kopf rumorte und Peter ertastete eine verkrustete Stelle, in der sich seine Haare verklebt hatten. Ein zaghafter Versuch eine Frisur zu formen schmerzte, als würde er sich selbst skalpieren. Er fasste sich ans Kinn. Bartstoppeln! Ja richtig, er hatte sich seit drei Tagen nicht rasiert. Aber immer klarer wurde das Bild, das sich so gar nicht in den Kontext seines Kurzzeitgedächtnisses fügen wollte. War er doch eben noch in dieser milchigen Röhre, blickte er jetzt gegen eine Wand säuberlich gestapelter Baumstämme, die in der Ecke mit anderen im rechten Winkel robust verfugt waren. Er ließ den Kopf auf das warme Kissen zurücksinken, lag mit lang ausgesteckten Beinen auf einem weichen Lager. Sein Blick hob sich zur Decke empor, auch sie war hölzern. Wäre das helle Licht nicht gewesen, hätte man meinen können, man läge in einem begehbaren Sarg, doch der Raum war sonnendurchflutet. Als Peter sich aufrichtete, trat ein bärtiger Riese in sein Sichtfeld.

- „Ich hoffe, Sie haben gut geschlafen, Mr. Saunders. Möchten Sie zwei oder drei Eier zum Frühstück?"

Der Mann zeigte ein breites Lächeln, in dem ein Zahn fehlte. Er hatte rosige Wangen und mächtige Unterarme,

die stark behaart in aufgekrempelten Hemdsärmeln steckten. Eine grob karierte, etwas zu kleine Küchenschürze verlieh seinem Aussehen eine groteske Note. Seine Stimme klang tief, als wäre auch sie aus Holz. Peter sah ihn an.

- „Wo bin ich?"

- „Oh, verzeihen Sie. Sie waren ja etwas benommen letzte Nacht. Ich bin Joe Mattson, Ranger, Stationsarzt und Koch, alles in einer Person. Sie haben ziemliches Glück gehabt ..."

Er machte eine Pause, holte Luft, atmete hörbar aus, holte wieder Luft und sprach schließlich zögerlich weiter.

- „...für ihren Freund ... konnten wir nichts mehr tun."

- „Moment mal, Luther ist tot, oder?"

- „Ach, wusste gar nicht, dass Sie das mitbekommen haben. Ich dachte der Blitzschlag, der ihn getötet hat, hätte auch Sie vorübergehend lahm gelegt. Sah jedenfalls so aus. Seltsamerweise waren Ihre Kleider noch schlimmer verbrannt als die von ..."

Er griff nach einem auf dem Tisch liegenden Block und las den Namen ab:

- „Mr. van Eyck."

- „Luther wurde erschossen."

- „Was? Oh, nein, er wurde von einem Blitz erschlagen, soweit ich das feststellen konnte. Eine Einschussstelle habe ich nicht gesehen und ich muss es wissen. Ich habe den Totenschein ausgestellt – Tod durch Herzstillstand. Also bei der Gelegenheit ... mein herzliches Beileid, Mr. Saunders", sagte er hölzern aber gutmütig.

- „Woher kennen Sie eigentlich meinen Namen?"

- „Ja, das war gar nicht so einfach, wie gesagt, Ihre Sachen konnten wir Ihnen vom Körper fegen. Sie können wirklich von Glück sagen, dass Sie keine schlimmen Verbrennungen haben. In Mr. van Eycks Rucksack fanden wir einen Ausweis. Wir riefen bei ihm zuhause an und eine Dame sagte uns, dass er mit Ihnen zum Wandern gefahren sei. Wo ist eigentlich Ihr Marschgepäck? Das haben wir nicht gefunden. Na ja, vermutlich alles verbrannt."

- „Ich muss meine Frau anrufen."

- „Schon erledigt. Sie ist bereits auf dem Weg hierher, zusammen mit ihrer Tochter. In zwei, drei Stunden müsste sie hier sein."

- „Könnte ich trotzdem …?"

Joe Mattson führte Peter zum Telefon, das in eine umfangreiche, betagt wirkende Funkanlage integriert war. Sofort begann er mit seinen mächtigen Pranken zu wählen. Die Nummer stand offenbar auf demselben Notizblock wie Luthers Name. Jedenfalls schien er sie davon abzulesen.

- „Entschuldigen Sie, dürfte ich das selbst machen?"

Der massige Ranger schaute Peter leicht irritiert an, drückte dann aber auf die Abbruchtaste und gab das Telefon frei.

Kaum hatte er Ellens Handynummer eingetippt, meldete sich Irenes helle Stimme. Peter war gerührt. Er konnte es nicht fassen. Wie war das möglich? Nach allem, was geschehen war. Ellen zeigte keinerlei Auffälligkeiten. Ihre Stimme klang den Umständen entsprechend nervös, schwankte zwischen Erleichterung und Besorgnis. Sie fragte nach seinen Verletzungen und … nach Luther. Pe-

ter erzählte ihr das Wenige, was er von Mattson erfahren hatte. Ellen ließ ihn ausreden, aber an ihrer Reaktion merkte er, dass sie es offenbar schon wusste, vielleicht sogar mehr. Aber was? Peter fragte nach den letzten Tagen, was in ihm selbst die gleiche Art von Befremdung hervorrief, die er bei Ellen spüren konnte. Was wollte er? Sie waren zu Hause, er war gewandert, er war dieser Katastrophe ausgesetzt. Ellen wurde einsilbig. Lediglich Irene sprudelte in die Freisprechanlage hinein. Sie freute sich auf ihren Dad. Noch während des Telefonats fiel Peters Blick auf den Abreißkalender an der Wand vor ihm. Auf dem obersten Blatt stand eine große 12, darunter Juli. Demnach war er noch gestern mit Luther unterwegs, erklomm den Mount Maroon, auf dem sie am Abend rasteten. Aber was war mit all den anderen Ereignissen, den Geschehnissen einer ganzen Woche. Ellen hatte ihn offenbar etwas gefragt, jetzt rief sie seinen Namen, so als wäre die Verbindung gestört. Peter entschuldigte sich. Der Rest des Gesprächs drehte sich um die Fahrtroute, die sie nehmen sollten und die Zeit, die sie dafür benötigen würden. Es endete mit Ellens Versprechen, sich zu beeilen und Peters Mahnung vorsichtig zu fahren.

Peter ging in die Küche, in der Joe die Spiegeleier in einer gewaltigen, gusseisernen Pfanne wendete, nahm sich einen Kaffee aus der warm gestellten Kanne und setzte sich an den groben Eichentisch.

- „Ob ich mich wohl rasieren könnte?"

- „Klar, ich gebe Ihnen gleich was. Sie sollten auch ein Duschbad nehmen, ich habe Sie bisher nur provisorisch gewaschen. Ihre Frau bringt Ihnen neue Kleidung mit."

Erst jetzt merkte Peter, dass er in einem älteren, weinroten Trainingsanzug steckte.

- „Wie haben Sie mich eigentlich gefunden?"

Mattson zeigte den Ansatz eines Grinsens.

- „Reiner Zufall. War ein ziemliches Unwetter, aber ganz plötzlich aufgezogen, ohne Vorwarnung. Das war selbst für den Wetterdienst überraschend. Auf einmal waren sie da, schwarze Wolken, wie eine Wand und dann ging es auch schon los. So etwas habe ich noch nie gesehen und ich bin nun auch schon fast sechs Jahre hier oben. Na ja, jedenfalls zuckten die Blitze über den Berg und einer hat den Wald da oben in Brand gesetzt. Sehen Sie!"

Joe deutete mit dem ausgestreckten Arm aus dem Fenster in Richtung einer etwa drei Kilometer entfernten Bergkuppe. Man sah eine Schneise abgebrannter Stämme.

- „Normalerweise löscht der Regen das. Ich meine, bei so einem kräftigen Gewitter. Aber wie auf ein Kommando hörte es auf zu regnen. Das war schon sehr seltsam. Da die Stämme durch die Hitze der letzten Wochen stark ausgetrocknet waren, brannte es munter weiter. Also mussten wir ausrücken. Das war nichts Großartiges. Wir fuhren mit dem Löschwagen da hoch und erledigten den Brand. Beim Zusammenpacken fanden wir zwei Männer, einer war tot und der andere bekommt jetzt das beste Frühstück, das man am Mount Maroon kriegen kann."

32. DAS LEBEN GEHT WEITER

Nachdem der Wagen vom Hof gefahren war, schien die Luft rein zu sein. Das ging hier ja zu wie in einem Taubenschlag. Bartlett hatte insgesamt acht ankommende Fahrzeuge gezählt, fünf davon mit einzelnen Personen besetzt, drei mit mehreren Insassen. Die Autos parkten und die ausgestiegenen Männer gingen zur rechten Tür des gegenüberliegenden, rustikalen Anbaus, die wenigen Frauen nahmen den linken Eingang. Nach einer Weile kamen sie allesamt als Ranger verkleidet wieder heraus und schlenderten in kleinen Grüppchen zum Haupthaus. Aus diesem wiederum kamen kurz danach andere Ranger und verschwanden nach Geschlechtern getrennt links und rechts in dem niedrigen, hölzernen Gebäudeteil, um wenige Minuten später ihrerseits als völlige Durchschnittstypen wieder herauszukommen, in stinknormale Autos zu steigen und davon zu fahren. John Bartlett wusste nun, woher er seine neuen Kleider bekommen würde. Als nach seiner Zählung keiner mehr in den Umkleideräumen sein konnte, wagte er sich vorsichtig aus seinem Versteck im Unterholz hervor. Er hatte immer noch keine Ahnung, was mit ihm geschehen war, empfand die Situation aber auch nicht als allzu besorgniserregend. Viele seiner Freunde hatten von ganz ähnlichen Ereignissen berichtet. Es war für manche offenbar nicht ungewöhnlich, morgens neben Frauen aufzuwachen, die sie nicht kannten oder zwischen klapprigen Karnickelställen, je nachdem wie die Nacht verlaufen war. Wichtig war es, jetzt nicht die Ner-

ven zu verlieren und vor allem nicht die Kontrolle. Man musste immer Herr des Geschehens bleiben, vollkommen handlungsfähig, was auch passierte. Er war etwa auf halbem Weg, als die Tür des Haupthauses erneut geöffnet wurde. Eine Regentonne bot ihm im letzten Augenblick Schutz. Von dort aus sah er einen Mann, eine Frau und ein kleines Mädchen die Treppe herunterkommen und über den Parkplatz zu einem weißen Kombi gehen. Ein stabiler Uniformierter, der eine alberne Küchenschürze trug, winkte ihnen vom oberen Treppenabsatz hinterher. Kurze Zeit später brauste der Wagen dicht an ihm vorbei. Am Steuer saß die Frau, hinter ihr das Mädchen und auf dem Beifahrersitz erkannte Bartlett nun den Mann, der mit einer versteinerten Miene ins Leere starrte. Es war Peter Saunders. Reflexartig fiel Bartletts Blick auf das Kennzeichen. Als ehemaliger Privatdetektiv war er darauf trainiert diese Art von Informationen blitzschnell zu erfassen und abzuspeichern.

- „Maryland? Seltsam."

Die Tür der Herrenabteilung war nicht verschlossen. Direkt dahinter lag eine Diele, an die sich der große Umkleideraum anschloss. Die gesamte Rückwand war mit nummerierten Spinden versehen, von denen nur wenige offen standen. Die anderen waren mit überwiegend antiquierten Vorhängeschlössern gesichert. Sie würden Bartlett kaum Probleme bereiten. Auf der linken Seite führte eine Tür in einen Waschraum: Duschen, Waschbecken, Toiletten, die übliche Ausstattung, klein, sauber, zweckmäßig. Bartlett sah in den Spiegel und erschrak. Er hatte zwar nicht damit gerechnet, heute einen Schönheitspreis

zu gewinnen, aber das Ausmaß seiner Unansehnlichkeit überraschte ihn dann schon ein wenig. Sein Gesicht war nicht nur rußverschmiert, es war von schwarzen Streifen überzogen, zwischen denen stark gerötete Hautpartien glänzten. Es sah aus, als habe er sich zunächst einen schweren Sonnenbrand eingefangen und sei anschließend mehrfach von schmutzigen Autoreifen überrollt worden. Zur Krönung stand sein Haupthaar in fettigen Strähnen wild vom Kopf ab. Er beschloss eine Dusche zu nehmen. Eigentlich sollte hier jetzt keiner auftauchen und wenn doch, so wollte er es eben darauf ankommen lassen. In jedem Fall war es aber sinnvoll, sich zuvor geeignete Kleidung zurechtzulegen. Bartlett nahm eine Patrone aus seinen Revolver, hielt sie über die Öffnung eines der älteren Vorhängeschlösser und schlug sie mit der glatten Seite der Waffe hinein. Durch die Wucht wurde das Schloss gesprengt und der Bügel sprang aus der Halterung. In dem schmalen Wandschrank befand sich jedoch lediglich eine komplette Rangeruniform, noch dazu in einer viel zu kleinen Größe. Also wiederholte er die Aktion mehrere Male, bis eine ausreichende Auswahl hergestellt war. Wie in einem kleinen Kaufhaus lagen nun Jacken, Hemden, Hosen und Schuhe über die Bänke verteilt. Selbst Unterwäsche und Socken waren vorhanden, dazu Brieftaschen, Portemonnaies und Autoschlüssel. Bartlett war kein Dieb, aber in Anbetracht seiner undurchsichtigen Lage galten besondere Regeln. Eine Viertelstunde später bog er mit einem grünen Buick älteren Baujahrs auf die Talstraße ein. Er fühlte sich wie neugeboren, duftete nach Limone, trug ein großkariertes Hemd, Bluejeans, ausgelatschte Cowboystie-

fel und eine schicke Sonnenbrille, verfügte über einen Pass, einen Führerschein, die Zulassung für das Auto und knapp 500 Dollar in bar. Sicher würde er den Wagen nicht lange benutzen können. Spätestens zum nächsten Schichtwechsel würde sein Coup auffliegen, aber in der nächsten größeren Stadt konnte er sich unter falschem Namen einen Wagen mieten. Das würde funktionieren. Interessant war jetzt aber erst einmal, wie die nächste Stadt überhaupt hieß, wusste er doch noch immer nicht, wo er eigentlich war.

33. GESPRÄCH MIT ELLEN

Ellen war ernsthaft besorgt. Sie hatte Peter noch nie so lethargisch erlebt. Der Mann, in den sie auch nach ihrer nun schon fast elfjährigen Ehe noch genauso verliebt war wie zu Anfang ihrer Beziehung, ließ sich hängen. Er wirkte verwirrt, fahrig, war unaufmerksam. Er war sonst immer derjenige, der morgens als Erster aufstand. Sogar im Winter joggte er dreimal in der Woche vor dem gemeinsamen Frühstück, das er zubereitete. Und damit war ein richtiges Frühstück gemeint mit Kaffee, Tee, gebratenen Eiern mit Speck, Müsli mit frischem Obst und aufgebackenen Brötchen. Während Ellen und Irene den Tag eher gemächlich anzugehen pflegten, saß ihnen ein frisch geduschter, rasierter und zumeist bestens gelaunter Peter gegenüber. Besonders die hellen, warmen Sommermorgen waren es, die ihn sehr früh aus dem Bett trieben. Wenn er nicht lief, setzte er sich mit einem Kaffee auf den östlichen Balkon der Wohnung, von dem aus man die Chesapeake Bay sehen konnte, und las, bevor er gegen halb neun ins Büro ging. Die Sommerabende gefielen Ellen und Peter gleichermaßen. Dann saßen sie oft zusammen auf dem westlichen Balkon und beobachteten den Sonnenuntergang, tranken europäischen Wein und unterhielten sich über die unterschiedlichsten Dinge. Ihre philosophischen Plaudereien, wie Ellen es nannte. Zwei- bis dreimal in der Woche hatten sie abends Gäste oder waren ihrerseits bei Freunden in der Nachbarschaft eingeladen. Man kochte gemeinsam, genoss das Essen, redete oder spielte.

Doch seit Ellen und Irene Peter vor fünf Tagen vom Mount Maroon abgeholt hatten, war er wie ausgewechselt. Er sagte Einladungen ab, wollte selbst niemanden in der Wohnung haben und ging nur selten vor die Tür. Die meiste Zeit saß er nur in einem Sessel, ohne ein Buch oder eine Zeitung, ohne Musik zu hören und was das Schlimmste war, ohne das geringste Bedürfnis nach Ansprache. Fragte man ihn, was er mache, sagte er, er denke nach. Aber er sagte es auf eine derart mürrische Weise, dass man es nicht wagte, eine weitere Frage anzuschließen, die auf den Inhalt seiner Gedanken zielte. Natürlich war Ellen klar, dass Peters Verhalten mit dem Tod seines besten Freundes zu tun hatte, aber dass sie nicht miteinander darüber sprachen, war neu. Selbst nach dem Tod seines Onkels vor einigen Jahren, der Peter schwer mitgenommen hatte, zog er sich nicht derart zurück. Im Gegenteil, er suchte den Kontakt zu Freunden und Bekannten und vor allem zu Ellen. Es war so als wolle und könne er damit nicht allein sein. Ungewöhnlich war auch, dass sie seit Peters Rückkehr erst einmal Sex hatten. Wenn sie sonst für einige Tage getrennt waren, war das Verlangen besonders groß. Auch seine Arbeit interessierte Peter nicht. Er war gestern, als er eigentlich wieder hätte anfangen sollen, einfach nicht hingegangen. Ellen hatte schließlich seinen Kollegen angerufen und Peter krank gemeldet. Krank, irgendwie war er das auch. Wie lang sollte Ellen dabei noch zusehen? Wie schlimm würde die Situation werden und wie nachhaltig die Probleme, die daraus resultierten?

Auch an diesem Morgen war Peter nicht aufgestanden. Es war der Tag der Jugendschwimmwettkämpfe von An-

napolis und Irene startete in der Gruppe der unter Zehnjährigen mit guten Chancen auf eine Platzierung unter den ersten Drei. Peter hatte ihr versprochen, mit dabei zu sein und sie anzufeuern. Doch daran schien er sich jetzt gar nicht mehr zu erinnern. Er war viel zu sehr mit sich beschäftigt. Ellen hatte das Frühstück gemacht und mit Irene allein gegessen. Dreimal hatte sie Peter gerufen, doch er kam nicht. Wecken musste sie ihn indes nicht, denn er lag mit offenen Augen auf seinem Bett und starrte gegen die Zimmerdecke. Er hatte sich einige Tage nicht rasiert, was noch nicht ungepflegt wirkte, aber im Vergleich zu früher eine auch äußerlich sichtbare Veränderung darstellte. Ellen hatte in der Hoffnung, ihn würde das schöne Wetter beflügeln, die Vorhänge aufgezogen, doch auch damit keinerlei Reaktionen ausgelöst. Schließlich bat sie Irene mit ihrer besten Freundin und deren Eltern schon einmal vorzufahren. Sie und Peter würden später nachkommen. Dann ging Ellen zurück ins Schlafzimmer.

Sie war sanft und legte sich dicht neben ihren Mann. Von der Seite betrachtete sie ihn. Er sah wirklich gut aus: das fast schwarze Haar, die dunkelbraunen Augen, die gebräunte Haut. Besonders mochte sie seine langen, dichten Wimpern. Ein Südländer durch und durch. Der Bart gab ihm etwas Verwegenes. Sie erinnerte sich an ihre Hochzeitsreise nach Mexiko. Auch damals trug er einen Dreitagebart und die Händler auf den Märkten nannten ihn „El Bandido“, wenn er mit ihnen feilschte. Peter wandte den Kopf. Er schaute sie an und sah winzige Tränen in ihren warmen, blauen Augen. Als er ihre Wange streichelte,

wurden daraus kleine Rinnsale. Beiden war bewusst, wie zerbrechlich das Glück sein konnte, aber auch wie groß es war. Viel größer als jeder Einzelne von ihnen. Ja, sie waren im Laufe der Zeit älter geworden und auch eingefahrener in ihren alltäglichen Bezügen. Sie hatten sich zusammen das Leben aufgebaut, von dem sie dachten, es verfestige ihr Glück, gieße es in Blei ohne schwer zu werden, gebe Halt ohne starr zu sein, hülle sie ein, ohne eng zu werden. Niemals dachten sie daran, dass einer von ihnen krank werden oder sterben könnte. Oder ließen sie diese Gedanken einfach nicht zu, blockten sie ab, so dass sie nicht von ihnen Besitz ergreifen und wahr werden konnten? Peter hatte Ellen von der Wanderung erzählt, auch von dem Abend an dem dieses fürchterliche Gewitter die beiden Freunde heimgesucht hatte. Alles andere wusste Ellen nicht, aber im Grunde gab es dieses Andere ja auch gar nicht. Es war ein Alptraum. Luthers Tod war schwerwiegend genug und warum sollte er sie mit Dingen belasten, die sein Unterbewusstsein aus irgendeinem unerklärlichen Antrieb heraus produziert hatte, Ängste, Sehnsüchte, Befürchtungen, was auch immer. Aber war es ehrlich, ihr gegenüber zu verheimlichen, was ihn über Luthers Tod hinaus noch bedrückte? Brach er durch sein Schweigen ihr Vertrauen? Die erste Antwort, die er sich gab, war ein klares Nein. Um nichts in der Welt hätte er diese andere Realität, diese düstere Seite seines Ichs gegen das eintauschen wollen, was Ellen und Irene ihm Tag für Tag gaben. Eigentlich war er ein glücklicher Mann. Doch seine anhaltende Niedergeschlagenheit bedrückte die ganze Familie. Er spürte deutlich, dass er es war, der die Geschichte in ir-

gendeiner Weise auflösen musste. Mit Zeit allein war hier offenbar nichts zu gewinnen, der Stachel saß tief in seinem Fleisch. Fühlte sich so etwa ein Trauma an, eine schreckliche Erinnerung, die einen nicht mehr loslässt? Doch wie genau sollte er es benennen? Was war der zentrale Punkt hinter dieser Grenzerfahrung? Peter hatte wirklich lange darüber nachgedacht. Doch fuhren seine Gedanken Karussell, langsam zwar, aber stetig, im Kreise um ein großes Loch, einen Abgrund. Oder war es mehr ein Gedankenstrudel, der ihn bereits unmerklich in die Tiefe riss?

Ellens Kopf lag auf seiner Brust. Deutlich spürte er, wie ihre Tränen seine Haut benetzten. Sie weinte leise, nicht krampfartig, kein Schluchzen, ein sachte dahin strömender Bachlauf, der die harmonischen Auen nur passierte, ohne an ihnen Halt zu finden, und unweigerlich dem kalten Meer zustrebte. In diesem Augenblick wurde Peter klar, dass ihre Tränen und sein Trauma den gleichen Ursprung hatten. Es war die Angst vor dem Verlust, dem Verlust all dessen, was sie verband, dem Verlust der Welt. Dass aber ausgerechnet seine Verlustangst, die von Ellen auslöste, erschien ihm grotesk. Es half nichts, er musste es ihr erzählen.

Peter berichtete von seinem Aufenthalt im Krankenhaus, von seinem Gespräch mit Marty, seiner gruseligen Entdeckung in der Akte, der Flucht. Er sprach von Mr. Dick, dem Zustand des Mayfield und seiner Begegnung mit Ellen in dem Siedlungshaus in York. Er erzählte von den Gedächtnistests und Hirnuntersuchungen, von Mason und Luther, schilderte die Ereignisse auf dem Friedhof

und ihr abenteuerliches Entkommen in Onkel Georges altem Pick-up. Dann folgten die verunglückte Cessna-Landung, die wilde Verfolgungsjagd durch den imaginären Laborkomplex und die Ermordung Luthers. Er endete mit seinen klaustrophobischen Erfahrungen im Belüftungsschacht und einer Beschreibung der seltsamen großen Röhre. Die Episode mit Tracy, seiner aufdringlichen Mitfahrgelegenheit, ließ er aus. Nicht weil es keine Bedeutung hatte, sondern obwohl es nicht wichtig war. Im Nachhinein irritierte ihn dieser Gedanke. Er hatte sich Ellen gegenüber immer loyal verhalten, und er war mit dieser Situation absolut im Reinen, aber auf der anderen Seite war auch diese Tracy ein Produkt seiner Phantasie.

Ellen hatte zugehört, ohne ihn zu unterbrechen. Es war ihre Art auf die Menschen einzugehen, ihnen Raum zu geben, und sie diesen Raum auch selbst gestalten zu lassen. Gerne hätte sie Zwischenfragen gestellt, hob sie aber allesamt für später auf. Sie konzentrierte sich auf das Gesagte, versetzte sich in die Geschichte hinein, ohne die nötige Distanz zu verlieren. Die Fähigkeit eines intensiven und zugleich reflektierten Zuhörens war eine von Ellens Stärken. Das Zuhören war für sie kein passiver Akt, sie hospitierte förmlich, begleitete den Prozess. Sie ordnete, relativierte und ergänzte, wobei dieser Vorgang für den Erzählenden zunächst unsichtbar im Hintergrund ablief. Er profitierte erst später davon, wenn man über die Ereignisse diskutierte, sie analysierte, ganz gleich, ob sie real waren oder fiktiv. Hierzu hatten sie sich in die Küche gesetzt. Ellen hatte einen Oolong aufgebrüht. Es war ein bisschen wie früher, als sie während ihrer Studienzeit oft

in Ellens winziger Dachwohnung saßen, Tee tranken und redeten, zunächst über die Gegenwart, dann über die Vergangenheit und schließlich über die Zukunft.

- „So ausführlich, wie du es erzählt hast, könnte man meinen, das alles sei wirklich passiert."

- „Ellen, das ist alles so präsent, so real. Ich habe nicht nur Erinnerungen an Bilder, sondern an Geräusche, Stimmen, einfach alles. Woher kommt das?"

- „Und der Typ, mit dem ich in York verheiratet war? Sah der so aus wie Jean-Claude?"

Peter lachte. Ellen war, als er sie damals kennenlernte, mit einem jungen Franzosen befreundet. Wäre Peter nicht aufgekreuzt, wäre vermutlich mehr daraus geworden und Peter war anfangs ziemlich eifersüchtig, weil sich Ellen, auch als sie schon zusammen waren, noch regelmäßig mit ihm traf.

- „Nein, wahrlich nicht. Der war anders. Jean-Claude war ein Intellektueller. Hatte der nicht Kunstgeschichte studiert?"

- „Kommunikationswissenschaften!"

- „Sag ich doch! Dieser Gary war ein perfekter Familienmensch …"

- „So wie du!"

Peter verzog gequält das Gesicht. Ellen küsste ihn auf die Nase.

- „Nein, das Ganze war so eine ländliche Idylle, gelebte Sorglosigkeit, verstehst du? Sichere Jobs, solide Häuser mit Garten, zwei Autos und alles mitten in der tiefsten Provinz Pennsylvanias, Quäkerland, alles klar?"

Ellen spielte die Gekränkte.

- „So, da siehst du mich also. Sag mal, hast du noch alle Tassen im Schrank?"

Peter war nicht zum Scherzen.

- „Ich hoffe es, Ellen."

Ellen verstand und schwenkte sofort wieder ein.

- „Ich weiß nicht, wofür das steht. Aber ich denke, es ist die Angst davor, dass unser kleines Boot Schiffbruch erleidet. Du hast die Erfahrungen machen müssen, dass es mich und Irene nicht gab und dann hast du zwanghaft versucht, mich doch wieder in deine Geschichte hineinzuholen. Daraus wurde dann aber nur eine Alternative des Verlustes. Auch zu Luthers Tod hast du ein anderes Szenario entworfen. Dieser Mr. Dick und Mason und dieser Marty, das waren alles Randfiguren …"

- „Ellen …", Peter zögerte kurz, bevor er weitersprach. „Es gibt in Cincinnati einen Psychologen namens Marty Chambers."

- „Was sagst du da?"

- „Ich wollte dich mit all dem nicht belasten."

- „Es ist gut, dass du es erzählt hast. Aber Peter, du weißt auch, dass du das alles nicht wirklich erlebt hast."

Sie betonte das Wort „nicht" mit besonderem Nachdruck, so als setze sie ein Brandzeichen, ein unveränderbares Fanal gegen das, was einfach nicht sein durfte. Doch, wer Ellen kannte, wusste, dass sie auch argumentativ noch etwas im Köcher hatte.

- „Deine Geschichte spiegelte mehrere Tage wieder, aber du warst mit Luther wandern. In der Nacht war dieses Gewitter und am nächsten Morgen bist du in der Ran-

gerstation aufgewacht. Also wann bitte, willst du das alles erlebt haben?“

Es war keine Frage, auf die sie ernsthaft eine Antwort erwartete. Sie zielte lediglich darauf ab, Peter auf einer rein sachlichen Ebene die Einsicht zu erleichtern, an Wahnvorstellungen zu leiden. Daran schloss sie einen ebenso überraschenden wie einleuchtenden Vorschlag an. Die Gefahr, die darin lauerte, hatte sie möglicherweise unterschätzt.

- „Wir können so nicht weitermachen. Ich denke, es wäre besser, die Hilfe eines Psychologen in Anspruch zu nehmen. Was hältst du davon, wenn du mit diesem Mr. Chambers einen Termin vereinbarst?“

34. INFERNO

Mason sah durch das kleine Sichtfenster der Kapsel. Obwohl er die Schutzblende aus schwarzem Glas vorgeschoben hatte, konnte er die grünlichen und violetten Lichtblitze deutlich wahrnehmen. Es wirkte wie hoch frequentes Polarlicht. In wenigen Sekunden würde er die entscheidende Marke bei 3.500 Metern passieren. Dann musste die Kapsel abgebremst werden, sollte sie nicht gegen die Wand am Tunnelende rasen. Und sie benötigte diesen Bremsweg von 500 Metern, da ihre Geschwindigkeit, die eines Acela Express deutlich überstieg. Die über 300 Stundenkilometer waren aber nur die Geschwindigkeit, die sie in Bezug auf die Umgebung erreichte, also das Laboratory, den Mount Maroon oder auch North Carolina. Ihre relative Geschwindigkeit lag – gemessen an jener der sie spiralförmig umkreisenden Photonen – weit oberhalb der Lichtgeschwindigkeit. Man hatte es geschafft, deren Tempo von annähernd 300.000 Kilometern pro Sekunde derart abzubremsen, dass ein älterer französischer Kleinwagen es mit ihnen durchaus hätte aufnehmen können. Mason dachte jedoch nicht an Hochgeschwindigkeitszüge oder schaukelnde Autos. Er dachte an gar nichts. Anfangs hatte ihn die auf den Körper wirkende Beschleunigung stark in den Sitz gedrückt, doch schon nach kurzer Zeit war der Druck gesunken. Er konnte nicht sagen, ob die Kraft nachgelassen oder er sich lediglich daran gewöhnt hatte. Nur wenn er eine Bewegung mit den Armen ausführen wollte, spürte er eine deutliche, unnatür-

liche Einschränkung seiner Bewegungsfreiheit. Er kannte das Gefühl aus zahlreichen Versuchen, das war nichts Besonderes. Ungewöhnlich war es hingegen allein in der Kapsel zu sitzen. Jahrelang waren sie zu dritt und jahrelang war es nicht mehr als eine Karussellfahrt. Man rechnete, konstruierte, prüfte und stieg schließlich irgendwann in die enge Kabine. Meistens waren es nur Testfahrten, so dass man wusste, was geschehen würde. Man jagte vier Kilometer durch die Röhre, wurde abgebremst und fuhr mit dem Hoover wieder zurück. Bei diesen Fahrten hatte man alles im Griff, die totale Kontrolle, jedenfalls, wenn alles so lief, wie man es erwartete. Der Ernstfall sah anders aus. Auch hier hatte man natürlich Erwartungen daran, was passieren würde, jedenfalls bis zu einem gewissen Punkt, jenem Punkt, auf den Alan Mason jetzt zusteuerte; oder hatte er ihn schon überschritten? Er versuchte, alle Instrumente gleichzeitig im Auge zu behalten, kein einfaches Unterfangen, war das Cockpit doch eigentlich für den Einsatz von drei Piloten ausgelegt. Wieso fuhr er eigentlich allein? Hätte nicht wenigstens einer der Herren ihn begleiten können? Aber wer? Baxter und Lemieux waren als Bodenpersonal unersetzlich. Sie waren absolute Fachleute und hatten zudem die größte Erfahrung. Shane hatte ein schwaches Herz. Mason schmunzelte. Wenn er dabei wäre, würde er ihn jetzt vermutlich wiederbeleben müssen. Blieben Haze und Myers. Tatsächlich hatte man Terry Haze angeboten, mitzureisen, doch der redete sich heraus. Bezog sich auf irgendeinen Paragraphen, der es ihm nicht gestatte, bestimmte Vehikel zu betreten. Alle wussten, dass er einfach nur Angst hatte. Aber Myers hätte doch …

Ein harter Schlag war zu spüren, die Kapsel schlitterte ein wenig. Vor dem Fenster waren Funken zu sehen. Doch durch die hellen Punkte hindurch, die von der Scheibe abprallten und zerstoben, sah Mason schemenhafte Umrisse. Er hob die Schutzblende vor dem gepanzerten Glas wie den Vorhang zu einer Bühne, blickte auf eine Waldlichtung. Grelle Blitze zuckten und entluden sich in gewaltigen Explosionen. Sie folgten einander in kürzesten Abständen, ein donnerndes Stakkato. Die gesamte Szenerie erschien wie durch zahllose stroboskopische Scheinwerfer beleuchtet. In der Mitte standen wie angewurzelt zwei Männer. Als wären sie in einer flüchtenden Bewegung zu Salzsäulen erstarrt. Die Gestalten trugen derbe Kleidung, einer hatte einen Rucksack aufgeschnallt. Mason wurde bleich. Er kniff die Augen zusammen, um Einzelheiten zu erkennen. Doch schon wurde der Mann mit dem Rucksack zu Boden geschleudert, blieb vor Schmerzen gekrümmt liegen und verschwand schließlich. Mason rieb sich die Schläfen. Was war passiert? Wie von einem unsichtbaren Fausthieb getroffen war der Mann gefallen, hart aufgeschlagen, hatte seine Arme und Beine reflexartig an den Körper gezogen wie ein Säugling. Nach Sekundenbruchteilen umhüllte ihn ein bläuliches Licht und er löste sich einfach auf. Der Andere verharrte mit angespannten Gliedern. Jetzt sah Mason ihn deutlicher. Er hatte blondes, lockiges Haar und blickte mit Schaudern in Masons Richtung. Es kam Mason so vor, als habe er genau das hier schon einmal gesehen. Ein Déjà-vu? Nein! Er hatte es wirklich schon einmal erlebt. Er wusste, was als nächstes passierte. Ein Blitz-

schlag würde den Mann in Brand setzen. Es geschah tatsächlich. Der Blitz traf ihn, aber er brannte nicht, wie in Masons Erinnerung. Alan Mason sah, dass die Flammen nur um ihn herum loderten. Dann brach er zusammen und blieb auf dem Waldboden liegen. Warum hatte er sich nur an den zweiten Mann erinnern können, nicht aber an den ersten, an den, der verschwunden war? Mason rekapitulierte die Abläufe während des Unfalls, bekam die Dinge aber irgendwie nicht mehr richtig zusammen. Hatte er noch mit Tomczak und Perkins gesprochen, oder mit Lemieux? Aus irgendeinem Grund hatte er erst später aus der Luke gesehen. Ja, so musste es gewesen sein. Kurz danach wurde er selbst ohnmächtig. Jetzt hingegen war er hellwach. Er sah hinaus. Wieder umschwirrten die seltsamen Polarlichter die Kapsel, die nun wieder heftig vibrierte. Fand das alles wirklich statt oder war das nur eine Ausgeburt seiner Phantasie? Wurde er verrückt?

Ein abrupter Stoss bremste die Kapsel. Wäre Mason nicht angeschnallt gewesen, so hätte es ihn gegen die Seitenwand geschleudert. Die Kraft war jedoch auch so zerstörerisch genug. Masons Gehirn schlug gegen die Schädeldecke, wie nach einem durchgezogenen Faustschlag unter die Kinnspitze. Er verlor das Bewusstsein.

Lautes Klopfen holte Mason zurück. Wie lange war er weggetreten? Er wusste es nicht. Aber jetzt hörte er deutlich diese harten Schläge, Metall auf Metall. Irgendetwas schlug mit aller Kraft gegen die Einstiegsluke der Kapsel. Vor dem Sichtfenster waren Flammen zu sehen. Allerdings schien es sich um ein normales Feuer zu handeln, denn die Flammen hatten weder die farbliche Intensität

der Lichtblitze noch deren Funken sprühende Konsistenz. Im Hintergrund waren Explosionen zu hören, die dumpf ins Innere der Kapsel drangen. Noch ehe sich Mason von seinem Gurt befreit hatte, hörte das Klopfen überraschend auf. Mason beobachtete durch das Fenster einen Mann, der sich rasch entfernte. Er rannte durch eine Wand aus Feuer. Minuten vergingen. Mason begriff, dass er etwas tun musste. Die Kapsel würde ihm für einige Stunden Sicherheit bieten, aber irgendwann würde die Sauerstoffversorgung zum Problem. Die Instrumente funktionierten nicht mehr. Verdammt, wie lange war er schon hier drin? Mason entschied, die Luke zu öffnen. Sein Feuerschutzanzug würde es ihm gestatten, sich für eine kurze Zeitspanne extrem hohen Temperaturen auszusetzen. Er setzte den Helm auf, klappte das Visier herunter und drehte die Sauerstoffzufuhr auf.

Das Inferno um ihn herum war grenzenlos. Überall brannte es, Gebäudeteile waren eingestürzt. Jetzt erkannte er auch, weshalb der Mann die Luke von außen nicht öffnen konnte. Ein Hebel war abgebrochen. Er schaltete das in den Helm integrierte Mikrophon ein. So konnte er die Geräusche der Umgebung wahrnehmen. Er musste hören, was sich um ihn herum tat. Der Fußboden war mit Gegenständen übersät. Mason erkannte Kabel, Spulen, Schläuche und Messgeräte. Alles war in ein schummriges Licht getaucht. Das musste die Notbeleuchtung sein. War sein Versuch erneut gescheitert, endete er diesmal gar in einem unabsehbaren Fiasko. Wo waren die anderen? Hatte Myers an die Tür geklopft oder einer der Techniker? Mühsam bahnte er sich einen Weg durch das Chaos.

Die Sicht war wegen der enormen Rauchentwicklung stark eingeschränkt. Nach seinen Berechnungen musste er sich weit hinten im Tunnel befinden, aber das hier sah eher nach dem Eingangsbereich aus, zumindest nach dem, was davon noch übrig war. Wenn er die Orientierung der Kapsel richtig eingeschätzt hatte, lag in dieser Richtung der Kontrollraum. Dieser verfügte über einen besonderen Sicherheitsstandard. Darin würden sie sich verschanzt haben. Warum zum Teufel sprang die Sprinkleranlage nicht an, dachte Mason, während er sich durch die Berge aus verbogenem Metall und geschmolzenem Plastik kämpfte. Nach kaum 200 Metern gelangte er zu einem Raum. Auch darin war lediglich die Notbeleuchtung aktiviert. Die gesamte Szenerie war in ein düsteres, orangefarbenes Licht getaucht, eine zwielichtige Hafenkneipe des Jenseits. Die massive Stahltür stand offen. Im Inneren des Raums herrschte eine gespenstische Stille. Mit dem Schließen der Tür wurde das Knistern des Feuers hermetisch ausgesperrt. Die Anzeige des Schutzanzugs verriet Mason, dass es in diesem Raum ungewöhnlich kühl war. Mason öffnete das Visier seines Helmes. Als sich seine Augen an die Lichtverhältnisse gewöhnt hatten, stockte ihm der Atem. Auf den halbkreisförmig angeordneten Stühlen saßen menschliche Gestalten. Keiner der Anwesenden jedoch schien von Masons Erscheinen Notiz zu nehmen. Langsam ging Mason auf die Gruppe zu. Es waren fünf Männer. Sie waren bleich und leblos. Die Arm- und Rückenlehnen ihrer Drehstühle hielten sie in einer aufrechten Position. Selbst auf einige Meter Entfernung sah man, dass ihre Mimik eigentümlich entstellt war. Die Augen

und Münder waren weit geöffnet. Mason überlegte, woran sie gestorben sein könnten. Aber hatte er nicht mehr viel Zeit, er musste so schnell wie möglich hier raus. Wieder waren gewaltige Explosionen zu hören. Getragen von der irrealen Befürchtung, es könne sich um Shane und die anderen handeln, ging er nun aber doch von einem zum anderen. Die Gesichter kamen ihm nicht bekannt vor. Bis auf eines! Mason erschrak. Der Mann im olivgrünen Overall, der mit weit aufgerissenen leblosen Augen in Richtung des Tunnels starrte, war kein anderer als er selbst. Es war, als sähe Mason in einen Spiegel. Alles war gleich: das gewellte dunkelblonde Haar am Hinterkopf, die stahlblauen Augen, die massive Kinnpartie und die mächtige Nase. Mason erschauderte. Er spürte seinen Herzschlag, die Atmung stockte. Panik kam auf. Er wollte nur noch wegrennen. Aus dem Augenwinkel erkannte er aber ein Detail, das er zuvor nicht wahrgenommen hatte. Die Toten trugen auf ihren Anzügen aufgenähte Namensschilder. Alan Mason ging noch einmal zu dem Mann, der ihm selbst so ähnlich sah. Auf dem Etikett über seiner linken Brusttasche las er den Namen: Albert Mason. Er erfasste die Situation. Das hier war das Jahr 1947. Die Gruppe hatte mit großer Anspannung, aber auch voller Hoffnung auf das Eintreffen eines Zeitreisenden gewartet. Nun war er da, und er hatte sie mit seiner Ankunft getötet, auch seinen eigenen Großvater.

Über die Konsequenzen konnte er sich später Gedanken machen, jetzt musste er erst einmal hier raus. Er musste an sich denken, sich in Sicherheit bringen, bevor der Laden über seinem Kopf einstürzte. Ein brennender

Balken war vor die Tür gefallen. Er vermochte sie gerade noch so weit zu öffnen, um hindurchschlüpfen zu können. Das Problem war, dass er sich hier nicht auskannte. Wenngleich er die Pläne der Anlage auf dem Stand von 1947 mehrfach gründlich studiert hatte, sah das Labor angesichts des Feuers nun ganz anders aus. Da der reguläre Zugang durch den Balken versperrt war, beschloss Mason sein Glück im Tunnel zu versuchen und im weiteren Verlauf in den damals noch intakten Versorgungsschacht zu gelangen. Er passierte die Kapsel, die noch immer einen stabilen Eindruck machte. Weiter hinten war der Tunnel teilweise eingestürzt. Dennoch blieb Mason keine Wahl. Er musste diesen Weg nehmen. In gebückter Haltung lief er weiter. Plötzlich fiel er der Länge nach hin. Neben ihm befand sich ein Trümmerhaufen aus verkeilten Metallverstrebungen. Einige kleinere Teile glühten sogar. Er war über irgendetwas gestolpert. Eine dicke Schnur war kerzengerade über den Boden gespannt, erschlaffte kurz, um gleich darauf wieder stark anzuziehen. Das Schauspiel wiederholte sich einige Male, anspannen, erschlaffen, anspannen. Irgendetwas zog rhythmisch an diesem Seil, das in eine undurchdringliche Wand aus Geröll hineinführte. Mason betätigte den Regler der Außengeräuschübertragung und richtete das Mikrophon auf die enge Durchbruchstelle. Er vernahm ein schwaches Hecheln. Jetzt zog Mason von seiner Seite aus an dem Seil, das offenbar aus Leder war. Die Schnur gab einen Moment nach, wurde aber im nächsten Augenblick wieder straff. Zweifellos war hier ein Mensch in Not, hatte sich verhakt und kam scheinbar nicht mehr los. Mason hob er-

neut das Visier, nur einen Spalt, wollte dem Mann hinter der Geröllbarriere etwas zurufen, aber die einströmende Hitze veranlasste ihn, es sein zu lassen. Es war ebenso aussichtslos den Versuch zu unternehmen, das aufgestaute Material abzutragen, zu sehr hatten sich die Bestandteile ineinander geschoben. Man konnte nicht einmal hindurch sehen. Er suchte nach einem scharfen Gegenstand, mit dem er das Seil durchtrennen konnte. Damit würde er dem anderen zumindest eine reale Chance geben, der Flammenhölle doch noch zu entkommen. Allmählich wurde die Zeit knapp. Die Notbeleuchtung wurde zusehends schwächer. Mason war fast ausschließlich auf die Helmlampe angewiesen und auch die Hitzeschildanzeige war in den kritischen Bereich gestiegen. Er konnte sich nicht mehr lange aufhalten. Die Lederschnur war fest mit einer stabilen Metallklammer verbunden. Mason griff zu einer Eisenstange und hämmerte damit kräftig auf den seltsamen Metallhaufen ein. Nach wenigen Schlägen sprang die Schelle aus ihrer Verankerung und verschwand an der Schnur gezogen durch die winzige Öffnung. Wer immer da auf der anderen Seite festgesessen hatte, flüchtete nun, als wäre der Leibhaftige hinter ihm her.

Mason musste einen anderen Weg einschlagen und er musste sich beeilen, denn die Geräusche der Explosionen hatten sich zu einem dauerhaften Grollen verdichtet. Alan Mason rannte um sein Leben. Dutzende Mal drohte er von hinabfallenden Balken erschlagen oder vom Feuer gänzlich eingeschlossen zu werden. Nach einer schier endlosen Zeit hatte sich Alan Mason zum Versorgungsschacht durchgekämpft, der mit schwarzem Rauch angefüllt, aber

dennoch begehbar war. Mason hastete ihn entlang. Auf den letzten Metern war die Sauerstoffversorgung ausgefallen. Mason stockte der Atem, er begann zu husten, stolperte aber schließlich ins Freie. Er war in Sicherheit. Hinter ihm stürzte der Tunnel ein.

Vor dem Labor sah er ein gewaltiges Aufgebot an Feuerwehrwagen. Sogar Löschflugzeuge kreisten über der Unglückstelle. Die Männer taten ihr Bestes, um die Flammenhölle einzudämmen. Allerdings befanden sie sich, wie Mason bemerkte, in einem respektvollen Abstand. Nachdem Mason den hallenartigen Vorbau verlassen hatte, liefen Rettungskräfte auf ihn zu. Aus der Nähe betrachtet wirkten ihre Schutzanzüge und Uniformen irgendwie seltsam. Und auch das schwere Gerät war hoffnungslos veraltet. Statt moderner Löschzüge waren Oldtimer im Einsatz. Dann fiel es ihm wieder ein. Er war ins Jahr 1947 gereist. Als er die Einsatzleitung erreicht hatte, nahm er seinen Helm vom Kopf. Glücklicherweise achtete niemand auf seine Ausstattung.

- „Mr. Mason, Gott sei Dank! Wir hatten ehrlich gesagt schon nicht mehr damit gerechnet, dass …"

Eine gigantische Explosion zerriss das Ende des Satzes. Die Gruppe wurde von einer Druckwelle erfasst und gegen einen provisorischen Unterstand geschleudert. Ein Regen aus Erdklumpen und Steinen prasselte nieder. Wer konnte, kroch unter eines der Fahrzeuge. Es war wie ein Vulkanausbruch. Immer wieder kam es zu neuen, gewaltigeren Detonationen. Bald schon war das gesamte Areal erfasst. Wer konnte, flüchtete.

Kaum einer der Beteiligten konnte sich im Nachhinein an das erinnern, was innerhalb der nächsten Stunden ge-

schah: 38 Männer, weil sie es nicht überlebt hatten und die meisten anderen, weil sie unter Schock standen. Erst bei einer zwei Tage später erfolgten Erkundung wurde das gesamte Ausmaß der Katastrophe sichtbar. Vom Mount Maroon Laboratory war rein gar nichts übrig geblieben. Der gesamte Berg war auf einer Strecke von über sechs Kilometern abgesprengt worden. Von den Gebäuden gab es nicht einmal Ruinen und von den Mitarbeitern des Labors hatte einzig und allein Albert Mason überlebt, der seinerseits aber zu keiner Stellungnahme bereit war.

35. TANTE POLLY

Peter tat als schliefe er, aber Ellen wusste, dass er nur so tat.

- „Willst du darüber reden?"

Er öffnete die Augen und sah auf den schnurgeraden Highway. Ellen war bereits vier Stunden gefahren, seitdem sie Annapolis verlassen hatten. Und auch nach der kurzen Pause hatten sie die Plätze nicht gewechselt, wie es sonst ihre Gewohnheit war. Irene las ein zweifellos sehr spannendes Buch, denn sie schenkte ihren Eltern nicht die geringste Aufmerksamkeit und auf Ansprache reagierte sie mit unartikulierten, aber äußerst aussagekräftigen Lauten. Offensichtlich wollte sie sich ihrer Phantasiewelt nicht durch irgendeine profane Lappalie entreißen lassen. Peter hingegen wäre froh gewesen, wenn seine wahnhaften Vorstellungen vom Mount Maroon, von Gedächtnisstörungen und Nicht-Existenz sich durch das Zuschlagen eines Buchdeckels hätten auflösen lassen.

Sein zweitägiger Aufenthalt in Cincinnati hatte keine neuen Erkenntnisse gebracht, aber was hatte er auch erwartet. Möglicherweise war es ja wirklich so, wie Marty es erklärt hatte. Ja, ja, der gute Marty. Wie viele Chancen sollte er ihm noch geben. Dreimal hatte er ihm gegenüber gesessen und dreimal war sein Auftritt über die Maßen beeindruckend, dreimal hatte er ihn mit seinen Argumenten, seinem Wissen und seiner sympathischen Art eingefangen, auch wenn die Diagnose jedes Mal eine andere war. Ob eine leichte, partielle Gedächtnisschwäche, eine

schwere, umfassende Gedächtnisstörung oder ein akutes Abwehrtrauma, alles hörte sich so einleuchtend an. Immer war es so, als gäbe es nur diese eine Möglichkeit, nur eine logische Erklärung für das, was dem davon Betroffenen wie ein Untergang seiner selbst vorkam. Ein dunkles Loch in der eigenen Biographie, in dem, was einem am meisten vertraut erschien. Schon das Telefonat mit dem Psychologen war eine Enttäuschung. Er konnte sich nicht an einen Peter Saunders erinnern, wobei Peter in gewisser Weise auch froh darüber war. Dieses Leben mit Ellen und Irene war ihm bedeutend lieber als alles, was er in dem – wie Marty es ausdrückte – vorübergehenden Zustand hypnagoger Wahrnehmung durchgemacht hatte. Sie hatten einen Termin vereinbart und Peter war drei Tage später nach Cincinnati geflogen. Alles war genau wie in seiner Vorstellung, das Krankenhaus, der Gang, Martys Büro, nur an Stelle des Rothko hing eine Lithographie von Chagall. Als Peter Platz genommen hatte, stieg Angst in ihm auf. Was, wenn es jetzt wieder anders wäre? Was, wenn Marty ihn durch einen Trick wieder einkassiert hätte? Er wieder hier wäre und Ellen und Irene nicht existierten; was, wenn er sich das nur eingebildet hatte? Marty erkannte ihn auch jetzt nicht, als er ihm gegenübersaß. Aber vielleicht gehörte auch das zu dem perfiden Spiel. Manchmal verhielt man sich so, als ob man ihn kenne und ein anderes Mal behandelte man ihn wie einen Fremden. Das treibt jeden in den Wahnsinn. Aber wie konnte es sein, dass dabei alle mitmachten: Ellen, Luther, Tante Polly. Nein, nicht Polly, das konnte nicht sein. Sie hätte sich ganz sicher verraten. Sie war keine Schauspielerin. Pe-

ter erinnerte sich daran, dass sie einmal bei einer Theateraufführung der Landfrauengruppe von Raleigh mitgemacht hatte. Sie konnte vor Lachen kaum einen einzigen Satz sagen und wäre dabei fast von der Bühne gefallen. Trotzdem griff Peter, nachdem er mit Marty eine Weile in der Sitzgruppe saß, nach seinem Handy und rief Ellen an. Sie sprach mit ihm und war in dem gleichen Maße hörbar besorgt, wie Peter erleichtert war.

Was sollte er ihr jetzt über sein Gespräch mit Marty Chambers sagen? Ganz zum Schluss hatte er ihm von seinem Dreitage-Bart erzählt, den er am Morgen in der Rangerstation ertastete, obwohl er sich am Tag zuvor rasiert hatte. Aber Marty hatte auch dafür eine Erklärung. Stress! Stress produziert Adrenalin und das wiederum sorgt für die Ausschüttung von Testosteron und Wachstumshormonen. Und Stress hatte er bei dem Gewittersturm mehr als genug. Unterm Strich war es wohl der Ratschlag des Psychologen – Urlaub zu nehmen und möglichst viel Zeit mit seiner Familie zu verbringen –, der sich als heilsam erweisen könnte. Sie wollten ein paar Tage in Raleigh verbringen. Die ländliche Stille, der gute selbst gemachte Kuchen, die Gartenarbeit und das ein oder andere Barbecue mit alten Freunden würden Peter gut tun. Und auch die Begegnung mit seiner Tante würde ihm Sicherheit geben, meinte Marty.

Der eigentliche Grund der Fahrt war hingegen alles andere als angenehm. Gleich morgen würden sie seinen besten Freund zu Grabe tragen. Das Begräbnis hatte sich verzögert, weil Luther verfügt hatte, seinen toten Körper für medizinische Zwecke untersuchen zu lassen und auch

etwaigen Organentnahmen ausdrücklich zugestimmt hatte. Dann musste er noch überführt werden. Luthers Eltern hatten sich um alles gekümmert. Wer hätte es auch sonst tun sollen? Luther hatte keine eigene Familie und Atlanta war nur ein Ort für ihn, eine Durchgangsstation. Dort würde sich niemand um sein Grab kümmern. Die Mädchen, mit denen er ausging, taugten nicht zu trauernden Witwen, auch wenn man ihnen nicht jede Anteilnahme oder echte Traurigkeit absprechen konnte. Am Ende war Luther ein Einzelgänger und sein Grab würde, wenn es sich außerhalb von Raleigh befände, das eines Namenlosen sein, an dessen Fußende niemand stehen bliebe und über das sich keine zitternde Hand senkte, um welke Blätter zu entfernen. Hier, wo er aufgewachsen war, würde man ihn noch einige Zeit im Gedächtnis behalten, als einen, der es geschafft hatte, Raleigh den Rücken zu kehren, der in die Welt hinausgezogen war und nun heimkam. Er würde auf dem gleichen Friedhof begraben werden, auf dem Peters Eltern lagen, deren Grab er in Peters Traum erst kürzlich ausgehoben hatte. Für Marty war gerade diese Aktion ein eindeutiges Anzeichen für die Korrektheit seiner Interpretation. Im übertragenen Sinne hatten die beiden Freunde Luthers Grab geschaufelt. Sie nahmen die Bestattung sinnbildlich vorweg. Auch Luthers doppelter Tod, im Traum und in der Realität, passte hervorragend zu dieser Erklärung. Der Tod und dessen Verarbeitung hätte, so Marty, in Träumen eine sehr große Bedeutung. Das Unterbewusstsein arbeitet Stress auslösende Situationen im Schlaf auf. Manchmal finden diese Prozesse oder auch nur Teile davon einen Weg ins Be-

wusstsein und wir erinnern uns daran, wenngleich wir meistens wissen, dass es sich um einen Traum handelte. Peter wusste es nicht. Beide Szenarien waren in seinem Kopf gleichermaßen präsent, gleichermaßen realistisch.

- „Der Blitz auf dem Berg. Es hätte auch mich treffen können."

Peter sprach leise, fast so, als sage er es zu sich selbst, ein lautes Denken, als wolle er dem Gedanken eine Stimme geben und ihn dadurch in der Welt manifestieren, hörbar und damit teilbar machen. Ellen schossen Tränen in die Augen. Sie war nicht in der Lage zu sprechen, wollte ihrerseits den Gedanken nicht zulassen, bekämpfte ihn durch ihr Schweigen. Wenn sie darauf nicht antwortete, so verlöre der Gedanke seine Anschlussfähigkeit und damit seine Präsenz in der Welt. Ein richtiges Gespräch kam auf der gesamten Fahrt nicht zustande, obschon es weder an Mitteilungsbedarf auf der einen noch an einer grundsätzlichen Bereitschaft zuzuhören auf der anderen Seite mangelte.

Gegen Mittag erreichten sie Raleigh. Tante Mary, die es gewohnt war, von allen Menschen aus Peters Generation Polly genannt zu werden, hatte gleich zwei Kuchen gebacken. Neben Peters Lieblingsbackwerk, einer Schokoladen-Nuss-Torte, stand eine Erdbeer-Rhabarber-Biskuit-Rolle, welche Ellen und Irene bevorzugten, auf dem gedeckten Tisch. Nach einem kurzen Austausch über die Autofahrt, das schwülwarme Wetter, Pollys Gesundheit und Rooster sprach man ausführlich über Luthers tragischen Tod. Peter betrachtete jede Einzelheit der Umgebung, als sähe er sie zum ersten Mal. Wieder saß man auf

der Veranda. Fast alles schien so zu sein, wie bei seinem Besuch mit Mason, jedoch fehlte der rote Pick-up.

- „Peter denkt zur Zeit wieder sehr viel an den Tod seiner Eltern."

- „Oh, das glaube ich, wenn man so unvermittelt mit der Endlichkeit des Lebens konfrontiert wird."

- „Wie war das damals, Polly? Ich meine am Tage des Unfalls?", fragte Peter.

Für ihn war es wie ein Déjà-vu-Erlebnis. Doch diesmal deckte sich ihre Antwort mit seinen Erinnerungen. Pollys Augen blickten nach oben, sie überlegte, während sie mit der Kuchengabel kleine Löcher in die Luft stach.

- „Das Krankenhaus in Harrisburg hat angerufen. Die Ambulanz hatte dich dahin gebracht, weil sie nicht wussten, ob etwas gebrochen war. Wir sind dann sofort dahin gefahren. Erst dort hat man uns erzählt, dass deine Eltern den Unfall nicht überlebt hatten."

- „Und dieser alte Mann hat mich gerettet?", hakte Peter nach, der die Geschichte natürlich kannte.

- „Ja, er hat die Scheibe eingeschlagen und dich aus dem Wagen gezogen."

- „Hast du mit ihm gesprochen? Wie sah er aus?"

- „Oh, wir haben ihn gar nicht gesehen. Ich kenne nicht mal seinen Namen. Als die Ambulanz zum Unfallort kam, stand er mit dir auf dem Arm oben an der Straße. Du warst bewusstlos."

- „Und er ist nicht mit ins Krankenhaus gefahren?"

- „Soweit ich weiß, nicht."

- „Und seine Personalien?"

- „Das musste vermutlich alles sehr schnell gehen. Der Wagen brannte lichterloh. Die Feuerwehr begann sofort mit dem Löschen und die Sanitäter sind mit dir ins Krankenhaus nach Harrisburg gefahren."

- „Und wer hatte die Ambulanz alarmiert?"

Polly zuckte mit den Achseln. Sie hatte sich darüber noch nie Gedanken gemacht. Warum auch? Ihren Bruder und seine Frau machte das auch nicht wieder lebendig. Peter hingegen verunsicherte das alles. Woher kam dieser Mann und wie hatte die Ambulanz von dem Unfall erfahren? Fragen, die nach 34 Jahren wohl nicht mehr zu beantworten waren.

Die Trauergemeinde war erwartungsgemäß groß. So war es eben, wenn relativ junge Menschen starben. Fast ganz Raleigh schien anwesend zu sein. Die, die nicht da waren, um Luther die letzte Ehre zu erweisen, waren gekommen, um seinen Eltern in dieser schweren Stunde beizustehen. Man sah einige Paare in Luthers Alter, teilweise mit Kindern und auch eine ganze Anzahl alleinstehender attraktiver Damen, die am Ende wirklich sehr einsam dastanden, als sie ihre Blumen auf den schweren Eichensarg warfen. Am Eingangstor stand der alte Lincoln des Bestatters, dieser große Leichenwagen aus den fünfziger oder sechziger Jahren, in dem, wie Peter wusste, auch seine Eltern von der alten Kirche hierher gefahren worden waren. Er hätte allerdings nicht mehr sagen können, ob der Wagen damals zweimal den Weg fuhr. Ob man tatsächlich zwei Särge darin unterbringen konnten? Dann hätten es vermutlich Sonderanfertigungen sein müssen. Wahrscheinlich hatten sie einen zweiten Leichenwagen organi-

siert und waren im Konvoi gefahren. Peter wunderte sich über seine Gedanken. Was einem bei einer Beerdigung so alles durch den Kopf ging. Marty hätte seine Erklärungen dafür, Abwehrreaktionen, Verdrängungsmechanismen, wer weiß was. Reverend Brown sprach von dem beklagenswerten Tod eines großen Altruisten, der festen Bindungen dauerhaft entsagte, um sich all seinen Mitmenschen in gleicher Weise nähern zu können. Sicher, so konnte man es auch sehen. Über die geschiedene Ehe mit Melanie sah der Prediger dabei großmütig hinweg. Er kannte Luther eben nicht.

Dann wurde der Sarg in die Erde gelassen und die Anwesenden traten nacheinander in absteigender Reihenfolge ihrer protokollarischen Verbundenheit mit dem Toten ans Grab, das jetzt einer offenen Wunde glich. Erst wenn man sie schlösse, würde der Heilungsprozess in den Herzen der Hinterbliebenen einsetzen, auch wenn sich einige von dem Schmerz des Verlustes niemals ganz erholen würden. Nach den Eltern und Luthers älterem Bruder Marcus trat Peter als Dritter an das Grab. Er hatte mit Ellen verabredet, dass er sich alleine von Luther verabschieden würde. Ellen und Irene würden sich später einreihen. Als Peter auf den Sarg hinunterblickte, hatte er die Verfolgungsjagd im Laboratory vor Augen, den Fluchtversuch durch den Lüftungsschacht und jenen furchtbaren Moment, als sie Luther erschossen. Nicht der Blitzschlag am Berg war in seiner Erinnerung, sondern einzig und allein diese Szene. Martys Einwand, als er ihm davon erzählte, war logisch. Peter sagte, er wusste, dass Luther von der Kugel tödlich getroffen wurde, obwohl er in Anbetracht der herannah-

enden Verfolger keine Chance gehabt hatte, den Tod zweifelsfrei festzustellen. Diese Sicherheit, mit der er vom Tod seines Freundes ausging, deutete auf einen Traum hin, denn es hätte keinen Sinn gemacht, nur eine schwere Verletzung zu vermuten. Peter fasste sich. Vielleicht stand er schon eine Weile zu lange am Grab, denn die Trauergemeinde wurde unruhig. Er ging zur Seite und sah, wie einer nach dem anderen ans Grab trat, mit der kleinen Schaufel etwas Erde und die mitgebrachten Blumen hineinwarf, den Angehörigen kondolierte und ging. Einer nach dem anderen, zuweilen auch in kleinen Gruppen; alle, bis auf einen. Der kräftige Mann war Peter schon gleich zu Beginn aufgefallen. Er kam ihm irgendwie bekannt vor. Vermutlich gehörte er zum erweiterten Bekanntenkreis von Luther, und Peter hatte ihn mal auf einer Party gesehen. Aber jetzt, da der Mann sich nicht von Luther verabschiedete, kamen Peter Zweifel. Ihre Blicke trafen sich. Auch wenn er nicht wusste woher, war Peter sich sicher, ihn zu kennen. Nach einer Weile drehte sich der Mann ruckartig um und verlies eiligen Schrittes den Friedhof. Von hinten sah Peter sein breites Kreuz und erschrak. Genau so hatte er ihn schon einmal gesehen, von hinten, an jenem Morgen in seinem Traum, in dem Café in Atlanta.

36. AUF DER LAUER

John Bartlett war nicht der Typ Mann, der sich bei jeder Kleinigkeit beschwerte. So hielt er es in der Regel auch mit dem Leben an sich. Neid war ihm ebenso fremd wie Selbstmitleid. Jeder war seines Glückes Schmied und jeder hatte im Grunde genommen auch alle Möglichkeiten, seinem Schicksal die eine, die andere oder auch eine ganz andere Richtung zu geben. Sicher gab es eine gewisse Vorbestimmung durch das Elternhaus, doch darum ging es hier nicht. Für Bartlett bemaß sich die Zufriedenheit mit der Lebenssituation nicht am Bildungsstand oder an Geld, und schon gar nicht an Kategorien wie Ruhm oder Ehre, unter denen sowieso jeder etwas anderes verstand. Glücklich war, wer genügend Freunde hatte, mit denen er Dinge tun konnte, die ihm Spaß machten. Das galt für weibliche Personen ebenso wie für männliche. Sich selbst würde John Bartlett als umgänglich beschreiben und in vielerlei Hinsicht auch als tolerant. Doch was ihm seit einer guten Woche geboten wurde, war nur schwer zu verkraften.

Wie es aussah, war Peter Saunders der Einzige, der ihn noch kannte, und selbst das nicht auf Anhieb. Es bedurfte eines zweiten Versuches mit spezieller Rahmung. In Annapolis hatte sich Bartlett ihm in einem Supermarkt in den Weg gestellt, löste damit aber keinerlei Reaktion aus. Saunders Blick blieb nicht einmal eine Sekunde auf ihm haften. Er lächelte unbeständig und drängte sich an ihm vorbei. Die Beerdigung seines Freundes sollte nun die verbindende Komponente heraufbeschwören. Und siehe da,

auf seinem Gesicht erschien dieser typische, fragende Ausdruck. Woher kenne ich diesen Menschen? Aus Annapolis, aus dem Supermarkt? Nein! Saunders Gedanken folgten einer anderen Fährte. Ein erster Erfolg.

Im Übrigen beschäftigte Bartlett die Frage, wieso sich der Tote als van Eyck begraben ließ, wenn er doch Bannister hieß. Bartlett war, als die ganze Meute noch in der Kirche weilte, an dem ausgehobenen Grab gewesen. Hinter dem mit einer Plane abgedeckten Erdhaufen lag ein schlichtes Holzkreuz mit dem Namen Luther van Eyck. Saunders hatte versucht, einen Mann dieses Namens anzurufen, als er Masons Wagen gestohlen hatte. Bartlett konnte sich keinen Reim darauf machen. Und eine andere Geschichte war noch seltsamer. Als Bartlett am Tag nach seinem Filmriss in dem gestohlenen Wagen von der Rangerstation den Berg hinunterfuhr, hatten ihn auf halber Strecke zwei schwarz gekleidete Typen angehalten. Lässig ihre riesigen Zigarren rauchend und ans Heck eines Leichenwagens gelehnt, bedeuteten sie ihm per Handzeichen anzuhalten. Sie fragten, ob das der Mount Maroon sei und ob es da oben eine Bergstation gäbe. Sie sollten dort einen Toten abholen. Bartlett witterte Morgenluft, doch als er vom Laboratory sprach, winkten sie ab.

- „Nein, kein Forschungslabor oder so was. Ein Parkranger hat angerufen. Ein Wanderer ist heute Nacht von einem Blitz erschlagen worden."

Bartlett begann die Sache zu interessieren. In einigem Abstand folgte er dem Leichenwagen den Berg hinauf, beobachtete, wie sie mit einem Metallsarg ins Haus gingen und kurz danach wieder herauskamen. War die Kiste zu-

vor recht leicht, war sie jetzt offenbar gefüllt. Auf dem Weg nach unten war er es, der die schwarzen Kerle stoppte und sie gegen eine Zahlung von 100 Dollar den Deckel öffnen ließ. Vermutlich hatten sie ihn für einen Leichenschänder gehalten, aber das war ihm egal. Und gelohnt hatte es sich allemal, einen Blick auf den Toten zu werfen, auch wenn er daraus nicht so recht schlau wurde. Es war der Mann, den seine Leute erschossen hatten, Luther Bannister. Doch hatte er nicht nur leichte Verbrennungen, er wies auch kein Einschussloch auf. Sein Oberkörper war in tadellosem Zustand.

Und dann war da die Sache mit dem fehlenden Laboratory. Der Mount Maroon erwies sich als naturbelassenes Gelände, ja das gesamte Areal war sogar als spezielles Schutzgebiet ausgewiesen, von Shane und Myers keine Spur. Einen Robert Shane hatte er später bei der Federal Highway Administration des US Department of Transportation aufgetan, der obersten Verkehrsbehörde, aber der Mann saß nicht im Rollstuhl. Und in den USA einen ganz bestimmten Myers zu finden war so, als suche man in Wisconsin nach einer ganz bestimmten Kuh. Bryson City gab es immerhin noch, auch die Straße, in der er wohnte, ja selbst das Haus. In seiner Wohnung lebte jedoch ein fremdes Pärchen. Das schlimmste war aber, dass keiner seiner Freunde ihn zu kennen schien. Wenn einige seiner Exfreundinnen nicht gut auf ihn zu sprechen waren, okay. Dafür hätte er in dem einen oder anderen Fall Verständnis gehabt. Aber seine Freunde? Selbst wenn es mal Streit gab, was wirklich nur sehr selten vorkam, hatte man die Sache nach kurzer Zeit bei einem Glas Bier aus

der Welt geschafft. Frauen waren da anders und es war ihm bislang nicht gelungen, herauszubekommen warum. Nehmen wir Cindy. Mit ihr war er fast drei Jahre zusammen, dann hatte sie sich in einen anderen verliebt, sogar geheiratet, aber sie traf sich noch gelegentlich mit ihm, schließlich waren sie ja auch in derselben Bowlingclique. Sie redeten, gingen ins Kino oder zum Tanzen. Aber sobald er seinen Arm um sie legen wollte, wurde sie fuchsteufelswild. Als habe er wer weiß was vorgehabt. Dabei hatte er sich gar nichts dabei gedacht, wollte einfach nur nett sein. Jetzt würde sie ihn vermutlich auch nicht mehr kennen. Es war ein völlig neues Gefühl, inkognito durch die Straßen der eigenen Stadt zu laufen, einer Stadt, in der ihn zumindest vom Sehen fast jeder kannte. Irgendwie erwartete er, dass gleich alle anfangen würden, laut aufzulachen, ihm Willy oder Joey feste ins Kreuz schlugen und die Sache aufklärten. Aber nichts dergleichen passierte und das gefiel ihm ganz und gar nicht. Wenigstens gelang es ihm so, unerkannt einen Wagen zu mieten. Schon vor Einbruch der Dunkelheit war er auf dem Weg nach Maryland.

Im Telefonbuch fand er die Adresse von Peter Saunders. Er wohnte in einem dieser komischen neuen Viertel. Bartlett verstand nicht, was so toll daran war, in einer Fabrik zu wohnen. Ebenso könnte man in einen Knast ziehen. Aber das war ja nicht sein Problem. Er wollte wissen, was hier vor sich ging und er ahnte, dass es mit diesem Saunders zu tun hatte. Seitdem er aufgetaucht war, ging alles schlief. Bartlett hatte sich an einige Details erinnern können, brachte sie aber in keine schlüssige Reihenfolge

und so blieb ihm nichts anderes übrig, als zu beobachten. Nebenher zog er Erkundigungen über Peter ein, sah sich nachts in seinem Verlag um und schlich sich, als Peter, Ellen und Irene in die Pizzeria an der Ecke gegangen waren, auch einmal in deren Wohnung. Hinweise fand er nicht, allerdings installierte er im Wohnzimmer eine Abhöranlage, die er in einem Laden für Hobbyelektroniker günstig erstanden hatte. Später im Auto ärgerte er sich darüber, das Telefon vergessen zu haben. Das hätte er verwanzen sollen. So musste er sich mit halben Telefonaten begnügen und das auch nur dann, wenn diese im Wohnzimmer geführt wurden.

Geldsorgen hatte Bartlett indes nicht. Er hatte sich bereits in Bryson City bei einem Pfandleiher 3.000 Dollar geliehen und dem Mann als Sicherheit das Auto des Rangers auf den Hof gestellt. Nach seiner Ankunft in Annapolis hatte Bartlett in einem kleinen Motel ein Zimmer gemietet. Hierhin zog er sich zurück, wenn im Hause Saunders die Lichter gelöscht wurden. Um sechs Uhr morgens bezog er dann wieder seinen Posten vor dem Haus. Nichts geschah. Bartlett war nahe daran, Saunders zur Rede zu stellen, als sich dieser eines Tages von seiner Frau zum Flughafen bringen ließ. Er bestieg das Flugzeug nach Cincinnati. Bartlett überlegte einen Moment, ob er mitfliegen sollte, entschied sich dann aber anders. Er fuhr zurück zur Wohnung der Saunders und zapfte das Telefon an. Saunders würde seiner Frau über seinen Aufenthalt Bericht erstatten und so würde John Bartlett die wichtigsten Dinge schon mitbekommen. Diese Hoffnung wurde nicht eingelöst. Stattdessen telefonierte Ellen Saunders

nun fast täglich mit einer gewissen Polly und informierte sich über den Beerdigungstermin von Luther. Der Mann sollte in den nächsten Tagen in Raleigh beigesetzt werden. So langsam schloss sich also der Kreis. Bartlett war davon überzeugt, die Angelegenheit bald aufklären zu können. Während der Bestattung wollte er sich Peter zeigen.

37. DER ANDERE MANN

Er konnte sich nicht wirklich daran erinnern, wie er es sich vorgestellt hatte. Ja nicht einmal, ob er es sich überhaupt jemals vorgestellt hatte, so vorgestellt, wie es war, als sein Großvater noch allein darin lebte. Alan Mason kannte dieses Haus, in dem sein eigener Vater 1949 das Licht der Welt erblickte, nur in einem verfallenen Zustand. Drinnen war er niemals. Es war voller Hornissennester, der Garten war verwildert und die Herbststürme hatten dem Dach ordentlich zugesetzt. Sicherlich hatte Albert Mason ihm in typischer Großvatermanier von den Jahren erzählt, die er hier verbrachte, aber eine nachhaltige Vorstellung hatte sich nicht aufgebaut. Als Alan geboren wurde, lebte Albert Mason schon lange in einem größeren und komfortableren Haus, das er zusammen mit seiner Frau gebaut hatte, bevor diese 1955 an Krebs starb.

Dieses Häuschen, das Alan Mason jetzt bewohnte, hatte Albert in den 1920er Jahren gekauft. Er war auf Wanderschaft, auf der Suche nach Freiheit und dem großen Glück, unterwegs nach Kalifornien, dem gelobten Land der Amerikaner. Voller Hoffnung war er in Bangor, Maine, aufgebrochen, ganz sicher nicht, um ausgerechnet hier in der Wildnis zwischen North Carolina und Tennessee seinen Lebensmittelpunkt zu finden. Aber die Gerüchte von den Goldfunden am Tellamount Creek hatten ihn abgelenkt wie die Gravitation einen Lichtstrahl. Und so kam er nach Bryson City und blieb bis zu seinem Tode.

Gold fand er nicht, dafür aber eine Anstellung bei einigen Pionieren einer neuen Wissenschaft, die sich zu Forschungszwecken in die Berge der Blue Ridge Mountains zurückgezogen hatten. Es war seinerzeit nach außen hin vielleicht nicht viel mehr als die Ansammlung weniger primitiver Holzhütten, aber in theoretischer Hinsicht war es der Vorläufer des Mount Maroon Laboratory. Unter der hiesigen Bevölkerung, die zu einem großen Teil aus Cherokee-Indianern bestand, waren Ausbildung und Fähigkeiten wie Albert Mason sie mitbrachte, kaum anzutreffen. Albert hatte eine Marineschule besuchte, obwohl ihn weder der Krieg noch die Seefahrt wirklich ansprachen. Sein Interesse galt der Mathematik, der Physik und deren technischer Anwendung. Und als es ernst wurde und er sich für eine Fahrt auf einem der großen Schulschiffe anmelden sollte, haute er ab – von heute auf morgen. Seine Eltern und die Schwester fanden eines Morgens einen kurzen Brief, und sie wussten, dass man besser nicht nach ihm suchen sollte. Selbst wenn man ihn fände, würde man ihn nicht umstimmen können, sondern es allen Beteiligten lediglich schwerer machen. Natürlich hätte er mit seiner Begabung auch an der Ostküste eine einträgliche Beschäftigung gefunden, aber er suchte eine ganz besondere Herausforderung und er war jung und wild und hungrig.

Alan Mason fand schließlich noch etwas Kaffee. Die Zubereitung im Blechgeschirr über der offenen Feuerstelle war gewöhnungsbedürftig, aber noch vermisste er den Komfort des 21. Jahrhunderts nicht. Er glaubte zu wissen, worauf er sich eingelassen hatte, doch wusste er es wirk-

lich? Hier oben in den Bergen gab es zu dieser Zeit weder Fernsehen noch Telefon, zumindest nicht für alle. Das Labor verfügte selbstverständlich über eine exquisite technische Ausstattung, aber das Labor gab es nun nicht mehr. Mason überlegte. Wie ließ sich dieses Faktum einordnen? Welchen Lauf würde die Geschichte nehmen? Er zündete eine Petroleumlampe an, setzte sich in den alten Schaukelstuhl und stellte den Kaffeepott auf die Armlehne. Er kannte die Geschichte des Laboratory von seinen Anfängen bis zur Gegenwart, von seinem Bau 1943 bis zum Sommer 2009. Aber einen Unfall dieser Größenordnung hatte es nicht gegeben, niemals. Hier wurde die Geschichte definitiv neu geschrieben. Zudem war da noch die Sache mit seinem Großvater, den er durch seine Zeitreise tatsächlich getötet hatte, und zwar bevor dieser seinen Vater zeugen konnte. War das hier das Großvaterparadoxon, oder war es gar seine Auflösung? Mason war nun schon zwei Wochen im Jahre 1947 und hatte eigentlich noch nichts erreicht. Gut, er stand nicht unter Zeitdruck, denn selbst wenn es ihm erst in zehn oder zwanzig Jahren gelänge zurückzureisen, so konnte er genau zum Zeitpunkt seiner Abreise wieder eintreffen. Die Zeit, die er nutzlos verbringen würde, wäre für Shane und die anderen nicht verloren. Aber was, wenn sich durch den Verlust des Labors die Zukunft dahingehend änderte, dass es 2009 an diesem Ort gar kein Mount Maroon Laboratory gäbe. Die Vergangenheit hatte er durch die Explosion jedenfalls schon grundlegend verändert, denn er konnte sich bereits letzte Woche davon überzeugen, dass auf dem verdammten Berg kein Stein mehr auf dem anderen stand,

zumindest keiner, der von Menschen angeordnet wurde. Es wirkte bizarr, glich einer vor Urzeiten durch das ungezügelte Walten roher Kräfte geschaffenen Landschaft. Mason sah den heißen Dampf aus seinem Becher steigen wie aus einem lauen Vulkan. Konnte es sein, dass es diesen Unfall in der Geschichte vielleicht doch gab? Man ihn aber irgendwie vertuscht hatte, getreu des Billardkugel-Paradoxons? Aber er hatte die Kugel nicht nur gestreift. Er hatte sie abgeschossen, mit einem Volltreffer zerstört. Außerdem hätte sein Großvater ihm davon erzählt. Ja, sein Großvater … er war der Schlüssel zu all dem hier. Er war tot, sein Großvater war tot, das hatte er mit eigenen Augen gesehen. Oder waren die Männer am Ende nur bewusstlos? Nein! Das war unmöglich. Alan Mason war der Einzige, der das Inferno überlebt hatte. Er war dabei, wie dieser ganze Berg weggesprengt wurde. Auch Peter Saunders und John Bartlett mussten tot sein.

Mason war müde, seine Lider waren bleischwer. Unvermittelt tauchte die Gestalt des Großvaters auf, etwa in seinem Alter. Er ging zum Fenster, blickte hinaus in die Abenddämmerung, steckte seine Pfeife an, wie jemand, der mit sich und der Welt im Reinen ist. Dann drehte er sich um.

- „Was machst du hier, mein Junge? Du bist doch noch gar nicht an der Reihe. Du musst zurück. Es ist gefährlich, die Dinge durcheinander zu bringen."

- „Aber du hast damit angefangen. Du hast die Mega-Spule aufgebaut. Du hast vor dem Tunnel gesessen und hineingestarrt. Du hast darauf gewartet, dass jemand kommt. Du hast auf mich gewartet."

Mason schreckte hoch. Er war eingeschlafen. Irgendetwas hatte ihn wieder aufgeweckt. Sein Großvater war verschwunden. Es klopfte an der Tür, zweimal, dreimal; laut, wie jemand, der aus berechtigtem Grund auf Einlass pochte.

Mason öffnete die Tür. Er blickte in die für die Jahreszeit allzu blassen Gesichter einer Handvoll Männer. Erst beim zweiten Hinsehen erkannte er den Polizeiinspektor, mit dem er in den letzten Tagen schon mehrfach zu tun hatte. Er fand es ungewöhnlich, dass sie immer zu mehreren anrückten, schob es aber einer Zeit zu, in der sich der Obrigkeitsstatus noch zahlenmäßig definierte.

- „Mr. Mason, entschuldigen Sie die Störung, aber dürfen wir einen Moment hereinkommen. Wir müssen Ihnen etwas zeigen."

Alan Mason hatte sich, nachdem er aus dem Labor entkommen war, vor den Feuerwehrleuten kurzerhand als sein eigener Großvater ausgegeben. Er wollte sie aus verständlichen Gründen nicht mit der Wahrheit überfordern und der ungewöhnliche Brandschutzanzug war ihnen in der Hektik ohnehin nicht aufgefallen. Als einziger Überlebender hatte er schließlich zusammen mit der Polizei nach den Ursachen der Katastrophe gefahndet, sich aber wohlweislich auch weiterhin davor gehütet, die Wahrheit zu sagen.

- „Aber bitte, Inspektor Gardner, kommen Sie, darf ich den Herren eine Tasse Tee anbieten?"

Da nicht in ausreichendem Maße Sitzgelegenheiten vorhanden waren, blieben alle stehen, während Mason das Wasser erhitzte. Der Inspektor hatte seinen Hut abgenom-

men. Er kratzte seinen großen, glänzenden, kahlen Schädel, bevor er zu reden begann.

- „Es ist etwas merkwürdig, aber heute Nachmittag hat sich bei uns ein Mann gemeldet, der behauptet … nun ja, wie soll ich sagen … aus der Zukunft zu kommen."

- „Was Sie nicht sagen?", Mason war um Coolness bemüht.

- „Ich weiß, das klingt unsinnig, vor allem für Sie als Wissenschaftler und wir wollen Sie auch gar nicht lange damit aufhalten. Der Mann sagte, er wäre am Tag der Explosion am Mount Maroon gewesen und über die Westflanke vor den Flammen geflohen. Unglücklicherweise hatten wir aber diesen starken Wind und der Rauch hat ihm schwer zugesetzt. Er hat vermutlich eine Rauchvergiftung erlitten. Dass er überhaupt noch lebt, ist ja schon ein Wunder. Jedenfalls erzählte er, einige Indianer hätten ihn gefunden und soweit wieder hergestellt. Ob das stimmt?", Gardner zuckte mit den Schultern. „Keine Ahnung. Wir haben ihn erstmal eingesperrt. Zu Ihnen sind wir eigentlich nur gekommen, um zu fragen, ob Sie den Mann kennen. Möglicherweise hat er ja im Labor gearbeitet und ist jetzt nur etwas verwirrt."

Einer der Begleiter zog ein Foto aus der Tasche und gab es dem Inspektor, der es wiederum an Mason weiterreichte. Als dieser das Foto betrachtete, zog es ihm fast die Beine weg. Nur mit Mühe konnte er sich aufrecht halten. Eine ganze Weile starrte er auf das Foto. Dann fasste er sich.

- „Es tut mir leid, Herr Inspektor, aber der Mann hat hier bisher noch nicht gearbeitet. Vielleicht kommt er ja wirklich aus der Zukunft?“

Alle lachten und die Polizisten verabschiedeten sich, noch bevor der Tee aufgebrüht war.

Alan Mason holte die Brandyflasche aus dem Wandschrank. Er trank ein Glas, dann ein zweites. Das Bild des Mannes hatte sich in sein Gedächtnis eingebrannt. Er hatte die Augen eines Wahnsinnigen, aber dennoch war er gut zu erkennen. Er blickte Mason an, schaute ihm direkt ins Gehirn. Zweifellos erwartete er etwas von ihm. Aber was sollte Mason tun? Er kannte den Mann, kannte ihn sogar verdammt gut. Als die Beamten von einem Mann aus der Zukunft sprachen, dachte er an Saunders oder Bartlett, nicht aber an den Mann auf dem Foto, nicht an Forma Townsend.

38. DER STURZ DES PHAETON

Peter war geschockt. Mit Grauen betrachtete er die Leinwand. Die Gestalten darauf schienen nach ihm zu greifen. Sie wollten ihn hineinziehen in ihre Welt, in die andere Realität. Dabei hatte alles so gut begonnen.

Der Familie Saunders tat es gut, diesen Tag ganz anders zu verbringen. Vor allem für Irene war es sehr interessant, die Geschichte ihres Heimatlandes einmal auf eine andere Weise zu erleben. Egal, was der eigentliche Grund dafür war, der Ausflug bot für alle drei eine willkommene Abwechslung. Sie waren an jenem Mittwoch früh morgens die gut 60 Kilometer nach Washington DC gefahren. Peter hatte sich die ganze Woche frei genommen und der Rest der Familie genoss ohnehin die Sommerferien. Ellen hatte Donuts mit Schokoladenüberzug gemacht, sie hatten Kaffee und Kakao mitgenommen und saßen bereits um neun Uhr bei herrlichem Sonnenschein beim Picknick am Hains Point, wo der Anacostia River in den Potomac River mündete.

Irene war wohl insgeheim sehr froh, dass die Awakening-Statue nicht mehr da war, die ihr vor einigen Jahren große Angst gemacht hatte. Dieser Gigant, der sich krampfhaft aus der Erde befreite, hatte das Kind ganz verstört. Es war wohl nicht einmal seine immense Größe von annähernd 100 Metern, sondern die Selbstverständlichkeit, mit der er dem Erdreich entstieg, wie ein vermeintlich Toter, gerade so, als käme er aus einer anderen Welt.

Irene hatte ihren Vater danach gefragt, als sie den Parkplatz erkannte und eine dunkle Erinnerung den sonst so heiteren Kinderhimmel zu verfinstern drohte. Peter bemerkte den Anflug von Panik und verkündete, er habe den Riesen gestern Nachmittag abholen lassen, damit sie in Ruhe picknicken könnten. Irene kannte ihren Dad gut genug, um ihm nicht alles zu glauben, war sich jedoch für einen Moment lang unsicher. Sie beschloss ihre Mutter zu fragen und erfuhr von Ellen, dass der Künstler Seward Johnson sein Werk für 750.000 Dollar verkauft hatte und die Skulptur deshalb schon 2008 abtransportiert worden war. Irene sagte nichts, entschied sich aber, ihrem Vater zu glauben. So oder so war die Szenerie durch die Abwesenheit des unheimlichen Steinmannes angenehm unbedrohlich. Kinder spielten auf der freien Rasenfläche, Angler saßen am Ufer und ein Eisverkäufer hatte erste Kunden angelockt. Die Familie Saunders winkte den vorbeifahrenden Schiffen, beobachtete die Starts und Landungen der Flugzeuge am Ronald Reagan Airport und sah einige Möwen von Maryland nach Virginia fliegen und andere von Virginia nach Maryland. Ellen erklärte Irene den Status des District of Columbia, der kein Bundesstaat war, sondern direkt dem Kongress unterstand. Danach wollte Irene wissen, woher der Name Columbia kam, was Ellen und Peter zu unterschiedlichen Erklärungen veranlasste. Während Peter darauf verwies, dass es sich dabei um eine poetische Bezeichnung für Nordamerika handelte, führte Ellen die Bezeichnung auf die weibliche nationale Personifizierung der USA zurück, das Gegenstück zum männlichen Uncle Sam. Um Irene nicht wieder vor das Problem

zu stellen, wem sie nun glauben sollte, bekräftigten die Eltern, dass beide Ausführungen richtig waren.

Nachdem man sich nun auch geistig gestärkt hatte, machten sie einen ausgedehnten Spaziergang entlang des Potomac River zum Jefferson Memorial. Am Tidal Basin mieteten sie ein Tretboot. Der Bootsverleiher hatte einen breiten Rücken. Peter fühlte sich unweigerlich an den Mann vom Friedhof erinnert. Wer war der Kerl? Peter hatte den Drang verspürt, einem unbestimmten Impuls nachzugeben und ihm hinterherzulaufen, sah sich aber gleich darauf an Ellens und Pollys Seite. Dann kam auch noch Luthers Bruder dazu und man tauschte einige trübe Gedanken aus. Die Chance war vertan, wenn es denn überhaupt eine war. Was hatte er schon gesehen? Einen Typen mit einem breiten Kreuz. Vom Tretboot aus sah Peter nun einige Exemplare dieser Art. Wenn man bewusst darauf achtete, konnte man meinen, dieser Körperbau sei prototypisch für den modernen Amerikaner. Er hatte einen breitschultrigen Mann in Atlanta gesehen, und einen in Illinois und nun sah er Dutzende von ihnen in Washington. Na und? Peter spritzte Irene nass, die am Bug des Schiffchens Platz genommen hatte. Lachend spritzte sie zurück. Das war es, was zählte.

Nach der Bootspartie schleckten sie ein Eis und schlenderten weiter zum Washington Monument. Jetzt durfte Irene entscheiden, was sie sich angucken wollte, und zur Überraschung von Ellen und Peter verschmähte sie sowohl das White House als auch den guten alten Lincoln. Sie wollte unbedingt zum Korea Memorial. Eine Schulfreundin hatte ihr davon erzählt und jetzt mochte

sie die übergroßen Helden selbst in Augenschein nehmen. Wie erwartet flößten ihr die grauen Männer mit ihren Helmen, Gewehren und Umhängen dann aber doch einen gehörigen Respekt ein. Die Familie hielt sich daher nur kurz in ihrer Nähe auf. Man stärkte sich mit ein paar Hotdogs und beriet, ob man nun noch ins Museum of American History oder lieber in die National Gallery gehen sollte. Jetzt gab Ellen den Ausschlag und gewährte der Kunst den Vorrang.

Irene war begeistert, wie man es von einer Neunjährigen nicht unbedingt erwarten konnte, aber sie malte selbst gerne und zeigte zunächst ein ausgesprochenes Interesse an den surrealen Landschaften eines Thomas Cole. Als sie aber die Indianerbilder von George Catlin sah, war es um sie geschehen. Der ausgebildete Richter Catlin arbeitete zwischen 1824 und 1829 als Porträtmaler in Philadelphia und New York, bevor er 1830 in den teilweise noch unerforschten Westen ging, um die Indianer, ihre Gesellschaft, die Bräuche und Landschaften zu malen. Seine Arbeiten erfreuten sich einer so großen Beliebtheit, dass sie bald schon in New York und kurze Zeit später sogar in London ausgestellt wurden. Die Darstellungen galten heute als historische Abbilder der wahren indianischen Lebensweise, bevor sie durch die weißen Siedler zerstört wurde.

- „Wenn du willst besuchen wir mal ein Indianer-Museum“, sagte Ellen zu Irene. Und dann an Peter gewandt: „Ist nicht in der Nähe des Mount Maroon eines?“

An seiner Reaktion sah sie, dass sie einen Fehler gemacht hatte. Es war nicht ihre Absicht, ihn daran zu erinnern. Seit der Beerdigung hatten sie nicht mehr darüber

gesprochen und nun war es ihr so rausgerutscht. Auch Peter hatte versucht, möglichst wenig daran zu denken, sich langsam wieder in sein altes Leben einzufinden. So wie es Marty ihm geraten hatte. Doch allzu schnell stand alles wieder auf der Kippe. Zu überwältigend waren die Bilder in seinem Kopf, die erst mit der Zeit verblassen würden. Einzig Irenes strahlendes Gesicht war es zu verdanken, dass Peter sich rasch wieder fing.

- „Ja, da ist ein großes Cherokee-Museum. Aber hier in Washington gibt es doch auch eins."

- „Stimmt! Das machen wir nächstes Mal."

Nach einer ganzen Weile erreichten Ellen, Peter und Irene den West Main Floor, die Räume, in denen niederländische und flämische Kunst des 16. und 17. Jahrhunderts ausgestellt wurde. Man erfuhr, dass der Maler einiger Gemälde mit biblischen und mythologischen Motiven Peter Paul Rubens hieß und von 1577 bis 1640 gelebt hatte. Irene war fasziniert von den Löwen, die der Maler grimmig um einen etwas unschlüssig wirkenden, jungen Mann gruppiert hatte. Um den Bildinhalt richtig zu verstehen, musste man die Geschichte von Daniel in der Löwengrube kennen, die Peter seiner Tochter erzählte. Irene zögerte kurz, nahm ihm die Story aber ab. Das Bildnis der Marchesa Brigida Spinola Doria fand weniger Anklang, ebenso wie das skeptisch dreinblickende Pärchen Agrippina and Germanicus. Es war wohl keine Liebesheirat.

Bei der Betrachtung des nächsten Bildes traf Peter fast der Schlag. Er erkannte es wieder. Nicht von früheren Besuchen in der Nationalgalerie, dabei war es ihm gar nicht

aufgefallen, sondern von woanders her, aus seinem Traum. Ohne jeden Zweifel hatte er dieses Bild in dem Büroraum gesehen, in den Luther und er mit der Cessna einbrachen. Er näherte sich der Informationstafel neben dem Bild. Und was da stand, schockte ihn noch mehr:

Sir Peter Paul Rubens

Flemish, 1577–1640

The Fall of Phaeton, c. 1604/1605,
probably reworked c. 1606/1608
oil on canvas

Der Sturz des Phaeton, die alte griechische Legende, von der Mr. Dick erzählt hatte. Jetzt war alles wieder da. Der gemütliche Mr. Dick, der Hobbyastronom in seinem bequemen Auto, der Krawattenvertreter, der ihm das Sternbild des Schwans gezeigt hatte. Während Irene dazu übergegangen war, den alten Meistern dadurch ihre Aufwartung zu machen, indem sie quietschvergnügt zwischen ihren Werken hin- und herhüpfte und die abgebildeten Engel zählte, zog Peter seine Frau beiseite.

- „Ellen, ich habe dir doch von Mr. Dick erzählt."

Zwischen Ellens Augenbrauen bildeten sich tiefe Fältchen, das eindeutige Signal eines aufkommenden Unwetters, welches sich aus einem scheinbar heiteren Himmel, aber niemals grundlos hinter ihrer Stirn zusammenbraute. Worte lagen unausgesprochen in der Luft, Worte wie: „Fängst du schon wieder damit an" oder „Peter, ich kann nicht mehr". Gleich würden sie aus ihrem Mund heraus-

brechen und die erhabene Atmosphäre dieses ehrwürdigen Raumes zerstören, wie ein Dragonerregiment, das … Doch Ellen sah Peters Verzweifelung, sie sah die fröhliche Irene und wusste plötzlich, dass das starke Band, das sie mit diesen beiden Menschen vereinte, erneut einer starken Zerreißprobe ausgesetzt war. Tief in ihrem Inneren fühlte sie, dass sie kämpfen musste, wenn sie ihre kleine Familie retten wollte. Peter war noch immer nicht davon überzeugt, das alles nur geträumt zu haben. Was konnte sie tun, um ihm zu helfen? Vermutlich halfen nur weitere Fakten. Peter musste die Realität für sich zurückgewinnen, musste lernen zu unterscheiden, was tatsächlich stattgefunden hatte, und was nur Produkte seiner Phantasie waren. Kurz und entschlossen sagte Ellen:

- „Du solltest versuchen, diesen Mr. Dick zu finden. Falls er wirklich existiert, musst du herauskriegen, woher du ihn kennst."

39. EINE SCHWERE ENTSCHEIDUNG

Das Pine House war ein abweisendes Gebäude mit grauem Klinker. Ein Minenbesitzer hatte es 1882 erbaut. Nachdem die Silbervorkommen am Parvan Creek aber gegen Ende des 19. Jahrhunderts zur Neige gegangen waren und man auch nach intensiven Grabungen auf keine neue lohnenswerte Ader stieß, packte er schließlich seine Sachen und überließ das Haus dem Verfall. In der 1930er Jahren hatte es der Staat North Carolina für wenig Geld erworben und zu einem Irrenhaus umgebaut.

Es war ein besonders dunkles Kapitel amerikanischer Psychiatriegeschichte, dessen Ort Alan Mason an jenem Septembermorgen im Jahre 1947 betrat. Er fuhr mit seinem schwarzen Ford Deluxe 21A, der noch vor Kurzem seinem Großvater gehörte, durch die weit offen stehenden Pforten eines Gittertores, das sich nahtlos in die mehrere Meter hohe marode Steinmauer einpasste. Obwohl es ein sonniger Tag zu werden versprach, war der Nebel in dem tiefen Taleinschnitt noch vergleichsweise dicht. So sah er das Haus zunächst nur schemenhaft. Er war sich noch immer nicht im Klaren darüber, was er tun sollte, aber die Informationen, die er von Inspektor Gardner erhalten hatte, bereiteten ihm zunehmend Sorgen. Der Inspektor zeigte sich ihm gegenüber als überaus auskunftsfreudig. Überhaupt behandelten ihn alle mit großem Respekt, die Behörden ebenso wie die einfache Bevölkerung. Als einziger Überlebender der Katastrophe schien er eine Art Hel-

denstatus zu genießen. Die Bundesregierung hatte ihm schon wenige Tage nach dem Unglück am Mount Maroon ein Telegramm geschickt, in dem man ihm eine großzügige Rente anbot. In den nächsten Wochen sollte er ferner mit einer Tapferkeitsmedaille ausgezeichnet werden, allerdings wusste man noch nicht genau mit welcher. Auch bemühte man sich um seine Mitarbeit an anderen wissenschaftlichen Projekten, ein Wiederaufbau des Mount Maroon Laboratory hingegen, wie er ihn bei nahezu allen wichtigen Telefonaten beiläufig anregte, wurde kategorisch ausgeschlossen. Das war ein echtes Dilemma, wenngleich noch genügend Zeit war, die Dinge in Ordnung zu bringen.

Als Erstes musste er sich um Forma kümmern, ohne sich dabei selbst zu verraten. Der gute Forma hatte einen Nervenzusammenbruch erlitten. Niemand glaubte ihm seine Geschichte und wer wollte es den Beamten auch verdenken. Sie wussten nicht so recht, was sie mit ihm machen sollten. Selbst strenge Verhöre brachten keine neuen Erkenntnisse und so behielt man ihn erst einmal in Gewahrsam. Die Polizeistation von Bryson City verfügte zu jener Zeit noch über eine Räumlichkeit, wie man sie heutzutage nur noch aus Wildwestfilmen kennt. In einem Vorraum saß ein Diensthabender an einem Schreibtisch, dahinter lagen, abgegrenzt durch eine Gitterwand mit eingelassenen Türen, vier Zellen. Man unterhielt sich, die Gefangenen untereinander ebenso wie Gefangene und Wärter. Und Forma redete unentwegt, mit Engelszungen flehte er sie an, bat sie darum, einige Dinge zu überprüfen, doch erschienen seine Vorstellungen derart abwegig,

dass man ihm auch beim besten Willen keinen Glauben schenken durfte, wollte man sich nicht selbst dem Ruf aussetzen, verrückt zu sein. Nach drei Wochen erfolglosen Werbens um Verständnis, fing er schließlich an zu randalieren, verlor die Nerven. Er hatte keine Straftat begangen und deshalb konnte man ihn nicht in ein reguläres Gefängnis stecken. Also landete er schließlich im Pine House, was nicht wirklich besser war.

Mason fühlte sich schuldig. Ihm war längst klar, wer in jener Nacht an die Kapsel geklopft hatte. Es war niemand anderer als Forma. Er war zeitgleich mit ihm eingetroffen. Lange hatte Mason darüber nachgedacht, ob es gut wäre, Forma auf der Polizeiwache zu besuchen, aber er wusste nicht, was er damit auslösen würde. Er durfte sich jetzt keinen Fehler erlauben. Was, wenn Forma ihn erkannte und was, wenn nicht? Eigentlich hätte Forma Townsend ihn altersmäßig nicht zuordnen können. Masons Großvater war bei Formas Aufbruch 1985 schon ein alter Mann und er selbst ein 19-jähriger Heißsporn. Andererseits wusste Forma, dass er im Jahr 1947 gelandet war und er konnte sich ausrechnen, wie alt Albert Mason damals war, nämlich knapp über 40, genau wie Alan 2009. Aber der Mann, den er in diesem Fall für Albert halten würde, wäre nicht Albert, obwohl auch alle anderen das glaubten. Das konnte gut gehen, aber Mason durfte diese Deckung nicht leichtfertig verspielen. Im schlimmsten Fall hätten sie ihn in die Zelle neben Townsend gesteckt. Das hätte dann wirklich allem die Krone aufgesetzt. Zwei Wissenschaftler, die einen der großen Träume der Menschheit verwirklicht hatten, enden in ei-

nem amerikanischen Provinzgefängnis oder einer staatlichen Irrenanstalt. Vermutlich wäre es das Beste gewesen, Forma als einen verwirrten Mitarbeiter des Labors zu identifizieren, aber dazu war es jetzt zu spät.

Inspektor Gardner wartete bereits von zwei rangniederen Kollegen flankiert am säulengefassten Eingang des Pine House. Er begrüßte Mason freundlich, wenngleich um eine gewisse Pietät bemüht, die den Umstand ihres Treffens respektierte. In den frühen Morgenstunden hatte er einen Boten zu Mason geschickt, da Alberts Haus über keinen Telefonanschluss verfügte. Der Bote hatte Mason berichtet, dass Forma in der Nacht versucht hatte, sich das Leben zu nehmen. Mehr wusste auch der Inspektor nicht. Zu dritt gingen sie jetzt hinein, während einer der Begleiter beim Wagen blieb und rauchte. Eine Schwester mit einer weißen, gestärkten Haube führte sie in den zweiten Stock. Die Pforte war vom Treppenhaus durch eine doppelt gesicherte Tür abgetrennt. Während sie die Treppen hinaufstiegen, hörten sie ein gedämpftes Jammern und zuweilen auch einzelne spitze Schreie. Die Schwester schien sie nicht zu beachten. Vermutlich empfand sie die Geräuschkulisse in Anbetracht dessen, was sich in den geschlossenen Abteilungen abspielte, als völlig normal oder sie vernahm sie nicht mal mehr. Die Männer folgten ihr durch einen langen, nur spärlich beleuchteten Gang und gelangten in ein mit dunklen, antiquierten Möbeln ausgestattetes Besprechungszimmer. Die Schwester, die, wie Mason nun bemerkte, ein blasses und von auffälligen Falten durchzogenes Gesicht hatte, das die Glätte ihrer Uniform seltsam kontrastierte, bat sie Platz

zu nehmen und auf den Anstaltsleiter zu warten. Der Inspektor versuchte ein Fenster zu öffnen. Es gelang ihm aber nicht. Dann saßen die drei schweigend um einen ovalen, alten Holztisch.

- „Ah, da sind die Herren", der Mann sagte es so, als habe er schon überall im Hause nach ihnen gesucht. Er war lautlos eingetreten, eine stattliche Erscheinung um die 60 in einem schwarzen Hausmantel. Möglicherweise ein Geistlicher, dachte Mason, eine Vermutung, die durch Inspektor Gardners Anrede bestätigt wurde.

- „Guten Morgen, Reverend Scott. Wie geht es unserem Patienten?"

Der Mann mit den kurzen grauen Haaren setzte sich umständlich, wobei er Mason mit kalten blauen Augen fixierte, gerade so, als wolle er ihn auf diese Weise an den Stuhl fesseln.

- „Schlecht geht es ihm. Aber vergessen wir nicht, dass der Selbstmord eine schwere Sünde ist, auch wenn eine geistig stark verwirrte Menschenseele ihn ausführt."

Typische Anzeichen gottesfürchtiger Verblendung versteiften die Atmosphäre. Es hatte wenig Sinn sich mit dem Reverend auf religiöse Grundsatzdiskussionen einzulassen. Mason und der Inspektor sahen einander an. Die weiteren Fragen mussten auf die reine Faktenlage abzielen.

- „Wo ist Mr. Townsend jetzt?", fragte Mason.

- „Der Mann, der von sich behauptet Forma Townsend zu sein, was im übrigen eine Lüge ist, wurde ins Swain County Hospital gebracht. Obwohl unsere eigene medizinische Abteilung auch sehr gut ist, denn …"

Inspektor Gardner war bemüht zu verhindern, dass der Reverend erneut brüchiges Eis betrat.

- „Davon bin ich absolut überzeugt, Reverend. Wann haben Sie ihn wegbringen lassen?"

- „Also, er war bis acht Uhr nicht wieder so richtig zu sich gekommen und da hielt ich es für das Beste ..."

- „Sehr richtig! Und heute Früh hatten Sie ihn gefunden?"

- „Um fünf Uhr ist die Morgenandacht. Also wird um halb fünf geweckt. Wir wollen unsere Patienten an eine geregelte Tagesstruktur gewöhnen. Als Schwester Rosalie in sein Zimmer kam, lag er am Boden unter dem Fenstergitter. Er hatte versucht, sich aufzuhängen, aber das Laken, das er dazu verwendet hatte, war gerissen. Dennoch muss er eine ganze Zeit ohne Sauerstoff gewesen sein. Aber er lebte noch ..."

- „Warum glauben Sie, hat er das gemacht?"

- „Einen vernünftigen Grund kann es dafür nicht geben. Es ging ihm seit drei Tagen sehr schlecht. Er klagte über starke Kopfschmerzen. Gestern Abend war er dann aber ganz ruhig. Am Nachmittag hatten wir ihn mit einem warmen Baldrianbad behandelt ..."

Mason hatte von derartigen Bädern gehört. Psychisch Kranke wurden für Stunden in entsprechend präparierte Wannen gesperrt, eine Behandlung, die jeden in den Wahnsinn treiben musste. Aber noch etwas anderes beschäftigte ihn.

- „Reverend, Sie sagten eingangs, dass Forma Townsend bezügliche der Angabe seines Namens lüge. Wie kommen Sie darauf?"

Reverend Scott sah zu Inspektor Gardner herüber, der sich daraufhin an Alan Mason wandte.

- „Sehen Sie, Mr. Mason, der Mann hat ganz ungeheuerliche Dinge behauptet. Er sagte, seine Eltern leben in Bryson City und er selbst sei erst vor ein paar Wochen geboren worden. Ich hatte Ihnen ja erzählt, dass er darauf bestand aus der Zukunft zu kommen, genauer gesagt aus dem Jahr 1985. Nun ja, wir haben das natürlich nicht ernsthaft geglaubt, aber es hat uns interessiert, was es mit dieser Familie auf sich hat. Und siehe da, es gibt in Bryson tatsächlich eine Familie Townsend und die haben Anfang August auch ein Kind bekommen. Aber das war es dann auch schon. Weder Mr. noch Mrs. Townsend kannten den Mann. Ich habe ihnen das Foto gezeigt. Wir wissen also nicht, wer der Mann ist. Aber vermutlich hat er sich den Namen Townsend nur … geborgt."

Mason wurde unruhig. So konnte es nicht weitergehen. Er musste mit Forma sprechen.

Eine dreiviertel Stunde später stand Alan Mason vor der Eingangstür des seinerzeit neu errichteten Swain County Hospital. Es war ein einstöckiges Gebäude aus rotem Sandstein mit einem flachen Dach. Mason kannte das Gebäude, das sich äußerlich in den nächsten 60 Jahren kaum verändern sollte. Die Inneneinrichtung stammte dann aber doch aus einer anderen Epoche, wie er beiläufig feststellte. Der Anmeldebereich war in einem undefinierbaren Blau-Grün-Ton gehalten. In der Ecke befand sich eine großzügige Sitzgruppe. Mason lehnte sich an den Tresen und fragte die dahinter sitzende Schwester nach Mr. Townsend. Irgendwie erwartete er, dass sie seine Da-

ten auf einen Bildschirm holte. Aber da war natürlich kein Bildschirm, stattdessen blätterte sie in einer großen schwarzen Kladde, erst zurück, dann vor und schließlich wieder zurück.

- „Es tut mir leid, aber wir haben keinen Mr. Townsend, aber sie meinen vermutlich seine Frau oder, wenn sie so wollen, den ganz kleinen Mr. Townsend."

Ihr einsetzendes Lachen erstarb und sie machte ein besorgtes Gesicht.

- „Dem Baby geht es sehr schlecht. Fragen Sie bitte erst den Arzt, bevor Sie reingehen."

Sie gab ihm die Nummer der Station und eine kurze Wegbeschreibung. Als Mason in den ihm zugewiesenen Gang einbog, rief die Schwester von der Rezeption hinter ihm her.

- „Äh, Entschuldigen Sie, wir haben noch einen Mr. Townsend, Zimmer 213, im anderen Flügel."

Mason ging weiter zur Kinderstation, durch eine Scheibe sah er in ein Zimmer mit vielen kleinen Betten, vielleicht acht oder zehn. An einem saß eine Frau und weinte bitterlich. Über der Wiege war eine durchsichtige Plane befestigt. Ein Mann in einem weißen Kittel trat zu ihm.

- „Es ist furchtbar, wenn man nichts tun kann. Dabei war der Zustand in den letzten Tagen so stabil. Gestern Abend dann hatten wir die Hoffnung schon aufgegeben. Ich dachte, jetzt geht es zu Ende, aber dann hat sich der kleine Racker noch einmal erholt."

- „Ist das Mrs. Townsend?"

- „Ja, sie war so glücklich, als der kleine Forma auf die Welt kam. Aber eine gute Woche nach der Geburt ging es dem Säugling auf einmal sehr schlecht ..."

Er sah in die Akte in seiner Hand.

- „Genau, am 16. August wurde er eingeliefert, hatte in der Nacht zuvor hohes Fieber bekommen. Ich fürchte, er wird nicht mehr lange durchhalten."

Mason ging zur Intensivstation. Hier lag der andere Forma. Er öffnete die Tür des Krankenzimmers. Dunkelheit erfüllte den Ort, die vom dünnen Wolframfaden der Nachttischlampe nur unzureichend bekämpft wurde. Der Raum war klein, was die Atmosphäre stark verdichtete, ein Abstellgleis am Ende des Lebens. Die Zweckmäßigkeit der Einrichtung unterstrich die große Distanz, die oftmals zwischen einem Schwerkranken und der Welt lag, ein Bett, ein Stuhl, ein Nachttisch und diese Apparatur. Da lag er also, angeschlossen an die damals neuartige Herz-Lungen-Maschine, deren monotones Pumpgeräusch beklemmend wirkte. Mason stand am Fußende des Bettes, umklammerte mit seinen Fingern das massive Metallgitter. Ein Arzt bestätigte, dass auch hier die Chancen schlecht waren. Forma wurde in einem künstlichen Koma gehalten. Was war das für eine eigenartige Situation? Ein und derselbe Mensch lag einmal als Mann und einmal als Baby im selben Provinzkrankenhaus. Beide rangen mit dem Tod. Das konnte doch kein Zufall sein. Wie oft hatten sie darüber diskutiert, wie es für einen Zeitreisenden wäre, sich selbst zu begegnen. Elliot Harper sah darin kein wesentliches Problem, nichts deutete seiner Ansicht nach auf eine paradoxe Konstellation hin. Lorenz Veitman

hingegen wandte ein, dass durch eine solche Begegnung der Zeitstrom gefährdet würde, da der Zeitreisende durch sein Erscheinen die Zukunft seines zweiten Ichs determinierte, was zu einer Einschränkung der grundsätzlichen Wahlfreiheit führen konnte. Er empfahl deshalb, sich gegenüber sich selbst und seinen Bekannten zurückzuhalten und am Besten kein Treffen zu provozieren. Keiner aber schien eine derartige Situation auf der Rechnung zu haben, eine Art Energieproblem. Das Fieber des Säuglings hatte angefangen, als Forma am Mount Maroon eintraf und Forma bekam Schmerzen, als es dem Baby besser ging, ein Wechselspiel. Immer wenn es dem alten Forma gut ging, ging es dem Baby schlecht und umgekehrt genauso. Im Augenblick schienen sich die Zustände auf sehr niedrigem Niveau die Waage zu halten, aber was, wenn diese Stabilität nicht mehr gewährleistet wäre. Mason ging zurück zum Auto, rauchte eine Zigarette. Er musste eine Entscheidung treffen und zwar schnell.

Noch einmal ging er zur Kinderstation. Der Arzt, mit dem er eben gesprochen hatte, stand neben dem Bettchen. Er hatte die Plane zurückgeschlagen und hielt sein Stethoskop an den winzigen Körper. Mason stellte sich vor, was als nächstes passieren würde, sah ihn seinen Arm zurückziehen, die Ohrstöpsel lösen und den Kopf schütteln. Das durfte nicht sein. Egal was passierte, aber das durfte einfach nicht sein. Mason rannte den kahlen grün getünchten Gang entlang. Bis zur Intensivstation brauchte er keine fünf Minuten. Es war schlimm das Baby unter der durchsichtigen Plane liegen zu sehen. Er würde diesen Anblick niemals vergessen. Während seine Augen über

den grauen Linoleumfußboden glitten, projizierten seine Gedanken unablässig Bilder des kleinen heißen Gesichtchens. Wie lange würde der Säugling noch durchhalten? Wie lange würde das kleine Herz kämpfen können, bevor es seinen letzten Schlag tat? Er war noch keine sechs Wochen auf der Welt und die Ärzte versuchten alles, aber sie hatten kaum noch Hoffnung, wohl wissend, dass es hinter der Hoffnung nur noch eine grenzenlose Leere gab, den Abgrund. Die Mutter hatte das Krankenhaus seit Tagen nicht verlassen, saß vor dem Bettchen, betete und weinte. Mason konnte nicht anders, er musste handeln und er wusste, was zu tun war. Er wollte das Baby retten und, wenn es dazu notwendig war, einen Menschen zu töten, dann musste es eben geschehen. Welch seltsame Wendung, wie absurd konnte das Leben sein?

Es war nur ein Handgriff, er würde keine Schmerzen haben. Vielleicht würde er sich kurz aufbäumen, dann aber zurücksinken und sterben. Für einen Moment glaubte Mason, Forma habe die Augen geöffnet, sähe ihn an. Aber das konnte nicht sein. Viel zu gleichmäßig hob und senkte sich der Brustkorb. Mason versuchte die Sache von der technischen Seite zu sehen. Eine Maschine hielt diesen Körper am Leben, die Pumpfunktion regelte den Kreislauf, die Lungenfunktion sorgte für Sauerstoff, die Filterfunktion verhinderte eine Mikroembolie. Es war bloß eine Maschine, die es abzuschalten galt. Der Mensch dort hatte bereits aufgehört eigenständig zu atmen. Aber es war immer noch ein Mensch und noch lebte er. Mason zögerte. War es wirklich seine Aufgabe, über Leben und Tod zu entscheiden, welches Recht nahm er sich heraus?

Schließlich würde der Mann, der vor ihm lag und den er so gut kannte, das hier vermutlich überleben. Er war im besten Alter, hatte, wenn es gut lief, noch 30, 40 Jahre vor sich. Doch dann dachte Mason wieder an das Baby. Das Baby musste leben und deshalb musste Forma sterben. Er, Alan Mason, musste dafür sorgen, dass alles seinen Lauf nahm, denn er war der Einzige, der Bescheid wusste.

Am Abend fuhr er noch einmal zum Hospital. Ja, er hatte einen Menschen getötet, aber er hatte keine Schuldgefühle, denn das Baby hatte sich wie durch ein Wunder erholt. Es lag in seinem Bettchen, war sanft und auf seinen Lippen konnte man ein Lächeln erahnen. Mr. und Mrs. Townsend saßen davor wie Maria und Josef an der Krippe. Der alte Forma lag in einem Kühlfach im Keller. Niemand hatte Verdacht geschöpft, viel zu wahrscheinlich war das, was geschehen war. Als der Arzt von der Intensivstation Mason auf dem Gang sah, war vielmehr er es, der sich in einem vertretbaren Maße schuldig fühlte. Mason hatte den Alarm deaktiviert und die Maschine für eine Minute abgeschaltet. Das reichte. Dann setzte er sie wieder in Betrieb und ging.

40. DIE SUCHE NACH MR. DICK

Peter starrte auf den schwarzen Bildschirm wie in eine Welt, von der nichts übrig geblieben war. Alle Farben, Bewegungen, Ängste, Hoffnungen, einfach alles war verschwunden, obwohl in seinem Kopf geradezu bestürzende Nachbilder davon existierten. Als sie von ihrem Ausflug nach Hause gekommen waren, hatte er sich sofort an den Computer gesetzt, suchte im Internet nach Informationen. An die genaue Adresse auf Mr. Dicks Visitenkarte konnte er sich nicht mehr erinnern, wohl aber daran, dass er mit Krawatten handelte und in Rochester, Minnesota, wohnte. An diesem Punkt setzte Peter an. Den Namen Dick gab es in den Vereinigten Staaten wie Sand am Meer. Auch im Telefonbuch von Rochester gab es entsprechend viele Einträge, aber niemand schien etwas mit Krawatten zu tun zu haben, jedenfalls nicht über den üblichen Gebrauch hinaus. Im Branchenverzeichnis des Provinzstädtchens fand er in der entsprechenden Rubrik lediglich einen Eintrag, die Firma Crispert. Gegen halb zwei hatte Peter den Rechner ausgeschaltet. Als das leise Surren des Geräts abgeebbt war, umhüllte ihn die Stille der Nacht. Er trank den Rest seines Rotweins, war ratlos. Auch Ellen hatte die Geschichte mit dem Gemälde aufgewühlt und einen unruhigen Schlaf beschert. Sie hörte Peter ins Bett kommen.

- „Wie geht es dir?"

- „Ich habe ihn nicht gefunden."

- „Weil es ihn nicht gibt?!“

Sie wusste, dass ihr Mann die zeitweise Verwirrung seines Geistes akzeptieren musste, als Folgen des Blitzschlages und des Schocks über den Tod seines Freundes. Das würde Zeit brauchen, aber es war wichtig, eine Lösung zu finden, die Peter mittragen konnte. So hatten sie es immer gemacht, es war ein Erfolgsrezept ihrer Ehe. Selten gaben sie sich mit einem Kompromiss zufrieden und niemals mit einseitigen Entscheidungen zu Lasten des Einen oder Anderen. Peter kam auf ihre Seite des Bettes, legte seinen Kopf an ihre Brust. Sie streichelte ihn sanft, wie man ein Kind streichelt. Ein Zauberland. So konnte er einschlafen. Ellen hingegen war hellwach. In der Dunkelheit des Schlafzimmers hatten sich ihre Pupillen geweitet, und mit ihnen die Gedanken. Sie starrte an die von der Straßenlaterne durch die Vorhänge matt beschienene Zimmerdecke.

- „Es ist mit diesem Mann wie mit dem Labor. Vermutlich hattest du vor eurer Wanderung in irgendeinem Reiseführer eine Randnotiz dazu gesehen.“

- „Hm …“, Peter war schläfrig.

- „Ich meine, ohne sie bewusst wahrzunehmen. Oder du hast irgendwann etwas darüber gelesen und dann wieder vergessen. Du weißt selbst, dass Menschen nur einen Bruchteil von dem behalten, was sie täglich aufnehmen. Und schließlich gab es in den vierziger Jahren ja eine Forschungseinrichtung am Mount Maroon, aber sie ist abgebrannt …“

Ellen seufzte leicht, dann nahm sie den Faden wieder auf:

- „Wahrscheinlich ist es so auch mit diesem Bild und diesem Mythos und ... Mr. Dick. Er existiert vielleicht auch nicht mehr oder nicht mehr als der, der er früher einmal war."

Peter schreckte hoch. Da war etwas.

- „Moment mal, was hast du gerade gesagt?"

Ellen erschrak. Peter wiederholte die letzten Worte.

- „...er existiert nicht mehr als der, der er einmal war?"

- „Ja, ich meine, du hast vielleicht mal eine Krawatte gehabt, auf deren Etikett der Name Dick stand oder so was. Und dann hat dieser Dick Pleite gemacht und taucht in diesem Zusammenhang nicht mehr auf."

Peter hörte ihr nicht mehr richtig zu. Andere Überlegungen hatten sich ihren Weg an die Oberfläche gebahnt. Es rotierte in seinem Kopf wie in einem CD-ROM-Laufwerk. Daten wurden gesucht, Lebensdaten von Mr. Dick.

- „Mr. Dick hat gesagt, er habe studiert. Jetzt fällt es mir wieder ein. Aber wo bloß? In ..."

Peter setzte sich auf die Bettkante. Er stützte seinen Kopf auf die Hände. Er sah Mr. Dick wieder vor sich, wie er unter diesem famosen Sternenhimmel stand und seinerseits in eine abgelaufene, bessere Zeit zurückblickte.

- „...in Minneapolis! An der U of M hat er gesagt, der University of Minnesota."

- „Na, das ist ja gleich um die Ecke."

- „Es gibt Telefone."

Peter hatte schlecht geschlafen. Jede Stunde wachte er auf, lag für einige Minute wach, schlief erneut ein, wälzte sich von einer Seite auf die andere, um wenig später wieder die Beleuchtung des Funkweckers zu betätigen. Gegen

halb sechs war er schließlich aufgestanden, streifte seinen Jogginganzug über und zog die Laufschuhe an. In gemächlichem Tempo lief er durch das noch stille Mayfield. Er mochte die Umgebung. Das hier war genau das, was Ellen und er suchten, die richtige Mischung aus quirligem Stadtleben und einem fast ländlich anmutenden Nachbarschaftsidyll. Eine ansprechende Architektur, gepaart mit optimaler Versorgung mit Dingen des täglichen Bedarfs, einschließlich kultureller Angebote. Während er dahinjoggte, hing Peter seinen Gedanken nach. Viele ihrer Freunde lebten in diesem Viertel. Aber sie alle waren nicht so wichtig wie Luther, den sie letzte Woche beigesetzt hatten. Peter lief die Willow Road hinunter. Er war sie zuletzt an dem Tag entlang gegangen, als er mit Mr. Dick durch die Nacht gefahren war, allerdings in der umgekehrten Richtung und natürlich nur in seinem Traum. In seinem Traum war Mayfield ein ödes, heruntergekommenes ehemaliges Industriegebiet, menschenleer und verfallen. Vielleicht, so sagte Marty, habe er aber auch die Zukunft gesehen, eine mögliche Zukunft, die nur in seiner Phantasie existierte und vor der er Angst hatte. Das Schild, das auf den Bau einer Siedlung hinwies, hatte dabei eine andere Bedeutung. Das war eine Art Umkehr, eine Abwehrreaktion. Gewissermaßen ein Sicherheitsnetz, das verhinderte, dass der Träumende zu tief fiel, ohne alles andere in Frage zu stellen. Peter näherte sich dem kleinen Wäldchen, durchquerte es im oberen Teil und gelangte vorbei an den Teichen der Forellenzucht ans Wasser.

Annapolis war vom Wasser umgeben, das sich von der Chesapeake Bay an vielen Stellen fjordartig in das Stadt-

gebiet hineinfraß. Während sich die frühmorgendliche Sonne im Mayfield schon fast vollständig durchgesetzt hatte, hielt sich über dem Wasser noch der Nebel. Es war ein faszinierendes Bild, wie die Masten der Fischerboote und Segelyachten daraus emporragten. Wie sich dieser Nebel langsam lichten und den Blick auf die weit verzweigten Halbinseln am anderen Ufer freigeben würde, so würde auch Peter langsam wieder an Klarheit gewinnen und die Suche nach Mr. Dick würde dabei ein Meilenstein sein. Davon war er überzeugt.

Gegen acht hatte die kleine Familie gefrühstückt, danach fuhren Ellen und Irene mit dem Fahrrad zum Schwimmbad. Irene trainierte in den Sommerferien regelmäßig mit zehn anderen Kindern ihrer Altersgruppe für die Jugendmeisterschaften von Maryland. Und nachdem sie die Stadtwettkämpfe gewonnen hatte, standen ihre Chancen nicht schlecht. Peter blieb allein zuhause. Er räumte den Tisch ab, spülte von Hand. Er tat dies weniger aus einem besonderen Umweltbewusstsein heraus, als vielmehr um sich noch einige Zeit vor dem Anruf in Minnesota zu drücken. Der Zeitunterschied betrug eine Stunde. Vermutlich war also um diese Zeit ohnehin niemand zu sprechen, außer einem mürrischen Wachdienst, der auf den Feierabend wartete und einem ebenso mürrischen Hausmeister, der dasselbe tat, sich allerdings noch zehn Stunden gedulden musste. Peter blätterte in der Washington Post, konnte sich aber auf keinen Artikel konzentrieren, er rasierte sich, kochte noch einen Tee, setzte sich auf den Balkon und blickte in den Garten hinunter. Er sah, wie ein Eichhörnchen einen nussähnlichen Gegenstand

versteckte, wieder hervorholte, woanders hinbrachte, vergrub, wieder ausgrub und mitnahm.

- „Du bist nervös, mein Freund“, sagte Peter leise und hätte nicht sagen können, ob er damit den Nager meinte oder sich selbst.

Nach dreimaligem Läuten meldete sich eine freundliche Männerstimme. Peter war etwas irritiert. Irgendwie hatte er eine Frau erwartet, aber die Emanzipation lief offenbar in beide Richtungen der Karriereleiter. Peter wusste, dass er einen triftigen Grund brauchte, um jemanden zu veranlassen, tief in die Archive herunterzusteigen und nach einem Studenten zu suchen, der Anfang der siebziger Jahre dort eingeschrieben war und das vielleicht nur für wenige Semester … oder auch gar nicht.

- „Guten Tag, hier ist Dr. Flowers vom Institute of Psychiatry in Boston. Ich möchte Sie bitten, mir bei einem schweren Fall zu helfen. Sie müssen mir aber versprechen, die Sache vertraulich zu behandeln.“

Der Mann am anderen Ende der Leitung bejahte, wobei seine Stimme nun eher die eines Jugendlichen war.

- „Hören Sie, ich habe hier einen Patienten, der sein Gedächtnis verloren hat. Er kann sich kaum an seinen Namen erinnern. Wir versuchen die Puzzleteile seiner Identität wieder zusammenzusetzen. Nur so können wir ihm helfen, sich wieder zu erinnern.“

In der Leitung war es ganz still geworden, sodass sich Peter fragte, ob der Mann überhaupt noch da war. Dennoch sprach er weiter.

- „Der Mann erzählte uns, er glaube Anfang der siebziger Jahre an der Universität von Minnesota Physik stu-

diert zu haben. Wir sind uns aber nicht sicher, ob das stimmt. Wissen Sie, der arme Mann ist sehr verwirrt."

- „Wie ist sein Name?"

- „Der Mann kennt nur seinen Nachnamen, Dick, wenn der denn überhaupt stimmt."

Peter hörte Finger über eine Computertastatur gleiten.

- „Arthur Dick?"

Mein Gott, natürlich! Peters Gedächtnis förderte das Bild der Visitenkarte zu Tage.

- „Könnte sein", sagte Peter so lakonisch wie möglich, obwohl er innerlich Luftsprünge machte.

- „Einen Augenblick bitte."

Es wurde getuschelt. Offenbar hatte das Aussprechen des Namens das Interesse einer anderen Person an dem Telefonat geweckt. Sekunden später vernahm Peter eine resolute Frauenstimme.

- „Dr. Flowers, ich versichere Ihnen hiermit, das Arthur Dick nicht der Mann ist nach dem Sie suchen. Er leidet weder an Gedächtnisschwund noch an sonst irgendeiner geistigen Einschränkung. Professor Dick war erst vor wenigen Tagen hier und hat einen Vortrag gehalten."

- „Professor Dick?"

- „Ja, er ist Professor für Physik an der Brown University. Eigentlich sollten Sie ihn kennen. Er ist einer der besten Wissenschaftler des Landes. Und er hat hier studiert, hier in Minnesota."

Der Rest war Pathos. Während die Frau in Peters Vorstellung mit stolzgeschwellter Brust vor ihm stand, bald auf dem Stuhl, bald auf dem Tisch, wurde sie selbst immer kleiner, trat hinter die Leistungen eines anderen zu-

rück, von denen sie berichtete. Als Peter sie weder mehr hören noch sehen konnte, hängte er ein.

Peter war mit dem Zug in die Hauptstadt von Rhode Island gefahren. Gegen vier Uhr am Nachmittag hatte er das Hochschulgelände erreicht. Die Brown University in Providence zählte zu den ältesten und renommiertesten Universitäten der Vereinigten Staaten. Nach Harvard, Yale, Columbia und Princeton stand sie auf Platz fünf der acht Ivy-League-Universitäten. Der Campus lag zentral in der Stadtmitte und trug die sichtbaren Merkmale seiner Altehrwürdigkeit mit großem Stolz. Nach außen spiegelte sich diese Haltung in Architektur und Raumordnung, wenngleich man sich nicht scheute, rote Backsteingebäude im Zuckerbäckerstil neben romanische Bauten zu setzen und diese wiederum neben klassizistische. Bei letzteren platzierte man sogar dorische und ionische Elemente selbstbewusst nebeneinander. Man gab sich liberal. Kunstvolle, schmiedeeiserne Tore trennten die Freiflächen und Parks zwischen den Fakultäten. Gerne wäre Peter noch einmal in das Studentenleben eingetaucht. Es war ein ansprechender Ort.

Das Institut für Physik lag am östlichen Ende des Komplexes. Es war vom eigentlichen Campus durch zwei größere Straßen getrennt und lag auch in stilistischer Hinsicht außerhalb der Wertung. Es war ein hässlicher Kasten im funktionalen Stil der sechziger Jahre. Peter trat durch den Haupteingang, Waschbeton und Backstein wechselten einander ab, graue Türen, Schaukästen mit Hinweisen. Der Name Dick tauchte nirgendwo auf. Am Ende eines langen Gangs sah er einen Mann auf einem

Stuhl sitzend in einem Ordner blättern. Peter ging zu ihm, wobei seine Schritte auf dem glatten Boden unverhältnismäßig laut widerhallten. Der Mann war jung. Man hätte ihn eher auf unter 20 geschätzt. Als Peter ihn ansprach, drehte er den Kopf. In seinem Mund steckte ein Stift.

- „Entschuldigen Sie, ich suche Mr. Dick."

- „Sie meinen Arthur Dick?"

Erst jetzt fiel Peter auf, dass er nicht nach Professor Dick gefragt hatte.

- „Sein Büro ist im vierten Stock, ziemlich am Ende des Korridors, Zimmer 412, glaube ich."

Kaum fünf Minuten später stand Peter an der bezeichneten Stelle, der Jüngling hatte recht: 412. Peter klopfte, einmal, zweimal und schließlich ein drittes Mal, ohne dass jemand ihn einzutreten bat. Stattdessen öffnete sich die Tür von Zimmer 411. Eine attraktive Frau mittleren Alters trat hervor.

- „Kann ich Ihnen helfen?"

Nachdem Peter sein Anliegen vorgetragen hatte, erfuhr er von Arthur Dicks Sekretärin, dass dieser eine Vorlesung abhielt. Da sie nicht wisse, ob er danach noch einmal hierher komme, beschrieb sie Peter den Weg zum Hörsaal. Er könne ihn nach der Veranstaltung ruhig ansprechen.

Es war schon halb sechs als Peter den Hörsaal erreichte. Er lag in einem Nebengebäude, das einen krassen Gegensatz zum Verwaltungstrakt bildete, hohe Pforten, Stuckdecken, Zierrat. Durch die massive Tür aus poliertem, dunklem Holz trat Peter ein und wünschte sich

schon im nächsten Moment es nicht getan zu haben. Zu seiner großen Überraschung war die Tür an der Wand hinter dem Podium platziert, so dass er die zahlreich erschienene Studentenschaft frontal vor sich hatte, während Mr. Dick mit dem Rücken zu ihm stand. Es war, als habe sich ein verspäteter Theaterbesucher verirrt und hinterrücks die Bühne betreten. Sein erster Impuls war, sich wieder zurückzuziehen, aber Mr. Dick hatte sich schon zu ihm umgedreht.

- „Verweile doch, du bist so schön …"

Es folgte das obligatorische Gelächter der Studenten, wobei Peter nicht sicher war, ob alle das abgewandelte „Faust"-Zitat erkannten. Peter beschloss, nichts zu sagen, sich zu setzen und das Ende der Vorlesung abzuwarten, zumal Professor Dick seinen Faden schnell wieder aufgenommen hatte und ihn tief in die Materie einwob.

- „Kommen wir nun also zum Höhepunkt meiner heutigen Veranstaltung."

Professor Dick ging zu einer Apparatur, die rechts neben dem Rednerpult aufgebaut war.

- „Sie sehen hier einen Laserpointer, also eine monochromatische Lichtquelle. Am anderen Ende haben wir einen Beobachtungsschirm und dazwischen eine Metallplatte, in die zwei parallele schmale Schlitze eingelassen sind. Wenn ich nun das Licht anschalte, was glauben Sie, werden wir auf dem Schirm beobachten können? Was erwarten Sie?"

Mr. Dick blickte ins Auditorium.

- „Nun, keine Idee, kommen Sie, seien Sie kühn. Nur Mr. Cram? Aber den kann ich nicht drannehmen. Der verdirbt mir die Pointe."

Gelächter.

- „Nehmen wir an, ich würde keinen Laser verwenden, sondern mit einem Gewehr eine große Anzahl von Schüssen auf die Metallplatte abfeuern, was würde dann mit dem Schirm passieren?"

Zahlreiche Hände flogen auf.

- „Ah, ich sehe die Newton-Fans sind in der Überzahl. Ich nehme an, Sie stimmen mit mir darin überein, dass der Schirm an den Stellen, wo die Gewehrkugeln die Aussparungen passieren, durchlöchert würde. Und Sie gehen auch davon aus, dass sich das Licht anders verhält, da ich mir ansonsten wohl kaum die Mühe gemacht hätte, die schwere Platte aus dem Keller zu holen."

Wieder ein kurzes Gelächter. Mr. Dick hatte die Stimmung im Griff. Er schaltete den Laserpointer an. Und auf dem Schirm war eine große Anzahl senkrechter Streifen zu sehen, deren Intensität von innen nach außen abnahm. Wirklich zu überraschen schien das außer Peter niemanden.

- „Sie sind Zeuge eines der wichtigsten Experimente der Quantenmechanik, dem Doppelspaltversuch, der erstmals 1802 von Thomas Young durchgeführt wurde und zweifelsfrei die Wellennatur des Lichtes beweist", erklärte Mr. Dick. Dann überzog ein breites Grinsen sein Gesicht.

- „Den Romantikern unter Ihnen sei gesagt, dass es mit einer Kerze nicht funktioniert. Nur für den Fall, dass Sie heute Abend ihre Mitbewohner beeindrucken wollen. Warum ist das so, Mr. Cram?"

- „Nun, um ein Interferenzmuster zu erhalten, muss das Licht monochromatisch und kohärent sein … Wenn man aber zwischen die Kerze und den Doppelspalt eine Lochblende stellt, könnte man kohärentes Licht herstellen. Allerdings müsste die Öffnung der Lochblende im Mikrometerbereich liegen."

- „Korrekt!" Mr. Dick mochte den Burschen, vielleicht weil er ihn an sich selbst als jungen Studenten erinnerte. Er wusste wie schwer es war, den anderen gedanklich weit voraus zu sein und wie einsam man sich fühlte, wenn man die ausgetretenen Wege verließ. Aber er wusste auch, wie lohnend es zuweilen sein konnte. Mr. Dick schmunzelte und fuhr fort.

- „Das Ganze gilt natürlich nicht nur für kohärentes Licht, sondern für alle klassischen Teilchen, die unter bestimmten Bedingungen Welleneigenschaften zeigen, also Elektronen, Neutronen, Atome, Fulleren-Moleküle und so weiter. Mit dem Doppelspaltexperiment kann man so den Welle-Teilchen-Dualismus darlegen, der sich nur unter den Vorgaben der Quantenmechanik erklären lässt."

Eine Stimme aus der hinteren Reihe meldete sich etwas gequält zu Wort.

- „Welle-Teilchen-Dualismus?"

Es klang ein bisschen wie ein Gähnen, was erneut Anlass zu allgemeiner Erheiterung gab.

- „Welle-Teilchen-Dualismus bedeutet lediglich, dass Objekte aus der Quantenwelt sich in manchen Fällen als Wellen, in anderen hingegen als Teilchen beschreiben lassen. Denken Sie an eine Strahlung, die sowohl Wellen- als auch Teilchencharakter hat. Es kommt aber auf die Art

der Beobachtung oder Messung an, ob der eine oder der andere in Erscheinung tritt."

Peter verstand so gut wie gar nichts. Er beobachtete Arthur Dick und verglich ihn mit den Bildern seiner Vorstellung. Die äußeren Körpermaße waren in etwa dieselben, er war auffallend groß und beleibt, wenn auch nicht so stark, wie in Peters Erinnerung. Seine Haare waren etwas länger, leicht gewellt und weniger grau. Die Brille war moderner, sie hatte schwarz-rote Bügel und war im unteren Bereich rahmenlos. Neu war auch der kurz geschorene Oberlippen- und Kinnbart. Mr. Dick trug ein hellblaues Sommerhemd und eine helle, fast weiße Baumwollhose.

Nach Ende der Vorlesung herrschte am Rednerpult großer Andrang. Peter, der sich dazu gesellt hatte, ließ allen anderen den Vortritt. Er hörte, dass es nicht ausschließlich um den Lehrstoff ging. Man sprach über eine Exkursion nach Genf, ein Basketballturnier und einen Studentenprotest gegen das Kuba-Embargo. Endlich war Peter an der Reihe. Der Hörsaal hatte sich weitestgehend geleert. Mr. Dick sah Peter freundlich an, doch die Frage, die er stellte, ernüchterte Peter.

- „Kennen wir uns?"

Mr. Dick lächelte. Aber es war nicht mehr das Lächeln eines vom Leben Enttäuschten, es war kein unsicheres Lächeln, das erst durch die passende Reaktion des Gegenübers vollkommen oder verhöhnt wurde. Es war vielmehr das warme Lächeln eines Mannes, der seinen Platz gefunden hat, den nicht vieles wirklich erschüttern kann. Es war ein selbstsicheres Lächeln, aber nicht selbstgefällig, keines, das entfremdete, sondern die anderen mitnehmen

wollte, mitnehmen auf die Sonnenseite, auf der genug Platz für alle ist, egal wer sie auch sein mochten. Dieses Lächeln hatte nichts Trennendes, es war über alle Maßen verbindlich.

- „Das ist die entscheidende Frage", sagte Peter und sah ihn nachdenklich an. „Ich wollte Ihnen Ihre 100 Dollar zurückgeben."

Mr. Dick presste die Lippen zusammen, wobei sich die Unterlippe leicht nach vorne schob und seine Mundwinkel nach unten zeigten. Seine Brauen hoben sich und seine Augen blickten, während er nachdachte, schräg nach oben. Es waren lustige Augen. Er ähnelte einem Frosch, was ihn für Peter noch sympathischer machte.

- „Ich fürchte, Sie werden das Geld spenden müssen, wenn Sie es denn unbedingt loswerden wollen."

Sie hatten sich in die erste Reihe gesetzt, die nicht mit einem Tisch ausgestattet war. Peter trug ihm in wenigen Eckpunkten sein Anliegen vor. Der Physiker hörte zu, erst geduldig, dann interessiert. Schließlich ermutigte er Peter sogar zu einer ausführlicheren Berichterstattung. Er ließ sich für seine Antwort etwas Zeit.

- „Nach all dem, was Sie erzählt haben, wird es Sie nicht verwundern, dass ich an diese Begegnung keine Erinnerung habe, und auch an keine andere. Ich habe nie in meinem Leben mit Krawatten gehandelt, wohl aber mein Vater. Der hat sich allerdings vor über 30 Jahren zur Ruhe gesetzt."

- „Ihr Vater lebt noch?"

Peter fühlte sich mit einem Mal sehr indiskret, hatte er doch den Unfalltod von Mr. Dicks Vater 1972 und damit

den Auslöser für dessen vermeintliche Vertreterkarriere bislang unerwähnt gelassen.

- „Das habe ich nicht gesagt. Nach so vielen Jahren habe ich wohl eine gewisse Distanz zu der Tragik aufgebaut, daher die etwas flapsige Formulierung. Statt: zur Ruhe gesetzt, sollte man vielleicht auch besser sagen: zur Ruhe gelegt. Er hatte 1975 einen tödlichen Unfall …"

- „Was?", Peter konnte seinen Schrecken nicht verbergen. „Aber Sie haben das Geschäft Ihres Vaters nicht übernommen?"

- „Wieso sollte ich? Ich hatte damals bereits eine recht gut bezahlte Doktorandenstelle und meine Mutter konnte die Handelsvertretung an einen Schulfreund von mir verkaufen, an Crunchy, hehehe, äh, Jason Crispert. Das war eine gute Lösung."

Mr. Dick zögerte, offenbar ging es ihm jetzt doch etwas zu weit. Er sah Peter forschend in die Augen, so als gäbe es dahinter irgendetwas zu sehen.

- „Mr. Saunders, ich verstehe Ihr Interesse daran zu erfahren, was mit Ihnen passiert ist. Und ich kann nicht verhehlen, dass die Sache mich neugierig gemacht hat. Es gibt eben wirklich mehr Dinge im Himmel und auf Erden, als die Schulweisheit sich träumen lässt. Sagt Ihnen eigentlich der Name Raymond Myers etwas, Dr. Raymond Myers? Er unterrichtet an der George Mason University in Fairfax."

Peter schüttelte den Kopf, er kannte den Mann nicht. Während der Name George Mason ein anderes Erinnerungsfragment bei ihm freilegte, sprach Mr. Dick weiter.

- „Nein? Hm, ich möchte Ihnen vorschlagen, unser Gespräch später fortzusetzen. Lassen Sie mir ein paar Tage Zeit, einige Dinge in Erfahrung zu bringen."

Er blickte auf seine Armbanduhr.

- „Ich habe einem Kollegen versprochen, noch vorbei zu schauen. Wie wäre es, wenn Sie am Donnerstag zum Abendessen unser Gast wären. Meine Frau und ich haben gerne Gäste."

Peter war verwundert, freute sich aber über die freundliche und offene Art des Mannes.

- „Sehr gern."

- „Gut, treffen wir uns übermorgen Abend um sechs Uhr am Haupteingang des Instituts. Ich nehme Sie dann im Wagen mit. Ach … und Mr. Saunders? Können Sie schwimmen?"

Mr. Dick lachte. Er führte etwas im Schilde.

41. DIE KARTE

Alan Mason wollte an diesem sonnigen Spätsommermorgen des Jahres 1973 eigentlich nur tanken. Wieder einmal beabsichtigte er, nach Raleigh zu fahren, um Peter Saunders zu besuchen. Jedenfalls nannte er es einen Besuch, denn das hörte sich in jedem Fall besser an, als alle anderen Vokabeln, mit denen man sein Tun sonst beschreiben konnte. Beobachten war noch die harmloseste Bezeichnung, ausspionieren träfe es vielleicht eher, wenngleich das einen negativen Beigeschmack hatte, der nicht gerechtfertig war. Mason war kein Pädophiler, der in seiner Freizeit kleinen Jungen beim Spielen zusah. Er wollte einfach nur wissen, wie sich Peter entwickelte, welchen Umgang er hatte, was seine Eltern machten. Das erste Mal war er einige Wochen vor Peters Geburt nach Illinois gefahren. Das war im Frühjahr 1969. Es galt festzustellen, ob Mrs. Saunders wirklich schwanger war. Er sah sie schließlich mit der deutlichen Verformung ihres Körpers auf der Veranda jenes Hauses, von dem Peter Saunders viele Jahre später ihm gegenüber behaupten würde, es sei sein Elternhaus. Auf der Rückfahrt musste er sich übergeben. Er wusste nicht, ob er sich freuen sollte, aber immerhin war diese Entwicklung die erste in einer langen Kette von Ereignissen, die zu dem passte, was wirklich geschehen war. Ansonsten verliefen die Dinge anders, und zuweilen musste er sogar selbst dafür sorgen, dass sie anders verliefen.

Zum Beispiel lernte er noch im Jahr seiner Ankunft in der Vergangenheit im Pub eine Frau kennen. Sie war aus-

gesprochen attraktiv und zeigte ein starkes Interesse an ihm. Ja, man könnte sagen, es hatte zwischen den beiden auf Anhieb gefunkt. Sie war Ende 20 und auf der Durchreise, wollte nach ihrer Scheidung ihr Glück an der Westküste versuchen. Anfangs nannte sie nur ihren Vornamen, doch als die Frau im Laufe des Abends mehr von sich erzählte, merkte Mason, dass er dabei war intensiv mit seiner eigenen Großmutter zu flirten. Er verschwand schließlich durch das Toilettenfenster und fuhr für drei Wochen zum Fischen an den Lake Chatuge. Als er wiederkam, war die Frau verschwunden. Er sah sie nie wieder.

Fortan lebte er zurückgezogen, hatte nur wenige soziale Kontakte, wenngleich er auf eine distanzierte Art mit den Leuten im Swain County gut auskam. Sie akzeptierten ihn als ruhigen, zurückhaltenden, aber stets hilfsbereiten und zuvorkommenden Zeitgenossen. Die engeren Bekannten und Freunde seines Großvaters waren ohnehin alle beim Labor beschäftigt gewesen und bei dessen Explosion ums Leben gekommen. Halbtags arbeitete Alan Mason bei der Gemeindebibliothek. Hier bot sich eine gute Gelegenheit, die technische Entwicklung zu verfolgen, zumindest die offizielle, und die geschichtlichen Fakten zu prüfen. Wie er feststellte, waren die historischen Ereignisse vor 1947 durch seine Ankunft nicht verändert worden. Das war auch nicht zu erwarten. Aber auch das gegenwärtige Geschehen folgte scheinbar dem, was in der Zukunft zur Vergangenheit werden sollte. 1948 wurde der Staat Israel gegründet, von 1950 bis 1953 herrschte der Koreakrieg, 1954 erhielt Elia Kazans „Die Faust im Nacken“ den Oscar für den besten Film, Anfang der 1960er

Jahre kam es zur Kubakrise, Bob Beamon sprang 1968 in Mexiko seine 8,90 Meter und 1969 folgte die erste Mondlandung. Menschen wurden geboren und starben, Präsidenten wurden gewählt und erschossen, Teams feierten Meisterschaften oder lösten sich auf. Alles wusste Mason im Voraus. Er hätte ein reicher Mann werden können, aber er vermied es, Dinge zu tun, die seines Wissens in der Vergangenheit nicht stattgefunden hatten. Scheinbar war es lediglich die Geschichte des Mount Maroon, die neu geschrieben wurde. Masons hartnäckige Versuche einen Wiederaufbau des Forschungslabors zu erreichen, blieben rund um Bryson City unbemerkt und bei den entscheidenden Stellen in Washington DC ungehört. Die Regierung schien jedwedes Interesse an dem Projekt verloren zu haben. Der Mount Maroon wurde stattdessen zum Naturschutzgebiet erklärt und schon 1948 war in der Nähe von Bryson City ein großes Cherokee-Museum entstanden. Man wollte damit ein Zeichen setzen gegen die Deportierung der heimischen Indianerstämme in ein Reservoir nach Oklahoma im Jahre 1839. Dieses unter der Bezeichnung *Trail of Tears* in die amerikanische Geschichte eingegangene Ereignis stellte einen Tiefpunkt in der Beziehung zwischen den Indianern und der Regierung dar. Mason konnte sich nicht so recht vorstellen, dass nach der Einweihung des Cherokee-Museums auf dem alten Indianerland ein Kernforschungszentrum gigantischen Ausmaßes entstehen sollte, zumal der Mount Maroon keine 20 Kilometer Luftlinie vom Museumsareal entfernt lag. Das wäre ein neuerlicher Affront gewesen. Und tatsächlich baute man 1967, also 20 Jahre nach der

Zerstörung des Mount Maroon, das Fermi National Accelerator Laboratory bei Chicago.

- „Soll ich auch nach dem Öl sehen, Albert?“

- „Nein, nein, habe ich gestern schon erledigt. Alles in Ordnung. Was macht es?“

Der alte Wesley schob seinen Strohhut nach hinten und hob mit der rechten Hand seine Brille an, unter der hindurch er mit dem Gesicht nahe an der Anzeige die Zahlen ablas.

- „14 Dollar und 50 Cent.“

Die Spritpreise waren wirklich extrem niedrig. Der Liter kostete gerade mal 35 Cent. Mason gab Wesley einen Fünfziger. Der alte Tankwart besah den Schein ebenso skeptisch wie Ulysses Simpson Grant ihm von der Banknote aus entgegenblickte. Vor genau 100 Jahren war der Sohn eines Sattlers Präsident der Vereinigten Staaten. Aber daran schien Wesley nicht zu denken.

- „Oh, da muss ich mal eben rein, um den zu wechseln.“

Die beiden Männer gingen in einen unübersichtlichen Raum, der mit allerlei Dingen zugestellt war. Hinter dem alten Tresen kramte Wesley in einer Schublade. Neben ihm standen ein Kaugummiautomat und ein Metallgestell mit Comicheften, hinter der Tür eine lebensgroße Figur des Marlboro-Mannes aus Pappmachee. Die Vertreter kamen zu dieser Zeit fast im Stundentakt. Tankstellen sollten offenbar zu kleinen Kaufhäusern ausgebaut werden. Jeder der tankte, und das war eben nahezu jeder, sollte noch irgendetwas anderes erwerben. Wesley war das nicht wirklich recht und er verdiente daran auch so gut wie

nichts. Die Vertreter sahen in ihm einen Geschäftsmann, der den zu einem möglichst großen Absatz führenden Preis selbst festlegen sollte. Aber Wesley wollte sich eigentlich nur auf sein Kerngeschäft, den Verkauf von Benzin, konzentrieren und gab die zusätzlichen Dinge meistens ohne Aufpreis ab, wenn er sie denn überhaupt offen anbot. In seiner Garage stapelten sich mittlerweile die Kartons mit Waschmitteln, Handschuhen, Souvenirs und so manchem Ramsch, von dem er selbst nicht so recht wusste, was es eigentlich war. Als er Mason das Wechselgeld in einer allzu heftigen Bewegung über die Theke reichte, stieß er mit dem Ellbogen gegen einen mittelgroßen Karton. Über den Boden schlitterten kleine Mappen wie umgeworfene Dominosteine. Mason bückte sich sofort danach, um Wesley beim Aufräumen zu helfen.

- „Ah, das sind neue Landkarten, die hat gestern einer dagelassen. Du kannst dir eine mitnehmen."

Mason faltete die Karte auseinander. Nichts Besonderes, stabiles Material, guter Maßstab. Aber dann fiel sein Blick auf den Namen des Herstellers: Townsend Inc., Pittsburgh. Eine Karte von dieser Firma hatte Peter Saunders dabei gehabt. Da hieß sie zwar Townsend & Co., aber es war ja nicht unwahrscheinlich, dass in einem Zeitraum von 36 Jahren noch ein Partner dazukam.

- „Okay, ich nehme mir so eine. Was kriegst du dafür?"

- „Nimm sie einfach mit, ich bin froh, wenn ich das ganze Zeug los werde und hier wieder Platz bekomme. Sieh nur, was die aus mir machen. Man kann sich nicht mal mehr hinsetzen."

Die Karte lag auf dem Beifahrersitz und Mason musste immer wieder hinüberschauen, gerade so, als müsse er sich vergewissern, dass es sie tatsächlich gab.

- „Es gibt keine Firma, die so heißt und es gab sie auch niemals, zumindest nicht im Bereich der Herstellung von Landkarten."

So oder so ähnlich hatte Myers es formuliert. Der Satz hatte den Weg zurück in Masons Bewusstsein gefunden, nach über 26 Jahren. Alan Mason nahm die sich in vielen Windungen den Berg hinaufschlängelnde Road 441. Er fuhr langsam und seine Gedanken passten sich der Geschwindigkeit und dem Straßenverlauf fast magisch an. Er hatte das Gefühl kompliziert zu denken, um viele Ecken herum. Ein Gedankenknäuel, das sich, wenn man es zu schnell zu entflechten versuchte, nur noch stärker zusammenzog und undurchdringlich wurde. Wieder landete er bei den festgeschriebenen Ereignissen, den geschichtlichen Daten, die wie von selbst abliefen, sich fügten, ohne sein Zutun. Ja, es geschah ohne sein Zutun, ohne dass er eingriff. Aber was war der Umkehrschluss? Er spürte förmlich, wie der entscheidende Gedanke allmählich von seinem Gehirn Besitz ergriff, er glitt aus einem Nebel heraus, gleich würde er ihn fassen können. Was, wenn alles in festen Bahnen ablief, außer Dingen, die er direkt oder indirekt beeinflusste? Und was, wenn die Firma Townsend jetzt im Jahr 1973 existierte, 2009 aber unbekannt war, und wenn dennoch Peter Saunders eine Karte dieser Firma bei sich trug? Hinter ihm hupte ein Auto, Touristen, Großstädter. Während sie ihn überholten, blickten sie sich nach ihm um, als käme er aus einer anderen Welt. Er

war wohl gerade sehr langsam unterwegs. Mason stoppte den Wagen am Straßenrand, blickte in den undurchdringlichen Wald hinein: Bäume hinter Bäumen hinter Bäumen.

- „Konzentriere dich!“

Wenn alles kam, wie es kommen musste und nur er Veränderungen herbeiführen konnte, so musste das Erscheinen dieser Karte mit ihm selbst zu tun haben, oder mit Forma.

42. SPORTSFREUNDE

Es war die erste heiße Spur. Hatte es sich also doch gelohnt, die Beerdigung und die Familienausflüge über sich ergehen zu lassen. Bartlett wusste aus seiner langjährigen Erfahrung, dass eine Observation lückenlos sein musste, damit einem nichts Wesentliches entging und er wusste auch, dass es zu 95 Prozent Belanglosigkeiten zu registrieren galt. Aber, wenn man im entscheidenden Moment zur Stelle war, lohnte der Aufwand, dann zahlte sich die Mühe am Ende aus. Und genau diesen Moment hatte er eingefangen, auch wenn er Saunders merkwürdige Reaktion noch nicht einzuordnen wusste. Mr. Dick hatte den Namen Raymond Myers in die Diskussion eingebracht. Noch einmal hörte er die Tonaufnahme ab, die er von Saunders und Dick gemacht hatte. Die Technik faszinierte ihn. Das Richtmikrofon war nur wenige Millimeter groß und konnte auf eine Entfernung von 30 Metern einen Specht schlucken hören. Mr. Dicks formidable Aussprache tat ihr Übriges. Das war ein entscheidender Punkt, wenn man sich vorstellt, wie viele Silben täglich einer undeutlichen Artikulation zum Opfer fielen. Bartlett hatte zu seiner Zeit als Mitarbeiter einer Detektei in Chicago einen Typen überwacht, der extrem nuschelte. Eines Tages hatte der sich dann auch noch mit einem Stotterer getroffen und die beiden hatten zusammen einen Raubüberfall ausgeheckt. Bartlett hatte das Gespräch im Übertragungswagen live mitgehört, aber so gut wie nichts verstanden. Es hätte sich ebenso gut eine Taube mit einem Delfin unterhalten

können. Dagegen war das hier eine Lehrbuchveranstaltung. Sie hätten den Namen Raymond Myers genauso gut auf ein Schild schreiben und in Richtung der offenstehenden Hörsaaltür halten können. John Bartlett war sich sicher: Bei Myers liefen die Fäden zusammen, wie immer. Myers war der Kopf hinter all den seltsamen Experimenten. Hier würde bis Donnerstag nichts passieren. Wie er diesen Saunders kannte, würde er sich vermutlich die meiste Zeit in Museen und Bibliotheken herumtreiben. Also hatte Bartlett zwei Tage Zeit, um nach Fairfax, Virginia, zu fahren und Myers auf den Zahn zu fühlen.

Raymond Myers nahm sein Mittagessen wie jeden Tag in dem für Dozenten abgeteilten Bereich der Mensa ein. Die orangefarbenen Plastikstühle hatten den Charme der siebziger Jahre längst versprüht und wirkten nur noch unzeitgemäß. Man saß an langen Tischen, deren Breite auf das Format zweier gegeneinandergestellter Speisetabletts ausgelegt war. Es herrschte Selbstbedienung und eine Wahlmöglichkeit zwischen zwei Standardmenüs und einem Vollwertessen, das an einem kleineren, gesonderten und wenig frequentierten Ausgabeschalter angeboten wurde. Größerer Beliebtheit erfreute sich das Salatbüffet, das quer vor den Tischreihen stand.

John Bartlett baute sich an einer zentralen Stelle des Raumes auf, um nach seinem Chef Ausschau zu halten. Man hatte ihm gesagt, dass er Myers hier fände. Für die zahlreichen Speisewilligen wurde er zu einem Fels in der Brandung, da er den direkten Weg zwischen der Essensausgabe und den Tischen blockierte und sie ihn mit ihren Tabletts umkurven mussten, wie Berufspendler einen lie-

gen gebliebenen LKW. Die Lemminge warfen ihm böse Blicke zu und schüttelten ihre klugen Köpfe. Es sagte zwar niemand etwas, aber hier und da war ein schnalzendes Geräusch zu vernehmen. Insbesondere die Frauen, die er allesamt um eine gute Kopflänge überragte, reagierten feindselig und verzogen genervt ihre Brauen. Bartlett bemerkte die Ungeduld, war aber nicht bereit, sich darauf einzulassen. Schließlich war auch er nicht zum Spaß hier. Im Übrigen hielt er diese bebrillten Frauenzimmer mit ihren Hochsteckfrisuren für affektiert oder einfach uncool. Er war mit Frauen immer bestens ausgekommen, ganz gleich ob mit den Burgergirls im Drive-In oder den Kassiererinnen in Willys Car Wash. Auch beim alljährlichen Bryson-City-Squaredance-Festival waren alle immer ganz wild darauf, mit ihm zu tanzen. Aber breite Schultern waren hier anscheinend nicht angesagt.

Obwohl er ihn fast nicht erkannt hätte, entdeckte er Myers schließlich. Der Mann hatte nicht nur längere Haare, er trug auch eine Nickelbrille und einen Vollbart. Dennoch, das musste er sein, aber was sollte diese alberne Verkleidung? Bartlett bahnte sich einen Weg durch die Reihen, wobei es sich nicht vermeiden ließ, dass die Klugscheißer ganz nahe an ihre Tischkanten heranrücken mussten. Die Stimmung drohte zu kippen, aber Bartlett hob beschwichtigend die Hände und einen Zeigefinger an die Lippen. Er hatte keine Lust auf eine Schlägerei.

Raymond Myers saß mit zwei Kollegen etwas abseits. Alle drei hatten sich für das Vollwertgericht entschieden, eine undefinierbare Masse, auf der wie zur Abwehr eines bösen Zaubers gekreuzt zwei Maiskolben lagen. Myers

selbst war noch mit der Suppe beschäftigt, während er auf die beiden anderen einredete. Als Bartlett vor ihm stehen blieb, schaute er auf. Dann wurde er blass. Seine Stimme klang ungewohnt dünn.

- „Mr. Bartlett? Mein Gott, Sie sind wirklich gekommen? Ich hatte Sie erst in ein paar Tagen erwartet. Na ja, wenn ich ehrlich bin, hatte ich Sie gar nicht erwartet", sagte Myers und brachte ein unsicheres Lachen zustande.

- „Myers, verdammt, ist alles in Ordnung? Was soll das hier überhaupt?"

Dr. Myers stand auf und entschuldigte sich bei den beiden anderen.

- „Gehen wir in mein Büro."

Sie gingen schweigend über den Vorplatz. Argwöhnisch schaute der Namensgeber des Campus, George Mason, zu ihnen herüber. Im Gegensatz zu Washington DC, wo man ihn gemütlich auf einer Bank sitzend verewigt hatte, musste er hier stehen. Der Anblick des Bronzemannes, veranlasste Myers zu sprechen.

- „Mr. Mason hat mir etwas für Sie gegeben."

Bartlett schaute ihn verdutzt an.

- „Oh, nicht der alte George …"

- „Das ist mir klar, Mann. Sie meinen Alan?"

- „Nein, er hieß Albert, ja, Albert Mason."

- „Alan Masons Großvater?", Bartlett wusste, dass der Mann schon lange tot war.

- „Es tut mir leid, mein Freund, aber ich kenne keinen Alan Mason."

John Bartlett konnte es nicht fassen. Der Mann neben ihm, den er immer bewundert hatte, war nur noch ein

Schatten seiner selbst, ein Abziehbildchen. Raymond Myers, wie er ihn kannte, war ein Mann, der die Dinge anpackte, ein Macher, der alle Probleme mit Verstand und Lässigkeit zu lösen wusste. Aber der Typ neben ihm war ein kleinkarierter Theoriefuzzi, der die ganze Sache anscheinend nicht mehr peilte. Was war nur passiert? Schwer zu glauben, dass das wirklich Raymond Myers war, aber irgendetwas wusste er und er hatte ihn erwartet.

- „Erzählen Sie mir die ganze Geschichte, von Anfang an, okay?", Bartlett war längst Herr im Ring.

- „Gut, aber eigentlich gibt es da nicht viel zu erzählen. Es war vor fast 25 Jahren, 1985. Da kam ein alter Mann zu mir, eben dieser Albert Mason. Ich war damals noch in Harvard. Er sagte, dass im Spätsommer 2009 ein Mann Namens Bartlett bei mir auftauchen würde. Dann überreichte er mir einen Umschlag, den ich Ihnen geben sollte."

- „Wo ist der Umschlag?"

- „In meinem Büro. Da lang."

Sie gingen zu einem etwas abgelegenen mehrgeschossigen Gebäude aus hellem Waschbeton. Myers Büro befand sich am Ende eines Gangs im dritten Stock. Hier war es auffallend still. Das Zimmer war dunkel. Es lag auf der Nordseite des Korridors. Das Mobiliar war schlicht und zweckmäßig. An den Längsseiten waren über die gesamte Breite Regale angebracht, die neben Büchern und unzähligen Zeitschriften viele Stapel loser Blätter beherbergten. Am Fenster stand ein großer Schreibtisch. Offenbar saß Myers, wenn er arbeitete, mit dem Rücken zur Tür, was auf wenige Besucher hindeutete. Man hätte auch sagen

können, er saß mit dem Rücken zum Weltgeschehen, hatte sich abgewandt von den Entwicklungen, die nun ohne ihn abliefen. Auf John Bartlett wirkte das Zimmer wie eine Gruft.

Raymond Myers kramte einen Schlüssel hervor und öffnete eine Schublade seines Schreibtisches. Das Kuvert war ausgeblichen, doch der Name, der einstmals darauf geschrieben worden war, war noch deutlich zu erkennen: John Bartlett.

- „Der Umschlag ist offen."

- „Ja, es tut mir leid. Ich habe einen Blick hineingeworfen. Aber ich habe nichts herausgenommen und aus dem Brief bin ich auch nicht schlau geworden."

Es befand sich ein Schlüssel darin, der wie John Bartlett gleich erkannte, zu einen Schließfach gehören musste.

- „Der Brief enthält Hinweise darauf, wo wir das Schloss dazu finden."

- „Wieso wir?", fragte Bartlett, der sich endgültig entschieden hatte, den Mann nicht zu mögen. „Aber verraten Sie mir doch eines: Sie haben den Brief vor vielen Jahren geöffnet. Wieso haben Sie es in all den Jahren nicht geschafft, das Rätsel zu lösen? Noch dazu als … Wissenschaftler."

- „Weil es nicht möglich war. Mr. Mason war sehr schlau. Sehen Sie selbst."

Endlich entfaltete Bartlett den Brief. Eigentlich hatte er eine Erklärung für all das hier erwartet oder zumindest eine Art Einführung, aber er fand nichts dergleichen.

In der ersten Zeile stand „Superbowl 2009", darunter befand sich eine senkrechte Reihe, die aus sechs Zahlen

und einigen Vokalen bestand. Hinter der letzten Zahl stand ein eingeklammertes, großes C. Den Abschluss bildete eine Paarung der MLB: Baltimore Orioles – Chicago White Sox.

- „Sie sehen, die Auflösung ergab sich erst in diesem Jahr. Ich habe auch schon das Ergebnis eingetragen."

Myers holte eine Kopie des Briefes hervor. Über die erste Zeile hatte er Pittsburgh geschrieben. In der Tat hatten die Steelers das Endspiel der diesjährigen Football-Meisterschaft für sich entscheiden können. Auf der Liste hatte Myers neben die Baseball-Begegnung am Ende die unterschiedlichen Resultate vieler Jahre gekritzelt. Als er bemerkte, dass Bartletts Blick darauf fiel, schob er eine Erklärung nach.

- „Die Orioles spielen jedes Jahr in Chicago und es gibt keinerlei Hinweise darauf, welche Partie gemeint war. Ja, und mit den Zahlen im Mittelteil kann ich auch nichts anfangen."

Bartlett ließ ihn reden, er wusste um welches Spiel es ging, das 10:2 von vor gut zwei Wochen. Er hatte mit Alan Mason gewettet, dass die White Sox gewinnen würden, und dann so ein Debakel. Auch wenn sich der Überbringer des Umschlags Albert Mason nannte, der Hinweis war mehr als deutlich, zumal er offensichtlich im Voraus wusste, wer 2009 die NFL-Meisterschaft gewinnen würde. Es musste aber auch aus einem anderen, sehr eigentümlichen Grund dieses Spiel gemeint sein, denn Bartlett musste es zweimal ertragen, als wäre er in der Zeit zurückgesetzt worden. Auch das schien zu all den anderen Merkwürdigkeiten zu gehören, die ihm seit nun-

mehr fast einem Monat widerfuhren. Gegenüber Myers spielte Bartlett den Ungläubigen. Derweil fischte er nach weiteren Erkenntnissen.

- „Mr. Myers, das ist doch alles Humbug. Was glauben Sie denn, wie der Mann 1985 schon die Resultate von 2009 kennen konnte?"

- „Er hat es mir nicht verraten. Er konnte und wollte es mir nicht verraten. Kurze Zeit später ist er übrigens gestorben. Er war wohl schon sehr krank. Aber er gab mir beim Hinausgehen den guten Rat, mich näher mit den Theorien von Hugh Everett III. zu beschäftigen."

43. DAS ENDE DER HOFFNUNG

Wenigstens hatten sie daran gedacht, dass er seinen elektrischen Rollstuhl durch das Zimmer steuern musste. Breite Korridore verbanden den Schreibtisch mit dem Bücherregal und den Aktenschrank mit der Besprechungsecke. Das war aber auch schon das Einzige, das Robert Shane seinem neuen und gottlob nur vorübergehenden Büro an Positivem abgewinnen konnte. Auf seine Anordnung hin hatte man den kleinen Konferenzraum dahingehend umgestaltet, dass er darin arbeiten konnte. Allerdings hatten sie den Raum damit jeder ästhetischen Ausstrahlung beraubt. Mr. Shane hatte sich am Mount Maroon Laboratory stets um so etwas wie Stil bemüht, musste aber immer wieder mit ansehen, wie diese Banausen alles, aber auch wirklich alles, ihren funktionellen Zwecken unterordneten. Er selbst verstand sich zwar auch als Pragmatiker, jedoch auf einem ganz anderen Niveau. Wenn er sich umsah, hatte er den Eindruck, man habe den Raum für einen Blinden hergerichtet, formal und zweckmäßig, vor allem aber provisorisch. In ihrer zügellosen Respektlosigkeit hatten sie den Rokoko-Sekretär und den wertvollen Wandschrank dicht an dicht in die rechte hintere Ecke verfrachtet, um somit Platz für moderne Rollcontainer mit Aktenordnern zu schaffen. Der viktorianische Vitrinenschrank, in dem er seine wichtigen Unterlagen bislang aufbewahrt hatte, war beim Eindringen des Flugzeugs ebenso zu Bruch gegangen wie sein geliebter

Schreibtisch. An so etwas Hässlichem wie jetzt hatte er vermutlich seit seiner Lehrzeit nicht mehr gesessen. Die Sitzgruppe, die den Raum einstmals zwar zentral, aber durch ihre filigrane Gestaltung doch unaufdringlich nuancierte, quetschte sich nunmehr in den toten Winkel zwischen der Fensterfront und den Bücherregalen wie ein Klapptisch in einem spartanischen Singlehaushalt. Neben seinen Fahrwegen hatten die Techniker Kabel verlegt, um den Betrieb eines PCs zu ermöglichen. Vielen Dank! Immerhin hing „Der Sturz des Phaeton" einigermaßen gerade über dem Konsoltisch, wo er den goldfarben lackierten Spiegel ersetzte. Shane brauchte das Bild in seiner Nähe. Bis sein altes Büro im Erdgeschoß wieder hergerichtet war, würden Wochen vergehen, zumal die Handwerker, um ihn nicht bei seiner Arbeit zu stören, nur nachts darin arbeiten konnten. Es war zwar auch mit einem gewissen Aufwand verbunden, im Hotel zu nächtigen, aber ganz ohne Kompromisse würde es nicht gehen. Auf der Rasenfläche vor dem Balkon stand noch immer die verbeulte Cessna. Irgendwie hatte es den Anschein, die Wachmannschaft zögerte den Abtransport absichtlich hinaus, um sich noch eine Weile daran zu ergötzen wie Großwildjäger an ihrer Beute; wenngleich Bartletts Männer die Beute gar nicht erlegt, sondern lediglich gefunden hatten. Und Bartlett? Was war aus ihm geworden?

Seinen Leuten hatten sie gesagt, es habe im Tunnel sechs Tote gegeben, also auch Bartlett und Saunders erwischt. Selbstverständlich war es daher nötig, die Särge unter Verschluss zu halten. Keiner war auf die Idee gekommen, dass zwei von ihnen lediglich mit Sand gefüllt

waren. Dennoch herrschte seit dem Zwischenfall eine eigenartige Atmosphäre im Laboratory. Acht Tote innerhalb weniger Wochen, das konnte keine staatlich geförderte Einrichtung verkraften und mit diesem Bannister waren es sogar neun. Wenigstens untermauerten die Ereignisse die Gefahr, die von dem Tunnel ausging. Jetzt konnte man wirklich sicher sein, dass sich so schnell kein Unbefugter mehr in die Nähe begeben würde. Ein neues Problem ergab sich, weil man die Abwesenheit von Alan Mason erklären musste. Bislang schien ihn noch keiner vermisst zu haben. Es kam schon einmal vor, dass sich die Ingenieure des inneren Bereichs und die übrigen Angestellten des Laboratory einige Zeit nicht sahen, aber irgendwann würden Fragen aufkommen, dann Mutmaßungen, die sich, wenn man ihnen nichts entgegenzusetzen hatte, zu Gerüchten verfestigten. Wenn Mason wieder auftauchte, oder Bartlett, würden sich die Dinge von allein zum Guten wenden, dann wäre die Menschheit um eine große Erkenntnis reicher. Es würde zu fundamentalen Neubewertungen von Zeit- und Lebensfragen kommen. Aber was, wenn keiner zurückkäme? Bald würde man Entscheidungen treffen müssen. Shane und Myers hatten gehofft, dass die Rückkehr Masons sie davor bewahren würde, aber man wartete nun doch schon eine ganze Weile darauf. Terry Haze hatte sich nur einen Tag lang bedeckt gehalten, hatte sich zusammen mit den anderen das Video aus dem Tunnel angesehen und die Entscheidung, Mason hinterherzuschicken, mitgetragen. Danach hatte er den Verantwortlichen für den ungenehmigten Testlauf einen scharfen Verweis erteilt. Immerhin

hatte er verhindern können, dass es zu umfangreichen polizeilichen Ermittlungen kam.

Seit Mason fort war, verweigerte sich Haze aber jeder Diskussion. Es war jedem bis auf weiteres verboten worden, den Tunnel zu betreten. Aber davon war ohnehin abzuraten, musste doch die Energieversorgung für den intertemporären Transfer gewährleistet werden, also für die Offenhaltung des Zeittores. Weder Raymond Myers noch Robert Shane selbst hatten herausfinden können, ob Terry Haze die Rückkehr von Mason herbeisehnte oder froh war, dass einfach nur Zeit verstrich, ohne dass etwas Wesentliches passierte. An diesem Morgen sollte jedoch klar werden, wie er über die Angelegenheit dachte.

Mr. Haze kam unangemeldet. Er klopfte an die Tür des kleinen Konferenzraums und Robert Shane gewährte ihm Einlass. Bruce, der wie sein Herrchen in der oberen Etage Asyl gefunden hatte, kam aus seiner Ecke neben der Ottomane, versuchte die weichen Ohren zu versteifen, beschnüffelte den Oberschenkel des Ankömmlings und begann, heftig mit dem Schwanz zu wedeln. Haze beachtete ihn nicht. Unverzüglich nahm er sich stattdessen einen der Rokokostühle und setzte sich vor Shanes provisorischen Schreibtisch. Der Tisch war zu hoch für die niedrige Sitzfläche, so dass Shane ihn nur bis zur Brusthöhe sah. Ein weiterer harter Schlag für das ästhetische Grundempfinden des Einrichtungsleiters. Mr. Haze schien es nicht zu stören, er war so sehr mit seinem Anliegen beschäftigt. Ja, er schien die Absurdität der Konstellation nicht einmal zu bemerken. In dem ihm eigenen unbehaglich gepressten Tonfall kam er schnell zur Sache.

- „Mr. Shane, wissen Sie, wie viel Strom das Labor täglich verbraucht?"

Robert Shane nannte eine Zahl, die ihm nach kurzem Überlegen angemessen erschien.

- „Ich meine nicht den durchschnittlichen Verbrauch der letzten Jahre. Ich meine den aktuellen seit dem Verschwinden von Colonel Mason."

- „Dem Verschwinden … gütiger Gott."

Roberts Shane bebte, er bemühte sich um einen ruhigeren Tonfall.

- „Ich weiß, worauf Sie hinaus wollen, Mr. Haze. Ja, ich denke, wir kommen wohl in die Größenordnung einer mittleren Kleinstadt. Na und? Wie viel Energie verbraucht Cape Canaveral bei einem Raketenstart. Wir betreiben hier eines der größten Experimente der Menschheitsgeschichte. Wir sind keine Forellenzüchter."

Mr. Hazes Lippen spannten sich, er merkte, wie ihm das Blut in den Kopf schoss.

- „Ich weiß das alles, aber ich habe einen Auftrag zu erfüllen. Es geht hier um die Interessen des amerikanischen Volkes und nicht um die Eitelkeiten von Wissenschaftlern …"

Jetzt waren es Robert Shanes Wangen, die rot wurden. Der Konflikt konnte offen ausgetragen werden.

- „Eitelkeiten … Ich bitte Sie. Möglicherweise sind Sie ganz einfach zu jung, um die Tragweite dessen zu erfassen, was hier auf dem Spiel steht. Ich arbeite seit fast einem halben Jahrhundert daran und nun, da wir kurz vor dem Abschluss stehen …"

- „Ich weiß nicht, wo Sie stehen. Ihre seltsamen Experimente haben einigen Menschen das Leben gekostet. Allein neun, von denen ich weiß."

Er betonte den letzten Satz besonders. Dann verfiel er in ein Stakkato:

- „Und wofür? Dafür, dass sich ein absonderliches Gefährt in Luft aufgelöst hat. Das könnte ebenso gut durch die starke Bestrahlung passiert sein."

- „Keine Strahlung kann eine Masse rückstandsfrei dematerialisieren. So etwas gibt es nicht, ohne Rückstände", sagte Shane etwas zu laut, beruhigte sich aber wieder.

- „Glauben Sie mir, Alan Mason und nach meinem Dafürhalten auch John Bartlett und dieser Saunders befinden sich in einer anderen Zeit, im Jahr 1947. Wir haben das doch alles schon hinreichend erörtert."

- „Wir haben es erörtert, ja, und dabei sagten Sie mir auch, dass Mr. Mason im Prinzip sofort zurückkommen könnte, also selbst wenn er erst Jahre später in der Vergangenheit wieder aufbrechen würde. Das ist jetzt gut vier Wochen her. Was ich damit zum Ausdruck bringen möchte ist, dass wir uns den Luxus dieser gigantischen Energieverschwendung nicht endlos leisten können. Und ehrlich gesagt, rechne ich auch nicht mehr damit, dass da unten demnächst irgendeiner eintrifft, von woher auch immer."

Shane wusste, was als nächstes kommen würde. Er versuchte einzulenken, was ihn kurzzeitig fast sanftmütig erscheinen ließ.

- „Es ist möglicherweise gar nicht notwendig, den Tunnel ständig offen zu halten. Schließlich ist ein Zeitreisender nicht an einen speziellen Fahrplan gebunden. Er

wird erscheinen, wenn die Voraussetzungen dafür gegeben sind, wie eben in der Nacht zum 16. August 1947. Wir könnten uns also darauf verständigen, den Tunnel für jeweils einen Tag im Monat zu präparieren. Es wäre …"

- „Sie wollen mich nicht verstehen, oder? Die Voraussetzungen, wie Sie es nennen, waren seit vier Wochen gegeben. Wenn bis jetzt nichts passiert ist, wird auch in einem Monat nichts passieren, oder in fünf Monaten. Ich habe bereits mit Dr. Myers gesprochen. Er sieht die Sache ähnlich wie ich."

Terry Haze wusste, dass er Robert Shane mit den letzten beiden Sätzen schwer getroffen hatte. Er gab ihm durch eine Redepause die Gelegenheit zu einer Erwiderung. Aber wie sie auch aussähe, es war entschieden. Shane sagte nichts, er blickte dem Regierungsbeauftragten scharf ins Gesicht, schien auf den tödlichen Schlag zu warten. Und Haze erteilte ihn.

- „Der Plan sieht vor, dass wir die Energieversorgung des Tunnels heute Abend herunterfahren. Colonel Mason wird sich beeilen müssen. Er hat noch genau acht Stunden und …"

Mr. Haze blickte kühl auf seine Armbanduhr. „… 34 Minuten."

- „Wann können wir die Versuchsreihe fortsetzen? Man könnte innerhalb weniger Wochen eine neue Kapsel bauen."

- „Ich dachte nicht, dass Sie diese Frage ernsthaft stellen würden."

Robert Shanes Kopf senkte sich langsam nach vorn.

- „Bitte, lassen Sie mich allein."

44. EIN ABENDESSEN BEI DEN DICKS

Es war noch nicht einmal Viertel vor sechs, als Peter über den Vorplatz auf die verabredete Stelle vor dem Department of Physical Science zusteuerte. In einer Gruppe von fünf, sechs Leuten erkannte er Mr. Dick, der sich sofort bemerkbar machte.

- „Ich bin hier, Peter", rief Mr. Dick, durch die Nennung des Vornamens um eine entspannte Atmosphäre bemüht.

Die beiden Männer begrüßten sich wie alte Freunde. Keiner ging auf das verfrühte Erscheinen des anderen oder seiner selbst ein. Es war nicht Thema. Peter hatte den Tag genutzt, um sich die Roger-Williams-Church anzusehen. Nachdem Roger Williams 1636 an der Narragansett Bay eine Niederlassung errichtet hatte, der er nach Gottes gnädiger Vorsehung den Namen Providence gab, gründete er drei Jahre später an dieser Stelle die erste amerikanische Baptistengemeinde. Williams propagierte eine umfassende Glaubens- und Religionsfreiheit und lehnte die calvinistische Prädestinationslehre strikt ab. Der Ruf der Stadt profitierte noch immer von der liberalen Einstellung ihres Gründers, der in der Verfassung des Staates Rhode Island erstmals in der Geschichte die Trennung von Kirche und Staat proklamierte. Aber auch das war nicht Thema, wenngleich Peter fand, dass Mr. Dick gut hierhin passte. Nachdem sich der Physiker von den anderen verabschiedet hatte, schritten sie geradewegs in Richtung des großen

Personalparkplatzes. Mr. Dick legte Peter seinen Arm auf die Schulter.

- „Ich habe einige interessante Neuigkeiten. Aber lassen Sie uns das nach dem Essen besprechen. Miriam, meine Frau, freut sich, Sie kennen zu lernen. Sie ist eine passionierte Köchin ..."

Er strich mit der flachen Hand über den gewölbten Bauch.

- „Wenngleich ...", Mr. Dick machte eine wegwerfende Handbewegung: „... ach, egal. Übrigens unterrichtet sie auch hier, am Frankreichzentrum."

Mr. Dick führte Peter durch die bereits lichten Reihen der geparkten Autos und bog schließlich nach links. Dort stand nur noch ein einziger Wagen, ein grüner Lincoln Continental Mark V Diamond, Baujahr `79, mit weißem Verdeck. Peter war geschockt. Es war exakt der Typ, in dem sie in jener Nacht gefahren waren.

- „Das ist Ihr Wagen? Er hat nicht zufällig einen eingebauten Kühlschrank, oder?"

Mr. Dick war irritiert.

- „Oh, wir haben zu Hause einen und ich bin sicher, er ist bestens präpariert, hehehe."

Peter erklärte den Hintergrund seiner Frage und Mr. Dick wurde für einen Moment sehr nachdenklich, dann öffnete er zuerst die Beifahrertür.

- „Keine Zentralverriegelung, war damals noch eine Sonderausstattung. Ist Ihnen schon einmal aufgefallen, dass Neuwagen auf der Beifahrerseite gar kein eigenes Schloss mehr haben? Wenn nun die Elektronik der Zentralverriegelung versagt, sehen Sie als Kavalier ziemlich alt

aus. Sie können die Beifahrertür dann nur noch von innen her öffnen."

Mr. Dick ging um den Wagen herum, redete aber unablässig weiter.

- „Während die Dame also noch in der Kälte steht, zwängen Sie sich in den Wagen und strecken sich dann in einer aberwitzigen Verrenkung dem Verriegelungsknopf entgegen. Das ist doch extrem unästhetisch."

Peter deutete auf den Kindersitz auf der Rückbank.

- „Sie haben Kinder?"

- „Oh ja, fünf Stück, aber die fahren alle schon selbst. Das da ist der Platz meiner Enkelin."

Mr. Dick fuhr langsam durch das Unigelände. Von überall her winkten Leute, nahezu jeder schien ihn zu kennen und nach Gestik und Mimik zu urteilen, auch zu mögen. Ein dunkelbrauner Ford folgte ihnen.

- „Sie sprachen von interessanten Neuigkeiten?"

- „Sie sind gespannt. Das verstehe ich. Ich dachte nur, Sie sollten vielleicht besser etwas im Magen haben, bevor …"

- „Ich bin wirklich sehr gespannt."

Mr. Dick fuhr vorausschauend, defensiv. Immer wieder ließ er andere Fahrer einfädeln, gewährte ihnen den Vorrang. Das Auto passte zu ihm, es war nicht gemacht für einen quirligen Fahrer, für abruptes Bremsen und Anfahren, für knappe Sprünge in enge Lücken oder optimistische Überholmanöver. Trotz des hohen Verkehrsaufkommens der Rushhour verlief die Fahrt angenehm unspektakulär.

Mr. Dick sprach in ruhigem Tonfall über die Geschichte der Atomforschung im Allgemeinen und jener

des Mount Maroon Laboratory im Speziellen. Ihm schien klar zu sein, dass Peter die Fakten weitestgehend aus seinen eigenen Nachforschungen kannte, aber er brauchte sie als Einleitung. Die Philadelphia-Experimente fanden allerdings keine Berücksichtigung, weder in Mr. Dicks Ausführungen noch in Peters Gehirn.

- „Man könnte die Atomforschung, wie sie im Mount Maroon Laboratory angelegt war, als erste zivile Aktivität auf diesem Gebiet betrachten. Alles, was zuvor stattfand, war militärisch motiviert. Nehmen sie das Manhattan-Projekt. Alle in diesem Rahmen unternommenen Aktivitäten der USA während des zweiten Weltkrieges hatten nur das Ziel, eine Atombombe zu entwickeln. Das Los Alamos National Laboratory wurde ausschließlich zu diesem Zweck aufgebaut. Aber nicht nur in Amerika arbeitete man an der militärischen Einsatzfähigkeit der Atomkraft. In Deutschland war sogar Heisenberg, immerhin ein Nobelpreisträger, daran beteiligt, in der Sowjetunion Igor Kurtschatow. Es war ein Wettlauf mit unabsehbaren Folgen für die gesamte Weltbevölkerung. Erst nach dem Krieg erforschte man nach und nach alternative Einsatzmöglichkeiten, wie Energiegewinnung, medizinische Diagnose und Therapieverfahren, auch Methoden der Schadensanalyse an Rohrleitungen oder der Herstellung von Materialoberflächen. Oder denken Sie an die Radiokohlenstoffdatierung in der Archäologie. Das Mount Maroon Laboratory war wegweisend für diesen Aufbruch."

- „Aber das Mount Maroon Laboratory wurde doch bereits ab Ende 1943 gebaut."

- „Richtig. Möglicherweise hatte man auch zunächst anderes im Sinn. Aber als die Anlage fertig gestellt wurde, war der Krieg bereits beendet. Den Paten des Projektes, Albert Einstein, hatten die Atombombenabwürfe von Hiroshima und Nagasaki schwer geschockt. Der überzeugte Pazifist plädierte von nun an für eine ausschließlich friedliche Nutzung der Atomkraft, und er erkannte die Gunst der Stunde. Die vernichtende Kraft der Bomben hatte alle nachdenklich gemacht und der kalte Krieg hatte noch nicht begonnen."

Sie hatten die Innenstadt verlassen und Mr. Dick steuerte den Lincoln über die Uferstraße in südlicher Richtung. Immer wieder blickte er dabei auf die in der Abendsonne friedlich daliegende Bay hinaus.

- „Es ist die Ironie des Schicksals, dass ausgerechnet die erste zivile Forschungsanlage nur ein Jahr nach ihrer Inbetriebnahme durch diese gewaltige Explosion 1947 zerstört wurde."

- „Was hat eigentlich die Explosion ausgelöst?"

- „Das ist nie ganz geklärt worden. Das Zentrum der Detonation lag aber wohl im Bereich des Linacs."

- „Des Linacs?"

- „Ja, des Linear Accelerators. Das ist ein Teilchenbeschleuniger in Form einer langen geraden Röhre.»

- „Ich bin kein besonders technischer Mensch. Wie funktioniert so ein Teilchenbeschleuniger?»

- „Oh, wie der Name schon sagt, können damit elektrisch geladene Teilchen, beispielsweise Elektronen, Protonen, Positronen oder Ionen, auf einer bestimmten Bahn beschleunigt werden.

Bei Linearbeschleunigern ist diese Bahn gerade. Die am Mount Maroon verwendete Anlage war bereits ein Wechselspannungsbeschleuniger. Sie war aus sogenannten Driftröhren aufgebaut, zwischen denen sich Spalten befanden. Darin war jeweils ein elektrisches Feld angelegt, das auf die Teilchen wirken sollte und sie beim Durchflug immer weiter beschleunigte. Die kinetische Energie wird dabei also in relativ kleinen Dosen verabreicht, während die Driftröhren selbst als Faradayscher Käfig wirken. So weit so gut, aber jetzt kommt das wirklich Merkwürdige an der Sache."

Mr. Dick bog in eine Seitenstraße ein.

- „Anfangs hatte es mich nur gewundert, warum man auf einen Linearbeschleuniger gesetzt hatte, anstatt einen Zyklotron zu verwenden, also einen Kreisbeschleuniger. Den hatte Ernest Lawrence nämlich schon 1929 erfunden und der ist durch die Mehrfachnutzung der Beschleunigungsstrecken wesentlich effizienter. Am Mount Maroon jedoch baute man einen Linac und noch dazu einen, der mit 300 Metern Länge viel zu kurz war. Im Gegensatz dazu war der Durchmesser mit sechs Metern völlig überdimensioniert." Aber das Entscheidende ist, dass er unvollständig war, und dennoch als fertig galt. Ich hatte vom Forschungsarchiv in Washington einige Aufzeichnungen angefordert. Darin stand zwar nichts über das eigentliche Projekt, es enthielt aber Materiallisten und Pläne. So wie es aussieht, hatten sie zwar ein Kraftfeld, aber keinerlei Möglichkeiten irgendwelche Teilchen hindurchzuschießen. Also was hatten die überhaupt vor?"

Mr. Dick fuhr auf einen Parkplatz an einer parkähnlich gestalteten Uferpromenade. Als Peter ausstieg, sah er

sich sofort von einer Gruppe auffallend kräftiger junger Männer und sportlicher Frauen umringt. Sie schienen hier auf die beiden gewartet zu haben. Zusammen gingen alle unter den wachsamen Augen John Bartletts in Richtung des Kais. Im Wasser lagen zwei lange, offene Boote, die mit aufwendigen Bemalungen und dekorativen Drachenköpfen verziert waren. Mr. Dick lachte, als er Peters verdutzt dreinblickendes Gesicht sah, dann kletterte er in eines der Boote.

- „Setzen Sie sich Peter, und vergessen Sie Ihr Paddel nicht, hehehe."

In wenigen Augenblicken hatten alle ihre Plätze eingenommen. Auf jeder Seite saßen zehn Ruderer. Hinten stand ein Steuermann und ganz vorne saß mit dem Rücken zur Fahrtrichtung hinter einer riesigen Pauke Mr. Dick. Er strahlte wie ein kleines Kind vor einer lang ersehnten Karussellfahrt. Die Boote bewegten sich träge vom Steg weg und nahmen ihre Startpositionen ein. Auf ein Kommando hin legten sich die Paddler ins Zeug. Mr. Dick nahm als Trommler den Rhythmus des vordersten Paares auf und sorgte mit seinen Schlägen für einen gleichmäßigen Takt aller Paddler im Boot. Auch im Konkurrenzboot wurde eifrig getrommelt und gepaddelt. Einzig John Bartlett stand etwas konsterniert am Ufer und sah ihnen nach.

Das von Arthur Dick angetriebene Drachenboot hatte den besseren Start. Mit gewaltigen Ruderschlägen hatten die Paddler zwischenzeitlich einen Vorsprung von fast einer halben Bootslänge erkämpft. Peter, der sich immer für recht sportlich gehalten hatte, konnte anfangs gut mithal-

ten, nach einigen hundert Metern aber wurde ihm schlecht. Die aufgepeitschte Stimmung, die durch lautstarke Anfeuerungsrufe des Steuermanns hochgehalten wurde, führte jedoch dazu, dass auch er alle Kräfte mobilisierte. Ein Einbrechen seinerseits hätte auch zweifellos dazu geführt, dass das ganze Boot aus dem Takt geriet. Da er nur auf der linken Seite ruderte, befürchtete er eine Kettenreaktion, die das Boot einseitig verlangsamte und dadurch drehte. Womöglich würde es auf diese Weise sogar kentern. Peter war kein Experte für Drachenbootrennen und er wusste auch nicht, wie lang das Rennen sein würde. Jedenfalls waren sie noch auf dem Hinweg, da sie sich erst allmählich von Westen her der Baymitte näherten und der Mann am Langruder nicht den Eindruck machte, als wolle er umkehren. Zwar hatte sich die durch Mr. Dicks Trommelschläge eingetaktete Schlagfrequenz in der Startphase nach zwanzig bis dreißig Schlägen deutlich reduziert, war aber auch danach auf einem hohen Niveau geblieben. Peter versuchte, gleichmäßig zu atmen und den unablässig kommenden Paukenschlägen Folge zu leisten. Immer wieder ließ er das Paddel auf Höhe der Sitzbank seines Vordermanns ins Wasser tauchen. Hierzu drückte die Zughand das Paddelblatt über den gestreckten Arm mithilfe der Druckhand ins Wasser, wobei sich die Druckhand ein bis zwei Handbreiten über dem Kopf befand. Nachdem das Paddelblatt tief ins Wasser eingetaucht war, wurde das Paddel dicht an der Außenwand vorbeigeführt. Die Kraftkurve stieg dabei steil an, geradezu explosiv, denn der Durchzug erfolgte mit ansteigender Geschwindigkeit durch eine Rückdrehung bei gleichzeitigem Aufrichten des Oberkörpers. Die Zugbewe-

gung des Zugarmes koordinierte diesen Ablauf. Druckarm und Druckhand leisteten statische Haltearbeit und wirkten als Gelenk und Führungselement für das Paddel. Beckengürtel und Beine stabilisierten die Grundhaltung und sicherten dadurch die Übertragung des durch den Paddelschlag erzeugten Kraftstoßes auf das Boot. Nach erfolgtem Durchzug wurde das Paddel möglichst schnell aus dem Wasser gehoben und in leichtem Bogen in Fahrtrichtung zum Bug geführt, wo man es dann wieder eintauchte. Geschwindigkeitsschwankungen waren tunlichst zu vermeiden, da der Wasserwiderstand, wie es Peters Hintermann beim Einstieg erläutert hatte, mit dem Quadrat der Geschwindigkeit anwuchs. Peter ruderte wie in Trance. Erinnerungen an antike Galeeren kamen auf und entschwanden. Sein Körper wurde zu einer Maschine, dann wieder zu einem Körper, der aufbegehrte, das Aufbegehren aufgab und wieder tat, was auch immer von ihm verlangt wurde. Der Sinn des Lebens vagabundierte ebenso durch seinen Geist, wie der Gedanke an einen tiefen traumlosen Schlaf, dem man sich sofort hinzugeben bereit wäre. Ja, schlafen, wäre da nicht dieses nicht enden wollende Trommeln des wahnsinnigen Buddhas vom Bug. Peter hatte es sich abgewöhnt, nach dem Ufer Ausschau zu halten, auch interessierte es ihn nicht mehr, ob man führte oder zurücklag. Anfängliche Erinnerungen an Ruderpartien während seiner Studienzeit in Madison waren längst verschwunden, als sich die Kanonade von Trommelschlägen plötzlich zu einem finalen Wirbel steigerte. Der Endspurt, dachte Peter und der Läufer in ihm wusste, worauf es jetzt ankam. Er würde die verbleibende anaerob-laktazide Stoffwechselka-

pazität bis zur maximal möglichen Azidose ausschöpfen. Die Paddler mobilisierten noch einmal alle Kräfte. Geschafft! Wie auf ein Signal hin, hörten alle auf zu rudern. Der Drachen pflügte noch einige Meter durch das aufgewühlte Wasser, bevor auch er sich seiner totalen Erschöpfung überließ. Die Mannschaft von Mr. Dick hingegen grölte. Sie hatten das Rennen mit einer Viertel Länge Vorsprung gewonnen.

Erst jetzt sah Peter, dass sie sich am anderen, von der Abendsonne beschienenen Ostufer der Narragansett Bay befanden. Am Ufersaum standen wunderschöne Häuser mit eigenem Bootssteg. Auf der Anlegebrücke, an der die beiden Drachenboote verzurrt wurden, klatschte eine elegant aussehende Frau in den späten Vierzigern begeistert in die Hände.

- „Bravo, Bravo!" Und dann mit einem Blick auf den strahlenden Mr. Dick: *„Le roi s'amuse."*

Sieger und Besiegte gingen an Land, umarmten einander, klatschten sich ab, vermischten sich und nahmen, nachdem sie sich am Buffet mit Speisen und Getränken eingedeckt hatten, an den vier langen Tischreihen Platz, die im Garten aufgebaut waren. Es war ein ausgelassener Abend, an dem Peter viele der Studenten und Mitarbeiter von Mr. Dick kennenlernte. Erst als die Dämmerung einsetzte, machten sie sich mit den Booten auf den Heimweg über die Bay. Allerdings war das Tempo in Anbetracht der vollen Mägen jetzt deutlich gemütlicher als auf dem Hinweg. Peter blieb zusammen mit seinen Gastgebern auf der Wiese vor dem Haus sitzen und genoss mit einem Weinglas in der Hand den Sonnenuntergang.

- „Sie haben ein sehr schönes Haus."

- „Wir haben es vor ein paar Jahren gemietet. Was heißt gemietet … Eigentlich könnten auch wir es uns nicht leisten, hier zu wohnen, aber ein Freund überlässt es uns für einen … ja ich will fast sagen, symbolischen Betrag. Er ist sehr wohlhabend und … nun ja … ich glaube, er wollte uns einfach in seiner Nähe haben, hehehe."

Mrs. Dick entschuldigte sich. Sie müsse morgen sehr früh zum Flughafen, da sie in Montreal einen Vortrag halte. Sie hatte sich bereits zuvor längere Zeit mit Peter unterhalten und ihm das Gästezimmer angeboten. Scheinbar kam es nicht selten vor, dass Besucher über Nacht blieben. Mr. Dick sah Peter an und lächelte.

- „Hat Ihnen unserer Wettrennen gefallen?"

- „Puh, ja, ich denke schon, aber es war die anstrengendste Bootspartie meines Lebens."

- „Und das war nur eine Trainingsfahrt. Wenn Sie wollen, können Sie nächsten Monat mitmachen, wenn wir gegen die Medizinische Fakultät in Boston antreten."

- „Ich überlege es mir noch, okay?"

- „Heute lag unser Boot ein paar Meter vorne, aber es hätte genauso gut anders sein können. Wir fahren regelmäßig gegen die Soziologen, manchmal gewinnen wir, manchmal die anderen. Es hält sich die Waage. Vor dem Start ist das Rennen damit unentschieden."

Peter hätte diese Aussage mit einer flapsigen Bemerkung aushebeln können, war aber sicher, dass Mr. Dick einen tiefer liegenden Gedanken verfolgte.

- „Sehen Sie Peter, wenn zwei in etwa gleich starke Teams gegeneinander antreten, so liegt die Wahrschein-

lichkeit eines Sieges der einen wie der anderen Partei bei jeweils 50 Prozent. Am Ende hat aber nur eine Mannschaft gewonnen. Wenn das Rennen nun beendet ist, eine außenstehende Person aber keine Kenntnis von seinem Ausgang hat, könnte sie dann sagen, Mannschaft A habe zu 50 Prozent gewonnen? Nein, denn es gibt keinen fünfzigprozentigen Sieg. Man gewinnt oder man verliert. In der Wissenschaft ist man da oft weniger zimperlich. Wenn etwas nicht entscheidbar ist, sagt man zu soundso viel Prozent ist es so und zu soundso viel Prozent ist es anders. Und eine solche Aussage gilt tatsächlich als wahr. Kennen sie Schrödingers Katze?“

Die Frage schien einen Themenwechsel auszulösen, beabsichtigte aber vielmehr, Peter eine Brücke in eine neue Welt zu bauen.

- „Ich kenne nicht einmal Schrödinger.“

Mr. Dick schmunzelte. Peters Humor gefiel ihm, sie lagen auf einer Wellenlänge. Das Problem lag auf Seiten der Wissenschaft. Es war ihre Unfähigkeit, Sachverhalte der Wirklichkeit auch nur halbwegs befriedigend aufdecken zu können, geschweige denn zu erklären. Die Menschen scherten sich einen Dreck um die Heisenbergs, die Schrödingers, die Bohrs und die Lawrences. Und sie taten größtenteils recht daran. Dennoch war da ein Unbehagen. Peters Geschichte hatte Mr. Dick nachdenklich gemacht, ihn weit hinausgeführt auf das dünne Eis der Erkenntnis. Doch langsam, eins nach dem anderen.

- „Erwin Schrödinger war einer der größten Physiker überhaupt. 1933 erhielt er den Nobelpreis. Aber er war in vielerlei Hinsicht ein bemerkenswerter Mensch. Nicht

nur, dass er mit der nach ihm benannten Gleichung eine der Grundlagen der Quantenmechanik legte. Er war auch ein entschiedener Gegner des Nazi-Regimes, weswegen er gleich zweimal seine österreichische Heimat verließ."

Peter wusste, dass es nicht um Schrödingers Biographie ging. Er blickte über die Bay und wartete auf das, was Mr. Dick eigentlich sagen wollte. Die Sonne war nun fast vollständig untergegangen. Der Himmel hatte eine orangerote Färbung angenommen, die über ihnen zu einem dunklen Violett verschmolz. Am gegenüberliegenden Ufer sah man flimmernde Lichter, die sich auf der Wasseroberfläche spiegelten.

- „Peter, ich möchte, dass Sie morgen zum Seminar kommen, um elf Uhr, Raum 401. Sie werden es nicht bereuen. Danach lade ich Sie zu meinem Lieblingsitaliener ein. Wir müssen diese Dinge in aller Ruhe ordnen, systematisch herangehen. Heute Abend wollen wir uns lieber noch ein paar recht seltsamen Fakten widmen."

Mr. Dick erzählte Peter davon, dass kurz nach der Zerstörung des Mount Maroon Laboratory ein Mann aufgetaucht sei, der behauptete, aus der Zukunft zu stammen, genauer gesagt aus dem Jahre 1985. Er nannte sich Forma Townsend. Da ihm keiner glaubte, wurde er schließlich verrückt und nahm sich das Leben. Eigentümlicherweise wurde zur gleichen Zeit im benachbarten Bryson City ein Baby einer Familie Townsend geboren, das ebenfalls auf den Namen Forma getauft wurde. Glich man die Zeitangaben des Mannes mit seinem Alter ab, konnten dieser Mann und das Baby tatsächlich ein und dieselbe Person gewesen sein. Peter wandte ein, dass der Mann womöglich

genau darauf spekuliert hatte, und sich deshalb Forma Townsend nannte. Mr. Dick stimmte dieser Vermutung zu, wohl auch, weil es im Jahr 1985 seines Wissens zu keiner Zeitreise kam. Der einzige Überlebende der Katastrophe von 1947 war demnach ein gewisser Albert Mason. Peter zuckte bei der Nennung des Namens zusammen. Doch schon wenige Augenblicke später sollte sein Unbehagen eine weitere Dimension erfahren. Mr. Dick zog zwei Kopien aus seiner Hemdtasche. Langsam entfaltete er das Papier und strich es auf dem Tisch mit der flachen Hand glatt. Dann reichte er sie Peter. Peter hielt das obere Blatt in den Schein der Propangaslampe. Es war die Kopie eines Zeitungsartikels der New York Times. Neben dem Text, der sich mit der Explosion der Forschungsanlage am Mount Maroon befasste, war das Bild eines von Feuerwehrleuten umringten Mannes zu sehen. Sein Gesicht war undeutlich, aber die Bildunterschrift identifizierte ihn als Albert Mason. Die zweite Kopie entstammte der Washington Post vom 12. Oktober 1947. Es handelte sich dabei um einen Bericht über die Verleihung eines Purple Heart, der einzigen Verwundetenauszeichnung für Mitglieder der Streitkräfte der Vereinigten Staaten. Das Bild zeigte wieder denselben Mann, diesmal mit dem Bürgermeister von Bryson City und einigen Honoratioren aus Washington DC. Jetzt erkannte ihn Peter. Es war Alan Mason.

45. PITTSBURGH

Es war das reinste Chaos. Überall lagen Kartons, dazwischen Ordner, zerknüllte Papiere, Schraubenzieher, Coladosen, Zigarettenschachteln und Burgerreste. Mason war, nachdem er durch die Einfahrt in den Hinterhof trat, fast von einem LKW gerammt worden. Der Fahrer dürfte kaum 20 Jahre alt gewesen sein. Als Mason sich protestierend nach ihm umdrehte, sah er, dass die hinteren Türen des Hängers weit offen standen und bündelweise verzurrtes Kartenmaterial herausfiel. Nun stand er in einem riesigen Raum, in dem gedruckt, gepackt, geschrieben, gerechnet und verhandelt wurde. Langmähnige Burschen mit freien Oberkörpern standen an lauten Druckerpressen, Mädchen in aufreizend kurzen Röcken hämmerten Kaugummi kauend auf altertümliche Schreibmaschinen ein. Kartons wurden aufgefaltet, gefüllt, zugeklebt und gestapelt. Und inmitten dieses Treibens wirbelte ein kräftiger junger Mann mit flachsblonden Haaren umher. Er kontrollierte Wareneingänge, wies Träger an, prüfte die Druckqualität und unterschrieb, was immer die jungen Frauen ihm hinhielten. Forma war tot, aber dieser Forma hier, den Mason immer den neuen Forma nannte, war die Lebendigkeit in Person. Mason war sofort klar, dass dies der Chef der neu gegründeten Townsend Inc., Pittsburgh, war. Es war verblüffend, wie ähnlich er dem alten Forma sah, oder sollte man besser sagen: sich selbst. Das wäre dann aber wieder gar nicht so verblüffend. Mason wusste es nicht wirklich einzuordnen. Es überwog die Freude,

Forma zu sehen und schließlich hatte er ihm als Baby das Leben gerettet, auch wenn das natürlich keiner wusste.

Mason hatte den Lebensweg des neuen Forma beobachtet, aber nichts deutete darauf hin, dass er sich für Physik oder sonstige Forschungen interessierte. Er war in Bryson City aufgewachsen und zur Schule gegangen, aber er hatte Robert Shane nicht kennengelernt, weil Robert Shane niemals zum Mount Maroon kam. Und das wiederum passierte nicht, weil es dort kein Labor gab. So war Forma mit 18 nach New York gegangen und hatte sich mit Gelegenheitsjobs über Wasser gehalten. Soweit Mason wusste, hatte sich daran nichts geändert. Jetzt schrieb man das Jahr 1973, Forma war 26 und hatte offensichtlich andere Pläne, als ein Zeitreisender zu werden. Und es war ja auch nicht er selbst, sondern ein anderer, ein zweites Ich. Es war verzwickt. Mason hatte nächtelang darüber nachgegrübelt, wie das alles zusammenpassen konnte. Irgendwie war es nicht aufzulösen. Man musste sich zwingen, nur den Fakten zu trauen und genau wie die Geburt von Peter, war die Karte von Townsend Inc. ein solches Faktum.

Alan Mason gab sich als Freund der Familie aus Bryson City aus. Er war sich nicht sicher, ob dieser geschäftige Jungunternehmer sich für einen älteren Herrn wie ihn Zeit nehmen würde, aber Forma begrüßte ihn herzlich.

- „Ja, es ist ein bisschen laut hier. Wir haben einen Großauftrag an Land ziehen können. Es läuft ganz gut."

Sie gingen in ein kleines Bistro in der Nähe, wo sie sich in aller Ruhe unterhalten konnten. Forma erzählte

von seiner Zeit in New York. Er hatte an den großen amerikanischen Tellerwäschertraum geglaubt, wie auch schon sein Vater, aber für ihn stand immer fest, dass sich dieser nicht in Bryson City realisieren würde. Er musste raus, musste in die Großstadt. Dort hatte er als Wäschereifahrer, Kellner, Schauspieler und Croupier gearbeitet. Aber nichts deutete auf den großen Reichtum hin, der ihm vorschwebte.

- „Dann hat ein Freund von mir eine Druckerei hier in Pittsburgh geerbt, allerdings einen ziemlich heruntergewirtschafteten Laden mit veralterten Maschinen. Zuerst hatte er versucht, alles zu verkaufen, aber keiner wollte das Zeug haben. Ich habe es mir daraufhin mal angesehen und als ich durch die Tür zur Lagerhalle trat und das Licht anknipste, war es um mich geschehen. Es war, als stünde man im Rampenlicht. Ich sah mich als Großverleger, mächtig und einflussreich. Na ja, das dauert wohl noch etwas. Aber wir haben mit den Karten eine Nische gefunden, in der großes Potential steckt. Es war goldrichtig, sich auf Freizeitkarten zu spezialisieren. In Zeiten, in denen die Menschen viel reisen, sich die Welt ansehen, ist das ein absoluter Renner. Meine Generation will nicht unbedingt irgendwohin, ich meine auf dem kürzesten Weg. Wir wollen die Gegend erkunden, etwas entdecken und genau da kommen unsere Karten ins Spiel. Es sind Wanderkarten, verstehen Sie?“

Mason verstand ihn besser als er dachte. Die Freizeitgesellschaft würde kommen, ohne jeden Zweifel. Gerne hätte er ihm den Erfolg vorhergesagt, aber das verstieß gegen die Regeln. Mason dachte daran, dass Peter Saunders

in ferner Zukunft eine von Forma Townsends Wanderkarten kaufen, arglos zum Wandern gehen und dann samt der Karte im Tunnel des Laboratory landen würde. Der Gedanke war vage und zerstob, als Forma weiterredete, respektvoll von der harten Arbeit sprach und überschwänglich von hochfliegenden Plänen erzählte.

Nachdem sich Mason von Forma verabschiedet hatte, zog es ihn zum Allegheny River hinunter. Das träge dahinfließende Wasser beruhigte seine Nerven. Er war wirklich nicht mehr der Jüngste, fast 70. Mein Gott, wo war die Zeit nur geblieben? Vor 26 Jahren hatte er sich in die Kapsel gesetzt. Oder musste man sagen, dass er sich erst in 36 Jahren hineinsetzen würde. Nein, das war natürlich Unsinn. In 36 Jahren wäre er längst tot. Es ratterte in seinem Kopf. Das alles würde nicht mehr passieren. Er würde 2009 ebenso wenig aufbrechen wie Forma 1985, und schon gar nicht vom Mount Maroon. Es könnte immerhin möglich sein, dass Forma von anderswo aufbrach. Aber nein, verdammt Alan. Wenn es nicht so passiert, wie es tatsächlich passiert ist, dann kann es ebenso gut auch gar nicht passieren. Mason ging den Fluss entlang. Schon vor ein paar Jahren hatte er diese seltsamen Gedanken, zur Zeit seiner Geburt 1966, die selbstverständlich nicht stattfand, weil schon sein Vater nicht zur Welt kam. Aber, wenn er nicht geboren wurde, wie konnte er dann 2009 in die Kapsel steigen und ins Jahr 1947 gelangen? Ein Paradoxon! Er ging weiter zu der Stelle, wo der Allegheny auf den Monongahela River traf. Hier vereinigten sie sich zum Ohio River. Mason sah in die Fluten. Es überkam ihn eine unbändige Lust, mit einem Schiff zu reisen. Man konnte sich einen Liegestuhl an die Reling

stellen und sanft an den Ufern vorübergleiten. Wenn man wollte, konnte man von Pittsburgh aus ausschließlich per Schiff zum Golf von Mexiko gelangen, den gesamten Ohio River passieren, dann den Mississippi. Für einen Moment überlegte Mason, ob er nach einem Passagierschiff Ausschau halten sollte. Er könnte auf dem Fluss bis Illinois fahren und Peter besuchen. Peter, ja, auch seine Lebensgeschichte differierte. Er starb bei einem Autounfall und doch tauchte er 2009 wieder auf. Aber daran war doch nicht Mason schuld. Oder etwa doch? Mason lief es kalt den Rücken herunter. War er etwa der Alte, von dem Peter gesprochen hatte? Sein Retter, der an jenem Tag im Juni 1975 aus dem Nichts aufgetaucht war und ihn aus dem brennenden Wagen gezogen hatte. Wenn dem so wäre, dann …

- „Dann gäbe es zwei Wirklichkeiten."

Eine Frau sah verstört zu ihm herüber. Offenbar hatte er es laut ausgesprochen. Was wäre, wenn er durch seine Zeitreise eine zweite Möglichkeit geschaffen hätte, eine Parallelwelt …

- „… oder ein Paralleluniversum?"

… so wie er es vor Jahren einmal in einem Artikel gelesen hatte. Das würde auch den Verbleib von Saunders und Bartlett erklären. Saunders entstammte diesem Universum und wurde schließlich auch wieder dahin zurücktransportiert. Und Bartlett? Der arme Bartlett war unglücklicherweise dabei. Sie waren gar nicht nach 1947 gereist, sondern in ein anderes 2009.

Alan Mason drehte sich um. Er stand jetzt mit dem Rücken zum Ohio River und blickte auf das Dreieck zwischen dem Allegheny und dem Monongahela. Eine aus

militärischer Sicht einstmals strategisch bedeutende Stelle. Engländer und Franzosen kämpften hier im 18. Jahrhundert um die Vorherrschaft, bauten Festungen und zerstörten sie wieder, paktierten mit Indianern und bekämpften sie. Mason ging einige Schritte weiter zu dem Platz, an dem früher einmal das Fort Duquesne stand. Es waren davon nur noch die Umrisse der Grundmauern auf dem Boden zu sehen. Er dachte daran, dass von John Bartletts Leben auch nicht mehr viel übrig sein konnte. Er musste dem Mann helfen. Aber wie? Sein Blick schweifte über die Skyline von Pittsburgh. In vielen der Bürotürme waren Banken und Versicherungen untergebracht. Aber wie versicherte man einen, der gar nicht existierte, und vor allem gegen was, gegen ein unverschuldetes Abtauchen in ein Paralleluniversum?

46. DIE KATZE IM KASTEN

Peter Saunders stand neben der Apparatur, die er bereits aus der Vorlesung kannte. Er hatte den Seminarraum lange vor der vereinbarten Zeit betreten und besah sich die Versuchsanordnung. Offenbar hatte Mr. Dick die Gerätschaft zur bloßen Visualisierung noch einmal heranschaffen lassen. Ebenso wie sein Auto am Morgen wieder auf dem Parkplatz des Instituts gestanden hatte. Mr. Dick befehligte einen wahren Hofstaat. Peter und Mr. Dick hatten um sieben Uhr gefrühstückt und waren danach mit dem Bus in die Stadt gefahren. Der Professor hielt eine Sprechstunde ab, während Peter bei einem Spaziergang über das Universitätsgelände seinen Gedanken nachhing. Diese seltsamen Neuigkeiten, die er von Mr. Dick erfahren hatte, ließen Peter in der Nacht lange wach liegen. Ein auffrischender Wind, der in den frühen Morgenstunden über die Narragansett Bay blies, beendete schließlich die letzte Hoffnung auf einen erholsamen Schlaf. Ein unvollständiger Teilchenbeschleuniger, ein Mann, der behauptete, aus der Zukunft zu kommen und das Bild von Mason, der ihm so vertraut war, aufgenommen 1947. Was steckte hinter all dem? Gab es eine vernünftige Erklärung? Konnte es sie überhaupt geben? Mr. Dick versprach Abhilfe und das aus einer Richtung, aus der Peter sie nicht unbedingt erwartet hatte, von der Wissenschaft, und dazu noch von der Naturwissenschaft. Das Seminar sollte ihn nahe an die Lösung heranführen, wenngleich Mr. Dick wusste, dass Peter nicht alles verste-

hen würde. Das würde nichts ausmachen. Sie wollten das grundsätzliche Prinzip später auf seinen Fall übertragen.

Langsam füllte sich der Raum. Die Studenten kamen einzeln oder in kleinen Grüppchen herein. Peter beobachtete auch ein Paar, das Hand in Hand ging. Um Punkt elf erschien Mr. Dick, nickte freundlich in die Runde, deren Stärke auf gut zwanzig Seminarteilnehmer angewachsen war. Die Tische waren im Karree angeordnet. Peter saß an der hinteren linken Ecke.

- „Sie erinnern sich an unser kleines Experiment aus der Vorlesung? Wir haben mithilfe des Doppelspaltexperiments festgestellt, dass Licht Welleneigenschaften besitzt. Zum anderen wissen Sie aus Experimenten zur Beobachtung des Compton-Effekts um den Teilchencharakter des Lichtes."

Peter erkannte, dass sich dieser Teil offenbar noch nicht unmittelbar an ihn richtete und auch nicht das, was sich daran anschloss. Mr. Dick setzte sich, ohne seinen Redefluss zu unterbrechen.

- „In der Quantenmechanik werden Teilchen durch eine Wellenfunktion beschrieben. Dabei ist die Wellenfunktion eines Teilchens aber keine Messgröße. Es kann lediglich die Aufenthaltswahrscheinlichkeit des Teilchens dargestellt beziehungsweise experimentell bestimmt werden. Beobachten wir die Wellenfunktion des Teilchens in ihrer zeitlichen Entwicklung, so ergeben sich daraus Veränderungen im Hinblick auf die Aufenthaltswahrscheinlichkeit. Dieser Umstand wird mathematisch durch die Schrödingergleichung beschrieben, zu der wir aber erst in der nächsten Woche kommen. Heute wollen wir uns mit

einer anderen Überlegung dieses Herrn befassen, die auf die Unvollständigkeit quantenmechanischer Gesetzmäßigkeiten verweist. Es geht schlichtweg darum, ein im Mikroskopischen auftretendes Phänomen auf eine makroskopische Dimension zu vergrößern, was möglich sein sollte, aber bislang noch nicht gelungen ist."

Mr. Dick warf Peter einen kurzen Blick zu. Dann erhob er sich von seinem Platz in der Mitte der Tischreihe, nahm ein Stück Kreide und wandte sich der Tafel hinter ihm zu. Er zeichnete ein Rechteck, innerhalb dessen er ein Messinstrument, eine Flasche und eine stilisierte Katze platzierte.

- „Schrödingers Katze ist ein Gedankenexperiment, bei dem eine Katze in einem Kasten eingeschlossen ist, in dem, je nach Ausgang eines bestimmten Quantenereignisses, nämlich des radioaktiven Zerfalls eines Atoms, Zyanidgas freigesetzt wird oder eben nicht. Lässt man die Katze nun genau solange in dem Kasten, bis die Wahrscheinlichkeit der Atomspaltung 50 Prozent beträgt, stellt sich die Frage, ob die Katze danach tot oder lebendig ist."

Unruhe kam auf. Eine Studentin meldete sich brüsk zu Wort.

- „Das mit der Katze ist eine Schweinerei. Man hätte einen Physiker in die Kiste stecken sollen."

Gelächter, an dem sich auch Mr. Dick beteiligte.

- „Sie haben vollkommen recht, Mrs. Dorsen."

Mr. Dick wischte die Katze aus und ersetzte sie durch ein Strichmännchen in einem Kittel.

- „Aber auch diese Variante befreit uns leider nicht von der eigentlichen Problematik."

Er deutete auf den Versuchsaufbau des Doppelspaltexperiments.

- „Die Ungewissheit darüber, ob das Photon oder Elektron oder sonstwas, durch den einen oder anderen Spalt gegangen ist, lässt sich im Prinzip auf die Ungewissheit darüber übertragen, ob der Physiker in der Kiste lebt oder tot ist. Aber da man in den Naturwissenschaften der Ansicht ist, die erste Frage nicht beantworten zu können, wäre die zweite auch nicht beantwortbar. Entscheidend ist, dass die erste Frage nicht deshalb nicht beantwortet werden kann, weil man es schlicht und einfach nicht weiß, sondern weil das Universum selbst sich in der Sache nicht festgelegt hat."

Auf Mr. Dicks Gesicht entstand ein breites Lächeln, als er einen flüchtigen Blick auf seine Zeichnung warf.

- „Obgleich der Physiker in der Kiste das natürlich wissen sollte. Aber er könnte es uns nicht mitteilen, vorausgesetzt, dass jede Wechselwirkung zwischen dem Universum und dem Physiker unterbunden wird. Aber daher ja der Kasten."

Einige Sekunden verstrichen, das Gesagte sollte sich setzen. Peter hatte das Beispiel aufmerksam verfolgt, jedoch ohne dass der Groschen gefallen war.

- „Erwin Schrödinger agitierte mit diesem Beispiel gegen ein, wie er sagte, ‚verwaschenes Modell' als Abbild der Wirklichkeit, wie es die Kopenhagener Interpretation bevorzugt. Nämlich, Mr. Cram?"

- „Die Kopenhagener Interpretation besagt, dass der Wahrscheinlichkeitscharakter quantentheoretischer Vorhersagen nicht Ausdruck der Unvollkommenheit der The-

orie sei, sondern dem prinzipiell nicht-deterministischen Charakter von Naturvorgängen geschuldet ist."

- „Woraus folgt ...?"

- „... dass alles, was sich durch Beobachtung nicht einwandfrei beschreiben lässt, alle Zustände gleichermaßen enthält."

- „Genau. Der Atomkern befindet sich im Zustand der Überlagerung. Er ist noch nicht zerfallen *und* gleichzeitig bereits doch zerfallen. Für die Katze, pardon ... den Physiker, hieße das, er wäre bis zur Öffnung des Kastens quasi gleichermaßen lebendig und tot. Und tatsächlich stehen beide Zustände in unserer Vorstellung gleichrangig nebeneinander, obwohl sie sich rein logisch gegenseitig ausschließen."

Eine halbe Stunde später saßen sich Peter und Mr. Dick im mediterran anmutenden Restaurant des hoch gelobten Luigi gegenüber und bestellten auf besondere Empfehlung des Italieners *Sogliola alla fiorentina*, Seezunge auf Blattspinat.

- „Ich sage Ihnen, viele meiner Studenten würden tatsächlich sagen, die Katze sei zu 50 Prozent tot, was ganz sicher falsch ist. Ich habe mich wirklich nicht getraut, sie direkt danach zu fragen, hehehe."

Peter stand mit den Naturwissenschaften auf Kriegsfuss. Er hatte lediglich verstanden, dass mehrere Zustände, die sich gegenseitig ausschlossen als gleichrangig behandelt wurden, und damit gewissermaßen nebeneinander zu bestehen schienen.

- „Das Doppelspaltexperiment und Schrödingers Katze, recht amüsant, aber was hat das alles mit mir zu tun?"

- „Sie wissen es, Peter, Sie wissen es. Gehen Sie einen Schritt weiter!“

Peter sah Mr. Dick in die Augen. In dessen Brille spiegelte sich Peters Kopf, zweimal, einmal in jedem Glas. Peter erschrak.

- „Sie meinen …“, er sah Mr. Dick nicken und sprach weiter, „die Koexistenz mehrerer Zustände?“

Jetzt sah Mr. Dick ihn an. Peter war unheimlich zumute. Er benötigte weitere Bausteine.

- „Arthur, Sie haben am Montag einen gewissen Raymond Myers erwähnt …“

- „Ja, ja, der gute Myers. Man hält ihn in Wissenschaftskreisen für einen Spinner. Aber mich haben seine Schriften immer interessiert. Aber fangen wir von vorne an. Raymond Myers war in jungen Jahren eines der größten Talente im Bereich der Quantenforschung. Mit 23 machte er seinen Abschluss in Harvard, mit 25 promovierte er. Danach wollte man ihn unbedingt halten, bot ihm eine hoch dotierte Dozentenstelle an, die er auch annahm. Das war 1985. Doch dann folgte ein Bruch in seiner Biographie, den niemand versteht. Er meldete sich krank und kündigte schließlich. Keiner weiß, was er in den nächsten zwei Jahren gemacht hat, aber 1987 ging er an die Universität von Fairfax, Virginia. Nach ein paar Jahren tauchten plötzlich wieder einige Publikationen auf und da war mir klar, warum es ihn nach Fairfax County gezogen hatte. Er muss intensiven Kontakt zu ehemaligen Mitarbeitern von Hugh Everett III. gehabt haben. Everett selbst starb 1982, aber seine Theorie hat natürlich überlebt.“

Mr. Dick runzelte die Stirn.

- „Sein Sohn Mark Oliver, ein bekannter Musiker, hat übrigens eine wirklich sehenswerte Videodokumentation zur Theorie seines Vaters angefertigt ... Also, wie gesagt, Myers hatte wohl Kontakt zu Leuten, die sich mit Everetts Theorie beschäftigten ..."

- „Was ist der entscheidende Punkt? Worauf wollen Sie hinaus?"

- „Nun, Everett löste das Problem des Physikers, ich meine, der Katze in Schrödingers Kasten, indem er sich vorstellte, es gäbe ein Universum, in dem der Physiker tot ist und ein anderes, in dem er lebt. Wir opfern demnach unsere Einmaligkeit und gewinnen dafür: Kohärenz! Ich würde es ja eher umgekehrt machen, aber nach Ihren Erfahrungen sollten wir diese Variante in Betracht ziehen."

- „Meinen Sie das, von dem ich glaube, dass Sie es meinen?"

Wieder einmal zeigte Mr. Dick sein seltenes Froschgesicht.

- „Hugh Everetts Viele-Welten-Auslegung ist eine realistische Interpretation der Quantenmechanik. Die unterschiedlichen überlagerten Zustände, die sich in der Zeitentwicklung eines quantenmechanischen Systems zwischen zwei Beobachtungen ergeben, werden dabei in unabhängig voneinander existierende Welten verwandelt. Die Vorstellung erfordert allerdings die Akzeptanz der Existenz von Paralleluniversen. Everetts Antwort darauf, ob ein radioaktives Atom in einer Sekunde zerfällt oder nicht, ist also nicht ein *Entweder-oder*, sondern ein *Sowohl-als-auch*. Die Welt verzweigt sich und existiert fortan

in mehreren voneinander unabhängigen Alternativen, wenngleich ein Transfer zwischen diesen Welten eigentlich nicht vorgesehen ist. Aber vielleicht hat es etwas mit diesem komischen Ding zu tun, was die da am Mount Maroon gebaut hatten, ich meine den unvollständigen Linac."

- „Eine abgespaltene Realität?", sagte Peter leise. „Sie meinen, es gibt einen Mount Maroon mit einem Labor und einen ohne?"

Das Essen kam. Mr. Dick nickte dem Kellner freundlich zu.

- „*Mille grazie!*" Dann antwortete er Peter: „Nehmen wir einmal an durch diese Explosion 1947 sei, wie auch immer, eine alternative Variante der Welt entstanden, dann hätte alles, was Sie erzählt haben, wirklich stattfinden können. In unserer Welt wäre das Mount Maroon Laboratory zerstört worden, in einer anderen hätte es weiter existiert. Und das schönste ist, all das ist theoretisch bereits durchdacht worden, und zwar von namhaften Wissenschaftlern. Noch dazu im Zusammenhang mit Zeitreisen."

- „Zeitreisen? Sie meinen dieser Mann, der 1947 behauptete, aus der Zukunft zu kommen, hatte recht?", Peter war verwirrt.

- „Es wäre immerhin denkbar. Mal angenommen, jemand wäre in das Jahr vor seiner eigenen Geburt gereist und hätte seine Geburt verhindert. Dann hätte sich das Universum gespalten. Es gäbe eines, in dem er geboren wurde und eines, in dem das nicht passiert wäre. David Deutsch und Michael Lockwood haben auf diese Weise

Zeitreiseparadoxien zu erklären versucht. Ein Zeitreisender reist dabei von einer bestimmten Zeit in seiner Welt zu einer anderen Zeit in einer anderen Welt, aber niemals in eine frühere Zeit seiner eigenen Welt. Das ist eine wissenschaftlich tatsächlich erwogene Erklärung für das, was Ihnen widerfahren ist."

- „Aber in meinen Fall wäre es ja eher eine Raumreise zwischen den Welten gewesen ..."

- „Genau, zwischen unserer und einer, in der es das Mount Maroon Laboratory noch gibt. Hin und zurück, eine zehntägige Exkursion in ein Paralleluniversum. Wie auch immer Sie das angestellt haben ... Mir würde es ja schon reichen, eine Nachricht herüberzuschicken oder eine zu erhalten."

Mr. Dick lachte laut auf und klopfte Peter über den Tisch hinweg auf die Schulter. Seine Erklärungen waren ausgereizt. Er begann, seinen Fisch zu zerlegen.

47. EINE NACHRICHT AN KYKNOS

Robert Shane saß in seinem Rollstuhl und starrte in die große Leere des Tunnels. Er wusste nicht, was er von all dem zu halten hatte. Vier Menschen waren in dieser Röhre verschwunden: Forma, Mason, Bartlett und Saunders. Zehn weitere hatten die Versuche das Leben gekostet, vier 1985 und sechs 2009. Und er selbst? Sicher, seine Fähigkeit zu gehen, aber das war es nicht. Nein, dieser Tunnel hatte ihn seine besten Jahre gekostet. Was hatte er vorzuweisen? Nichts! Und jetzt war ohnehin alles aus. Mr. Haze hat angekündigt, morgen alles versiegeln zu lassen. Sie würden die Anlage für andere Zwecke umrüsten und einem neuen Team bestens ausgebildeter Wissenschaftler übergeben. Er selbst bekäme eine Abfindung und sollte sich zur Ruhe setzen. Das Geld, hatte Haze scherzhaft angemerkt, würde vermutlich reichen, um sein Schloss, wie er den Anbau spöttisch nannte, an einen anderen Ort zu verlegen, es sei ja auch nur eine Kulisse. Und eine Kulisse war auch sein Leben, eine Kulisse, wie dieser Tunnel, eine Bühne, auf der über all die Jahre hinweg ein großes Drama gegeben wurde, unter wohlwollendem Beifall eines erlesenen Kreises und mit einem grandiosen Finale. Jetzt war der Vorhang gefallen.

Myers war bereits nach Harvard zurückgegangen, Lemieux ging zum CERN nach Genf und Baxter zum Fermi Lab. Hier endete also der Weg. Wahrlich, Haze hatte ihnen eine faire Chance gegeben. Sie hatten volle

vier Wochen auf Masons Rückkehr gewartet. Das war natürlich mehr als genug. Alan Mason hätte schon am Nachmittag des Tages seiner Abreise wieder zurück sein können, ganz gleich, wie lange sich die Vorbereitungen für die Rückreise hingezogen hätten. Shane lachte, als er daran dachte, dass er theoretisch ja schon vor seiner Abreise wieder hätte eintreffen können. Vielleicht war dem sogar so, und man hatte es nur nicht mitbekommen? Nein, Mason war verloren, wie Forma verloren war. Und dieser Saunders. Und natürlich John Bartlett. Shane mochte den kantigen Burschen. Aber am meisten vermisste er Mason. Forma war über die Jahre zu einem Phantom geworden. Auch er wäre längst zurückgekommen, wenn es eine Möglichkeit gegeben hätte. Aber wo zum Teufel waren sie alle?

Shane war so weit, sich selbst noch einmal in eine Kapsel zu setzen und nachzusehen. Aber Haze wollte keine neuen Versuche zulassen. Teile des Tunnels endeten vermutlich als eine neue Attraktion für Disneyland. Wieder lachte er, laut diesmal, so dass sein Gelächter in der Tunnelwölbung kolossal widerhallte. Oh, Junge, was sind das für Gedanken, du wirst alt, dachte Shane, während er noch immer in den Tunnel starrte. Aber was war das? Ganz hinten entdeckte er ein Licht. Und jetzt hörte er auch ein Geräusch. Die glänzenden Photonenkristallwände des Tunnels reflektierten die punktförmige Lichtquelle und vervielfältigten sie, sodass Shane geblendet wurde. Dennoch konnte er sich nicht abwenden. Er blinzelte in die Öffnung, und auch das Geräusch war nun deutlich zu vernehmen.

- „Forma …?“, hauchte er leise.

Aber es war nicht Forma, und auch nicht Mason. Es war der Hoover, der kurz vor Robert Shane stoppte. Bernard Lemieux stieg aus. Es war ihm ein wenig peinlich, ohne einen arbeitsrelevanten Auftrag durch den Tunnel gefahren zu sein. Er wollte sich mit dieser Aktion von seinem Baby verabschieden. Der Techniker war zwar kein Mann der ersten Stunde am Mount Maroon Laboratory, aber auch die Neueinsteiger hatten diese Symbolik übernommen.

- „Ah Mr. Shane, gut, dass ich sie noch erwische. Ich war vorhin im Hauptquartier des Sicherheitsdienstes. Denen ist beim Aufräumen dieser seltsame Code von der Wanderkarte in die Hände gefallen.“

- „Mr. Haze hat mir bereits mitgeteilt, dass sich die Chiffre nicht entschlüsseln ließe. Er hatte einige Spezialisten damit beauftragt, aber vermutlich steckt gar nichts dahinter.“

- „Na ja, also ich habe mir das mal angesehen und das ist wirklich merkwürdig. Die Botschaft ist mit unserem eigenen Code verschlüsselt. Ich meine, mit dem aus dem inneren Forschungsbereich. Kein Wunder, dass die den nicht knacken konnten. Sehen Sie selbst.“

Lemieux zog einen gefalteten Zettel aus der Tasche. Jetzt sah sich Robert Shane die Zeichen erstmals genauer an. Es war tatsächlich das von Paul Baxter vor einigen Jahren entwickelte System. Offenbar hatte sich auch Myers bisher nicht damit beschäftigt.

- „Sie haben recht, Mr. Lemieux.“

Robert Shanes Stimme war dünn, er selbst war noch bleicher als gewöhnlich. Lemieux reichte ihm einen zweiten Zettel, auf dem sich der erste Teil der Übersetzung befand.

- „Nun ja, ich hatte mir ehrlich gesagt mehr davon versprochen. Es sieht so aus, als wolle uns einer zum Schluss noch mal so richtig auf den Arm nehmen. Fragt sich nur wer?"

Shane begann zu lesen.

Freund Kyknos,

Du kannst Deine Suche beenden, denn Du hast mich gefunden. Wenngleich nicht da, wo Du mich gesucht hast. Der Eridanus hat seine Fluten über mir geschlossen, aber ich habe eine andere Welt betreten, in der ich als ein neuer Mensch geboren wurde. Doch dafür musste ich erst sterben. Die alte Haut ist abgestreift und vergeht. Auch Dein reitender Bote hat seine Mission erfüllt. Du selbst kannst nicht in unsere Welt kommen, weil es Dich hier schon gibt.

Es grüßt Dich
Dein treuer Phaeton

Shane lächelte. Er hatte verstanden.

- „Ich danke Ihnen, Mr. Lemieux."

Er legte den Rückwärtsgang ein. Den Rest der Botschaft würde er selbst in seinem provisorischen Büro übersetzen.

48. ZAHLTAG

Es war ein altes, elegant wirkendes Gebäude im East End South, nördlich des Monongahela River. Die St. Paul's Cathedral war nur einen Steinwurf entfernt. Bartlett war von Providence aus direkt hierher gefahren. Als ihn die beiden Chaoten am Ufer der Narragansett Bay alt aussehen ließen und in ihren albernen Booten davon ruderten, hatte er sich in eine Bar gesetzt. Vor ihm stand ein Whisky und daneben lag Masons Botschaft.

Superbowl 2009

52
o
5
7
e
13
24
12 (C)
a
u

Baltimore Orioles – Chicago White Sox

Myers hatte völlig zu recht Pittsburgh über die erste Zeile geschrieben. Das war ganz sicher der richtige Ort. Natürlich konnte auch der Austragungsort des Endspiels gemeint

sein, aber offenbar wollte der Verfasser des Briefes, dass sich die Lösung erst 2009 ergab. Die Spielstätte des Finales stand aber immer bereits drei bis fünf Jahre vorher fest. Also war das nicht wahrscheinlich. Auch dürfte er kaum den Verlierer gemeint haben. Nein, es geht immer nur um den Sieger, also auch hier. John Bartlett nahm einen Schluck von seinem Whisky. Eigentlich mochte er lieber Bier, aber zur Unterstützung des Denkprozesses erschien ihm etwas Hochprozentiges angemessener. Die Nummer des Schließfachs zu ermitteln, war für Bartlett kein Problem. Die Orioles hatten gegen die White Sox mit 10:2 gewonnen, demnach war es die 102. Die Zahlenreihe hingegen bereitete ihm große Schwierigkeiten. Zweifellos ging es auch hier um Sport, denn das war das einzige Thema, über das er mit Mason leidenschaftlich diskutieren konnte, allerdings mit Alan und nicht mit Albert, den er persönlich nie kennengelernt hatte. Dennoch war die Botschaft für ihn bestimmt, was hieß, der eine oder andere Mason hatte das Rätsel so gestellt, dass Bartlett es lösen konnte. John Bartlett betrachtete die Zahlenreihe. Der Knackpunkt war sicherlich das große C. Hier musste er ansetzen.

- „Eine 12 und ein großes C, eine 12 … und ein großes C? Ein großes C …? Wofür steht ein C?"

Bartlett setzte das Glas an die Lippen. In dem Moment als er trinken wollte, wusste er es. Etwas Alkohol spritzte über die Theke. Eine Frau sah herüber.

- „Natürlich!", Bartlett grinste breit. „Captain! Der Spieler mit der 12 ist der Team Captain."

Bartlett hatte mit Mason über Football gesprochen, und über Baseball … und über Basketball. Niemals über Eisho-

ckey, das interessierte sie beide nicht sonderlich. Der Brief enthielt, wie Bartlett schon herausbekommen hatte, Hinweise auf Football und Baseball. Fehlte noch Basketball. Bartlett überlegte nur kurz, eher um der Sache noch etwas Respekt entgegenzubringen, denn beim Basketball favorisierten Mason und er sogar das gleiche Team, die Chicago Bulls. Und der Captain der Bulls trug die 12, Kirk Hinrich. Jetzt war alles klar. Bartlett kannte die Rückennummern der Spieler, Mason auch, und Mason wusste, dass Bartlett sie kannte. Eilig schrieb Bartlett die Namen neben die Zahlen: Miller, Robertson, Gorden, Noah, Tyrus, Hinrich. Nahm man nun die Anfangsbuchstaben und ergänzte sie durch die Vokale, ergab sich daraus das Wort „Morgenthau", ein jüdischer Name. Bartlett wusste, dass ein ehemaliger amerikanischer Finanzminister so hieß, der nach dem zweiten Weltkrieg irgendwas mit Deutschland vorhatte. Was genau, wusste er nicht, aber das konnte hiermit eigentlich auch nichts zu tun haben. Bartlett holte sein Netbook hervor, ging online und gab die Begriffe Pittsburgh und Morgenthau ein. Die Suche war schnell beendet und zwei Tage später stand er nicht ohne Stolz vor der ermittelten Adresse in der Innenstadt von Pittsburgh.

Langsam ging er die Marmortreppe des ehrwürdigen Bankhauses hinauf und öffnete die schwere Türe mit der Bleikristallverglasung. Ein roter, deutlich abgenutzter Teppich führte durch die Eingangshalle in einen zweiten Raum, in dem die Zeit seit 100 Jahren stillzustehen schien. Eine dunkle, holzverkleidete Theke mit aufgesetzten Messinggittern, die sich nach oben hin in ihrer kunstvollen Verschnörkelung verloren, trennte den Besucher

vom hinteren Teil des Raumes. Durch die Stäbe hindurch konnte Bartlett einige massive Schreibtische sehen. Die meisten waren blank poliert, aber an einem saß ein hagerer, junger Mann. Wie auch der Schalterraum war das Zimmer ansonsten menschenleer. Der schmächtige Bankangestellte trat an den Schalter, winkte Bartlett heran. Bartlett kam gleich zur Sache.

- „Mein Name ist John Bartlett, ich möchte zu meinem Schließfach."

- „Sagen Sie mir bitte Ihre Nummer!"

- „102"

Die Miene des Bankangestellten erhellte sich augenblicklich.

- „Mr. Bartlett, es ist mir eine Ehre. Wenn Sie bitte zu dieser Tür da links gehen. Ich werde Sie von innen aufschließen. Mr. Morgenthau erwartet Sie bereits."

Bartlett durchquerte den Raum und wartete. Die Tür schwenkte zurück und dahinter kam neben dem Männlein ein ebenfalls sehr schlanker, hoch gewachsener, allerdings nicht mehr ganz so junger Mann zum Vorschein. Er schüttelte Bartlett kräftig die Hand.

- „Mr. Bartlett, ich freue mich, Sie endlich kennen zu lernen. Haben Sie Ihren Schlüssel bei sich?"

Bartlett zeigte ihm den Schlüssel aus dem Umschlag. Danach gingen die drei Männer über eine schmale gewundene Treppe ins Untergeschoss. Eine Stahltür wurde geöffnet. Man betrat ein Labyrinth aus Gängen. Die Wände waren mit Schließfächern übersäht. Entgegen aller Erwartung befand sich die Nummer 102 nicht am Anfang, sondern in einer der hinteren Reihen. Bartlett war es

egal, er wollte endlich wissen, was man für ihn aufbewahrt hatte. Er steckte den Schlüssel in das Schloss und öffnete das Fach.

- „Ist es nicht faszinierend, Mr. Bartlett? Das Schließfach lässt sich öffnen, als wäre es erst gestern verschlossen worden, dabei wurde es, und darauf gebe ich Ihnen mein Ehrenwort, seit 1973 nicht mehr geöffnet." Der Bankier lächelte feierlich: „Sie können sich mit dem Kasten an einen der Tische setzen. Lassen Sie sich ruhig Zeit, wir werden da drüben auf Sie warten."

Bartlett kippte den Inhalt der Lade vor sich auf den Tisch. Es handelte sich dabei um ein auf seinen Namen eröffnetes Sparbuch mit einem Guthaben von 25.000 Dollar, einer Bestätigung der Morgenthau-Bank, die sich darin verpflichtete, das Guthaben an den Überbringer des selbigen Schreibens auszuzahlen, und einer persönlichen Notiz. Bartlett las:

Lieber John,

Du hast mit Sicherheit eine Menge Fragen zu all den merkwürdigen Dingen, die Dir passiert sind. Aber glaube mir, es ist besser, wenn Du darüber nicht nachdenkst. Du musst Dich so schnell wie möglich damit abfinden, dass es kein Zurück für Dich geben wird. Du musst Dich mit der neuen Situation arrangieren. Das Geld auf dem beiliegenden Sparbuch wird Dir helfen, eine neue Existenz aufzubauen.

Viel Glück
Alan Mason

Nun war aus Albert auf einmal doch Alan geworden. Alan, der 1973 gerade einmal sieben Jahre alt war. Was war das für eine seltsame Geschichte? John Bartlett war unzufrieden. Warum glaubte man, ihm die Wahrheit nicht zumuten zu können. Es war ihm doch wirklich nicht so wichtig, ob er nun im Mount Maroon Laboratory arbeitete oder was anderes machte, aber hier ging es doch offensichtlich um etwas ganz Wesentliches. Er hatte ein Recht, die Wahrheit zu erfahren. Andererseits änderte es offenbar nichts. Für den Augenblick sah er ein, dass er hier nichts erreichen konnte. Er raffte die Papiere zusammen, ging zu Mr. Morgenthau und zeigte ihm die Vollmacht.

- „Würden Sie so freundlich sein und mir mein Geld auszahlen?"

- „Alles? Ich meine, es ist doch nicht klug, so viel Bargeld mit sich herumzutragen."

Bartlett sah die hageren Männer argwöhnisch an, aber wenn die ein linkes Ding drehen wollten, hätten sie das längst machen können.

- „25.000, na und?"

John Bartlett hatte niemals Geld besessen und er konnte sich auch nicht daran erinnern, jemals 25.000 Dollar auf einmal gesehen zu haben, aber andererseits maß er Geld auch nicht die Bedeutung bei, wie viele andere es taten. Mr. Morgenthau lächelte wieder.

- „Kommen Sie mit mir, Mr. Bartlett. Ich will Ihnen etwas zeigen."

Morgenthau führte Bartlett in sein Büro. Sie setzten sich in eine großzügige lederne Sitzgruppe. Nun schaute

der Bankier etwas wehmutig auf das Ermächtigungsschreiben.

- „Das ist die Unterschrift meines Vaters. Er hat das Konto für Mr. Mason angelegt, ich meine das auf Ihren Namen. Das war damals schon ein besonderer Fall. Sehen Sie …"

Er nahm den Vertrag zur Hand, den er einem Ordner entnommen hatte.

- „…hier wurde vereinbart, dass der Einzahlungsbetrag von 25.000 Dollar für 36 Jahre festgelegt und mit jährlich fünf Prozent verzinst würde. Das war 1973. Nun, das Geld wurde also verzinst, Jahr für Jahr, und somit ist doch einiges zusammengekommen."

Mr. Morgenthau schrieb den aktuellen Kontostand auf einen Zettel und reichte ihn John Bartlett. Der Betrag war auf die Summe von 144.795,40 Dollar angewachsen.

49. DIE RETTUNG

Es war der wichtigste Punkt auf seiner Liste. Und es gab nur eine einzige Chance. Heute, an Peter Saunders' sechstem Geburtstag, am 18. Juni 1975, genau um 9:47 Uhr musste er zur Stelle sein. Er wusste, dass es an ihm war, den Jungen aus dem Wagen zu ziehen, ihm das Leben zu retten. Nur so konnte er garantieren, dass Peter viele Jahre später zu ihnen auf den Mount Maroon gelangte und die Dinge abliefen, wie es vorgesehen war, ja die Zukunft zu dem würde, was bereits Vergangenheit war. Denn sollte es nicht zu all dem kommen, so wäre auch Alan Mason heute nicht hier. Und keiner außer ihm wusste, was in den nächsten Stunden passieren würde.

Wenn es ihm nicht gelänge, diesen Punkt einzulösen, waren all die anderen Aktionen bedeutungslos. Er hätte den ersten Forma nicht töten müssen. Es wäre unnötig gewesen, ein Konto für den guten Bartlett anzulegen und er würde demzufolge Mitte der 1980er Jahre auch keinen Kontakt zu Raymond Myers herstellen müssen. Alles hing von diesem Augenblick ab. Aber Alan Mason war bestens vorbereitet. Er war schon so oft an jener Stelle gewesen, kannte die Lage. Peter Saunders hatte sie ihm gezeigt, er hatte ihm den Unfall bis ins letzte Detail geschildert. Auch die Uhrzeit war Dank des Schlages auf Peters neuer Armbanduhr exakt fixiert, geradezu in Stein gemeißelt. Auch in Bezug auf das Datum konnte er vollkommen sicher sein. Es war der Tag des sechsten Geburtstags, das hatte auch seine Tante bestätigt, und Mason hatte über-

prüft, dass Peter Saunders tatsächlich am 18. Juni 1969 geboren wurde. Aber was sollte die ganze Skepsis? Schließlich war es nach Angaben von Mrs. Elderidge ein alter Mann, der Peter gerettet hatte. Und das konnte nur er gewesen sein.

Alan Mason war jetzt 71 Jahre alt und in Würden ergraut. Es war das helle, fast weiße Grau der ehemals Blonden, das kranzförmig um seinen Schädel waberte. Der Bart, den er sich seit einigen Jahren stehen ließ, verlieh ihm aber zumindest die Anmut eines weisen, alten Mannes, zu dem er auch innerlich herangereift war. Nein, er würde das heute durchstehen und die Vergangenheit, die aus der Sicht von 1975 noch Zukunft war, bewies, dass alles nur so ablaufen konnte, wie er es geplant hatte. Das war auch der Grund dafür, warum es keinerlei Abweichungen geben durfte, ein Umstand, der ihn seit Monaten schlecht schlafen ließ. Konnte er wirklich tatenlos zusehen, wie das Glück einer jungen Familie von einer auf die andere Minute zerstört wurde? Würde er es zulassen können, dass zwei Menschen sinnlos starben und ein kleiner Junge zu einer Waise wurde? Es wäre ein leichtes gewesen, sich früh morgens zum Haus der Saunders zu schleichen und die Reifen ihres Wagens zu zerstechen. Das würde ihre Pläne durchkreuzen, sie zumindest lang genug aufhalten, um dem Unfall zu entgehen. Vielleicht würde diese leichte Veränderung des Ablaufs nichts ändern? Warum sollte Peter nicht trotzdem im Jahre 2009 mit seinem Freund Luther zu einer Wanderung aufbrechen, wie er es behauptet hatte und wie es sich allem Anschein nach auch tatsächlich zugetragen hatte. Alles könnte so laufen wie

gehabt, nur eben ohne diesen fürchterlichen Unfall. Mason war mehrere Male mit der Bereitschaft eingeschlafen, den Dingen eine andere Wendung zu geben, aber er war danach ebenso oft mit großen Zweifeln aufgewacht. Denn schließlich gab es Tatsachen, die man nicht ändern konnte, wenn man es sich auch noch so sehr wünschte. Peter selbst war der Schlüssel dazu. Er hatte die Geschichte vom Tod seiner Eltern mitgebracht, als er zeitweilig das Universum gewechselt hatte. Diese Geschichte war erzählt worden. Das war es, was er erlebt hatte, und deshalb musste es so geschehen.

Mason hatte in einem Motel in der Nähe von Harrisburg übernachtet. Sein unruhiger Schlaf wurde um sechs Uhr von zwei Weckern beendet, die er beide außerhalb seiner Reichweite platziert hatte. Obwohl er früh zu Bett gegangen war, fühlte er sich wie gerädert. Sein Frühstück, das er in einem nahe gelegenen Truckstop einnahm, bestand lediglich aus heißem, schwarzen Kaffee. Die beiden Toasts mit Eiern und Speck, die er sich dazu bestellt hatte, schafften es seiner Einschätzung nach gar nicht erst bis zum Magen. Er entsorgte sie unsanft im Waschraum. Jetzt saß Alan Mason hinter dem Lenkrad und fuhr Richtung Lake Glendale. Er lag genau im Zeitplan. Das Unternehmen erforderte eine minutiöse Planung. Der wunde Punkt war das Informieren der Ambulanz und der Feuerwehr. Das konnte man nicht lange vorher machen, sonst wären die womöglich zu früh gekommen und hätten den Unfall verhindert. Auch konnte er es keinem anderen überlassen, wollte er die Zügel in der Hand behalten. Und Handys würde man erst in ein paar Jahren kaufen kön-

nen. Er hatte es mit einem Funktelefon versucht, aber der Empfang in dem Tal war hundsmiserabel. Also musste er die nächstgelegene Telefonzelle benutzen, aber die war zehn Kilometer entfernt. Die Rettungskräfte brauchten etwa 25 Minuten, bis sie nach dem Anruf an der Unfallstelle eintrafen. Er hatte das erst vor einigen Monaten getestet. Damit hatte er selbst nur ein Zeitfenster von wenigen Minuten, um nach dem Telefonat die Landstraße entlang zu fahren, seinen Wagen in einem einige hundert Meter von der Unglücksstelle entfernten Feldweg zu parken und seine Position einzunehmen.

Nun war es halb neun. Mason hielt am Straßenrand gegenüber der Telefonzelle bei dem alten Jagdhaus. Er entzündete eine Zigarette. Das Telefon hatte er gestern Abend noch einmal überprüft. Es funktionierte. Es war ein heller, sonniger Morgen, doch seine Gedanken waren alles andere als wohlig. Ein heißer Schauer überkam ihn. Was, wenn der Bengel seine Uhr nicht richtig gestellt hatte? Was, wenn sich das alles nur zehn Minuten eher abspielte? Mason hatte keinen Zeitpuffer. Wieder beruhigte er sich mit der Gewissheit, dass alles ja genau so eingetroffen war, aber wieder blieb auch ein Restzweifel. Mason verbot sich den Gedanken daran, den Unfall doch noch zu verhindern. Stattdessen dachte er an das Werkzeug, welches hinter einem Busch deponiert war, ein Vorschlaghammer, ein Stemmeisen und eine Metallsäge, wenngleich er doch sehr hoffte, auf den Einsatz der Säge verzichten zu können. Nichtsdestotrotz hatte er den Umgang damit auf einem Schrottplatz geübt. Ja, er war bestens vorbereitet. Tausende Male hatte er die Sache in sei-

nem Kopf ablaufen lassen. Und das war auch dringend erforderlich. Er durfte einfach nichts übersehen, nicht die geringste Kleinigkeit. Wenn er patzte, wäre es aus. Kein anderer war in der Lage, dem kleinen Peter zu helfen. Keiner wusste davon. Wenn der Job erledigt war, musste er sich so schnell wie möglich aus dem Staub machen, ohne Aufsehen zu erregen. Er würde warten, bis die Sanitäter kamen, würde den Jungen übergeben und in all dem Chaos das Weite suchen.

Es war exakt 9:28 Uhr, als Alan Mason die Nummer der Ambulanz wählte. Eine Dame erkundigte sich nach seinem Anliegen. Mason brauchte sich nicht darum zu bemühen, gehetzt zu klingen, sein Herz schlug bis zum Hals. Er spulte die eingeprägten Informationen herunter: ein Unfall, ein brennender Wagen, ein verletztes Kind, genaue Ortsangabe. Als er davon überzeugt war, dass die Frau alles richtig verstanden hatte und die entsprechenden Maßnahmen einleiten würde, hängte er ein. Jetzt lag es nur noch an ihm. Blitzschnell schwang er sich in den Wagen, drehte den Schlüssel ruckartig herum, schlug das Lenkrad hart ein und gab Gas.

Ein Blick in den Rückspiegel hätte ausgereicht. Mason hätte das heranrauschende Fahrzeug gesehen, abgebremst und lediglich ein paar Sekunden eingebüßt. Der Schlag war hart. Der Lincoln traf Masons Ford am linken Kotflügel. Durch den Aufprall geriet er zunächst ins Schleudern, dann in eine Drehbewegung, während Masons Wagen nur leicht zur Seite geschoben wurde. Nach 80 Metern kam der fremde Wagen mitten auf der Straße abrupt zum Stehen. Aus dem Motorblock qualmte es heftig

und lautstark ertönte der Dauerton der Hupe. Mason stieg aus. Rasch lief er zu der ramponierten Karosse hinüber. Schon aus einiger Entfernung, sah er, dass sich nur ein einzelner Mann im Fahrzeug befand. Er war mit dem Kopf auf das Lenkrad geschlagen und in dieser Haltung verharrt, was für die laute Beschallung sorgte. Mason riss die Fahrertür auf und drückte ihn auf den Sitz zurück. Jetzt sah er, wie der Mann im gesamten Kopfbereich stark blutete. Er musste bei der Kollision mit voller Wucht gegen die Scheibe geprallt sein. Er atmete schwer, wie unter großen Schmerzen, wollte etwas sagen, aber als er den Mund öffnete, quoll Blut heraus. Mason rannte zurück zum Telefon. Wieder wählte er die Nummer der Ambulanz. Doch als sich die Dame meldete, sah er, wie der Fremde aus dem Wagen stieg, sich kurz aufbäumte und dann in sich niedersank wie ein nasser Sack. Mason hängte ein. Noch einmal lief er zu dem Mann, der tot in einer Lache hellen Blutes lag. Beim Aufstehen warf Mason einen Blick in den Wagen. Auf dem Rücksitz lagen bündelweise Krawatten.

Die Ambulanz würde einen anderen Weg fahren, das war klar. Sie würden also durch das hier nicht aufgehalten. Mason blickte zur Uhr. Sie zeigte 9:38 Uhr. In sieben Minuten würde der Unfall passieren. Es blieb ihm nur noch wenig Zeit. Mason musste seine Pläne ändern, mit dem Wagen dicht an die Stelle heranfahren. Womöglich würde man ihn mit seiner lädierten Frontpartie für den Unfallverursacher halten, denn schließlich hatte der tatsächlich Schuldige Fahrerflucht begangen. Das alles war jetzt zweitrangig. Wichtig war nur, dass Peter überlebte.

Mason setzte sich hinter das Steuer. Er ließ den Motor an und fuhr los. Schon nach wenigen hundert Metern merkte er, dass die Lenkung nicht richtig funktionierte. Bei Geschwindigkeiten von über 60 Kilometern pro Stunde zog der Wagen stark nach links. Mason musste langsamer fahren, um ihn überhaupt stabil zu halten. Das durfte einfach nicht wahr sein. Wertvolle Sekunden rannen dahin, wie die Körner einer Sanduhr, schnell und unaufhaltsam. Um 9:47 Uhr hatte er kaum die Hälfte der Strecke zurückgelegt. Er schätzte die Zeit, die vergangen sein mochte, bis das Feuer ausbrach. Der Junge konnte sich geirrt haben. Mason trat aufs Gaspedal, was den Wagen sofort aus der Spur brachte. Im letzten Moment konnte er einem Baum ausweichen. Es hatte keinen Sinn, er musste sich gedulden. Noch vor der letzten Biegung sah Alan Mason die Rauchsäule. Der Wagen brannte lichterloh. Seine Uhr zeigte 9:54. Er war zu spät. Ein Feuerwehrmann stand mitten auf der Straße, zwang ihn anzuhalten. Seine Kollegen waren derweil mit den Vorbereitungen der Brandbekämpfung beschäftigt. Mason stieg aus, ging auf den Feuerwehrmann zu. Bedrückt sah er in Richtung des brennenden, auf dem Dach liegenden Autos.

- „Da kommt keiner mehr raus. Die sind tot, keine Chance."

Der Feuerwehrmann war sichtlich betroffen. In solchen Fällen half keine Routine, die der Beruf über die Jahre mit sich brachte. Immer aufs Neue zerrten die Gedanken an schwer verletzte, an qualvoll sterbende Menschen an den Nerven. Mason schob sich an ihm vorbei, er

hatte Tränen in den Augen. Verschwommen sah er, wie im Hintergrund ein Krankenwagen den Unfallort verließ. Sie hatten die Hoffnung also aufgegeben. Die Feuerwehr löschte den Brand sehr rasch. Einsatzkräfte traten an das Unglücksfahrzeug, diskutierten. Aber keinerlei hektische Bewegungen folgten, niemand hatte einen Überlebenden ausgemacht. Leichenwagen würden kommen. Der Wagen würde abgeschleppt. Ein Bericht geschrieben. Und das war es.

Alan Mason stand neben einer kleinen Baumgruppe und konnte sein Versagen nicht fassen. So viele Jahre hatte er Zeit gehabt, sich auf diesen Moment vorzubereiten und dann so ein Desaster. Was würde nun passieren? Was geschähe mit der Zeit, mit der Zukunft, der Vergangenheit, dem gesamten Gefüge? Er bemerkte den abseits stehenden Mann erst als der ihn ansprach. Er war alt und auffallend klein. Sein Gesicht war mit Ruß bedeckt.

- „Mr. Mason?“

Alan Mason zuckte zusammen. Das konnte nicht sein. Der Mann, der ihn aus dem dunklen Halbschatten der Tanne anblickte, war niemand anderer als … Robert Shane.

50. BRUCE

Bruce war die Sache nicht geheuer, aber als treuer Weggefährte, und das war er ohne jeden Zweifel, musste man eben auch mal über seinen Schatten springen. Es war das erste Mal, dass Robert Shane ihn mit in den inneren Bereich des Laboratory genommen hatte. Nun stand das Gespann vor dem riesigen Tunneleingang.

Der Vormittag war für Shane überaus arbeitsintensiv gewesen. Es war nicht einfach, all die Dinge auf den Weg zu bringen, auch nicht, wenn man eine komplette hochmoderne Anlage mit umfassenden technischen Möglichkeiten zur Verfügung hatte. In allen Abteilungen herrschte entweder eine hektische Aufbruchsstimmung oder bereits die melancholisch anmutende Ruhe nach dem Sturm. Während in einigen Bereichen noch Akten nach den Vorgaben von Terry Haze eingepackt oder vernichtet wurden, war Robert Shane mancherorts ganz alleine. Obwohl er wenig Zeit hatte, ließ ihn die Atmosphäre nicht kalt. Er blickte auf die verlassen im Raum stehenden Stühle, sah in den Schlund offener Schränke und versuchte sich beim Anblick der weißen Rechtecke an den Wänden daran zu erinnern, welche Bilder dort gehangen hatten. In manchen Büros standen geleerte Sektschalen auf den Tischen und die entsprechenden Flaschen darunter. Die aus Russland emigrierten Programmierer, die sie seit einigen Monaten beschäftigten, hatten zum Abschied offenbar Schnapsgläser gegen die Wände geworfen, was Shane mächtig ärgerte. Er hatte wenig Sinn für Rituale, insbe-

sondere wenn sie ihren vandalischen Ursprung so unverhohlen zur Schau stellten.

Im Datenlabor standen die gepackten Kisten fein säuberlich zum Abtransport bereit. Offensichtlich hatte hier sogar jemand zu Staubtuch und Besen gegriffen, ein weiteres Extrem. Anzutreffen war niemand mehr. Shane hatte freie Bahn. Nachdem der Rechner hochgefahren war, steckte er den USB-Stick mit der Textdatei in den dafür vorgesehenen Slot. Hierzu musste er sich weit hinunterbeugen. Der Konstrukteur konnte kein Rollstuhlfahrer gewesen sein. Die Übertragung des kompletten Schriftsatzes in das Steuerungsprogramm zur Herstellung des Mikrofilmes dauerte nur wenige Sekunden. Robert Shane wählte ein gängiges Filmformat und legte einen Spezialfilm in den Entwicklungsautomaten ein, dessen lichtempfindliche Beschichtung aus einer Silberhalogenid-Emulsion bestand. Noch einmal kontrollierte er die Einstellungen und klickte schließlich auf die Enter-Taste. Ein Vibrieren setzte ein. Diese modernen Geräte konnten bei Tageslicht betrieben werden. Eine besondere Dunkelkammer wie früher war nicht mehr vonnöten. Shane nahm den fertigen Filmstreifen heraus und schnitt ihn entsprechend zu. Nicht, dass die Länge seiner Botschaft ein Mikroformat erfordert hätte, der Grund dieser Aktion war ein ganz anderer. Lächelnd betrachtete er sein Werk, um gleich darauf zu dem Raum zu fahren, in dem die Ausrüstung der Tachynauten aufbewahrt wurde: Helme, Schutzanzüge, Sicherheitsbrillen und so weiter. Er zog einen beschichteten Gürtel mit doppelt gesicherter Einschubfalte aus dem Regal. Mit einer Lederschere durch-

trennte er den festen Stoff und schnitt den überschüssigen Teil ab. Nun schob er den schmalen Mikrofiche hinein und verklebte das offene Ende mit einem speziellen Isolierband.

Als nächstes musste er sich um die Technik kümmern. Vom Kontrollraum aus konnte er das ganze Programm zum Betrieb des Tunnels steuern. Er würde keine Zeit haben, den ordnungsgemäßen Ablauf zu überwachen, aber nachdem auch Lemieux seine Sachen gepackt hatte und abgezogen war, würde niemand zu Schaden kommen, selbst wenn irgendetwas schief laufen sollte. Die Abschaltautomatik hatte er unterbrochen, denn Shane wusste, dass er ohnehin nur einen Versuch hatte. Sollte das Bryce-Modul ansprechen, würde Haze die Sicherheitsleute damit beauftragen, das Gebäude zu räumen und die komplette Stromversorgung abstellen. Er beobachtete die Anzeige, die das Hochfahren der Generatoren visualisierte. Alles lief normal, den Rest würde das Programm von allein regeln. Shane hatte noch eine andere Aufgabe.

Sein Weg führte ihn über das Gelände zum Materiallager. Hier konnte man alles bekommen, was an Bekleidung, Werkzeugen und Ausrüstungsgegenständen benötigt wurde und nicht wie die speziellen Schutzanzüge einer besonderen Geheimhaltungsstufe unterlag. Zur Standardausstattung aller Bediensteten des Labs gehörte eine Erkennungsmarke, auf der ähnlich wie bei Armeeangehörigen Namen, Personenkennziffer und die Blutgruppe eingraviert waren. Shane hatte auch eine, sie aber entgegen der Vorschriften niemals getragen. Als er um die Ecke zum Ausgabeschalter rollte, begrüßte ihn Elsa.

- „Mr. Shane, das tut mir alles so leid. Ich kann es noch gar nicht glauben, dass das Labor geschlossen wird."

Shane schaute sie aus den Augenwinkeln heraus an. Den Kopf drehte er nicht in ihre Richtung. Ihm war nicht nach Konversation.

- „Ich habe nicht viel Zeit, Mrs. Preston. Würden Sie mir den Karton mit den Blankomarken holen und ihn neben die Gravurfräse stellen. Ich möchte mir noch ein Andenken anfertigen."

Die gute Elsa war sentimental genug, dem Anliegen des alten Mannes keinen Argwohn entgegenzubringen. Sie schien zu schluchzen, ging dann aber raschen Schrittes zu einem Regal im hinteren Bereich des Magazins. Robert Shane rollte in den Werkraum, der mit Ständerbohrmaschinen, Schraubstöcken, Stanzen und Fräsen ausgestattet war. Er platzierte den Rollstuhl vor dem Gravurautomaten.

- „Ich lege Ihnen das Plättchen schon ein, Mr. Shane. Was wollen Sie denn schreiben?"

Mrs. Preston war mit einem derart überschwänglichen Interesse an den Angelegenheiten ihrer Mitmenschen ausgestattet, dass es der Sache nicht wirklich gerecht würde, lediglich von Neugier zu sprechen.

- „Es ist etwas Persönliches. Würden Sie bitte den Raum verlassen und die Türe hinter sich schließen. Vielen Dank."

Mrs. Preston machte auf dem Absatz kehrt. Die harsche Abfuhr allein würde sich in den Gesprächen mit ihren Freundinnen vortrefflich ausschlachten lassen. Mr. Shane dachte darüber nicht weiter nach. Er gab den Text ein, der auf der Marke erscheinen sollte, wählte die

Schriftgröße und startete den Vorgang. Danach drehte er das Metallplättchen um. Auf der Rückseite würde in großen Buchstaben nur ein einziges Wort stehen: Bruce.

- „Da ist die Bezeichnung „Hundemarke“ endlich einmal gerechtfertigt.“

Er steckte das vollständig beschriftete Schildchen in seine Tasche. Dann holte er den Hund.

Die Energieleistung war jetzt ebenso hoch wie an jenem Tag, an dem sie Alan Mason auf seine ungewisse Reise geschickt hatten. In weniger als einer halben Stunde würde sie ihren Höhepunkt erreichen. Robert Shane musste sich sputen, wollte er mit dem Hund noch rechtzeitig die kritische Stelle erreichen. Er band Bruces lange Leine an den Haltegriff oberhalb der Rückenlehne und betätigte die Steuerung des elektrischen Rollstuhls. Der Hund sah ihn verständnislos an, ein trauriger Hundeblick, ein Vorhof des Abschieds. Ahnte er, dass sie sich für immer trennen mussten? Shane empfand vielleicht zum ersten Mal in seinem Leben so etwas wie eine vorweggenommene Trauer, eine Vorstellung von dem, was sein würde, wenn etwas nicht mehr wäre. Ab einem gewissen Alter waren Kinder dazu in der Lage, sich vorzustellen, wie es sein konnte, wenn die eigenen Eltern starben, auch ohne dass diese aktuell vom Ableben bedroht waren. Robert Shane hingegen kannte Trauer nur als Reaktion auf traurige Ereignisse, wie etwa den Tod von Albert Mason, aber er war stets bemüht, diese Dinge auf einer realistischen Ebene abzulegen, sie einzuordnen als zwangsläufige Geschehnisse im Gang der Welt. Forma Townsends Verschwinden hatte eine neue Kategorie geschaffen. Er vermisste ihn anfangs sehr, aber er wusste, dass mit seinem

Freund etwas anderes geschehen war, etwas Unbegreifliches und das begründete eine Hoffnung, die im Laufe der Zeit fast zu einer strengen Gläubigkeit mutierte. Jetzt war diese Gläubigkeit zu einer Gewissheit geworden und verlangte ihren Tribut, den er ohne Zögern leisten würde.

Robert Shane hatte den Geschwindigkeitsregler des Rollstuhls bis zum Anschlag durchgedrückt. Um aerodynamischer zu sein, zog er den Kopf ein und lehnte sich weit nach vorne. Der Hund hechelte neben ihm her. In geradezu halsbrecherischem Tempo passierten sie die immer heller werdende Röhre. Shane konnte sich gar nicht daran erinnern, jemals so schnell gefahren zu sein, zumindest nicht mit einem Rollstuhl. Es kribbelte in seinem Bauch, ein Hochgefühl, wie er es als Kind auf dem Kettenkarussell des Jahrmarkts von Waynesville erlebte hatte. Er wunderte sich, gerade jetzt Erlebnisse aus seiner Kindheit zu erinnern. Möglicherweise schloss sich der Kreis. Alter und Kindheit lagen näher beieinander als man es ihnen zugestehen mochte. Robert Shane wurde heiß, sein Kopf glühte, obwohl die Temperatur von Minute zu Minute deutlich sank. Eigentlich müsste sich Bruce, so dachte Robert Shane, instinktiv dagegen wehren, tiefer in den Tunnel hineinzugelangen, aber tapfer hielt er mit dem rasanten Tempo des Rollstuhls Schritt, blickte sich nicht um, zeigte keine Anzeichen von Erschöpfung. Offenbar folgte ein Hund seinem Herrn auch in den Tod, dachte Shane. Auf seinem Gesicht erschien der erhabene Ausdruck tiefer Gelassenheit, gepaart mit einzigartiger Zufriedenheit. Der alte Cowboy ritt seinem ganz persönlichen Sonnenuntergang entgegen.

51. SHANES GESCHICHTE

Jetzt erkannte Mason, dass der Mann deutlich jünger war, weniger faltig, kein schlaffes Gewebe im oberen Wangenbereich und unterhalb des Kinns. Seine Haare waren bereits stark ergraut, aber die Entfernung der Rußschwärze hatte ihn dennoch in erstaunlichem Maße verjüngt. Er hatte sich als Robert Shane vorgestellt und Alan Mason hatte keine Veranlassung, daran zu zweifeln, er hatte ihn ja auch sofort erkannt. Tatsächlich war dieser Mann eine jüngere Ausgabe von Mr. Shane. Die Besonderheiten dessen eigenwilliger Mimik traten aber mehr als deutlich hervor, vor allem der durchdringende Blick und die Art, wie er den Mund verzog, wenn sich hinter seiner Stirn eine andere Meinung durchsetzte, als jene, die sein Gegenüber gerade vortrug. Auch die wachen, hellgrünen Augen waren anschauliche Kennzeichen. Er saß zwar nicht im Rollstuhl, aber auch den Leiter des Mount Maroon Laboratory hatte dieses Schicksal erst zu einem späteren Zeitpunkt ereilt. Für Mason war es eine seltsame Erfahrung, sich einem etwa 40-jährigen Mr. Shane gegenüber zu sehen, während er selbst jenseits der 70 war. Irgendwie war es, als hätten sie ihre angestammten Rollen getauscht.

Die beiden Männer saßen in einem Café in Eddyville, keine 20 Kilometer von der Unglücksstelle entfernt, und brannten darauf, sich die Puzzleteile ihres Wissens wechselseitig ergänzen zu lassen. Bislang hatte Shane nur eine mysteriöse Botschaft erwähnt, die ihn veranlasste, heute hier zu sein und das zu tun, was offensichtlich getan wer-

den musste. Und er hatte es getan, mit Bravour. Blitzschnell hatte er die Situation erfasst, war die gut 50 Meter durch das üppige Buschwerk zu dem Auto geeilt. Mutig und tapfer stellte er sich den Flammen entgegen, sah den Jungen im hinteren Bereich den Fonds, trat heran und zerschlug die Seitenscheibe. Dann zog er ihn auf dem Bauch liegend heraus, brachte ihn von dem Fahrzeug weg, was gleich danach fast vollständig ausbrannte. Für die Erwachsenen, offenbar die Eltern des Jungen, kam jede Rettung zu spät. Zu seiner Überraschung hörte er kurz darauf die Sirene eines Rettungswagens. Auch die Feuerwehr rückte an. Er übergab das immer noch bewusstlose Kind einem Sanitäter und hielt Ausschau nach Mr. Mason. Die Rettungsaktion hatte Shane Alan Mason bereits am Unfallort geschildert. Jetzt aber wollte er die Geschichte von Anfang an erzählen.

- „Es war am 16. August 1947, der Tag, nachdem das Laboratory in die Luft geflogen war. Da kam ein Mann zum Haus meiner Eltern. Ich war damals elf Jahre alt und wir wohnten in Waynesville, also kaum 40 Kilometer von Bryson City entfernt. Der Mann sagte, er wäre von der Feuerwehr, und in der Nacht am Mount Maroon im Einsatz gewesen. Aber welcher Feuerwehrmann im Umkreis von 80 Kilometern war das nicht? Nun ja, er fragte, ob wir nicht irgendetwas vermissten. Meine Mutter und ich sahen ihn wohl ziemlich verdutzt an. Jedenfalls ging er dann ohne ein weiteres Wort zu seinem Wagen und holte einen Hund heraus. Es war ein Schäferhundmischling, genau so einer, wie ich ihn mir immer gewünscht hatte. Der Hund sah mich, rannte wedelnd auf mich zu, sprang wie

wild an mir hoch. Man konnte wirklich den Eindruck haben, er kenne mich. Und dann geschah etwas Seltsames. Der Feuerwehrmann zeigte auf den metallenen Anhänger am Halsband. Auf der einen Seite stand sein Name, und auf der anderen war fein säuberlich mein Name eingraviert, samt vollständiger Adresse."

- „Ich verstehe das nicht. Woher kam der Hund?"

- „Der Feuerwehrmann sagte, er sei in jener Nacht aus dem brennenden Laborgebäude gerannt und hätte sich völlig verängstigt in den Mannschaftswagen gelegt."

- „Okay, wie ging es weiter?"

- „Meine Mutter fand die Sache natürlich äußerst seltsam, glaubte sogar für einen Moment, ich hätte das Ganze eingefädelt, um endlich an einen Hund zu kommen. Aber wie es damals halt so war, man hat sich nicht weiter damit beschäftigt, sich keine Gedanken gemacht. Niemand schien den Hund zu vermissen und da er so treu geguckt hatte, durfte ich ihn behalten."

Mason mochte in diesem Augenblick ähnlich dreingeblickt haben wie dieser Hund, doch durchfuhr ein schwaches Signal sein Gehirn, noch zu schwach, um es zu orten, nicht intensiv genug, um der Sache Sinn zu verleihen. Mr. Shane redete bereits weiter.

- „Meine Mutter trug mir auf, den Hund erst einmal gründlich zu waschen. Sein Fell roch ziemlich stark nach Rauch. Ich öffnete das Halsband, das fest mit einer ziemlich langen Leine verbunden war. Dabei sah ich, dass auf der Innenseite eine Art Gurt befestigt war. Ich hatte so etwas noch nie gesehen und untersuchte den Stoff. In einer Einsteckfalte fand ich schließlich einen Mikrofiche."

- „Einen Mikrofiche? Und Sie wussten, was das war? Ich meine, als Elfjähriger?"

- „Ich wusste es! Sehen Sie, mein Vater war in der Branche tätig. Er war dabei als zwischen 1927 und 1935 die Bestände der Library of Congress auf Mikrofilm kopiert wurden. Später war er Vertreter für Lesegeräte. Was soll ich sagen? Ich hatte so ein Lesegerät in meinem Zimmer und derjenige, der mir den Hund geschickt hatte, wusste das."

- „Und was war auf dem Film zu sehen?"

- „Es war sehr wenig, ein kurzer Text. Wie schon gesagt, die Nachricht war nicht unterzeichnet. Es handelte sich fast ausschließlich um Anweisungen für den heutigen Tag. Diese waren allerdings äußerst präzise, eine genaue Beschreibung der Stelle, an der dieser Vorschlaghammer lag, versteckt hinter einem Busch."

Mason war der Einzige der wusste, wo die Werkzeuge lagen, das dachte er zumindest bisher. Shane fuhr fort.

- „Ich sollte warten. Es würde völlig klar werden, was dann zu tun sei. Ach ja, da stand, es gehe um Leben und Tod. Der Rest des Textes enthielt lediglich Passagen, die mich darauf einschworen, heute in jedem Fall hier zu sein. Ich sollte es versprechen, es als Gegenleistung für den Hund betrachten und so weiter. Alles was sich ein Elfjähriger eben zu Herzen nimmt ..."

- „Und ein Erwachsener?"

- „Ich war neugierig. Das hier ist das große Geheimnis meines Lebens. Ich will wissen, woher der Hund kam, auch wenn er nun schon fast 20 Jahre tot ist. Ach ja, und Ihr Name stand auch in dem Text, verbunden mit dem

eindringlichen Appell, vor dem heutigen Tag keine Verbindung zu Ihnen aufzunehmen. Es hieß, wenn ich Sie früher kontaktiere, werde ich niemals erfahren, woher Bruce stammte."

- „Bruce?", fragte Mason. Das Signal funkte.

- „Ja, das war der Name, der auf der Plakette stand."

Jetzt war es aktiviert. Bruce war zweifellos der ängstliche, menschenfreundliche Hund vom Mount Maroon. Der Hund des alten Robert Shane.

- „Bruce …!", sagte Mason. Dann noch einmal, diesmal fast tonlos: „Bruce!"

Er überlegte. Wie passte das alles bloß zusammen? Shane wurde ungeduldig.

- „Mr. Mason, bitte, ich habe bis heute gewartet. Ich möchte jetzt meine Antworten."

Mason verstand das völlig und irgendwie gehörte dieser junge Shane ja auch zur Familie, war eine wichtige Figur in dem Spiel, gewissermaßen ein umgekehrter Königsmörder. Shane war es, der dem Jungen das Leben gerettet hatte, nicht er. Aber was konnte er dem Mann anvertrauen, wie viel würde er verkraften und vor allem, was würde er tun, wenn er wusste, welches Programm im Hintergrund ablief, also wie die Dinge wirklich lagen.

- „Der Botschaft waren nicht zufällig noch weitere Angaben beigefügt, ich meine beispielsweise eine Nachricht von …"

Mason zögerte. Er wusste, dass es merkwürdig klingen würde, und er hatte auch kaum Hoffnung auf eine positive Rückmeldung, trotzdem musste er die Frage stellen.

- „… eine Nachricht von mir an den Absender des Mikrofilms?“

- „Nein, sehen Sie selbst.“

Shane reichte Mason eine handschriftliche Notiz.

- „Ich habe die Botschaft Wort für Wort abgeschrieben. Diesen Zettel habe ich ständig bei mir. Der Original-Mikrofiche liegt in meinem Safe.“

Mason schloss die Augen. Es war an der Zeit dem jungen Robert Shane alles zu erzählen, was er wusste, die ganze Geschichte. Er berichtete vom Mount Maroon Laboratory, aber von jenem, das nicht 1947 zerstört wurde, von seinem Großvater, von dem anderen Robert Shane. Er erwähnte Forma Townsends Zeitreise von 1985 und seinen eigenen ersten Versuch 2009. Dann folgte die Episode mit Peter Saunders Erscheinen und seinem späteren Verschwinden zusammen mit John Bartlett. Zum Abschluss schilderte Alan Mason seine Ankunft in der Vergangenheit und die Theorie der Parallelwelt. Das Ende musste er improvisieren. Er hatte keine Ahnung, wie der alte Shane an die Botschaft gekommen war, aber er selbst, Mason, musste dahinterstecken. Mr. Shane hatte ihn immer wieder unterbrochen, Verständnisfragen gestellt, zusätzliche, erklärende Einschübe verlangt. Am Ende hatte er eine Ahnung, nicht mehr, aber auch nicht weniger. Er zog die Augenbrauen hoch, ganz nach Art des alten Shane.

- „Das ist eine atemberaubende Geschichte. Und durch das, was heute passiert ist, muss ich sie wohl glauben. Sehen Sie, Mr. Mason, ich bin jetzt fast zehn Jahre beim US Department of Transportation. Auch da geht es zuweilen, weiß Gott, abenteuerlich zu, aber das hier …“

Er schüttelte den Kopf. Erneut war er an einen Punkt gestoßen, den er noch nicht ganz durchschaut hatte.

- „Was ich nicht so recht verstehe, ist, warum einige Zeitreisende in der Parallelwelt im Jahre 2009 landen und andere 1947. Ich meine, Sie selbst behaupten, beim ersten Start lediglich das Universum gewechselt zu haben, nicht aber die Zeit, um dann sofort zusammen mit Mr. Saunders zurückgekehrt zu sein. Und auch dieser Mr. Bartlett kam nicht weiter. Aber Forma Townsend … so hieß der Mann doch …? Also Forma Townsend, Sie selbst bei Ihrem zweiten Start und der Hund landeten anno 1947. Ich meine, wie ist das möglich?"

- „Eine interessante Frage. Ich habe auch lange darüber nachgedacht. Es muss wohl an der aufgewendeten Energiezufuhr gelegen haben. Bei meinem ersten Start war der Wert deutlich geringer. Wir reisten quasi nur durch den Raum ins Paralleluniversum, nicht aber durch die Zeit. Auch während des Testlaufs, als Bartlett und Saunders verschwanden, war der Energiewert genau gleich, weil wir den verunglückten Test exakt simulieren wollten. Bei meinem zweiten Start haben wir vollen Schub gegeben und ich habe 2009 nur passiert und wurde weiter durch die Zeit transportiert. Ich denke, man könnte es sich wie ein langes Rohr mit einem Eingang und zwei Ausgängen vorstellen, einen am Ende und einen in der Mitte, und zwar in Form einer kleinen Öffnung an der Unterseite. Wenn Sie nun eine Kugel, die genau durch diese Öffnung hindurchpasst, mit geringer Geschwindigkeit durch die Röhre schicken, wird sie durch das mittlere Loch herausfallen. Ist ihre Geschwindigkeit hingegen groß genug, so

wird sie die mittlere Öffnung nur passieren und das Rohr an dessen Ende verlassen."

- „Das klingt logisch. Aber wie war es bei diesem Forma? 1985 hatten die doch noch nicht die technischen Möglichkeiten."

- „Richtig, aber da gab es noch keinen zweiten Ausgang. Den gibt es offenbar erst ab 2009."

- „Das habe ich verstanden, glaube ich. Aber weshalb durfte ich Sie nicht vorher kontaktieren? Sie haben all die Jahre in Bryson City gewohnt. Ich habe Nachforschungen über Sie angestellt. Zunächst wusste ich nicht, welcher Mr. Mason gemeint war, aber als ich erfahren hatte, dass der einzige Überlebende der Mount Maroon Katastrophe diesen Namen trug, war die Sache klar. Also wieso bestand Mr. …", er unterbrach sich, verschluckte sich beinahe. „Entschuldigen Sie, es fällt mir irgendwie nicht leicht, den eigenen Namen auszusprechen und mich nicht selbst damit zu meinen. Warum also verbot mir Mr. Shane, Sie anzurufen. Wir hätten alles regeln können, ja sogar den Unfall verhindern …"

Er brach ab, merkte, dass er sich die Antwort selbst gegeben hatte, aber auch wenn Alan Mason ihm nicht von dem Unfall erzählt hätte, und lange Zeit wusste er ja selbst nicht, dass die Rettung des kleinen Peter der Knackpunkt in der Geschichte war, wäre so manches anders verlaufen als es tatsächlich verlaufen war. Mason hätte früher gewusst, das es ein Paralleluniversum gab und er hätte sich vielleicht ganz anders verhalten. Aber genau das war nicht vorgesehen, um auf den entscheidenden Punkt zuzusteuern. Alles folgte einem Plan, war Vergan-

genheit noch bevor es Zukunft wurde. Er diskutierte das Thema mit Shane, wobei ihm dieser eher als Reflexionsfläche diente, als dass er etwas wirklich Wesentliches beitragen konnte. Der Regierungsbeamte des Verkehrsministeriums war zu wenig in die Sache verstrickt, dennoch war er sichtlich bemüht.

- „Warum hat Shane den Hund geschickt? Warum ist er nicht selbst aufgekreuzt, um die Dinge zu regeln? Gut, er war schon alt, hätte den heutigen Tag nicht erlebt, aber er hätte sich persönlich an mich wenden können."

Mason erzählte von seiner Vermutung, dass Personen in einem Universum nicht doppelt vorkommen könnten. Deshalb mussten wohl auch Perkins und Tomczak sterben. Wie Mason nachgeprüft hatte, kamen sie vor einigen Jahren auf die Welt, exakt an den Tagen, an denen sie im Laboratory immer ihre Geburtstage gefeiert hatten. Die Natur schien eine Lösung für dieses Problem gefunden zu haben. Die offenkundige Variante, bei der jeweils nur eine Kopie das Zusammentreffen überlebte, hatten die Wissenschaftler nie erörtert.

- „Sie glauben daher, Mr. Shane habe lediglich den Hund in den Tunnel gejagt, sei aber selbst nicht mit von der Partie gewesen?"

- „Es ist anzunehmen, dass Shane wusste, dass er die Zeitreise aus dem von mir angesprochenen Grund nicht überleben würde. Es stand mit ziemlicher Sicherheit in der Nachricht, die er erhalten hatte."

Masons Unterbewusstsein arbeitete auf Hochtouren. Wie die Dinge lagen, war er selbst der Urheber dieser Nachricht. Aber es war für ihn unmöglich zurückzukeh-

ren. Also wie sollte das gehen? Shanes Gedanken beschäftigten sich unablässig mit seinem Double.

- „Mr. Mason, sie sagten doch, Shane saß im Rollstuhl?"

Die Stimme des jungen Robert Shanes klang brüchig. Leise sprach er weiter.

- „Da ist noch eine Sache. Ich dachte zunächst, es sei nicht von Bedeutung. Am anderen Ende der Leine hatte sich eine Metallschelle verfangen. Ich hatte das Teil aufgehoben, wie alles, was mit dem Hund zusammenhing. Erst vor ein paar Jahren habe ich herausgefunden, wozu es gehörte. Es war der Haltegriff eines elektrischen Rollstuhls, wenn auch in einem futuristisch anmutenden Design."

Mason erinnerte sich an die Nacht seiner Ankunft 1947. Plötzlich wurde ihm klar, wovon er das lederne Band in jener Nacht abgeschlagen hatte und auch wer vom anderen Ende her daran zog.

- „In diesem Fall ist ... der andere ... Robert Shane zusammen mit dem Hund aufgebrochen", sagte Shane nachdenklich.

- „So sieht es aus. Dennoch wusste er, dass er stirbt. Sonst hätte er den Hund nicht gebraucht."

Der junge Shane nickte sacht.

- „Vermutlich kann ich mich von uns beiden etwas besser in ihn hineinversetzen. Sie haben ihn zwar sehr gut gekannt, aber ich teile mit ihm immerhin das genetische Gefüge. Glauben Sie mir, Mr. Mason, ich hätte mich an seiner Stelle auch auf den Weg gemacht."

So weit war die Sache klar. Blieb nur noch das Problem, auf welche Weise der Institutsleiter benachrichtigt

worden war. Der Kaffee in ihren Tassen war kalt geworden. Die Männer versprachen, in Verbindung zu bleiben.

Es dauerte einige Wochen, bis Mason die entscheidende Idee kam. Es traf ihn wie ein Blitz. Es musste mit der Wanderkarte in Zusammenhang stehen. Hieß es nicht, das Labor hätte darin einen Code entdeckt? Und wenn die Karte erst 2009 zum Mount Maroon gelangte, war noch genügend Zeit, die entsprechenden Vorkehrungen zu treffen. Alan Mason nahm noch einmal Kontakt zu Forma Townsend auf. Die Geschäfte liefen gut, die Firma expandierte, jetzt wurde zusätzliches Kapital benötigt. Kurzerhand stiegen Alan alias Albert Mason mit seinem restlichen und Robert Shane mit einem ansehnlichen Vermögen als stille Teilhaber in das Unternehmen ein. Aus Townsend Inc. wurde Townsend & Co. Als Gegenleistung bestanden die Herren darauf, das Firmenlogo auf den Karten aus einen feuerfesten Material herzustellen und auf der Rückseite einen alphanumerischen Code zu fixieren. Forma Townsend vermutete den Ursprung dieser Forderung in der Verschrobenheit des Alters, versprach aber, sich zusammen mit Mr. Shane auch nach Masons Ableben um die Einhaltung der Vereinbarung zu kümmern. Als Dank für Formas Hilfe und ohne dessen Wissen stellte Mason der Botschaft stellvertretend ein Grußwort von Shanes altem Freund voran. Der Rest bestand aus genauen Instruktionen und einer Warnung an Shane, die dieser aus welchen Gründen auch immer in den Wind schlagen würde. Die Überlegung verwirrte Mason noch eine ganze Weile. Er dachte an Mona Lisas Schwester, das Keine-Wahl-Paradoxon und das klassische Münchhausen-

Dilemma. Wie konnte er in der Zukunft etwas auf den Weg bringen, was in der Vergangenheit eintraf, um die Ereignisse an jenem Tage im Juni 1975 zu verändern. Mason war in den Sumpf gefallen und zog sich selbst am eigenen Schopfe wieder heraus. Aber mit der Zeit entwickelte er die notwendige Distanz zu all dem.

Alan Mason starb 1986 im Glauben, alles in seiner Macht stehende getan zu haben und in bester Zuversicht, dass Peter Saunders die von ihm präparierte Wanderkarte im Jahre 2009 zum Mount Maroon Laboratory bringen würde. Robert Shane war noch weit über das eigentliche Pensionsalter hinaus für das Verkehrsministerium tätig. Nebenher wurde er Berater für Projekte urbaner Umstrukturierung. Er trieb den Ausbau Mayfields in Annapolis zu einem Wohngebiet entscheidend voran.

52. VIELE WELTEN

Die Nähe der Metropolen Washington DC und Baltimore beeinträchtigten den Blick ganz erheblich. Aber dennoch konnten sie tief in den Weltraum blicken. Der Sternenhimmel wurde durch das Teleskop, das Mr. Dick mitgebracht hatte, um eine zusätzliche Dimension erweitert. Und obwohl es an diesem Abend Ende September schon recht kühl war, konnte Irene gar nicht genug bekommen. Arthur und Miriam Dick waren aus Providence herübergeflogen und verbrachten das Wochenende bei ihren Freunden, den Saunders. Am Nachmittag hatten die Familien einen langen Spaziergang an der Chesapeake Bay unternommen, dann gegrillt und nach Einbruch der Dunkelheit die Sterne beobachtet. Nun standen Peter und Irene allein auf dem Rasen hinter dem Haus.

- „Arthur weiß so viel über die Sterne", sagte Irene, die mit dem dicken Physiker sofort Freundschaft geschlossen hatte.

- „Oh, ja, das weiß er."

Peter erinnerte sich an den Abend mit dem anderen Mr. Dick im Paralleluniversum. Sie sahen den gleichen Sternenhimmel, aber wo waren sie? Es war, als wären sie am selben Ort, aber wie ist das rein physikalisch möglich? Die Vorstellung einer Welt, die sich immer weiter aufspaltete, Kopien von sich anlegte, war faszinierend, aber gleichsam absurd, wenn der jeweilige Geist an eine Welt gebunden blieb. Die Seele vervielfältigte sich offenbar nicht, sie war nicht teilbar, sie entstand immer wie-

der neu, wie Menschen neu entstehen, leben und vergehen.

- „Ob da oben auch Menschen leben?“

- „Immerhin brennt da oben Licht.“

Irene lachte. Sie hatte einen schönen Tag erlebt und sie hatte, was das Wichtigste war, ihren Vater wiederbekommen. Peter hatte sich erholt, nahm das Leben, wie es war, und so schlecht war es wirklich nicht, hier in Annapolis mit Ellen und Irene. Er griff an seine linke Brustseite, spürte den dicken Umschlag in der Tasche seines Hemdes; ein Brief, der vor zwei Wochen eintraf und den er heute Mittag Mr. Dick gezeigt hatte. Der Postbote hatte sich lange darüber ausgelassen. Es war ungewöhnlich, dass ein Brief erst so viele Jahre nach seiner Einsendung ausgetragen werden sollte. Der Mann war sichtlich stolz auf die gute Organisation seines Unternehmens. Der Brief trug im Absender keine Adresse, lediglich einen Namen: Alan Mason.

INHALT